香炉山

周建新 著

人民文学出版社

图书在版编目（CIP）数据

香炉山/周建新著. —北京：人民文学出版社，2022
ISBN 978-7-02-017196-5

Ⅰ.①香… Ⅱ.①周… Ⅲ.①长篇小说—中国—当代
Ⅳ.①I247.5

中国版本图书馆 CIP 数据核字（2022）第 085537 号

责任编辑　于文舲
装帧设计　刘　远
责任印制　任　祎

出版发行　人民文学出版社
社　　址　北京市朝内大街 166 号
邮政编码　100705

印　　刷　三河市鑫金马印装有限公司
经　　销　全国新华书店等

字　　数　243 千字
开　　本　880 毫米×1230 毫米　1/32
印　　张　11.375　插页 3
版　　次　2022 年 7 月北京第 1 版
印　　次　2022 年 7 月第 1 次印刷

书　　号　978-7-02-017196-5
定　　价　56.00 元

如有印装质量问题，请与本社图书销售中心调换。电话：010-65233595

目　录

第一章　风　筝

1

公元 1932 年夏天,赤白的太阳,火烧火燎地烘烤,大地上热浪滚滚,燥热不休。

通往锦西县城江家屯的大道,隔三岔五飞驰来一匹战马,扬起的尘土,浮在绿色的庄稼地上,扯起一条黄带子。骑手们急得快把马屁股打肿了,哪怕跑死了马,跑得自己中了暑,也要抢先赶到江家屯。接踵而来的骑手,来自全省各县,他们是义勇军的信使,恳求锦西县出兵相助。

蝉们早已憋闷不住,伏在树上,鼓足力气,振翅鸣叫。声音嘹亮而又急促,犹如冲锋号,此起彼伏地响彻,无休止地督促各路义勇军"冲啊,冲啊"。

即使没有蝉的督促,辽沈大地上的汉子们,心也在煎熬。风起云涌的抗日烽火,烧遍了辽东、辽西所有的县,人们纷纷武装起来,急切地效仿锦西,驱逐日寇,收复县城,一雪前耻。然而,顽固的日军,顽强地据守县城,完善的火力配置和充足的物资储备,让各路义勇军伤亡惨重,损失巨大,消耗不已,叫苦不迭。

更可怕的是，日军的到来，打开了潘多拉的盒子，各色人等跳将出来，在义勇军背后捅刀子。常常是县城没打下来，义勇军的老巢却被他们抄了，好不容易筹措的家底，被洗劫一空。义勇军只好散了又聚，聚了又散。

战事越来越复杂。

各路信使纷纷抵达，亮山端坐在前任县长孙国栋的太师椅上，板着一张脸，他的身后，挂着一幅巨幅照片，不是孙中山也不是蒋委员长，而是穿着大帅制服的他自己——刘纯起。

信使鱼贯而入，亮山不但接二连三地拒绝，还让手下人将他们撵得鸡飞狗跳。信使们气喘吁吁、大汗淋漓地跑来，别说混顿饱饭，水都不给喝。他们大眼瞪小眼地瞅着，弄不明白了，向来急公好义、打抱不平的亮山，怎么也怕损兵折将、消耗钱财，袖手旁观了呢？

坐在一旁的参谋长张天一心知肚明，义父按兵不动，不是不讲江湖义气，也不是遵守军纪，是他们没把官名叫对。不管央求得多诚恳，恭维得有多肉麻，只要叫他"刘师长""刘县长"，义父的脸都会耷拉得老长，嫌官儿叫小了，"司令"多牛啊，他喜欢听。然而，遵照南京的指示，北平的东北抗日救国会被迫解散，东北抗日血盟救国军第三十四路军成了没娘的孩儿，只好改编成辽西抗日义勇军第九师，亮山的刘司令没叫几天，就叫到头儿了。

张天一不想说破，听任信使们着急，国民政府抛弃了他们，他们却不能抛弃自己，义勇军也是军队，军人以服从命令为天职。这场辽西各路义勇军共同发起的"辽沈战役"，是盘大棋，必须号令如山，统筹用兵，集中优势兵力打歼灭战。义勇军接连失利的教训告诉他们，各自为政的后果，就是各个击破。眼下的战略要点是收复锦州，没有辽西抗日义勇军总监军朱霁青的命令，即使义父答应了出兵相助，他也会上前阻止。

好钢必须用在刀刃上，九师是辽沈大地抗日义勇军中唯一的机动部队，是留给打锦州的总预备队。这是张天一与朱霁青的共识，仗要打出章法，打出战术配合，改变以往一哄而起、一哄而散的绿林习性。

有个机灵的信使，忽然看到亮山那幅貌似张大帅的照片，恍然大悟，忙改口叫"刘总司令""刘大帅"。亮山挠着他的秃脑壳，笑逐颜开地站起来，准备集合队伍。张天一正颜厉色地看着那个信使，让人拉出去，打他二十军棍，辽西义勇军有条军规，不许叫错军衔，哪怕省略个"副"，也要军棍侍候。亮山马上求情，称自己又不是没当过司令。

两个人正在争执，一匹战马涉过女儿河，飞也似的驰入县城江家屯，径直踏入县政府。来人是张天一盼望已久的总监军的传令兵。传令兵跳下马，一步不停地跑进来。用不着张天一去阻止亮山了，朱霁青的命令已到，刘纯起的第九师即刻起程，助攻义县，分割锦州。

信使们都傻了，白跑来一趟，这场东风没借成。朱霁青得知有人找亮山搬救兵，及时地把传令兵派过来，同时也让这群信使捎回口信，将各地日军画地为牢，不准放出一兵一卒增援锦州。

那个机灵的信使，确实机灵，立刻回答，执行命令，转身就走，屁股上的二十军棍被大家忙忘了。

张天一没有随队出征，朱霁青单独给他下了命令，让他带着九师第三团，配合郑天狗攻打兴城。清扫完外围，会师锦州，总攻沈阳。此次殊死之战，若能成功，便可以去他妈的国民政府，去他奶的"满洲国"，理直气壮地迎请回少帅，重掌东北，再竖五色旗，自立为王。

霎时间，整个江家屯人喊马嘶，尘土飞扬，树上的蝉不知发生什么事情，吓得满天乱飞，发出撕裂的叫声。队伍集聚完毕，亮山骑到马背，大声训话，弟兄们，挺直腰板打出去，日本关东军第八师团主力去了黑龙江，被马占山拖住了，锦州的司令部成了太监的卵子，空了，小鸡巴玩意儿硬不起来了，杀他个狗日的。

大家哄堂大笑，齐吼几声，杀他个狗日的，九师上千人马便列队出发。江家屯的街面上，只剩下人数最少的三团，总共才一百多人，大多是原通裕公司不肯走的煤矿、铁矿、锰矿的矿工，领队的是少东家陈小娴。他们背对着亮山的队伍，面南而立，随时准备出发，帮助郑天狗打下兴城。

听说队伍要开拔，母亲张崔氏赶忙唤来小叔子张恩发，带上几个老邻居，急三火四地赶着大马车，去了女儿河畔的西瓜地。过了大暑，瓜田里秧蔫草盛，快要罢园种白菜了，挑选称心如意的好瓜已属不易，张崔氏偏偏执拗地找好瓜。

瓜田外，女儿河浩荡地流淌，硕大的水车"吱吱扭扭"地响，汲出的水，浇灌着张家偌大的田地。河水顺着渠道，分流进垄沟，干渴的烟田、棉田孜孜不倦地吸吮着河水，像吸吮母乳。在水车声中，瓜田里的几个人，出出入入忙得浑身是汗，等到装满一车西瓜，准备送到街里时，他们看到，亮山的大队人马已经涉过女儿河，精神抖擞地向北开去。

好在儿子的队伍没走，依然站立在街上，张崔氏督促快马加鞭，赶紧把西瓜送去。张恩发把鞭子甩得像炸雷，急促的銮铃穿越过街巷，撞向凤凰山，又折回张天一的耳鼓。自家的马车声，张天一怎能不熟？恰好他还有一些事情没安排，不可能拔腿就走。

张崔氏跳下马车，一排排壮小伙子挺立在她的眼前，孩子们就要奔赴沙场了，下次回来，能不能见到，都是未知数，真是让人心疼。她拍着每一个小伙子壮实的胸脯，递过去两个西瓜。西瓜装进麻绳编织成的网兜，每两个网兜结成一对，既可护住西瓜别在搬运的时候炸裂，又可褡裢一般搭在肩上，前胸后背，各背一个，可放开双手，自由行走。张恩发和几个老邻居，忙着给小伙子们发西瓜。

父亲没了，母亲操持着偌大的家，虽说雇了几个长短工，也不乏西五会的故交帮忙，可要强的母亲，不想给别人添麻烦，无论什么活儿，母亲都是学着父亲，打头干。才半年多的光景，母亲的手就磨得和砾石一样粗糙，再也不能拈针绣花了。

张天一眼里沁着泪，母亲为多打几斗粮，多挣几块大洋，日夜操劳在田地里，还不是想给他们多供一点军粮，多买几箱子弹，多杀死几个小日本，不忘父亲被日本人剥皮的仇，勿忘丧失国土的耻，别让父亲白死一回。

烈日炎炎，有西瓜相陪，母亲不用担心有人中暑了。看着队伍逶迤而去，她用袖子抹了把泪水，缕缕担忧，挥之不去，本来都是家中的顶梁柱，现在却为国难慷慨奔赴战场。张天一替兄弟们谢过母亲，劝母亲回家去歇息，不用为他担忧，他有鹰视狼顾的本事，不会有危险。

送走母亲，张天一让陈小娴带队先行，还有未尽事宜没安排，一会儿骑马去追。人都走了，江家屯成了空县城，很容易被坏人乘虚而入，张天一请来校长曹凤仪，嘱托老先生维护秩序，主持县里的大事小情。

两个人站在城东南的凤凰山上，边谈论事情，边目送南北相背而行的人马。亮山带着的北行队伍，已渐行渐远，只能在青纱帐中隐隐约约看到背影，陈小娴带着的队伍从凤凰山脚下穿行而过。城东巍峨的虹螺山，巨人般注视着他们，仿佛向远去的队伍招手。张天一知道，打义县，是啃硬骨头，日军深谙满洲历史，知道锦州是虎视中原的战略要地，岂能甘心让义勇军扫清锦州的外围？大战过后，虹螺山不知又要埋葬多少英灵。

送走了九师，下了凤凰山，两人就要告别，曹校长伸出一双满是骨头的老手，紧紧地抓住张天一，流出两行老泪，千叮咛万嘱咐，一定要救出伊兰。张天一的眼里也沁着泪水，他何尝不想救出伊兰，只是曹校长不知道，伊兰已融入张天一的生命里，如果没有战争，他愿意为伊兰舍弃一切。

张天一也在叮嘱曹校长，放出几伙暗哨，盯住汉奸杜三秃子，不能让他钻了空子，一旦江家屯落入他的手里，收复县城洒的那么多鲜血，都白流了。

曹校长硬邦邦的瘦手把张天一都抓疼了，他说，有高荣轩在，东五会还能召之即来，土匪汉奸们还是要忌惮的。

张天一无奈地闭了下眼睛，真是蜀中无大将了。

从凤凰山下来，太阳已偏西，忧心忡忡的曹校长担心县城江家屯再度沦陷，舍不得张天一走，假设着各种不测，让张天一解答，因此，耽搁了许久。好在父亲生前留给他一匹乌骓马，这匹宝马可日行千里，快得能追上京奉铁路上的火车，即使队伍走出去几十里，追上陈小娴，也是毫不费力。

乌骓马真是好马,飞奔起来,像黑色的闪电,在起伏的山峦间飞驰,快得眼睛都抓不住它的身影。张天一已经不再把乌骓马当成马了,而是父亲的灵魂附在马身上,只要骑在马背上驰骋,两耳边呼啸的风就是父亲对他说的话,眼前一掠而过的场景,就是父亲虚化的脸庞。父亲对他喊,一腔热血给谁?给国,给家,给爹,给妈。

马成了张天一与父亲灵魂交流的载体,他的亲人,它听得懂他的来言去语,辨得清敌友亲朋,闻得出四方路途。每逢给马洗澡,他从不麻烦护兵,自己牵马到女儿河畔,擦洗黑缎子似的腰身,涤净脑门和四蹄上仅有的几撮白毛。

现在,乌骓马不用扬鞭自奋蹄,没费多大力气,张天一就追上了陈小娴带着的队伍。随后,他们抄近路,钻山沟,疾行快走,隐匿前行,天黑时,已望见了兴城古城的轮廓。这座城池异常坚固,易守难攻,三百年前清太祖努尔哈赤十万大军都没能攻克。可惜呀,年初时,兴城县长未放一枪,举着小旗就投降了户波联队,若是像当年袁崇焕那样,军民同心,以一当十,抵抗后金,户波联队只能望城兴叹。

临时受命助攻兴城,没来得及制定作战方案,要打下这么牢固的城,张天一还真是狗啃刺猬,无从下嘴。不过,有一点还算清楚,要打就打他个冷不防,偷袭是上策。可是,派出的侦察兵带回来一个车站的铁路信号工,偷袭的想法便破灭了。

信号工告诉张天一,他们的老对手户波联队驻扎在古城内,盘查得极为严格,非城内居民,甭想混进去,太阳还没落山时,四座城门已经关闭。城外只剩下西城门外的火车站,驻防着一个小队,总共不到二十人,配备着一挺轻机枪、三个掷弹筒。

小队虽小，却是大麻烦，突然攻城，留个尾巴，就是后顾之忧。日军的战斗力，不可小觑，一个小队就能牵制住张天一带来的所有人马。古城墙本来就坚固异常，日军占领后，又层层加固，就算能够悄悄地摸过护城河，搭云梯，爬城墙，偷袭守城日军，成功的概率也极低，何况城墙上不可能不设置响铃、电网之类的防护设施。

张天一斟酌再三，没有内应，也没有周密的战前准备，偷袭的战术，不适应于古城，只适合防守薄弱、人少兵寡的车站。选择消灭车站之敌，就等于选择了强攻古城，这场硬仗，不付出代价，很难奏效。

不管仗怎么打，切断古城与车站的联系，都是必须的。张天一迅速决定，乘着夜色，穿插进西城门与车站之间，等到郑天狗大队人马到齐时，再商量作战方案。

城外的住宅，被日本人扒得所剩无几，很空旷，好在夜很黑，又缺少狗吠与蛙鼓，很容易地掩护了他们的行踪。漫长的等待，是煎熬的过程，张天一想侦察到更多的敌情，他的眼睛找了很久，才在身后发现一株枝繁叶茂的大槐树。他匍匐过去，爬到树上，举起望远镜，向着城内观望。

城里灯火辉煌，孩吵娘骂驴吼狗叫声不绝于耳，丝毫没有感觉到城外有伏兵，这是好的兆头。不好的是，树再高，也高不过城墙，张天一看到的，除了四座城门，就是半截钟鼓楼，还有城墙上戒备森严的日本兵。

坐在树杈上，张天一陷入沉思中，他多么渴望自己那双犀利的眼睛能穿透厚厚的城墙，看见他日夜思念的伊兰。此时，他们近在咫尺，却天各一方。他挖空心思地想过怎样救出伊兰，然而，却始终无计可施。多田将伊兰置于古城，又包裹在重重叠叠的日本人中间，与世隔绝了，即使想救，也无从下手。

今晚，虽说是个机会，可以把收复兴城和解救伊兰一并进行，可仗怎么打，他心里还没有谱。知己知彼，百战不殆，他对户波的城防布局一无所知。

几个月来，乌骓马驮着张天一驰骋在辽沈大地，会同老梯子、耿继周等义勇军大闹沈阳城，干了许多大事。火烧沈阳工业区，四百多家和兵工相关的工厂，无一幸免。还有摧毁皇姑屯关东军粮库，日本人在这里炸死了老帅，我就在这里还以颜色，别人帮他调虎离山，他骑着乌骓马飞驰而入，闯进粮库，向粮囤甩出十几支火把，数十座粮囤烧了半宿。

唯独打兴城，救伊兰，他始终束手无策。

当然，他也做过后悔的事儿，和黄显声的秘书、中共地下党刘澜波密切往来，给黄显声当信使，成功地策反了沈阳县长谢桐森、公安局长张凤岐，密谋杀死关东军司令本庄繁及日伪要人，推翻沈阳的伪满政权，与各路义勇军一起收复沈阳。然而，本庄繁是何等地精明，说错一句话，递错一个眼神，都能猜出是什么意图。密谋的事情最终败露，日本宪兵将县长和局长赤身裸体地捆绑住，泼上烧得"咕咕"冒烟的沥青，活活地烫死了，遗体漆黑成坨，连装老衣都穿不上。

经历过父亲被活剥皮的痛苦，想到沥青浇人的惨景，张天一的心也被烫疼了，若不是那么急，让两个人从长计议，等到义勇军总攻沈阳时再里应外合，何至损失得这么惨重？

张天一凝视着黑夜，夜黑得像烫死人的黑沥青，只不过闪闪的星星给人以希望。他恨不得伸出双手，摘下两枚星辰，化作炸弹，炸塌所有的城墙，让郑天狗自由地驰骋进古城，吞食日寇。可这是怎样的妄想，神仙也做不到。

　　半夜时分，郑天狗来了，护兵轻轻地敲了几下树干，张天一就明白了，下了树，匍匐进壕沟，见到了风尘仆仆赶来的郑天狗。一年前，两个人同属东北军，同在北平，有一份战友的情谊，马上就要并肩作战了，见了面格外亲。

　　郑天狗带来了两千多人，隐藏在城外三里的西河套，还拖来了一门山炮，由一辆大马车专门拉着。张天一欣喜异常，炮可是个稀罕物，与日军作战，屡屡受挫，就吃亏在没有炮上了。这是郑天狗第三次夜袭兴城，前两次只弄出个人山人海的气势，连一块城墙上的砖都没崩下来。天亮之后，日军飞机增援，眼见得炸弹落入人群，吃了大亏，急忙撤退了。这一次不同了，辽南的义勇军毁了日军的机场，飞机不能从营口起飞了，何况这次还有了大炮。

　　两个人躲避在壕沟，商量着战术配合，郑天狗也觉得，日军在古城与车站形成掎角，一旦交火，两面作战，很容易形成被动之势，必须掰掉一个掎角，先偷袭掉势单力孤的车站之敌。

　　护兵用油布搭出个隐秘的空间，张天一点亮马灯，拿出铁路信号工画出的车站示意图，标注出了日军岗哨的位置、其他十几个日军分别睡在哪个房间。两个人轻声交流过后，郑天狗率部悄悄地接近车站，搞掉哨兵，迅速地形成包围圈，一声号令，飞蝗般的手榴弹同时投进去，没等日军反应过来，车站已炸成火海，一个小队的日军瞬间被消灭，密集的爆炸，连一杆完整的枪都找不到，更莫说缴获掷弹筒和轻机枪了。

　　城内的日军，果然打开西城门，放下吊桥，准备出城接应，张天一率部趁机冲上去，想趁乱一举夺下城门。然而，日军只是试探性出城,出了瓮城,过了吊桥,步子比乌龟还慢,发现有人出击,忙缩了回去。张天一率领的人马,几乎接近了出城的日军,可他没敢继续率队往里攻,一旦进入瓮城,日军拉起吊桥,关上城门,居高临下地圈住他们,那可真成了瓮中之鳖,叫天天不应,叫地地不灵了,只能坐以待毙。

张天一马上停止了即将首尾相连的追击。

爆炸声就是冲锋号,埋伏的两千多人一跃而起,呐喊着将四座城门围得个严严实实,气势如虹地发起进攻。户波联队经常向多田讨教,总结了一套对付义勇军的办法,他们固守在城墙上,打开上面的探照灯,扫向城外,一旦发现有人试图越过护城河,这个人就成了活靶子。

城墙近在眼前,想冲过去却是寸步难行,他们冲着探照灯打枪,土枪火铳汉阳造根本够不到,何况,郑天狗带来的队伍,大多数是光杆兵,除了手榴弹,没有枪。手榴弹虽然有威力,太远,顶多撇过护城河,甩不到城墙上。即使有几杆好枪,枪法不准,也打不中探照灯。

纷乱的枪声中,陈小娴找好掩体,安静地举起步枪,一枪一个,弹无虚发地击灭了探照灯。

别人看不明白探照灯是怎么灭的,却瞒不住耳聪目明的张天一,灯灭与一杆三八大盖的枪声是同一个频率。他甩过头去,一下子就发现了陈小娴,从不多言多语,也不显山露水的陈小娴,居然练就了百步穿杨的功夫,枪法不亚于曾经的神枪手张准和猎户郑世吉。

张天一看傻了,他总以为,陈小娴是她父亲陈应南甩给他的累赘,不拖累他就烧高香了,没想到是巾帼不让须眉,他真的刮目相看了。

没有了探照灯，难不住城上的日军，他们打出了照明弹，甩下火把，照样弄得城下如同白昼。

坚固的城墙，密集的防守，深壑般的护城河，莫说是攻城，接近城墙都很难。好在兴城眼下还是孤城，没有援兵，攻城没有后顾之忧，可老天能给他们多少时间？淞沪之战失利，国民政府签订的停战协议，等于认同了日本对东北的实际占领，若是日本海军从上海赶回来，重新登陆葫芦岛，打兴城又成了变数。锦州战役迫在眉睫，必须先把外围扫清，所以，他们只能分秒必争，强势攻城。

照明弹虽说贼亮贼亮的，可持续不了多久，熄灭的间歇，足够向前冲几十米。既然开打了，就要一鼓作气，几伙人在机枪的掩护下，冲过护城河，在城墙底下埋炸药，准备炸塌一段城墙。可爆炸之后，城墙并没有损伤，墙基一人多高，每块石头起码半吨重，爆炸的威力根本不起作用。

所有的希望都寄托在大炮身上了，大炮一响，城墙炸塌，人多的优势就能显现出来了。

郑天狗已经组织起了一支敢死队，他们盯着大炮，只等炮声一响，城墙一塌，一股脑地冲上去。

可是，大炮架好了，却打不出去，炮手擦着汗，哭着报告，从绥中拉着炮车，奔波了上百里，大炮颠坏了。

攻城之战变得一筹莫展了。

天快亮时，传来个坏消息，郑天狗手下的一个旅长兵变了，一千多人，抄了他的老巢，他必须带兵回去平叛。大队人马"呼啦啦"地来了，又"呼啦啦"地走，攻打兴城只剩下张天一这一百多人，兵力一下子处在劣势。

张天一气得跺碎了脚下踩着的一块青石板,指着郑天狗的后背骂,带着这群乌合之众,靠他们怎能天狗吃日?

剩下的一百多人,远远不是城内日军的对手,好在郑天狗倏然而来、忽焉而去,日军根本不知道城外的变故,张天一最害怕的事情是自己的士兵胆怯,也跟着溃逃,那就真的露馅了。还好,大家都在看陈小娴,只要陈小娴卧倒不动,那批矿工出身的人,没有一个人挪窝,遵守规矩,是他们当矿工时养成的习惯,更是张天一天天训练的结果,哪怕恐惧得腿打了哆嗦,也要执行命令。

张天一本该下令撤退,免得以卵击石,他的坚守是在给郑天狗赢得时间,回去收拾他那个烂摊子,倘若全线退兵,一旦户波摸清了门路,派兵追击,郑天狗将会腹背受敌。这支抗日队伍就彻底垮了。留下来,就是疑兵之计,只要枪声不停,户波就不敢打开城门。

天色渐白,星辰稀落,城东北五里外的首山,巨大壮汉般的剪影,贴在天幕。张天一移兵城东北角,那里紧临东河,河堤是天然的战壕,顺着河堤撤下去,就可以撤上首山。首山的西面是矮一些的窟窿山,两山耸峙,夹着条窄路,那是辽西走廊又一个咽喉,正是伏击的好地方。

张天一的脑子是一张活地图,他能迅速地依靠地形,化不利为有利。依在东河畔,藏匿起身子,往城墙上打冷枪。城上的日军,寻找着目标,偶尔也发射几枚迫击炮弹,孤独地升腾出几个烟柱,却没人因此伤亡。

户波牢记了古贺出城"剿匪"的教训,误以为千军万马退潮般撤走,是故意诱敌深入,给他在城外设了个埋伏圈,没敢贸然出城。

天光大亮,太阳却躲在首山背后,不肯出来,就像龟缩在城里的日军。

起风了,刮的是夏日不常见的东北风,吹皱了河水,吹得树冠摇头晃脑。天一下子凉了,昔日吵成一片的蝉鸣,今早突然不叫了。偶尔有一声裂帛般响起,那是子弹打中了它栖居的树,仓皇出逃时飞出的下滑音。

张天一掐指一算,不知不觉,已是立秋。

本以为借着郑天狗大炮的威力,轰塌城墙,杀进城去,歼灭户波联队,解除围攻锦州的后顾之忧,救出伊兰。谁知道这一夜,打了场雷声大雨点稀的仗。张天一闷闷不乐,他多么渴望告诉伊兰,这次挖空心思到兴城助战,内心深处是为她而来。

可是两军对垒,谁能把这话捎给伊兰?

张天一闭上眼睛,放任自己的灵魂飞翔出去,他要俯视古城,寻找伊兰究竟藏在城中哪个角落。然而,他的灵魂在混沌的黑暗中摸不到边界,等他睁开眼睛时,泪水不由自主地顺着眼角流下。

仗明显地打不成了,张天一却迟迟不肯退兵,陈小娴明白了,问他,想伊兰了?

张天一用食指揉掉泪珠,嘴里却说,天不助我。

陈小娴望了望天,风推着天上的云朵,疾速飘移,她说,想对她说什么,写在风筝上吧,她能看到。

张天一瞅了眼陈小娴,这个不动声色的小女子,原来这般聪明,不仅能猜透他的心思,还有办法替他解忧。

派人从城外一户人家买来绿绸被面和一块蓝布,张天一在被面上画出硕大的荷叶,陈小娴灵巧的双手完整地裁出,牢固地粘在风筝的龙骨上。张天一又拿出蓝布,画出两朵盛开的兰花,让陈小娴裁出,拴在风筝的后边,既是暗示伊兰之花,也是风筝的尾巴。

风筝的线蘸过猪血,虽然很细,结实着呢,放出个几百米,不会挣断。

此时的张天一,虽有千言万语,可是,伊兰深陷囹圄,不知深浅地写上思念的话语,若是伤害到伊兰,辜负了他一片苦心,他索性一个字也不写。一片荷叶两朵兰花,冉冉升起,只有张天一和伊兰才会懂的风筝就这样飘了起来,风筝无声,却胜似千言万语。

太阳很快跳过首山的烽火台,透彻地照耀在大地上,天蓝地绿,一切清晰可辨。风依旧不肯示弱,轻而易举地托起了风筝。此时,陈小娴带着大队人马,躬身猫腰沿着河畔悄悄地撤走了,只剩下张天一拽着风筝线,顺着风向,把风筝释放进古城的上空。

湛蓝的天空,飘浮的白云,碧绿的荷叶,编织在铅灰色的古城上空,两朵黄艳艳的兰花,拖曳在风筝的尾巴上,飘舞出灵动的六角星。仰望上空,唯一没有的,只是红色。如此静好,是张天一多么向往的日子,可风筝之下,却有一群刽子手,他们霸占我们家园,杀害我们父母兄弟和乡亲,抢夺我们赖以为生的资源。就这么放手地走开,他心有不甘。

晴朗的天空下,透彻的视野很容易让自己暴露,日军迫击炮很准,得防着这一手。张天一把风筝固定在一块大石头上,躲在很远的地方,藏起身,拿望远镜往城墙上瞅,那是他发给伊兰的暗语,若是心有灵犀,肯定能站在城墙上。

张天一不怕日军追出来,他胯下的乌骓马,是父亲留给他最好的遗产。此时,它正静卧在河畔,深藏得连根鬃毛都看不到,若是户波敢追出来,跨上乌骓马,他会风驰电掣般跑到窟窿山。陈小娴埋伏在那儿呢,两座山中间夹着一条小路,那儿就是户波的葬身之地。

摸着马的脖子，仰望着风筝的方向，张天一陷入冥想之中。乌骓马让他越来越想父亲，这匹战马真好，从大凌河保卫战，到收复锦西县城，奔袭沈阳炸工厂、烧粮库，联络各路义勇军，没日没夜地穿行，没有这匹宝马，哪有他的叱咤风云？

张天一望眼欲穿地看着城墙，父亲壮志未酬身先去，可伊兰却实实在在地活在人间，见一面比牛郎织女还难吗？可是，城墙上莫说是伊兰，连日本兵也没剩下多少，他们没瞧得起义勇军，懒得去追。

太阳拔节般往天上蹿，荷叶风筝无奈地飘在古城的上空，没人搭理。即使等得再久，也等不出他心上的人了，张天一只好跳上马背，留恋地回头张望古城，沿着东河，一路向北，到窟窿山与陈小娴会合。

站在山顶，向古城望去，城小得像张邮票，即使在望远镜里，只能看得见街巷，辨不清人脸。风筝依然孤独地飘在古城的上空，伊兰始终未出现，张天一失望至极。

2

巨大的爆炸声，震醒了伊兰，也惊动了她肚子里的胎儿。那是子夜，郑天狗下令摧毁车站时，巨大的爆炸震得千米开外的榻榻米颤抖起来。肚里的孩子，再也待不住了，开始冲撞生命之门，伊兰疼得呻吟起来。

多田拉亮电灯时，心也敞亮了一大半，供电系统都没破坏，不是正规军的打法。他安慰一下伊兰，跳到院中，张望一眼火车站，密集的爆炸声中，他听出了琐碎，立刻判断出，不是火炮，手榴弹而已,便放心地回到屋中。枪声密集而起,打扰了他的睡眠,他毫不担心义勇军的土枪大刀能攻上城墙,索性坐下来,打开台灯,继续绘制他在锦西的工业蓝图,实现他以战养战的规划。

伊兰最害怕那盏台灯了,忍受肚子的疼痛,躲过台灯的光。台灯的罩不是普通的罩,是一个姑娘的乳房做成的,圆润透明,性感张扬,饱满得血管的纹路都清晰可见。那是户波手下一名军曹的杰作,户波与多田人手一件。多田对这件艺术品爱不释手,甚至拿伊兰香瓜般小乳房对比,嘲笑伊兰,除了鲜活,没有优点。

她恐惧地缩成一团,不断地躲闪,似乎看到了鲜血顺着多田的指缝,黏稠地流下来。多田看着伊兰胆怯的样子,居然开心地笑了。

伊兰想象不出那个姑娘生前该有多么美,只要那盏台灯一亮,她的眼前就一片漆黑,看到的却是胸前敞着两个黑洞,顶着骷髅头行走的鬼。她的肚子疼得更猛烈了,那个小生命仿佛被无数个冤魂催促着,迫不及待地想看看这个世界,想知道是谁弄出那么大的响动。伊兰不想让孩子这么早地降生,这个世界太恐怖了,她想等到清朗和平时,和孩子的父亲一起迎接新的生命。可孩子的冲撞让她疼痛难忍,喊叫突破她紧锁的喉咙,冲破她紧咬的嘴唇。

多田丢下笔,关了台灯,起身来照顾伊兰,问了一声,多田伊兰,是不是叫医生?

这是伊兰最不爱听的称谓,把她的名字加上“多田”,就像强扭的瓜。她叫孙伊兰,她想见的不是医生,是她的父母。

多田不紧不慢地出去,找孙国栋。

此时的孙国栋,也惊醒了,正在院子里踱步。他渴望爆炸声,没有爆炸，就意味着失去了反抗，可他又害怕爆炸声，爆炸意味着流血和死亡。他憧憬和平，可和平与侵略如此地相悖，水火难容，这个矛盾，不是他一个文人能解决的。他承认，他是个窝囊的县长，既不能兼济天下，更不能独善其身，像风箱里的耗子，天天两头受气。

院子原是文庙，孙国栋住在大成殿旁的东厢房，西厢房住着多田和伊兰。平时办公，孙国栋就在大成殿里，背后就是孔子的牌位，这使他特别痛苦，无论做出什么决策，他都觉得如芒刺背，孔夫子盯着他呢。

有辱斯文啊。他经常在心里骂着自己。

孙国栋最害怕别人叫他县长，他觉得县长称呼中，不是威胁，就是咒骂。他多么渴望自己轻得像空气，没人在乎他的存在，可是，"伪满洲国"任命的第一批县长名单里就有他。他以失掉锦西县城，无德无能为由，请辞多少次，也没推掉，只不过改任了兴城县长，除非他死了，才能丢掉汉奸的骂名。可他若死了，疯儿子怎么办？他想携家挈子出逃，可文庙是封闭的院子，周围住满了日本兵，插翅难飞，想身在曹营心在汉都不行。

多田不是曹操，他需要傀儡，孙国栋是不二人选。

屋里的灯光，映出了高高的棂星门，和矮矮的泮桥。桥下哗哗的流水声，穿透时紧时缓的枪声，漠不关心地往下流，显得没心没肺。

多田向孙国栋走来时，户波也跑了进来，征求多田意见，仗怎么打？多田讨厌户波频繁地向他请教，他是搞株式会社的，解决战争物资保障的问题，打仗的事儿，是军人的本分，与他无关。他挥了下手，不耐烦地说，枪声凌乱，无章无法，别管他。

看到户波，孙国栋的腿打起了哆嗦，不是怕他，是怕被他带出去，看杀人。

青黄不接时，日本人指令孙国栋带人去城西南百里外的高家岭征粮，跟随的除了警察，还有两名日本兵。高家岭离绥中近，村里的民团并入了郑天狗的义勇军，纳粮缴税顺其自然也就交给了郑天狗。县里又来征粮，村民不干了，自古百姓不纳两家粮，何况老帅当政时，从来不向老百姓征粮。群情激愤，拒绝纳粮，还把县长孙国栋打了个鼻青脸肿。孙国栋并不生气，挨了一顿打，心里的火去了一大半，还骂着自己，活该。

户波却不这么想，打县长的脸，就是打日本人的脸，大日本帝国的尊严在一个小小的村落丧失殆尽，必须还以颜色。就这样，户波联络驻守绥中的日军，加上两县"伪满"警察，九百多人"扫荡"西部山区，包围了高家岭村。

村民们保命要紧，将藏好的粮食悉数拿出。户波不但要粮，还要命，交出跟随郑天狗的"土匪"。于是，义勇军的家属被挑了出来，户波让士兵们当成练习刺杀的活靶子，个个戳胸而死。

最惨的是一家三口，妻子把当了义勇军的丈夫藏在地窖，被日军找出来。妻子想掩护丈夫逃跑，拼命地拦着，被日军一刀刺穿胸膛。三岁的女儿抱着妈妈垂下的脑袋哇哇大哭，另一只小手堵住妈妈的胸脯，企图阻止住喷涌而出的血。女儿的哭声像晴天的霹雳，震得父亲的腿打了个哆嗦。他扭过头来看闺女的瞬间，就成了留在这个世界的最后一眼，一名日军不错时机地将刺刀扎进他的胸脯。女儿茫然失措，在父母之间彷徨，不知是捂爸爸的胸脯还是妈妈的胸脯，哭声噎在了嗓子里。

一瞬间，爸爸妈妈都死了，才三岁的孩子，该怎么活呀？孙国栋正在为小女孩揪心时,日军已经把这个问题解决了,拎小鸡子一样拎过女孩,当众剖腹,洗净,扔进蒸锅里。

这是孙国栋第二次直面屠杀,飞溅的血直扑他的脸上,尽管他闭上了眼睛,咬紧了嘴唇,鲜血还是冲进了他的鼻子,血腥味搅得他兜肚连肠,吐得个翻江倒海。

屠杀之后,就是烧房子,整个村庄三百多幢,无一幸免,熊熊烈焰把天都烧红了。日军就地取材,埋锅造饭,煮人心,炒人肝,把那个小女孩做成一道清蒸幼儿,呈献给户波。他们称这是战时获得军粮的最好方式,所有的士兵必须接受吃人肉的训练。

户波拿起筷子,友好地邀请孙国栋尝一尝,非常鲜嫩,美妙无比。孙国栋跑了出去,苦胆都吐了出来。户波笑了,这有什么,你们的岳飞早说过,壮志饥餐胡虏肉。

从高家岭回来,孙国栋病了好几天,烧得糊里糊涂,半夜惊醒时,打自己的嘴巴,骂自己,孽障。此后,只要见到户波,他的腿就打哆嗦。好在多田及时地撵走了户波,孙国栋紧张的心才慢慢地放下。

多田说,伊兰快生了,你们去看看吧。

孙国栋带着夫人去西厢房时,儿子孙春城也被爆炸惊醒,突然喊着,我要玩松鼠。从锦西躲到兴城,孙春城把啃驴粪蛋子的恶习变成了捉松鼠,文庙中古树参天,松柏相连,经常有松鼠上蹿下跳。他疯疯癫癫满院子追,屁股上经常挨日军的枪托子,有时,他趁着门岗不注意,钻出文庙,到外边疯跑,很快被日军兵追回,连踢带打地赶进文庙。

现在,女儿临产了,孙国栋没心情安抚儿子。

伊兰脱了内裤,用宽大的裙裾遮挡着下身。孙夫人安慰着女儿,别怕别慌,教女儿怎样用劲儿,怎样与肚里的胎儿配合。看着孙国栋傻站在门口,对他说,女人生孩子有啥好看的,你个当爹的还不快去找医生。

孙国栋说,多田去请了。

夫人说,家里的事都弄不明白,还当县长呢,回东厢房,烧水去。

孙春城嘴里喊着,抓松鼠,在文庙里跑了一圈,发现院里的日军都上了城墙,便抱来一堆劈柴,放在灶膛之前。

孙国栋愣了下神儿,盯着儿子的眼睛,他当县长的都糊涂了,疯子怎能知道妹妹生小孩子,需要烧热水?孙春城继续喊,捉松鼠,又在院子里跑开了。

剧烈的爆炸声过后,就是爆豆般的枪声,渐渐地,枪声稀落下来。孙国栋知道,多田预测得极准,义勇军面对铜墙铁壁般的古城,万般无奈。他埋头在灶膛前,一根接一根地往里添劈柴,一大锅水呢,烧热得需要时间。

灶膛里的火,映在孙国栋的脸上,他坐在那里,陷入沉思。他最不能原谅的,就是伊兰肚子里的孩子,一个大姑娘,无缘由地怀孕了,真是丢尽了他的脸。更可气的是,她铁嘴钢牙,不管怎么问,死活不说男人是谁。

伊兰刚显怀时,他们还在锦西新县城连山,他冷眼一瞥,突然发现了女儿肚子的异常,脸明显地瘦了,身材却没苗条下去。他是新派人物,观念不守旧,从不重男轻女,反倒把女儿视为掌上明珠,女儿聪明淘气,又善解人意,让他尽情享受天伦之乐。可是,自打锦州沦陷,女儿变成了另一个人,由极其可爱,变成了极度忧郁,甚至怀上了别人的孩子。

既然孩子都有了，那就结婚吧，不管男人是谁，他都接受。可女儿的头摇成了拨浪鼓，他想了想，似乎明白了，曹觉知当和尚前，和伊兰有了夫妻之实。女儿的顾虑也对，把和尚拉来当新郎，那是天下奇闻。更何况，他和曹觉知共同保守着一个秘密，守护东北与中原文化一脉相承的重要考古物证，土地失去了，可以夺回来，文化的根脉丢了，什么都没有了。

和尚是曹觉知的最佳保护色，他不能给揭下来。

即使再开明，孙国栋也没开明到让大姑娘养孩子的程度，他想找医生，把孩子打掉，伊兰投给他仇恨的目光，摆出了和孩子共生死的架势。没有别的办法了，必须给女儿找个男人名正言顺地嫁过去，遮掩掉这件丑事。可他们一家身为人质，找个称心的男人哪儿是件容易的事儿。

也是有病乱投医，孙国栋想到了多田。

多田简直是心花怒放，伊兰确实可人，大家闺秀，满腹诗书，活泼机智，更重要的是，他们一直寻找着"日满亲善"的典范，孙国栋居然投怀送抱。至于伊兰怀有身孕，他完全可以忽略不计，既然是政治婚姻，就是国家的需要，牺牲掉本土的妻子，无关紧要。

紧随着溥仪在"新京"登基，一场盛大的婚礼在新的锦西县城举行，日本关东军司令本庄繁居然丢下繁重的军务，不嫌麻烦地登上火车，来到连山驿火车站，亲自为他们证婚。陪着本庄繁来的，是"满洲国"总理郑孝胥，他代表溥仪皇帝主持婚礼。

这是一场被绑架的婚礼，伊兰无法拒绝，她一人身系着父母兄长和肚子里的孩子四条性命，即使她不想活了，却不能因为自己害死他们。整个婚礼，伊兰的脸浓妆艳抹得失去了原有的鲜活，宛若日本的艺伎，木偶般被人牵着。

婚后的伊兰，并没有新娘该有的丰润，脸色越来越苍白。直至躲进兴城，住进文庙，隔着大成殿，孙国栋都能听见女儿的惨叫，温文典雅的多田，事实上是床上的野兽，恨不得把伊兰弄成流产了。

每逢这时，孙国栋总是心神不安地坐起，在夜色的掩护下，流着眼泪，他痛恨自己，只顾面子，害了伊兰，让女儿成了免费的慰安妇。

孙春城满文庙找松鼠抓，貌似疯子，心里却真的急得发疯。在锦西老县城江家屯，他就是靠松鼠，送出了情报，现在，他还想复制一次。他装疯的事情，瞒得了天，瞒得了地，却没瞒得住妹妹。同样，妹妹肚子里的孩子是谁的，也瞒不住哥哥。只是他俩心照不宣，谁也不能说破。

城外来了多少人马，孙春城不知道，但他看得到，探照灯一盏盏地被击灭，那就是训练有素。前两次攻城，探照灯下义勇军被打得屁滚尿流，这一次完全不一样，攻城的队伍里来了高人，先打灭的就是探照灯，那枪法实实在在的百步穿杨，除了在少帅手下当警卫连长的张天一，谁还能带出这样的兵？

这样想着，他更渴望见到张天一了。张天一先后击败关东军的两个联队，就不能再一次打败户波吗？他想通过暗道，把张天一带进古城，来个中心开花，里应外合攻陷兴城。那样的话，全家人就不必当人质了，妹妹又能回到张天一的身边。

他不想让自己的亲外甥一出生就认贼作父。他恨多田，恨得咬碎了吞净了都不解恨，若不是多田绑架了他，他现在也该是驰骋抗日前线的英雄了。

想把张天一的人马引进城里，不是孙春城的异想天开。日军文庙门岗对疯子孙春城的控制，和对孙家其他人还是有所区别，别人想出院，寸步也不行，除了客气，和院中相对的自由，无异于监管的犯人。可孙春城是个疯子，谁还能和一个疯子计较呢，一次次地被抓回来，顶多屁股上多挨几枪托子，站岗的日军也烦了，何况文庙之外又是个完全封闭的城墙，守城门的士兵也决不可能放跑疯子。

疯子的形象完全掩盖住了真实的孙春城。一天凌晨，孙春城看到站岗的日本卫兵犯困了，获得了自由的机会，奔跑出文庙，一个偶然发现，让他目瞪口呆。那时，城门还没有打开，他突然看到，一个男人掀开东城墙下的一块大石头，身子快速钻进去，那人看到疯子发现了他，并没在意，从容地扳倒石头，遮住洞口，人便毫无痕迹地消失了。

原来，这是修城墙时预留的下水道，就连城里的本地人，知道这条秘密通道的也不很多，更莫说是日本人了，这是上天赐给孙春城的机会，他不能轻易地浪费掉。眼下，机会来了，他正在想办法，让张天一知道这个秘密。

城外的爆炸声响起，文庙进入高度警戒，孙春城再想靠装疯跑出去，比登天还难。好在他计算得出，文庙泮桥下的水，最终汇入东城墙的下水道的距离。可是桥下的洞孔，只有碗口那么粗，莫说是人，一条狗也爬不进去。

可松鼠跑出去，毫无问题。下水通道位置的地图都画好了，包进油纸包中，只等抓来一只松鼠，再次充当信使，传递情报。然而，松鼠不遂他心，不肯让他捉住，父亲也不懂他的意图，认为是满嘴疯言谵语。

启明星贼头贼脑地亮起来，天色将明，孙春城呆呆地坐在泮桥上，眼睁睁地看着大好机会被时钟带走。

孙春城觉得，关在文庙里，即使天天看到孔圣人，也没人送给他智慧，还是束手无策地被圈禁。城外的枪声召唤着他，想成大事，不能指望别人，必须自己强大起来。他浑身血往上涌，从来没有像今天这样，渴望逃出去。

伊兰是早产，还没足月呢，孩子承受不起母亲接连不断的惊恐，还有来自外部没完没了的挤压，急着要闯荡这个世界。伊兰还没做好当妈妈的准备，无论母亲怎样教她用劲儿，多田请来的医生怎样用器械帮她生产，她一次次的努力显得那样地无力。

母亲泡了碗红糖水，哄着伊兰，让她喝下去，没有力气，怎能生下孩子。多田捂着伊兰的耳朵，认为是外面的枪声让伊兰害怕了，不让她听见。伊兰抓过多田的手，狠狠地咬下去，她觉得这样能借力，更能解恨，承受太多的痛苦了，她要在这一瞬间爆发。

多田早就比汉人更像汉人了，在众人面前，不会像普通日本男人那样，拿女人当附庸，他忍受着，只要能给伊兰借力。

孙国栋老奴一般，一次又一次地从东厢房端来热水，让屋里人给伊兰擦身子，给医生洗手。孙春城只顾满院子跑着捉松鼠，根本不懂得帮助父亲一下，更不关心妹妹正在生产。孙国栋历来衣来伸手饭来张口，哪儿受过这样的累，连个打杂的人都喊不出来，望着儿子满院抓松鼠，只能哀叹一声，这个疯子。

太阳升了起来，女墙的影子消失在西厢房窗子上，阳光不可阻挡地照射进来。

伊兰的眼光掠过窗外，突然发现，天空中飘舞着一只风筝，眼神突然定住了。风筝碧绿碧绿的，展开了一片圆圆的荷叶，尾巴上拴着两朵盛开的兰花，也是栩栩如生。不用猜测，昨夜攻打兴城的，就是孩子的父亲张天一呀。他是用风筝告诉她，他来了。

身旁忙碌的人遮挡住了伊兰的视线，她用手拨开，望着窗外，流下了两行眼泪。窗外的风筝仿佛是一只伸过来的大手，赐予她力量，赐予她勇气，她大喊一声，浑身的力量都聚集在她的下腹。孩子也默契地配合她，拼力地拱出头来。

孩子出生的那一瞬间，伊兰虚脱了，仿佛时间也停滞了。渐渐地，她听到有人在耳旁喊她，伊兰，伊兰，声音是这样熟悉，分明是张天一趴在她头前喊她。她睁开眼睛，没有看到张天一，人们都在忙碌孩子，她的肚子空了，心也空了，呆呆地看着空中飘荡的风筝。

伊兰哭了，她在心里狠狠地骂，张天一，你这个畜生，抛下我们母子不管了。

孩子不大，男孩，哭声却格外响亮。

伊兰弱弱地说了声，今天是立秋，就叫孩子立秋吧。多田抱过孩子，赞成伊兰起的名字，叫孩子多田立秋，"日满亲善"的结晶。伊兰突然间母狮子般坐起，一把夺过孩子，牢牢地抱在怀里。

3

张天一坐在灯塔山上，举起望远镜，眺望大海。

灯塔山高高地耸立在葫芦岛港，山顶上的灯塔昼夜不息地闪烁，对遥远的大海发出生生不息的呼唤，无论少帅的舰队有多远，只要想家了，哪怕看不到陆地，也能看到山顶上闪烁的航标灯。

其实，凭着张天一异乎寻常的眼睛，不用望远镜，也能看见让他望眼欲穿的东北军的军舰。即使海平线上的船只比蚂蚁还小，也逃不出他的视野，可他已经不相信自己的眼睛了，期盼着望远镜带给他奇迹。

他多么渴望，遥远的海平线上，少帅乘坐他的炮舰，和越升越高的太阳一道，昂首挺胸地露出来，大张旗鼓地驶进葫芦岛军港，宣示东北军真正地回到了东北，宣示少帅依然是东北的主人。

辽沈大地上，各路义勇军正在和日军苦战，沈阳打得几进几出，锦州围成了铁桶，辽东、辽西还有辽南，把日军都逼进了县城，民众的反抗如同汪洋大海，日军只能龟缩在孤岛中。千千万万个手持土枪土炮的民众，甚至手持铁锹锄头的庄稼汉，把命都豁出去了，不惜白发人送黑发人，图的是啥？不就是图个少帅率军回家，收拾旧山河，和老帅一样，让东北人过上好日子吗？少帅就是东北人的魂儿，你一去不回，那不是眼瞅着家乡父老丢魂吗？

张天一的眼睛盼得比大海还蓝，可是除了几只扯篷的渔船驶进他的视野，看不到一艘冒烟的军舰。眼下，正是大战的节骨眼儿上，少帅统兵回归，那就是风卷残云，会成为压垮日军的最后一根稻草。

少帅率海军归来，是这场辽沈大战的关键节点，就像围棋里的生死劫，谁占了先手，谁就是赢家。这是他和朱霁青早就谋划好了的，校长曹凤仪冒着生命危险，远赴北平，就是讨少帅一个态度。天赐良机呀，日本海军去了上海，关东军的主力增援去了黑龙江，战线拉得这么长，义勇军都有能力趁机壮大，更甭说是少帅的正规军了。

记得曹校长回来时，激动得手舞足蹈，讲述少帅看着作战方案时，连连叫绝，击拳拍掌，信誓旦旦，打回老家。按照作战方案，约定的登陆葫芦岛日子已经到了,张天一把眼睛都望酸了,大海依然蓝得发紫,遥远的天际间,找不到一丝军舰拉出的黑烟。

这是国家大事,是他们和少帅约好了的战略决策,千千万万的血肉之躯正在奋不顾身地苦战,这不是游戏,也不是演习,更不是儿戏。此时,少帅若是言而无信,那可真是天塌地陷,血流成河呀。

张天一放下望远镜,俯视下去,军港里一道道船坞,空空如也,一群海鸥在寂寞地飞翔,拍上码头的浪花,是那样苍白。同样空荡荡还有八号楼,本是一幢恢宏的大楼,在山顶上看,是那样渺小。

撵走日军时,楼里暗藏着无数的炸弹,倘若日军抢占了港口,八号楼就是他们的坟场。若是少帅回来,这里就是弹药储藏库,他做的第一件事情,就是拆除炸弹,运上战场。

张天一正瞅着八号楼,看到一头黑色的毛驴"嘚嘚"地跑过来,步幅不大,速度却不慢。骑毛驴的是个半壮小子,径直奔向八号楼。幸好张天一在那里留了几个卫兵,日夜看守,怕的就是有人擅闯八号楼,误碰爆炸机关,丢了性命。

半壮小子和卫兵争执了一会儿,没多久,就有卫兵扯着嗓子喊,参谋长。

坐在山顶上的张天一无奈地摇摇头,不管他付出多少辛苦,只要不进军营,训练个一年半载的,卫兵就改不掉乡民的习性,遇事就乱喊乱叫,也不会打个旗语,或者跑到山顶喊声报告。他抬起屁股,拍了拍灯塔,仿佛在说,老伙计,盯紧点儿,便跑下山去。

半壮小子捏着一个漆黑的信封,总是重复一句话,有人催我给张天一送信,还能赏给我一块大洋。每次重复,他都强化那个"催"字。

张天一追问了句,你从哪儿来?

半壮小子答,兴城。

看着一个字都没有的黑信封,张天一立刻明白了,掏出一块大洋,给了送信人。半壮小子吹了口大洋,放在耳旁听听,听到了嗡嗡作响的声音,欣喜地骑上毛驴,拍了下驴屁股,一转身就跑出了老远。张天一目送着半壮小子,心里赞赏着,真是头好毛驴。今后的日子,流动作战会越来越多,养个毛驴队驮物资,比养战马省草料,挺划算。

用不着拆信,张天一就知道,这封信是跑出连山,躲在兴城,给日本人当警察局长的舅舅写给他的,信封的颜色和半壮小子重重吐出的"催"字,明确无误地告诉了他,写信人就是崔黑子。

不知为什么,张天一扯信封时,撕裂的声音那样刺耳,他突然有种不祥的预感。展开信,里面只有一行字:10日,四艘军舰登陆葫芦岛,速撤。他的脑袋嗡的一下,涨得老大,毫无疑问,四艘军舰,决无可能属于少帅,肯定是日本海军赶了回来,吩咐固守兴城的日军联合作战,重新夺取锦西,接通辽西走廊。舅舅得到消息,担心他的安危,才冒着风险给他报信。精明的舅舅无落款,无署名,字是仿宋体,雇的是孩子送信,即使信被日本人截获,也与他无关。

毕竟血浓于水,当了汉奸的舅舅,还没完全沦落成冷血动物。可是,张天一的血却冷了,少帅的爽约,给他兜头泼了盆凉水,把他从三伏推到三九。他让所有的人都离开,去找陈小娴,自己钻进了八号楼,面对墙壁,号啕大哭。空荡荡的大楼里,到处弥漫着张天一悲壮的哭声。

少帅是他们的主心骨,也是家国的象征,只要少帅想回家,东北的魂就没丢。从前,即使一次次对少帅失望,还能燃起希望,这一次,是彻底绝望了。日本军舰重回葫芦岛,少帅回家的大门就被关闭了,抗日义勇军成了没有祖国的军队,他的心空落得像断了线的风筝。

陈小娴赶到八号楼,张天一将一切和盘托出,问道,怎么办?陈小娴淡淡地一笑,既然有人喊出后羿万岁了,那就把少帅当成少儿,彻底丢弃他,把自己塑成军魂。

一句话说到了心坎上,张天一终于露出了笑容,盯着陈小娴,没想到这么安静的女孩,内心比他这个大男人还要强大。

辽西会战如火如荼,少帅缺席,没有动摇他们的决心,国民政府解散了"救国会",也不能阻止他们护国的决心,出了个"满洲国"的皇帝,更不可能让他们妥协,谁都知道,那不过是个傀儡。国破山河在,热血护家园,义勇义勇,就是义无反顾,勇往直前。

数十万热血汉子,高唱义勇军军歌,冒着敌人的飞机大炮,前进。

亮山扫清了义县外围之敌,朱霁青率部将日军逼进狭小的县城,铁桶般围住,让他们失去了增援锦州的能力。辽西抗日义勇军总司令宋九龄调兵遣将,各部主力齐聚锦州,准备包围东北交通大学,一举消灭盘踞在那里的关东军第八师团司令部,粉碎日军侵占热河的图谋。

黑山的老梯子,海城的老北风,辽东的邓铁梅、唐聚五,沈阳的耿继周,他们各自为政,不让主攻锦州的辽西义勇军有后顾之忧,一口吞掉关东军第八师团的指挥部,掀掉这个贼窝,让他们的主力回不了锦州,直接滚回日本。

亮山率领九师原本是增援锦州,闻听张天一和郑天狗没有打下兴城,着急了,这根钉子不拔掉,早晚会起脓疮,何况他与户波打出仇来了,没像歼灭古贺那样歼灭户波,始终是他的遗憾。他率部反身转向连山,向张天一靠拢。此时,郑天狗也快速地平息了叛乱,与亮山一起向葫芦岛港会合。

宋司令对张天一的情报深信不疑,派传令兵快马赶到葫芦岛,命令九师和郑天狗部阻止日本海军登陆,为打下锦州争取时间。传令兵跑得口干舌燥,一口喝下一壶水,告诉了张天一另一个惊人消息:少帅辞职了。

张天一没有惊讶,既然心里已经放弃了少帅,有没有少帅已经无关紧要了。他转过身,重新登上灯塔山,掐断通向塔顶的电线,熄灭了闪烁不停的航标灯,不给日本军舰入港导航。

举起望远镜,张天一极目远眺,努力地搜寻着。大海里除了几只渔船扯篷孤行,依然是寂寞一片。忽然,一群海鸥兴奋地叫起,一团白云般向大海的深处飞去。海鸥的眼睛比人的眼睛敏锐几百倍,喜欢追逐大型轮船,不劳而获地捡食被螺旋桨打碎的鱼虾。

眼光顺着海鸥飞去的方向追过去,张天一忽然发现,一抹黑云笔直地划出海平线,没过多久,四艘火柴盒大小的军舰,浮出海面。尽管没有航标灯,它们也能径直奔来。

张天一立刻命令,进入预设阵地,准备战斗。大家面面相觑,还没看到日本人的影儿呢,跟谁战斗?有人学着张天一的样子,拿望远镜往大海的深处看,可是,除了一波推着一波的海浪,啥也看不到。

一刻钟过后,顺着张天一手指的方向,人们终于发现,天海相接之处腾起一道黑烟,没过多久,拱出了四艘军舰。望远镜里,太阳旗被海风扯平,抖动着鲜红的圆圈。人们不得不佩服张天一,生着鹰一样的眼睛。日本海军就要来了,空气立刻紧张起来,各路人马迅速隐藏在工事里。

港口立刻死一般寂静,太阳悬在高空,孤独地照着。

按照张天一的部署,必须给日军造成空港的假象,诱使他们进驻八号楼。日本的军舰真是快呀,刚刚看到一缕黑烟,舰艇就压着浪头飞驰而来,蔚蓝的大海里划出了四道白色的伤痕,扩散开去,久久不肯愈合。机器低沉的轰鸣声传来时,军舰已经成了庞然大物,每艘舰都插着数十面太阳旗,在海风中拼命地摇头晃脑。

看着日本军舰径直驶入葫芦岛港,张天一像被人揪断心弦一般疼痛,日本军舰先进得超越了他的认知,不似东北军的海军,离不开航标灯。他掐灭航标灯的举动,那样地徒劳,显得格外地幼稚。

消息传来得太晚了,没有时间埋炸药,破坏码头。四艘军舰陆续靠岸,日军放出一个班的侦察兵下了舰,向岸上搜索前进,没有发现埋伏,才钻进了八号楼。没过多久,爆炸声从楼里传来,那队日军急忙撤出,改成一个人往楼里摸索,结果还是爆炸,那名日军的尸首从窗口崩了出来。如此这般三五回,日军再也不往楼里派兵了,撤回到军舰上。

张天一相信自己,炸弹隐藏得很隐秘,即使日军派出排爆专家,也照样炸死在楼中。你若上岸,八号楼是军港唯一的住所,若走出港口,四周都是伏兵。他期待着日军全部住进楼里,就像张网捕鸟,让他们个个有去无回。

事与愿违,日军再也不派人下舰了,索性扭转了舰上的炮口,对准八号楼,发射一枚炮弹。那枚炮弹,爆炸声惊天动地,港口外三面环绕的山都在颤抖,随即火焰从坍塌的楼里冒出,接下来,就是一片"噼里啪啦"的爆炸声,张天一藏在楼里的炸弹,纷纷被引爆,没多久,八号楼就被夷为平地了。

阻击日军登陆的队伍,也有炮,却是可怜的一门,郑天狗打兴城时坏了,现在修好了,拖到了半山坡,既然日军舰炮这么厉害,先摧毁它。他们摇低了炮架,瞄准了日舰上的炮位,打出了港口阻击的第一炮。一切操作都没问题,抛物线计算得相当准确,炮弹正中舰炮的位置,可惜炮弹太小,才有小孩的枕头般大小,威力也不够强大,落在钢铁铸造的舰艇上,只炸瘪了一块护板,炸飞两个日军炮手,没能损坏舰炮。而舰炮的炮弹,粗得像口缸,一个人都抱不动,两个人借助工具抬着,才能送进炮膛,落下来即使不炸,也能将一个大活人拍成肉泥。

舰炮随即反击,瞄准郑天狗的发炮位置,一发炮弹打过来,阻击战中这门唯一的大炮顿时被炸得七零八落,十几个打炮的兄弟,全部命丧黄泉。好在郑天狗是靠前指挥,没被击中,否则,也会连个指头都剩不下。

日军舰炮骤然齐发,凡是怀疑有埋伏的山头路旁,决不放过,一发炮弹,一个排的士兵就全报销了,只要挨近爆炸点,藏得再好也没用,冲击波会瞬间震裂五脏六腑,眼睁着吐血而亡。没人想到,舰炮比飞机的炸弹还可怕,日本海军非比寻常,打古贺,战户波,所有的经验都没用处了,留在原地,就是等死。

他们见识过炮火,却未见识过如此威力巨大的舰炮。这是一场不对称的战斗,日军不需要与他们见面,更不给他们还手的机会,炮弹魔鬼一般,把他们撕得个支离破碎。更可怕的是,户波带着兴城守军,正在包抄他们的后路。

再撑下去,会是全军覆灭,别无选择,趁着部队没有更大的伤亡,撤退,远离舰炮的射程。

残阳如血,辽西走廊锦西通往锦州的各条道路,拥挤着数千撤退大军,他们抬着伤兵,扛着辎重,一路向东。队伍还没从舰炮爆炸的惊恐中走出来,脚步慌乱,神情慌张,好在方向没错,也没丢盔卸甲。

最终九师与郑天狗部会合在塔山,开始重新集结队伍。清点一下人数,除了阵亡的几十个人,有上千人当了逃兵。没办法,靠"义"字聚集起来的队伍,讲血性,不讲规矩,总摆脱不掉散兵游勇的坏毛病,胜的时候蜂拥而聚,败的时候四散逃离,离家没超过一百里,就想老婆孩子热炕头了,缺乏毅力,更缺乏铁的纪律。

还好,主力还在,总归没有伤筋动骨,跑的大多是没有枪的人,枪是义勇军的命根子,携枪而逃,抓回来就枪毙。亮山与郑天狗放心了,队伍以营团为单位,选择高地,立刻挖战壕。按照第二套作战方案,在这里打阻击战。两个人击掌为誓,不惜代价,守住塔山。

从塔山到白台山,只有五六里这么窄的通道,这是辽西走廊另一个咽喉地带,也是通往锦州的最后屏障,如果挡不住,锦州就危险了。张天一明确地告诉大家,不要害怕,日军舰炮再厉害,也不能从军舰上卸下来。他不信数千人马,挡不住日军的进攻。

没有经历过大凌河阻击战的人,不会懂得日军的攻击力有多么强,舰炮用不上了,日军还有迫击炮、掷弹筒、机关枪,筑牢工事,是第一要务。张天一把自己队伍安放在塔山的最前沿,右翼是义父亮山,左翼是李树祯,郑天狗在后侧做预备队。

借着太阳的余晖,争分夺秒地挖战壕,修工事。陈小娴带来的矿工,个个都是凿岩的高手,挖战壕更是小菜一碟。塔山村里的老百姓看到过兵了,跑得精光,家家户户的门板、柜子都被抬出来,用来构筑工事。张天一也不想骚扰百姓,可减少伤亡是头等大事,顾不得这些庄户人家的感受了,打赢仗再说。

日军的跟进速度极快,四辆坦克在前边开路,步兵藏在后边。这是事先没有料到的,军舰的肚子里还能装坦克,这个铁家伙,横冲直撞,无所顾忌,能轻松地跃过他们的战壕。阻击战又遇到了大麻烦,日军用上了精锐的海军陆战队,他们刚刚在上海打完大胜仗,士气正旺,根本没把他们这群民间武装放在眼里。

双方相距四五百米时,坦克傲慢地停下来,旋转一番顶上的炮口,一发接一发地向塔山阵地发射炮弹。炮火很密集,威力却远不及舰炮,张天一趴在工事里,躲过了第一轮轰炸,工事却矮下去了一大截。搭设工事的木头着火了,照亮了夜空。好在北风及时挟走了硝烟,没能阻挡他们的视线。

坦克继续前行,双方的距离只有几十米了,凭借着地形的优势,还有郑天狗赠送给他们的手榴弹,张天一率领大家甩向了坦克的后边,阻止日军步兵贴着坦克前进。

第一轮进攻被打退了,坦克没有碾轧战壕,而是后退了几十米,僵持在手榴弹甩不到的地方,继续打炮,掩护后续的步兵跟上坦克。一番激战过后,张天一的前沿阵地完全暴露了,接下来,日军炮火更加猛烈,坦克炮、迫击炮、掷弹筒一股脑地砸过来。

张天一凭借着超凡的夜视能力,瞄着坦克后边的掷弹筒射手,接二连三地命中目标。坦克上的炮管抓住了他的位置,总是追着他移动,他凭借敏捷的身手,不断地在战壕里转换位置,机灵地躲过。

有那么一刻,张天一突然看到,一辆坦克上的炮口火光一闪,便预感到了不妙，就势一滚。这一次，他没能躲过去，炮弹在他不远处爆炸，他只是感觉身体被气浪掀了出去，飘浮在空中，便什么都不知道了。

张天一醒来时，已经是第二天上午，阳光透过窗玻璃，明媚地照射进来。剧烈的疼痛从下腹蔓延到全身，脑袋也沉得像块酱斗，他呻吟了一声，耳朵里还在鸣响着隆隆的炮声。一个弱弱的声音穿插进他的耳中，醒了。

他知道，自己没死，可他的心比死了还难受。阻击战的结果在坦克出现的那一刻，已经注定了，他们没有反坦克的训练，更没有准备能摧毁坦克的炸药包，血肉之躯怎能抵挡钢铁大物？阻击战失败，收复锦州会战就会无果而终，好不容易将日军驱逐出去的锦西，毫无疑问地将又一次沦陷。

一着错，全局输，与日军的辽沈大战，只因没有占住葫芦岛港，前功尽弃。男儿有泪不轻弹，只因未到伤心处。张天一的眼泪顺着眼角流下来，陈小娴掏出手帕，擦掉了他的泪水。

张天一的眼睛终于睁开了，可他看到的却是个模糊的世界，就连檩子上的木纹都看不清晰了，他揉揉眼睛，眼前还是像罩上层水雾，怎么揉也不能把眼睛揉得透彻。爆炸摧毁了他鹰一般的视力，让他的眼睛沦为平常。

尽管如此，他还能看清，自己住的是平房，又瞅瞅窗外，外面秋阳似火，向日葵金灿灿地开着，满脸的媚态，丝毫没有丧失家园之痛。他问了句，这是哪儿？

陈小娴说，锦州。

张天一判断得出，此时的锦州，又成了虎狼之窝，他挣扎着，试图坐起来，可身体却不给他做主，散了架般，除了胳膊，哪儿都不能动。他知道，自己伤得不轻。

陈小娴接着说，不用担心，灯下黑，不来锦州，上哪儿找救你命的大夫？

张天一看了眼陈小娴，以前真是小瞧了这个小女子，胆大心细，居然深入龙潭虎穴救他性命。他还有很多话想问，队伍伤亡多少，都去了哪儿？义父亮山安否？宋司令、朱监军撤退到了哪里？可他憋尿了，憋得挺难受，他想尿，却动弹不得，大男人尿炕，那得多么羞耻。人有三急，多大的事儿，也得先解决掉它们。

陈小娴看出了张天一的焦急与顾虑，她索性掀开遮着张天一身体的被单，坦率地露出他的私处，拿起一把尿壶，给他接尿。

张天一扭过头去，羞愧难当，一个大男人，让一个小姑娘乱摸，真的让他无地自容。一时间，他无法尿出，可小肚子憋得鼓鼓的，撑得伤口撕心裂肺地疼。

陈小娴安慰道，没关系，昨夜大夫给你手术时，我打下手，已经摸过了，好歹没伤到命根子。

张天一索性闭上眼睛，就当躺在无人的旷野中，努力让心情平静下来，这才尿了个翻江倒海。重新把被单盖在张天一的身上，才把他从羞耻的深渊中拉出来，再次和陈小娴对视时，他的眼神中便饱含着一种赧然，一种温情。

陈小娴安静地握着张天一的手，默默地坐着，两个人从来没有如此亲近，近得听得见彼此的呼吸，彼此的心跳。她不紧不慢地告诉张天一受伤之后发生的所有事情。

张天一知道了，炮弹皮崩进了他的小肚子和大腿根儿，幸好他的乌骓马一跃而起，垫住了他的身子，才没摔得骨断筋折。陈小娴是骑着张天一的乌骓马，驮着他连夜来到锦州。陈家是锦州大烧锅、裕隆绸缎庄、祥和旅馆等十几家商号的幕后东家，掌柜的都是陈家的铁杆，藏一个张天一，还是绰绰有余。安置进离医院最近的住所，请来全城最好的外科大夫，给张天一做了全身麻醉，手术足足做了一个多时辰，取出了十几块弹片。

大夫敬佩张天一是个英雄，面对陈小娴的重酬，居然分文未取。只是吩咐，日伪也有大量伤员，虽说是夜半三更，离开医院久了，日本人找不到他，会被怀疑，不能继续给张天一治疗了，留下好几支盘尼西林，教会了陈小娴打针。

送走了医生，陈小娴立刻动身，将张天一转移进这处秘密宅院。她不是不相信医生，而是警惕所有潜在的危险。

对于自己，张天一觉得不重要，重要的是抗日的队伍。陈小娴下面的讲述，就有些悲观了，日军的坦克冲上塔山阵地，如同洪水冲过了泥做的堤坝、大象踏进了蚂蚁窝，九师和郑天狗部被冲得七零八落。朱监军和宋司令得知塔山没守住，恐怕被反包围，弄得全军覆没，迅速撤离了锦州。命令辽西义勇军化整为零，各自为政，亮山退守江家屯，李树祯退到缸窑岭，他们的部下则撤进了香炉山。

张天一摇了摇头，咬紧了嘴唇，不是因为身体疼，而是心疼。这该是国家之间的战争，国家一味地忍让退却，不敢对日宣战，民间的自发武装，怎能抵抗得住日本的国家军队？他再一次感觉到身体飘浮起来，比断了线的风筝还要轻，还要飘摇不定。

他攥牢了陈小娴的手。

4

毒辣的日头照射到头顶时,枪声早已停息,满城都是"咚咚"的跑步声。日军在集合,"讨伐队"在集合,警察也在集合,在杂乱的对话声中,孙春城听到,他们要打回锦西去,擒获"匪首"亮山。树上的蝉们被惊得到处乱飞,仓皇地逃往城外,大声叫唤,好像倾诉刚才的恐惧。

孙春城再也不满院子跑着追松鼠了,坐在地上,靠着古柏,呆呆地望天。那只风筝,在古城上空飘荡了半天,没人留意,也没人在乎。别人看不懂,孙春城却瞧得明白,满城人只有他知道,风筝的尾巴,是来自南亚的伊兰之花。用不着猜,他已经知道,最惦记妹妹伊兰的张天一来了,固执地传递着对伊兰的思念。

最初发现时的风筝,活泼得摇头摆尾,游龙戏凤般起伏。太阳升高后,风筝突然不爱摇摆,也不肯起伏,呆板而又孤单地飘着,丢掉了精气神。孙春城判断得出,日军时刻想缉拿的张天一放弃了对伊兰的召唤,走了,只是把风筝线固定在某个位置,让风筝失魂落魄地飘,传递着他的固执。

夕阳西下时,风筝突然飘摇起来,奋力地向上一扬,随后向着西南方飞驰而去,转瞬间消失得无影无踪。孙春城心里突然一顿,飘走的风筝指示着他人生的方向,逃跑的欲望无可遏制地在胸中升腾。驻扎在文庙里的日军都出去了,"围剿"亮山,只剩下门口两名哨兵,盯守着县长。

千载难逢的机会,孙春城心里想。

既然要逃,在亲人面前没必要继续装疯了,他瞅了眼哨兵,从古柏树下站起,拍拍屁股,去了西厢房。此时,多田没在文庙,正襟危坐在城中心——钟鼓楼,暂且替户波盯着城防,四座城门,除了户波带着他的联队和伪满警察出城,始终严实地关闭,禁止一切人等出入。

从冬到秋,日本人的监管,连疯子都不放松,现在,孙春城第一次感觉到背后没有盯梢的目光,他的心也自由地飞翔起来。见到妹妹,迫不及待地去看小外甥,别看小立秋刚出生,眉眼俊得像伊兰,洪亮的哭声,像他爹张天一的呐喊。

孙春城低声对着妹妹说,我要走了,像张天一一样,在外边自由地飞翔。

伊兰说,哥,带我一起走。

立秋仿佛听懂了,放开嗓门,大声哭了起来。

带着孩子一块儿走,哭声昭告了一切,不带着孩子,伊兰怎能舍得下亲骨肉?况且伊兰正在坐月子,身体吃不消,即使逃出,能到哪儿落脚?张天一天天征战,居无定所,哪儿有能力照管伊兰母子。逃出牢笼,在哪里能安身立命,都是未知数。

伊兰多么渴望跟着哥哥一块儿逃,可这又是怎样一个妄想?没人识破哥哥是装疯,人丢了,谁会拿一个疯子当回事儿,可她走了,莫说是立秋活不了,父母也会因此受牵连,无妄之灾就会落到两位老人家的头上。她真不该在多事之秋生了立秋,她割舍不了她的亲骨肉。

伊兰说,你走吧,告诉国民政府,父亲不是汉奸。

真想逃走,却不那么简单。天黑时,孙春城疯疯癫癫往文庙外跑,哨兵牢记户波的命令,看住孙家的人,不让他们离开文庙一步,用枪托把他拍了回去。想跳墙而走,墙和房子一样高,上面架了铁丝网,还通了电。一只猫试图跳进院里,挂在了电网上,尸体都风干了,昭示着不可逾越。

看样子,没有父亲的帮助,很难逃出天罗地网。孙春城决定,向父亲摊牌。于是,他向妹妹和盘托出逃跑计划,伊兰很羡慕哥哥能装得这么久,装得这么像,像得自己都认为哥哥真的疯了。哥哥就要逃出牢笼了,而自己却深陷其中,不知何时能熬出去。她抓过哥哥的手,瞅着孩子说,你一定要见到张天一,告诉他,儿子的名字叫张立秋。

孙春城点头答应。

孙国栋走进西厢房,进来照顾女儿的时候,突然发现儿子久违了的明亮眼睛,他是悲喜交加,天天生活在一起,居然瞒得老父都信以为真了。他老泪纵横,儿子没有病,就是去掉了他的一块心病。女儿嫁给多田了,已经为人妻为人母了,无法改变,只能听天由命,只要儿子平安,他就没有后顾之忧了。

立即返回大成殿,孙国栋给儿子开具了通行证,到西厢房,找到多田的印章,又给儿子做了一个日本人的身份证明。他把家里所有的钱都塞给了儿子,觉得还不够,索性掏出胸前的金壳怀表,按在儿子的手中。

最后,孙国栋嘱咐儿子,别忘了给家里写信,非常时期,信的内容不重要,平安就用蓝墨水,艰难就用黑墨水,危险就用红墨水。逃出去能留学,尽量出国留学,出不去,那就教学,无论世道怎么变,都需要老师,都需要教化育人,无论如何,不入行伍,刀枪无眼。

父亲的唠叨既是舍不得,也是把儿子送出牢笼之后的担忧,既然儿子是装的,无论如何也不能让儿子再忍下去,人不人鬼不鬼地活着。至于怎么欺骗哨兵，让儿子蒙混过关，孙国栋早已成竹在胸。

按照父亲的安排，孙春城先隐身在棂星门后，完全和黑夜融为一体。伊兰狠狠地拧了一把孩子的屁股，孩子骤然大哭起来，声音凄厉、委屈，吓飞了栖在文庙古柏上的夜猫子。孙国栋惊慌失措地跑出西厢房，用日语喊着哨兵，快去找多田，孩子病了，正在抽搐。

如果是孙家人有病，哨兵不会着急，多田的儿子病了，那可不得了，两个哨兵立刻有一个飞奔出去。孙国栋装成喘得不行，突然间倒在地上，浑身哆嗦个不停，不住地喊，救我，救我。

开始的时候，哨兵还不肯帮助孙国栋，看着县长抖成了一团，实在可怜，真的死在他面前，多田怪罪下来，他也难逃干系，反正没几步，紧急施救也不妨事。哨兵过来掐人中，捏虎口，俯身忙着做心肺复苏时，孙春城已经蹑手蹑脚从棂星门蹿到了正门，贴着门口转了出去。

看到儿子脱身出去，孙国栋一颗悬着的心落了下来，长长地舒了一口气，坐起身，用日本礼仪对哨兵千恩万谢。

那一夜，多田没想回家居住，受人之托，尽管万般不愿意，也要尽到责任，权当效忠天皇，就在钟鼓楼上委屈一晚。

他喜欢我行我素的生活，称自己为实业浪人，投资兴业是他的本分，他讨厌军队的纪律约束。他对户波拜托他守城很不满意，他没有扛枪做军人的欲望。不过，对于兵法，却不乏研究，虽说城里守军不足一个小队，可他依旧能分派得有条不紊，四座城门、四面八方，都有日军严防死守。那些从本土到兴城居住的日本商民，也被分派到城墙上值夜班，莫说是反满抗日分子来偷袭，就是一只麻雀飞过来，也逃不过这些眼睛。

多田坦然地端坐在钟鼓楼上，海军在葫芦岛港登陆，给他吃了定心丸，区区些许辽西顽匪，在庞大的帝国海军面前，就是蚍蜉撼树，一触即溃，不必担心他们袭扰兴城。他心无旁骛，孜孜不倦地在灯下读书，阅读美国地质学家的定碳比理论，旁边还放着古生物学和古微生物学的图书，三类书对比在一起，可以判断哪个地方能出石油。他准备在锦西建立支撑战争的工业体系，有色金属早就被他摸清了，开采与选矿已经抓到了手中，唯有石油和石油冶炼还是一片空白。而石油是支撑战争的血液，制胜的法宝，是当务之急要解决的问题，他必须为天皇解忧。

正看得入迷，哨兵跑上钟鼓楼，告诉他孩子病了，伊兰让他回家看看。多田看看表，夜已经深了，也该睡了，四面八方已经安顿妥当，他可以安心地回家睡觉了。

深夜的文庙，古松和古柏把院落衬托得更加幽深肃穆，孩子的哭声在这夜深之时，显得格外地响亮和刺耳。多田折腾了好一会儿，也没弄明白多田立秋大哭的原因。伊兰说，会不会是剪断的脐带在疼？

别看多田博学多才，对待婴儿方面，却是白痴。好在伊兰用乳头哄好了孩子，他含含糊糊地答应着，是吧，倒头就睡。

后半夜时，孙国栋敲响了西厢房的窗户，带着哭腔对多田说，春城丢了。

多田烦了，你的儿子，你的外孙子，与我何干？他觉得，县长是不是也在说疯话？文庙就这么大的地方，门口有岗哨，即使出了文庙，又能怎样？四门紧闭，古城方圆就那么一公里，长了翅膀能飞出去？天亮再说。

天亮时,哨兵在多田的允许下,放出了孙县长,县府的一名公务员陪护孙县长,满城回荡着一个苍老的声音:春城——你在哪儿?

守城的日军也特别配合县长,四门紧闭,让孙县长一街一街地往下找。见到有的人家敞开门,孙县长可怜见地问,看到我那疯儿子了吗?被问到的人家或者摇头,或者干脆关上大门,还有人呸了口,骂了句汉奸。还有人指责他,你家丢了儿子,城门都不开,耽误了别人多少事儿?

这些责骂与冷眼,孙国栋都不在乎,他要把假戏真做。

到了午后,城里风传,疯子掉井里了。全城的人一下子谁都不敢喝水了,生怕喝到晦气,闹闹哄哄地闹开了城门,到城外挑水吃。

好多天过去了,城里一直都在淘井,一眼接一眼井地淘净了,没有淘到尸体,人们才放心地饮用井水。城里的最后一眼井没有人淘,从前那井淹死过人,人们嫌弃它,井辘轳都烂透了。人们纷纷传言,说井里的死鬼太孤独了,缺伴,把疯子拉进去了,快把井盖上,别让冤魂跑出来。

孙国栋放心了。

夜比墨还黑,孙春城摸索到城墙下,掀开那块石头时,心都快从嗓子眼里蹦出来了。合上那块石头,他在水沟里蜷缩了好一会儿,才安抚住狂跳不止的心。适应了这么久,排水沟里还是黑得伸手不见五指,只能证明里边是真正的黑。脚踩泥泞,手在潮湿的洞里向前摸索,直到闻到了一股腐朽的水锈味儿,才看到一方闪烁的星斗。

他知道,马上就要钻出水洞,爬进护城河了。

借着星光，涉过护城河，抓住土崖，用脚踢出窝凹，用力地爬了上去。孙春城像一只逃脱了套索的兔子，一路向东跑去，直至跳进了东河，他才停下来喘气。河滩之下，完全脱离了城上的视野，即使城墙上亮起探照灯，也照不进河里。

河水不深，哗哗地流淌，虽说只能隐隐约约地看到一条亮带，也能感受得出清澈与干净。孙春城摸索着，洗掉身上的泥，洗净身上的臭味，顺着河往下游走去。东河汇入的是南河，南河浩浩荡荡，能行船走马。他在锦西县城江家屯时，已经在女儿河里练就了渡河的本事，这条河，远不及女儿河水深流急，他边蹚边游，很轻松地过了河。

上了岸，回头张望过去，古城的黑影越来越小了，他迎着凉爽的风，自由地飞奔。

天亮时，孙春城赶到了沙后所，身上的衣服早已被风吹干。镇上已人来人往，露水集里更是摩肩接踵，他找到一家理发店剃头刮须，英俊的模样重新回到他的脸上，随后，他又到一家成衣店，从上到下全都换上了一套洋装，照镜子的时候，他连自己都不认识了。

取出父亲用油纸包好的各种证件，带好身上揣着的盘缠，孙春城把旧衣服送给了街头的一个乞丐，搭上贸易货栈赶往关里的大马车，一路向西南奔驰而去。

一个月之后，孙国栋收到一封莫名其妙的信，信以北平爱国学生的口吻，用蓝墨水写成的。尽管工整的小楷看不出是谁的笔迹，可他一下子就辨认出来了，那笔锋是自己教给儿子的，他怎能认不出？信的内容把孙国栋骂得个狗血喷头，虽然恶毒，却都是从报纸上抄的。儿子知道，父亲收到的信，日本人会逐行审查，他用特殊的方式向父亲报平安。

孙国栋躺在被窝里还摸着那封信,仿佛儿子回到了小时候,熨帖地趴在他胸口。看着孙国栋满脸是泪,夫人不解地问,你是怎么了?

他答,你该回娘家了。

夫人更是不解,父母双亡,她哪儿还有娘家。

孙国栋说,年轻时,妈是娘家,老了,儿是娘家,春城没死,也没疯。

夫人惊愕地张大嘴,随后,泪如雨下,她突然明白了,丈夫所说的娘家,其实就是祖国。

半年之后,夫人也失踪了,古城里的人都说,她想儿子想得也跳了井。

第二章　霍　乱

5

　　锦州闹起了霍乱，来势汹汹，街头上秋阳炽热，树叶打蔫，人流稀薄。不时地有人在走着走着，便蹲下来，靠着墙根捂肚子，声音嘶哑地喊着疼，没多久就躺在地上，痛苦得翻身打滚，来不及解下裤带，排泄之物稀水般喷射而出，热臭之味顺着脏裤子，满天弥散。随即，倒下的人便冷汗如雨，四肢冰凉，转筋抽搐过后，身体直挺挺地展开，便气绝而亡了。

　　这种被人称为绞肠痧的传染病，发病急得猝不及防，早晨还好好的呢，兴冲冲地出来走亲访友赶集上店，半路上突然蹿了几泡稀屎，肠子便如同刀绞，疼得个哭爹喊娘，没等亲人找来，人就死了。大街上时常扔着几个路倒，苍蝇闻到臭味，铺天盖地而来，飞出了"嗡嗡"的丧歌。人们躲开这些街巷，远远地绕道而行。

　　陈小娴原本安静得天塌下来都面不改色，现在也显现了惶恐，院落被她冲洗得干干净净，还不放心，撒上了一层生石灰。她在院里事先挖出若干个深坑，只要屋里有了换药的绷带纱布、刷锅洗碗的脏水，还有其他脏物，就马不停蹄地扔进深坑，须臾不停地深埋下去,还要用脚踩实,恐怕招来苍蝇蚊虫。

现在,她见到苍蝇,比见到日本兵追上门来还恐惧,满院追打,生怕落下来,把霍乱病毒沾染到院里。

好不容易救回了张天一的命,可始料不及的霍乱却在锦州愈演愈烈,陈小娴真的害怕,张天一没有死在日本人的炮火下,却窝囊地染上霍乱,锦西抗日大旗,缺不得他来扛,九师的命运走向,少不得他谋划,必须尽早地离开瘟疫肆虐的疫区,赶回香炉山。

等不及张天一养好伤,陈小娴将一辆马车罩上纱窗,变成马拉轿车,将张天一背进车里,让他侧躺着。驾辕的马,只好委屈了乌骓马,把战马当成了驽马使。他们赶着马车,向锦州城外走去。

隔着纱窗,张天一看到,锦州医院被日本人征用了,门口士兵站岗,划出了三十米的警戒线,谁敢靠近,就地正法。很明显,他们害怕霍乱染给伤兵,拒绝平民入院治病。

街头各个诊所人满为患,藿香正气散早已卖罄,锦州古塔旁的广济寺门前,施粥般支起了大锅,锅里"咕嘟咕嘟"地煮着花椒叶、芦苇根、苍耳子等,供人们用大碗舀着喝,预防正在流行的温热型霍乱。庙里的和尚们正在给亡灵们念经,超度他们去极乐世界。离开广济寺,每条胡同里都有悲天跄地的哭声,每个街巷都响着出殡的唢呐。

战争与瘟疫正在摧残着这片土地。

马车走到西城门时,张天一看到了他最不愿意看的一幕,与瘟疫肆虐、人心恐慌相反,日本士兵却异常兴奋,一百多名士兵站在城门上,挥舞着军旗,举着步枪,高唱日本国歌:我皇御统传千代,一直传到八千代,直到小石变巨岩,直到巨岩长青苔……

唱完日本歌,他们冲天鸣枪,庆祝锦州"剿匪"之战大获成功,山呼天皇陛下万岁。一番狂欢之后，他们推出了杜清和杜三秃子，让这个"改造成功"的土匪现身说法。

见到仇人，张天一格外眼红，恨不得操起枪，一枪击毙了他，可车里没枪，身上只有改变了张天一身份的通行证。他们是秘密来到锦州的，必须隐瞒住身份，陈小娴将这一切安排得停停当当，遇到盘查，也能顺利过关。

杜三秃子大字不识几个，最大的优点就是杀人时不懂得害怕，让他站在城门楼上说话，准会驴唇不对马嘴，会把日本人气翻背。可日本人懂得取长补短，从土匪中找个识文断字、能说会道的人给杜三秃子当帮手。那个人叫马兰亭，写一手好字，更能口吐莲花。

马兰亭替杜三秃子举起了喇叭，先歌颂了一番大日本帝国是礼仪之邦，又歌颂起了"东亚共荣"，日满两国同根同源同一祖先，大日本帝国为建设幸福美满的新满洲竭尽全力。随后，马兰亭又开始污蔑义勇军，称满洲匪患是罪恶之源，是文明的敌人，锦州的霍乱之疫，就是辽西匪帮从肮脏的乡下带到锦州的，企图用瘟疫把锦州军民全部瘟死，达到不战而胜的目的。匪患猛于虎，比瘟疫还可怕，大日本帝国是宽厚和仁慈的，满街撒石灰，户户烧霉物，派出军医，竭力抢救被感染的人。大家都知道，杜清和队长，为匪多载，因为被"匪首"亮山蒙蔽，杀害过皇军，可大日本帝国宽宏大量，不计较这些，只要迷途知返，改过自新，都会大加奖赏。这次杜队长也身染霍乱，是日本军医官春岛芳子奋不顾身，救回了他的命，也给了他效忠天皇、建设新满洲的机会。记住我的话，谁家有染上瘟疫的，马上送到春岛芳子的医院，你就会懂得什么是仁爱、什么是再造之恩。

听了这番刁买人心的话，张天一气得火往上撞，伤口都挣出了血，陈小娴捂着张天一的嘴，低声说，别急别急，回到香炉山，用枪杆子说话。

西城门下，聚集着好几百人，听马兰亭的大喇叭，有人是被赶来听的，也有人是凑热闹听的，听说日本的军医能治好绞肠痧，轰地散了，赶快回家抬病人。

杜三秃子实在忍不住，还是抢过了大喇叭，说了两句，爹亲娘亲没有天皇亲，河深海深没有皇军的恩情深，大家伙儿跟着我干吧，吃香的喝辣的娶俊妞。

城门下哄堂大笑。

人群散了，陈小娴牵着马车，从容地走向西城门，拿出了特别通行证，谎称车里是霍乱病人，到城外找高人，死马当成活马医。守门的日本兵和伪满警察生怕被传染上，也没掀开纱窗往里看，挥手就放行了。

出了城门，乌骓马方显千里马的本色，如出笼的鸟儿，涉过小凌河，跨过老青山，朝着香炉山的方向，一路向西飞奔。张天一不停地安抚他的马，让马儿慢些跑，已经颠疼了他的伤口。

过晌时，远远地看到了香炉山。

这座突兀而出的山，如一只鹰头般探向平缓之地，本来山势雄险，山顶又鸡冠般凸起于四面悬崖峭壁，险上加险了。从山脚到山顶，除了沿着山崖凿出的台阶拾级而上，别无他路。山的背后延伸进了热东丘陵的群山之中，直至五十里外同样险峻的清风岭。那里活跃着没人敢惹的王老凿家族，王老凿与父亲张恩远是结拜弟兄，年初时，带着整个家族，扛着粮食和猪肉，帮助父亲打古贺。清风岭和香炉山正好背靠背，可以互为倚靠，相互支撑，共同抵御来犯之敌。

这也是张天一选择香炉山做根据地的原因。

陈小娴牵着乌骓马来到山脚下时，山门的守卫高兴得鞋都跑丢了，顾不上石阶硌伤了脚，忙向山上报喜。香炉山顿时欢腾起来，参谋长大难不死，九师就有希望了，打日本也有了主心骨。他们登着天梯，爬到山顶向苍天报喜，一字形的山顶上，铺满了爆竹，霎时间，炸出一片青色烟云，山顶上真的像点起了香炉。

接张天一上山的，是陌生人，戴着圆眼镜，扛着一副担架。香炉山来了生人，这让张天一很警惕，日本人无孔不入，若是奸细，可就坏了大事。

陌生人看出了张天一的担忧，忙介绍自己，姓郑名心斋，中共满洲省委军事委员，受刘澜波委派，加入辽西抗日义勇军第九师。说着，他拿出了刘澜波写给张天一的信，还一遍接一遍地重复他们之间说过的那些推心置腹的话。

信是真的，刘澜波把苏维埃的话抄写给过张天一，字体他认识，还有两个人的悄悄话，没有第三者知道，肯定是刘澜波亲口所授。尽管如此，张天一还要用军棍教训部下的三个营长，不能把任何可疑的人放进山上，你们如此大意，脑袋丢了都不知道，还喊个屁保家卫国。

三个营长都是跟随陈小娴父亲多年的老把头，和陈家都是生死相依的感情，留下来参加义勇军，就是保护少东家。他们挨打，陈小娴也心疼，可他们确实该打，香炉山是他们最后的底牌，真的混进奸细，那可就真的是万劫不复了。

三个营长收留了郑心斋，可他却没给三个营长说情，军队就要靠纪律约束的，立下规矩，就要遵守，即使规矩不尽合理，也要慢慢地改。

打完了三个营长，该给郑心斋下马威了，锦州战役流产，收复辽沈破灭，刘澜波杳无音信。世事难料，老帅的铁杆兄弟张景惠都能降日，奸佞当道，谁能保证谁不出卖祖宗？张天一下令，将郑心斋吊在山顶，不给吃喝，吊死拉倒。

刚刚挨了打的三个营长，同时跪下，反倒替郑心斋说情。直至此时，张天一才知道，自己被炸晕之后，发生了什么。郑心斋赶着马车，拉着一车弹药，前来投奔九师，正赶上在塔山打阻击战，阵地被日军坦克突破时，一辆坦克追逐着他们一路碾轧，履带加机枪扫射，眼见得一个个地被打成筛子，轧成肉饼，血肉之躯填满了壕沟。郑心斋抱着炸药包，钻到坦克肚子底，炸断了坦克的履带，还趁机打死了坦克上的机枪射手，他们才得以有序地退出战场，还用补充的弹药掩护了亮山和郑天狗撤退。咱们一百多人能够再聚香炉山，是郑心斋拿命换回来的，这么对待人家，公平吗？

山上的兄弟们一齐喊起来，不公平。

才来几天，就把兄弟的心都俘虏了，张天一不得不佩服这个远来的和尚。

陈小娴感动了，三个当过把头的营长，阅人无数，从冰雪覆盖，到秋收在望，三个营长大大小小打了十几场仗，见过生死，饱经磨难，不至于认不出真假人，再狡猾的奸细也不能舍生忘死地来交投名状，英雄莫问出处，只要同心抗日。

她悄悄地劝说张天一，你不是一直怀念肇参谋吗，你不是一直在找能和你一起谋划军事的人才吗？老天送给你一个，别错过了。

苦肉计再苦，顶多砍掉个胳膊，没人拎着血脑袋，九死一生地往坦克底下钻，况且还有知近人引荐。就这样，郑心斋顺理成章地成了九师的军事委员，大家叫他郑委员。郑心斋说了几次，苏维埃里把他这样的人叫政委，于是，大家省略了"员"，就这么叫了下去，直至误解成他的名字叫郑委。

香炉山上的鸡冠崖下，朝阳的那一面，一溜草房子依崖而建，里面盘了火炕，清一色的黄棉被在上面整齐地叠放。没有张天一和陈小娴的这些天，能把过冬的准备安排得如此有条不紊，除了读过黄埔的郑心斋，谁有这个本事？

张天一承认，黄埔生就是比东北讲武堂的厉害。

现在，草房子里空无一人，这些凿岩出身的战士，重新操起老本行，利用原有的山洞，继续凿岩开洞，建起了更为复杂的地下防御工事。工事里有居住间，有水井，有储粮库。

这是张天一原有的计划，赶跑了杜三秃子之后，一直没断了施工，在土匪原有地洞的基础上，继续挖掘防备体系，应对日军的狂轰滥炸，遇到不测时，也给弟兄们多留几条逃跑的通道。没想到，他还没回山上，郑心斋就把活儿接续下去了，细化的图纸，比他设想的还要周全，不仅能防止日军的空袭、偷袭、毒气弹和烟火的袭击，还增设了暗藏的枪眼，有瞭望口，更有厨房、厕所和医疗设施，除非日军拿出能让天崩地裂的武器，否则，隐藏地下坚守不出，一年半载没问题。

一股暖流涌遍他全身，终于又找到知音了。

养伤的屋子，张天一选在了杜三秃子住过的地方，整座山上，只有这一幢不是草房子，和山下大户人家的石木结构的房子没啥区别，还有玻璃窗，敞亮。陈小娴下到岩洞，给大家鼓劲儿去了，屋里只留下郑心斋护理张天一。一路颠簸，缝合的刀口又渗出血来，郑心斋拿过一个小木箱子，给张天一换药。

张天一问，你一个摸枪打仗的大老爷们儿，也会这个？

郑心斋说，祖传四代为医，本人从小碾药，记不住药名，说不清药性，没少让爷爷打屁股，包治百病不敢说，望闻问切寻常小病，手到擒来。

张天一说，为啥不读救人的医科，反倒读起了杀人的军事？

郑心斋反问道，医只能医身体之疾，国家之疾，民众之愚，谁来救治？唤醒工农千百万，同心干，打跑日本鬼子，砸烂旧世界，建立苏维埃，才是挽救中华民族的根本。

张天一似乎懂了，却又陷到糊涂中，既点头又摇头。换药的时候，他的下身被剥光，私处也暴露了出来，反正都是大男人，他不在乎。

郑心斋看着绷带，夸奖了一句，你媳妇真不简单，包扎得挺专业，跑了这么远还没散落，若是感染了，可就麻烦了。

张天一脸红了，没有回话，想起了陈小娴给他换药时的情景。第一次换药时，他的身体还没摆脱麻药，只是羞怯，没啥反应。第二次换药时，麻药的劲儿早过了，伤口一跳一跳地疼，他不感觉特别疼痛的原因是陈小娴，她温暖而又温柔的手碰到了他的私处，让他彻底失去控制能力，瞬间蓬勃而起，身体的欲望昭然若揭。

陈小娴似乎是视而不见，依然如故地换药，张天一的脸虽然羞得无地自容，身子却不给他做主，蛇一般扭动着。陈小娴只好说了句，别动。他身子不动了，阳刚之气仍然像喷薄的日出，想按都按捺不住。他伸手扳住陈小娴的腰，弄得她只好再次重申，别动。

等到包扎完伤口，张天一再也承受不住，一把将陈小娴揽在胸前。陈小娴温顺而又小心地伏在张天一的身上，涨红着脸，轻声细语地说,现在不行,等你伤好了,由你的意。

说着,陈小娴亲了下张天一的额头,扯过被单,盖住了他的身体。

现在,郑心斋直截了当叫陈小娴是他妻子,他一时语塞,不知道怎么回答才好。他心里惦记的永远是伊兰,可伊兰嫁给了日本人多田,婚礼的盛状都上了报纸,他也亲眼看到过多田扶着怀孕的伊兰,亲密无间地走着。几天前,他在兴城古城的上空放出了荷叶风筝,深情地呼唤伊兰,没有得到丝毫反应,他的心也如断了线的风筝,失落、失望,失去了继续寻找的信心,心理的平衡点,不由自主地倾倒向了陈小娴。

几个月来,和陈小娴并肩战斗、生死与共的耳鬓厮磨中,张天一才发现陈小娴有那么多难以想象的优点,她把所有的优点都深藏在心中,哪怕到了最需要时,也是一声不吭,却能滴水不漏地运用出来。如果非要对比,他觉得伊兰像朵荷花,娇艳而又赏心悦目,而陈小娴就是一粒成熟的果实,而且花生一般埋在土里,还严实地包裹着一层硬壳。

与日军的战斗将越来越残酷,真正的坚强是来自内心,张天一越来越感到,陈小娴是他不可或缺的依赖。

包扎好张天一的伤口,郑心斋便不再继续陪他,去山中寻些草药,山下的瘟疫如此猖獗,他必须把该准备的药都备好。历经三个季节的战斗,阵亡、叛逃、脱离的人越来越多,能留下来的都是好样的。此时,凝聚人心更加重要,决不能让霍乱蔓延到香炉山。

人都走了,张天一孤独地躺着,他的眼睛向四周张望着,屋子挺宽绰,遮挡视野的只有一根柱子。柱子和房梁檩木相比,明显不是一个颜色,而且柱子的本身,上下也不是一个颜色。上面和梁木颜色基本相同,都是白碴略黄,越往下来,柱子的颜色越深,三尺以下变成了古铜色,而且是光溜溜的,能照人。

毫无疑问,这根柱子不知绑过多少人,浸过多少血,磨破了多少人的脊背,嵌进了多少冤魂,其中就有自己的姥爷。杜三秃子绑票上山的人,都捆在这根柱子上,吸干了方圆几十里平常百姓家的血汗。张天一憎恨自己,是狗改不了吃屎,居然相信只要能扛起抗日的大旗,即使过去草菅人命过,他也能原谅。结果,把杜三秃子拉进抗日队伍,却断送了自己的父亲。

占据杜三秃子的老巢,就是向日伪和汉奸们表明,他要血战到底。

锦州城的霍乱正在向外蔓延,人走苍蝇飞,都会助长瘟疫的扩散。香炉山不是不食人间烟火的神仙山,每一位弟兄都是抗击日寇的好汉,不能有丝毫损伤,必须提前做好预防。山里凿洞,潮湿阴暗,预防的主要是寒湿型霍乱。郑心斋把一只大瓮变成了大药壶,灌足了水之后,将紫苏叶、藿香、白芷、桔梗、半夏、陈皮、厚朴、茯苓、甘草等按照藿香正气散的配比,放入瓮中熬,每人喝上一大碗之后,让大家按照班的建制,分头下山挑煤炭,挑石灰石,继续采购粮食、大豆、咸盐,备足各种物品,准备与世隔绝地应对霍乱。

陈小娴从容地拿出大洋,吩咐大家,不许扰民,公平买卖,要打出义勇军的旗号,叫响九师的口碑,别一报香炉山,就让人认为是土匪窝子。

张天一猫着腰,捂着肚子,坐在了山寨门口。到底是身强体壮,伤口愈合得很快,他在屋里坐不住,忍痛下山,向着出山的每个头头宣布纪律,谁敢欺男霸女,抢夺财物,只许脑袋上山,身子给丢在山门之外。每过去一个人，他都会用小木棍敲打一下这个人的脑袋，力量不大，却是警醒，别胡闹，把吃饭的家伙什弄丢了。

下山的这些兄弟，没人坏掉九师的铁规矩，乡里乡亲的人们反倒夸奖他们，和张大帅带出的兵一样，处起来让老百姓舒坦。尽管如此，他们还是慌里慌张地跑了回来，有人向他们报信，杜三秃子的"讨伐队"从锦州追过来了，领着好几百个日本兵呢。

反扑得真快呀，张天一立刻下令，所有的人立刻返回山上，三个营分头下入洞中，藏好洞口，各就各位，随时歼灭敢登香炉山之敌。百姓们报的信儿和派出的侦察结果完全一致，杜三秃子气势汹汹地来了，后面跟随的日本兵，牵着骡马，驮着好几十门迫击炮，是一个完整的联队建制。

看到如此规整的日军，根本不是留守部队，张天一心里"咯噔"一下子，不是怕日军攻山，毫无疑问，关东军第八师团主力回到了锦州，证明马占山在黑龙江的抵抗失败了，日军得手后，有精力返回锦州，也有能力觊觎热河了。

关东军第八师团乘坐火车返回锦州那天，杜三秃子过年一样高兴。辽西义勇军强势攻打交通大学时，第八师团指挥部留守的日军少得可怜，他觉得这下可完了，亮山抓住他，非点天灯不可，所以，拼命地抵抗。

日本海军陆战队增援进锦州，义勇军撤退之后，他才把跳出嗓子眼的心按了回去。日军表彰他的军功，又给了他几根金条。

加上出卖张恩远换来的一两骨头一两金，杜三秃子积攒的金子，自己都背不动了，他最早的计划是揣着黄金，逃向远方，从此隐姓埋名，舒舒服服地过一生。春岛芳子早就看穿了他的心思，他去纠缠春岛芳子的时候，春岛芳子及时地唤来一个日本艺伎，替代自己,让艺伎施展出全部技艺,把杜三秃子伺候得欲仙欲死。

痛快过后,春岛芳子对杜三秃子说,人生的最后一次值了吧,张作霖是人间枭雄,你一千个杜三秃子也抵不上一个张大帅,我们让他半夜死,照样活不过天明,你的那些金银财宝都是身外物,辽西的各路抗日分子,个个都想让你死,你想活得舒服,拿出那些身外之物,招兵买马吧,将你的敌人一个接一个地灭掉。

杜三秃子眼睛直了,他从没有想过,揣在自己怀里的金子,也能长出欲飞的翅膀。尤其是杜三秃子身染霍乱,春岛芳子让他起死回生之后,他再也不敢心里长草,反正孙猴子再能蹦跶,也跳不出如来佛的手掌心,索性就不跳了,既然日本人救回他一条命,便视他们为再生父母,死心塌地跟了日本人,发誓不剿灭辽西诸路反满抗日分子,决不收兵。

杜三秃子选择的第一进攻目标,就是香炉山,尽管他去了锦州,投靠了日本人,没断了对老巢的念想,嘴上不说,心里却也怪罪日本人,非要把他的队伍全拉走,断了他当土匪的根儿。现在可好,成了义勇军反满抗日的基地。他知道,最恨自己的就是张天一,只有消灭了张天一,他夜里睡觉就不用睁着眼睛了。因此,他不断地向日本人鼓吹,这样的战略要地不攻下来,早晚是个大祸害。

现在,香炉山就在眼前,杜三秃子的助手马兰亭,突然不走了,望着寂静的山,吟出两句诗:千山鸟飞绝,万径人踪灭。不是吉祥之兆。

杜三秃子乜斜了一眼马兰亭,老子在这儿苦心经营了几十年,哪儿有鸟窝哪儿有兔子洞都休想瞒过我,别说人藏在哪里,就连老鼠藏在哪儿都知道,闭上你的乌鸦嘴。他转身跑到日军指挥官那里,用手向香炉山上指指点点。没多久,一溜迫击炮摆好了,按照杜三秃子指示的方向,向着山上齐轰过去。

望远镜中,那一溜草房子燃起了大火,烧得整个山顶浓烟笼罩。

炮轰过后,杜三秃子开始督促部下进入山门,沿着峭壁上弯弯曲曲的石阶,小心翼翼地向山上爬去。出乎意料的是,一夫当关万夫莫开的台阶,居然没人据守。杜三秃子正在诧异,难道说张天一的人马被炮弹吓破了胆,全跑了?他怀着侥幸的心理,等待着不费一枪一弹夺回香炉山。

突然间,枪响了,枪声不密,也不知道子弹从哪里飞出来的,准得一枪一个,中弹的部位都是脑袋,眨眼间杜三秃子手下十几个人全掉下了山崖,连个囫囵尸首都找不到。杜三秃子纳闷了,还有比他更熟悉香炉山的吗?人藏在哪儿打枪,他怎么一点都察觉不到呢?

香炉山的险峻,不亚于华山,攻上山去,只有这一条通道,大清和民国两朝的官兵都不能剿灭他,就因为无法突破这唯一的山道。从前这里是杜三秃子占山为王的资本,现在反倒转成了张天一的天然屏障。虽然他们有迫击炮,有轻重机枪,也有飞机的支援,可以准确地击中一夫当关的位置,可这"一夫"到底在哪儿,杜三秃子蒙了,鬼打墙一般,在自己家门口转了向,找不到攻击的目标。

杜三秃子的"讨伐队"也好,作战能力超凡的日军也罢,对于怎样攻山,无计可施,只要敢登上台阶,就是登进了鬼门关。进攻香炉山的计划就这样搁浅了。

到底是马兰亭的主意多,蒙古大军打欧洲时,把黑死病的尸体投入城中,获得了大胜,现在正是霍乱的暴发期,杜三秃子得过了,有了免疫力,干脆拉上几十具霍乱病人的尸体,堆在山门前,只要香炉山的人染上霍乱,又下不了山医治,人就死绝了,这场仗不用打。

霍乱病人的尸体到处都有,别人都躲得远远的,杜三秃子掩着口鼻,忍着奇臭,赶着一辆牛车,一具接一具地把街头丢弃的尸体搬到车上,甚至不惜挖坟掘墓,把得了霍乱刚死去的人刨出来。

杜三秃子用他的行动证明对天皇忠贞不贰。

老黄牛拉着一车的尸体,赶到香炉山下时,忽闪忽闪的大眼睛里不断地流出泪水,打湿了牛脸上的黄毛。等到杜三秃子让车停下,它突然双膝跪倒,沉重的脑袋重重地向地上磕了三次,随后,屁股后边喷泉般射出一泡稀屎,便一头栽倒在地,永远也爬不起来了。

香炉山的人从射击孔和观察孔里远远地看到了这一幕,他们都流出泪,一头牲口都比杜三秃子强,还懂得磕头谢罪呢。

尸体拉过来时,日军就开始后退,一退十几里,尽管他们接种了霍乱疫苗,也不能确保每个人都能获得免疫,更何况尸腐的臭味实在难闻。撤走时,日军让十几个防化兵穿上带着防毒面具的笨重衣服,监督杜三秃子的"讨伐队"。

从表面上看,日军已经走远了,他们是挂着仁义之师的招牌,替天行道,来香炉山"剿匪",还一方百姓平安,怎能干到处传播霍乱的这种损事儿?一旦霍乱在这一带横行,那也是杜三秃子匪性不改,与皇军无关。

四面八方的苍蝇寻味而来,铺天盖地,天上的太阳都被遮成了麻子脸。杜三秃子"讨伐队"里的人吓得腿都哆嗦了,日本人没有多余的疫苗给他们打,早晨染上,晚上就得死,谁不害怕?

这么多尸体堵在山门,霍乱大暴发是迟早的事,日军大队人马突然更改方向,丢下香炉山,转向正南,疾速行军,直扑江家屯,突袭亮山。

6

江家屯毁了,满目疮痍,战争和霍乱,几乎毁坏了每个家庭。尽管亮山竭尽全力恢复昔日的繁荣,可承受不住日本飞机三番五次的轰炸,山上的大树快砍光了,建好的房子又被战火烧光。尽管没有一点县城的样子了,亮山还是不屈不挠地当他的县长。

"伪满洲国"重新恢复了奉天省锦西县的建制,县公署仍设在连山,只是县长再也不是孙国栋,他留在了兴城,打死不肯改任到锦西。日本人认为他被土匪吓破了胆,只好从外地找个县长,名叫王在邦,副县长的名称改叫了参事官,多田也不再续任,物色了另一个日本人接替了自己。警察局改成了警务局,局长还是崔默加,多了平间等四个日本军人当指导官,警察们的一言一行都掌控在日本人的手里。"讨伐队"相当于日本宪兵的辅助军队,地位高于伪满国军,和日军并肩作战,队长是从锦州派回来的杜清和。

表面上看,除宪兵先遣队,各部门当权者都是汉人,日本人不过是到满洲协助建国的。可是大清国的遗老遗少们,除了特许的皇族,在"满洲国"里反倒谋取不到实际的职位。连旗人都排斥在外,还算个狗屁"满洲国"。一些有血性的旗人,愤然投向了义勇军,公开反满抗日。

伪满奉天省最后一个县公署——锦西县就这样在日本人的东拼西凑中仓促建成。虚位以待的是锦西县协和会会长、锦西县道德会会长两个非官方的职位。事实上，日军夺回连山后，锦西县公署的职位分配，幕后操纵者依然是多田。

寻找走狗，很容易，遍地都是，只要忠于主人就行。可找有名望、有威信，让人敬佩的人和日本人合作，不比剿灭义勇军容易，这叫征服人心。名门望族、乡绅雅儒都归附了天皇，那才是真正的征服，土匪绿林扛走多少枪也没用，这是一群缺少灵魂的人，多田早就熟读了法国社会心理学家古斯塔夫的《乌合之众》，对中国人有清晰的判断。他最在乎的是两个会长的人选。

锦西县协和会会长的人选，多田早已心中有数，留给高荣轩了，他有办法让高荣轩就范。唯一难办的是道德会会长，这个位置有德行的人不想做，无德行的人做了，会贻笑大方，反倒影响帝国的形象。

秋阳高照，辽西走廊的土地上，高粱绽穗，谷子弯腰，大豆鼓荚，到处膨胀着成熟的欲望。多田骑着马，带着几名随从，从连山出发，优哉游哉地走向江家屯。此时，他的心情极好，即将成熟的庄稼，大多会转化成以战养战的军需了。

转过大虹螺山，曹田屯就在眼前了，从高岗上望下去，多田看到"申"字形村子，规整有序。江家屯方圆十几里，满目疮痍，唯有曹田屯保存完好，飞机未炸，炮火未损，这是多田有意为之。丢下一枚闲子，关键的时候，就能派上大用场，就像种庄稼，一直精心耕耘，等待的就是开镰收割。

现在，庄稼就要成熟了。

多田叩响了高荣轩的家门。尽管门环响得很有节制，高荣轩还是烦得眉头紧蹙，多事之秋，听到敲门之声，他就会心惊肉跳，只要外人进院，就意味着夜猫子进宅，都需要破财免灾。尤其是亮山，快要把他刮地三尺了，若是不及早把浮财转走，恐怕就要喝西北风了。眼下，庄稼快要成熟了，不知被多少人惦记上了。

高荣轩怀念起了张家父子当政的时代，轻赋税免徭役，千年的皇粮国税都给免了，虽说匪患难除，但可以拥有私人武装。现在，亮山解散了东五会，他连个护院都不敢留，像只拔光了毛待宰的公鸡，随时可以按到案板上。

多田的到来，无异于让高荣轩的坏心情雪上加霜，日本人该不是看上了他的庄稼，提前征粮来了吧？他表面客气，心里盘算着怎么办。多田落座后，没提讨要粮食的事儿，只是讨要了一杯茶。

高门大院的高家，里面的房子几近空壳，已现出家道败落，家中莫说是待客的茶，就连烧火做饭的柴火，也所剩不多，高荣轩只好讪讪地笑。多田不在乎，曹田屯的井水源自虹螺山的山泉，泡上好的碧螺春，可解燥热之气。说着，多田拿出产自苏州洞庭山的茶叶，送给了高荣轩。

让客人拿茶，高荣轩真是羞愧得无地自容，他忙喊来儿媳妇张月娥，给客人烧水泡茶。此时的张月娥小腹微微隆起，已经身怀六甲了。她很不情愿地拿走了茶叶，父亲被日本人剥皮而死，这是深仇大恨，可公公却让她给日本人泡茶，若不是担心肚子里的宝宝，她真想找包毒药，连同公公一块儿药死。

张月娥只是在心里恨恨地这么想，可家里没有毒药，何况多田的随从，眼睛一直不离开她，往茶水里吐口唾沫的机会都没有，只好顺从地把泡好的茶水端进屋，摆放在多田的面前，才退到门外，等待公公随时传唤。

多田喝着茶水，似乎毫无目的谈天说地，谈着谈着，就谈到了东五会，他问高荣轩，可否恢复东五会？

高荣轩面露难色,他何尝不想恢复,可恢复了,就意味着和亮山势不两立了,眼下,江家屯是义勇军的天下,亮山还当着锦西自治政府的县长,他的脑瓜壳软,不敢硬碰。

多田说,关东军第八师团回来了,从北边迂回包抄了过来,崔默加在虹螺山外设立了锦西警务局虹螺岘警察署,亮山要么葬身在江家屯,要么趁早滚蛋。

高荣轩警惕地说,你剿你的亮山,我过我的日子,我谁也惹不起。

多田笑了,你的百顷良田遍及方圆十几里,没有武装,能守得住?匪患不绝,你的财富永远都是别人的。

一句话说到高荣轩的痛处,他不言语了,瞅着多田,多田的圆眼镜里后闪烁着深不可测的目光,他不知多田的葫芦里到底卖的是啥药。

见时机成熟,多田直截了当地说,关东军请你当锦西县的协和会会长,地位和县长比肩,允许你恢复原有的东五会武装,更名为锦西县保安队,就地留下,保境护民,不受土匪侵扰。

高荣轩反问道,我要是不接受呢?

多田淡然一笑,这是你最好的归宿,你已经没有选择的余地了。

高荣轩仰天长叹,我原本想终身以德示人,没想到会做无德之人。

多田说,想立德很容易,把我告诉你的情报转告给亮山,让他趁早转移,我也不想让江家屯再起战火,男人们都战死了,谁到我的矿山干活,谁又能给你种田?

高荣轩咬紧嘴唇,沉默不语,恢复东五会,就意味着与亮山你死我活了，他不想看到活着的亮山，既然第八师团想灭掉亮山，那就灭吧。

曹校长拄着文明棍，拜访县长刘纯起时，亮山正忙得大秃脑壳直冒汗。骄阳似火，烤在县政府的院子里，把人们烤成了热锅上的蚂蚁，满院子里的人不顾炎热，忙着搬东西，亮山也不例外，扛着弹药箱，往骡马身上搭。一些废弃的纸片落到烤热的地面，又飘飘而起，一副不甘心的样子，最后，被墙角的阴凉之处收留。

不用问，亮山的锦西县国民自治政府要搬迁了。

这是个坏苗头，亮山要放弃江家屯，这就意味着好不容易收复的县城，又将陷入敌手，比战争还要可怕的是对一个种族的奴化教育，现在，岌岌可危地降临到江家屯了。孩子们是一张白纸，灌输什么就是什么，若真是这样，十几年过后，锦西就和琉球国一样，语言和文化就会消失得没有了痕迹。曹校长固执地认为，既然锦西人能打跑一次日本人，为何不再来一次？何况，他们明确地知道，这一次日军从北边来，在女儿河大坝设防，御敌于河对岸。

亮山停顿下来，满脸狐疑，这本是军事秘密，他没有告诉任何人，曹校长是怎么知道的？

曹校长只是强调，消息可靠，他在保护张月娥，一个女人家，挺着大肚子，把听到消息告诉他，那是冒着背叛家族的风险，弄不好，害死的是两条人命。消息的来源，间接证明了另一个可怕的事实，高荣轩已经倒向日本人了。张月娥无法面对亮山，只能通过他曲线报信儿。

亮山不再追问，日军重返江家屯，那是秃脑袋上的虱子，明摆着的，早晚的事情，只是他现在知道了准确的信息。

事实上，防备松懈的江家屯，多田的眼线已经多得数不胜数，张月娥跨过申河的桥，跑向江家屯报信，瞒得住高荣轩，却瞒不住多田。多田把这步棋下得很远了，这一次真的彻底除掉亮山，高荣轩就会乘机坐大，亮山的残部也会被他收编，锦西的局面就失控了，成了一家独大，万一翻脸，连帝国的子民都奈何不了他。战争还在持续，需要大批的帝国军人投入新的战场，没精力滞留在区区的锦西县。灭掉亮山的机会，要留给武装起来的高荣轩，关东军留下几个指导官就足够了。以华治华，方是上策。

校长曹凤仪意识不到，朗朗晴空下，他会成为多田阴谋中的一枚棋子。

不管曹校长从哪儿得到日军突袭江家屯的情报，都佐证了张天一传来消息的准确性。九师虽然化整为零，亮山、李树祯、张天一，三人所率的团，联系从未中断过，他们没有电台、电报、电话，却有最古老的飞鸽传书。杜三秃子用霍乱病人的尸体堵山门时，日军突然后撤，张天一就感到了异样，尽管日军退到普通人的视野之外，才转身向南，潜踪匿形急行军，张天一立在香炉山上，借助望远镜，仔细地搜索下去，还是发现了沟壑里冒出的枪尖。

不言而喻，这支精锐日军的目标是亮山。张天一害怕义父吃亏，为保险起见，连放三只飞鸽传书，怕的就是鸽子在飞行途中遇到不测。

接二连三收到张天一飞鸽警报，亮山就知道来者不善。打古贺时，那是一万多人打一百多人，现在，关东军第八师团不再信任屡战屡败的依田旅团，派精锐部队绕过虹螺山天险，深入他们从前的腹地，直扑过来，双方兵力对比几乎就是一比一。况且刚刚经历锦州大战的新败，士气正在低落，迎头阻击，是一场根本打不赢的仗。

三十六计走为上，这是张天一再三吩咐的。

亮山走了，驮走了九师囤放在江家屯的全部粮食辎重，藏匿进女儿河北岸的五虎山中，把家乡的老小全丢给了日本人。

望着九师远去的背影，曹校长捶胸顿足，尽管他桃李满天下，毕竟是一介书生，改变不了现状。义勇军走了，没人保卫他们的家园了，他一个人的战争也该开始了，他的战场在三尺讲台，哪怕豁出命来，也不让日本人到江家屯教日语，敬天皇，美化"满洲国"，进行奴化教育。

亮山前脚刚走，高荣轩后脚就开始聚集原先东五会的人，派人"咣咣咣"地在街上敲锣。高荣轩没露脸，他不会因为亮山跑了，耀武扬威地显摆自己，那样的话，会被人骂成臭狗屎。敲锣声与亮山毫无关系，是宣告另一件事情，高家把中街德字号一幢未毁的商铺改成了慈善堂，高大老爷请来了高人，一位须发皆白的老中医，专治霍乱，谁家有人被染上，送到慈善堂，免费医治。一直深居简出的高荣轩，重新抛头露面，就摆出了悬壶济世的姿态。

日军多如牛毛的细作，也没闲着，释放出的消息瘟疫般恶毒，江家屯的霍乱是亮山这群土匪带来的，他们到处乱窜，把瘟疫带到了四面八方。亮山这伙匪徒，从来没消停过，他们来到江家屯，房倒了屋塌了人死了家穷了，就连县城都弄到了连山了。古往今来，匪患恶于猛虎，他自封县长不是催兵饷就是要粮饷，把江家屯弄成了刮地穷。现在，他们驮着搜刮来的民财，拍拍屁股就走了。

这些坊间传言，直接把义勇军定性为匪，比从日本人嘴里说出来还可怕。

慈善堂的义诊，好像与亮山毫无瓜葛，却与流言形成反差，亮山把瘟疫带到江家屯，高荣轩却挺身而出，救民众于水火。也该着高荣轩露脸，他请来的老中医，确实厉害，城中所有人，包括原来的老中医一筹莫展的霍乱，请来的中医一溜银针扎下去，喷泻如涌的拉肚子居然止住了，喝了几服汤药，原本准备好棺材的人，竟起死回生。没过多久，抬着或背着病人的队伍，在大街排成了一溜儿。

慈善堂立刻让高荣轩声名鹊起。

第八师团的日军渡过女儿河，赶到江家屯城外时，已夕阳西下。按照多田的吩咐，他们没有进城，全副武装地在女儿河大坝上一字排开，威风凛凛地站出了好几里长。圆圆大日拉长了他们的影子，波光粼粼的女儿河流淌出一条血色之河。

对义勇军的搜捕是在第二天早晨开始的，在细作的引领下，日军拿着花名册，逐门逐户地找人。有不少人眼看着庄稼成熟了，怕跟随亮山不知要跑到哪里去，耽误了秋收，索性脱离了义勇军。现在，却被日本人逐个堵在屋里，抓走，投进了江家屯的监狱。

中午时分，日本指导官平间，警务局长崔默加，陪着新县长王在邦从虹螺岘警察署出发，越过大小虹螺山，赶到了江家屯。平间对江家屯熟悉得每口水井、每块上马石都知道在哪儿，何况几个月来，他始终翻阅着户籍名册，哪个院落里住着哪户人家，都记得清清楚楚，只待重返江家屯这一天。

召集人们去开会时，平间用生硬的汉语，熟练地喊着每户人家的姓名，吓得人们赶快走出了家门，奔向从前的县政府，生怕慢了惹恼了日本人，再起杀机。县政府大门外，周边没有荷枪实弹的日本兵，也没摆出杀气腾腾的样子，只有平间一个日本人，就连多田都躲在背后没露面，人们怦怦乱跳的心才算落回了心口窝。

县政府大门口,站着四个人,除了中间的是生人,剩下的大家都认识,汉奸局长崔黑子,杀人恶魔平间,缩头缩脑的高荣轩。崔黑子清清嗓子,说了段开场白,介绍了新任县长王在邦。新县长向大家鞠躬,宣布聘任高荣轩为锦西县协和会会长,呼吁从战火中走出的江家屯,遵守"满洲国"的"建国精神",实现满汉与大和民族的大协和,共建"大东亚共荣圈"。

高荣轩搞不明白什么是大协和,接过任命书,不是讲几句,而是拿着任命书,跑出人群,跑向城东南的凤凰山。人们惊诧地瞅着他,他只回答两个字,救人。

这是事先安排好的,高荣轩要假戏真做。从监狱到凤凰山,日军一路警戒,把几十个参加过亮山义勇军的人五花大绑地押到刑场,要砍掉他们的头,对反满抗日分子以儆效尤。高荣轩跑过来,以协和会会长的名义,喊出"刀下留人"。

日军不在乎高荣轩喊什么,在乎的是早就端坐在一旁的多田,他们看的是多田的眼色。多田微笑着,没有任何态度,优雅地把手心挥给高荣轩,言外之意就是杀剐存留,全在高会长点头或摇头。生杀予夺的大权交给高荣轩,就意味着给他立威和立德的机会,让他在江家屯立稳脚跟。

既然不愿意跟亮山走,就不是意志坚定的抗日分子,想的是拖家带口过日子,死了,一大家子就完了,他们都把渴求的目光投给了高荣轩,等待高大老爷摇头。

一个人一个人地过筛子,只要他们肯说,受了亮山的蛊惑,才拿起枪来当土匪,现在要重新做人,拥护"满洲国"。高荣轩挥手让他们过去,让人解开他们的绑绳,编入县保安大队,今后要亲自改造他们。保住了命的人,对高大老爷救下他们,千恩万谢。

当然，也有个别的孽种，没得到转移的消息，没和亮山一块儿走，意外留滞下来，坚决不求饶。高荣轩既不摇头也不点头更不挥手，多田也觉得没有必要杀鸡给猴看，人情送到底，把顽固的反满抗日分子重新关回监狱。

处理完这件事情，高荣轩站在凤凰山的山坡上，眼光越过江家屯，清晰地看到女儿河浩荡的流水，他的心也同河水一样，畅快地流淌。重新掌握了枪杆子，"满洲国"成了他的新靠山，再也不用惧怕"匪首"流寇亮山了。

江家屯的学校，没有因为日军的卷土重来而停课，尽管到校的孩子寥寥无几，老师也都出逃避难，校长曹凤仪依然摆着民国范儿，穿着长衫，敲响上课的钟声，拿着两根粉笔，迈进教室，给孩子们授课，继续讲屈原的《哀郢》。

生于斯长于斯的曹凤仪，灵魂都扎进了家乡的泥土里，决不选择逃避。

曹校长沉浸在悲愤的授课中，没感觉到有人悄悄接近教室门口，直到清脆的掌声响起，才看到多田一边鼓掌，一边走进教室。多田接过话茬，楚王昏聩，远贤臣近小人，亡国乃大势所趋，屈原不过是旧世界的殉道者，"大同"执政顺应潮流，推动"东亚共荣"，"满洲国"将是人间乐园，曹先生多虑了，不必哀郢。

毫无疑问，多田对中国文化研究得炉火纯青，这是曹校长最恐惧的，他知道如何曲解你的文化，也知道怎样把奴化教育嫁接到传统文化上，土地失去了，可以重新夺回，文化失去了，可是万劫不复。

曹校长愤懑地说，别提什么"东亚共荣"，那是东亚的耻辱，凤凰山做证,几十条无辜的性命可以随意剥夺;高家岭做证,屠杀过后人肉可作珍馐佳肴;旅顺口更可以做证,三十年前你们屠杀了四天三夜,涂炭两万生灵,难道要让我们为刽子手唱赞歌吗?

多田依旧满脸微笑,先生说得对极了,帝国在为你们清理人类的垃圾,他们是乌合之众,是不懂文明没有文化的群氓,文化是高尚的,文明是纯洁的,劣等人群是妨碍人类进步的绊脚石,美好的世界不属于他们,属于先生这样的精英。

曹校长把脸转向了学生,流着热泪问,孩子们,你们的父母都目不识丁,只会在田里劳作,但他们供养我这样的四体不勤五谷不分的书生,马上又要供养入侵我们家园的魔鬼了,难道说他们都该死吗?

孩子们吓傻了,似乎看到了刺刀就顶在他们父母的胸前。

多田不再和冥顽不灵的曹凤仪辩论,和一个连死都不怕的人谈论生死,是件多么愚蠢的事情,他要用他的方式逼迫曹凤仪就范。他知道当校长的最在乎的是什么。他冲着外边喊了句,都进来吧。

在教室外旁听辩论的县长王在邦、协和会会长高荣轩、日本指导官平间鱼贯而入,只有拿枪的崔黑子守在校门之外,不肯进来。

警务局长崔默加上任之初就定下一个铁律,警察是抓人的,不是杀人的,还下了"三不准"命令,凡到校门、寺门、祠堂门,均不准持枪进入。有个警察暗自嘲笑,那意思是说你把日本人带进了江家屯,杀了多少人,现在装正经了。

这是崔黑子心中的痛点,他一心一意地想借日本人的手除掉杜三秃子,结果上了贼船下不来了。他扬手打了那个警察一个嘴巴,正颜告诫他,我那时不是警察。

多田知道崔黑子的"三不准"戒律，没有勉强他进来，有一个平间就够了。多田说，今天，锦西县的三巨头聚齐了。

高荣轩瞅了瞅县长，又看了眼平间，心里疑惑，指导官也能称为巨头吗？

多田说，有幸介绍一下，锦西县道德会会长曹凤仪先生。

高荣轩恍然大悟，日本人真会找人，表兄确实是道德楷模。曹校长怔了片刻，立刻明白，所谓的道德是陷阱，多田要把他推进火坑，他瞪了眼高荣轩，立刻表态，决不当走狗，断然拒绝了多田强加给他的头衔。

多田彬彬有礼地向曹校长鞠躬，随手掏出一张纸和一支笔，放在桌上，谦和地说，这是替您草拟好的出任锦西县道德会会长的声明，我想验证一句话，没有一个人是信心的伟人，请您三思。

说罢，他向平间做了个手势，转身离开了教室。

平间掏出绳子，套上房梁，拴了两个活扣，抓过两个孩子，把绳子套进孩子的脖子，手一松，两个孩子就悬空了。

人命关天呀，江家屯第二次沦陷时，家长把孩子送给你，那是多大的信任。曹校长不能眼瞅着孩子没命，跑上去托住两个孩子的身体。两个孩子在晃荡，他托也托不稳，时常顾此失彼。高荣轩想去帮一帮，多田刀子一般的眼光从教室门外飞进来，吓得他止住了步伐。其他几个孩子吓傻了，只知道哭。

曹校长气喘吁吁地说，快过来帮我。

孩子们想过来，平间用指挥刀阻止住了他们。

托起了这个孩子，那个孩子又被绳子勒住了脖子，两个孩子在能喘过气的片刻，不是咳嗽就是喊半声妈。曹校长拿起桌椅，垫在孩子的脚下，却被平间用指挥刀给劈断了，小腿又在空中无助地蹬端。

多田在教室外慢声慢语地说，签了吧，你已经说我们是刽子手了，再添两个也没关系。

曹校长泪如雨下，他不会想到，日本人用最缺德的方式，让他做道德的选择。他选择了尊重生命，选择了不做信心的伟人，选择了把自己拴在道德的耻辱柱上。他咬破了嘴唇，大声说，我签，我用我的血和泪签。

他拒绝了用多田提供的笔，把眼里的泪水和嘴里的血水滴进砚台，拿起毛笔，蘸血为墨，歪歪扭扭地写下——曹凤仪。

平间拿起那张纸，送给门外的多田，多田微笑着，又一次向曹校长鞠躬，感谢曹校长泣血为书，用鲜血捍卫大东亚的共同道德。

曹校长气得浑身哆嗦，本是愤怒，反被利用。四个闯入者走后，孩子们抱着校长，哭成一团。他们明白，亡国奴的日子从今天开始了。

7

堆在山门的霍乱病人尸体，招来的苍蝇黑云般飞来，香炉山迎来了最危险的时刻，一个茅坑、一碗剩饭，就会招来灭顶之灾，霍乱比日军的飞机大炮还厉害，山上的每个人时刻面临瘟疫的威胁。

陈小娴管理着山上的卫生，几百人呢，谁受了伤，没把脓血处理干净，谁吃完饭，没把碗舔得锃亮，谁出去解手，没把屎尿深埋，都会被她把耳朵扯成猪八戒。还有山上马匹牲畜，专人看护屎尿，牲畜刚排完粪便，不消片刻，就要掩埋干净。所有发霉的东西，不管是谁的，不管多么舍不得，一律烧掉。

这群平时不爱讲卫生的大老爷们，在陈小娴的管束下，每天喝三遍郑心斋配制的草药汤，干净得放屁都忍着，生怕冒出的臭味招来苍蝇和蚊子。

郑心斋领着一群壮汉，冒着草房子燃烧的大火，用锹镐、铁钎子、撬棍等工具，将燃烧的檩木捞出来，再设法把砍下的青藤塞进去，拖到石灰窑前，扔进熊熊的炉火中。

张天一拖着带伤的身体，坐在搭好的石灰窑前，督促大家加煤鼓风，赶快把石灰石烧透，石灰的多少，决定着香炉山的生死存亡。

日薄西山时，一窑接一窑的石灰烧成了，人们推着大碾子，把石灰轧成粉末。郑心斋爬上山崖，计算好角度，将所有的石灰运到和山门垂直的崖顶。一声令下，生石灰瀑布般从陡峭的山崖上流泻下来，砸向堆积的尸体，急促得苍蝇都没来得及飞走。

刹那间，白色的粉末漫山飞舞，香炉山像笼罩在茫茫云雾中。石灰的粉尘最终散去时，人们看到，山门被生石灰直接堆成了大坟丘，所有霍乱病人的尸体被掩埋得严严实实。

此时，三里外的杜三秃子正在对马兰亭赞不绝口，这等妙招绝招损招，也就是他副队长兼军师能想得出，只有这一招才是不战而胜的高招，他们沉浸在等待山上的人被瘟死的幸灾乐祸中。山上的石灰瀑布般骤然而下，杜三秃子顿时怔住了，望着完全被白烟笼罩住的香炉山，心中诧异，哪儿来的这么多的生石灰？

没等杜三秃子醒过腔来，山上两个营的弟兄们用头巾蒙着口鼻，披着一身白灰，骑着快马，在郑心斋的率领下，蹚过山门，野狼般杀出，转瞬间就攻到近前。

"讨伐队"七松八散地随地而坐，他们以为尸体堆在山门，瘟疫是最牢固的封锁，没人敢下来，他们的忐忑不安，不是怕打仗，是怕被传染上,所以懈怠得很,甚至枪都架在一起,子弹都没压进枪膛。当一群白人从云雾一般的白灰中闯出时,他们没有丝毫的作战准备,被打得个猝不及防。

"讨伐队"刚刚组建,上过战场的没几个,大多刚刚被杜三秃子招兵买马进来的,第一仗就被打得稀里哗啦。反应快的,转身就跑,唯恐中枪。受过训练的,忙抓过枪,就地卧倒,举枪射击,慌乱中子弹却偏离方向,反倒被悲愤的义勇军就地击毙。

身在不远处的李树祯,闻听枪响,带着他的一团人,立刻从缸窑岭增援上来,局势骤然大变,"讨伐队"面临着两面围攻,许多人干脆放弃抵抗,跪地举枪投降。

杜三秃子和马兰亭反应飞快,两个人让别人抵抗,他们却骑上马,逃向江家屯,那里有他们可以仰仗的日军大队人马,他们的身后只跟随着小部分丢盔卸甲的人。

十几个日本防化兵,还没来得及督战,战场的局势就一边倒了。那时,他们占据了离香炉山不很远的明性寺,弄得佛门净地也不安静了,和尚们被撵出禅房,他们躺在禅房的炕上,舒适地休息。

觉知和尚坐在大雄宝殿面对佛祖敲着木鱼,一个日本兵穿着骷髅一般的带防毒面具的衣服,扮成鬼的样子,跳到觉知和尚的背后,想要吓唬一下。觉知和尚心无旁骛,沉浸在诵经的境界里,无视那名日本兵的存在。日本兵拿起一根木棍,学着敲木鱼的样子,狠狠地敲着觉知和尚的秃脑壳,敲出了接二连三的青包,可觉知和尚闭着眼睛,连眉头都不皱,依然如故地敲木鱼诵经。

枪声大作,击溃了杜三秃子"讨伐队"的郑心斋,向着明性寺直扑过来,在寺中休息的日本防化兵,不是正规的作战人员,他们的职责是监督"讨伐队"。"讨伐队"溃逃了,他们也没有留下的必要了,丢了笨重的防化服,轻兵快行,撤离了寺庙。

两个营的弟兄大获全胜,缴获了数十杆长枪、一挺轻机枪,还有两门迫击炮。

返回山上时,他们没有闲心庆功,防止尸体的再度污染,是当务之急。缴获的带防毒面具的防护服派上了大用场,他们穿上这些衣服,放心地扒开山门前的生石灰,捞出里面的无名尸,架在木柴上,焚化处理。烧剩下的骨殖,不再分彼此,埋成了一座大墓。

瘟疫攻山没能奏效,香炉山上没人感染霍乱,更没有被封锁住,九师三团的根据地牢固地扎在香炉山。随着亮山退回到老家老烧锅村,李树祯虎踞着缸窑岭,与香炉山形成三个相互支撑的战略要点,钳制住了整个锦西县的北部山区。尽管是半壁江山,背倚着东北军掌控的热河,仍不失战略纵深。

麻烦的不是打仗,也不是日军的飞机大炮,是愈演愈烈的霍乱。杜三秃子从四面八方拉来的尸体,感染了香炉山周边的村落,瘟疫不断夺走村民的性命,哀号之声,昼夜不息。香炉山上的人需要活下去,不可能与世隔绝,若不及时出手,瘟疫迟早要跑到山上去。

郑心斋拎着药箱子独自下山,住进了明性寺中,把寺庙当成诊所,去给香炉山争取民心,觉知和尚顺其自然地成了他的帮手,一俗一僧共同普度众生。

听说庙里来了能治霍乱的活菩萨,附近村落里的人家,或用门板或用抬筐忙把病人抬到了明性寺,沿着山门佛殿外的两个石柱旗杆,排成了长长的队。想根治霍乱,必先阻断传播,抬病人的人,最容易被感染上。郑心斋先熬好了预防的汤药,让沙弥们端着碗到庙门外,送给没患病的人,一人一碗先喝下去。

觉知和尚在寺中的牌楼和钟鼓楼旁下摆下案桌,供郑心斋看病诊脉。第二到第四层佛殿辟为三座病房,供不同症状的病人入住。有意思的是,第二层佛殿中,多了个岳飞的雕像,显然是新摆到神位上的。郑心斋瞅了眼觉知和尚,觉得这不是一般的和尚,觉知和尚只知忙碌,不做任何解释。

病人一个接一个地进了寺院,郑心斋坐在诊桌前,望闻问切,对初患霍乱者,他急用针刺四关穴,开发其邪气,再服藿香正气散,调和其中气,清其脏腑,断其吐泻之变。对上吐下泻,病情剧烈者,神志清楚者,则用西医之法,静脉给药,急灌盐水,挫其锐势。而病势减弱者,则配给四君子汤,急补其中气,充盈脾胃,恢复其体质。而病入膏肓者,他只能遗憾地摇头,表示无回天之力。

施治的过程,根据病情郑心斋一人一方,连诊数十人,没有一人重复。对四肢厥冷,舌淡红、苔白浊腻,脉濡缓的湿寒型霍乱,郑心斋以藿香正气散为君药,纯阳正气丸加减为辅药。对腹中绞痛、发热较重、暴吐暴泻、小便黄赤、舌红苔黄腻、脉濡数的温热型霍乱,他则以蚕矢汤缓解,王氏连朴饮加减。

二层佛殿,收治着湿寒型患者,三层佛殿,收治的是温热型患者。四层佛殿供奉着群佛雕像,奄奄一息的病人送到这里,纯粹是终极关怀了,几个和尚在这里念经,送躺在这里的病人去极乐世界,然后按佛家的礼仪,在第五层佛殿前火化升天。

张天一让陈小娴拿出积蓄,宁愿不购枪弹,支持郑心斋在山下拯救苍生。觉知和尚雇来马车,不辞辛苦,四处奔走,给明性寺采购来几百种草药,把真武大帝的佛堂堆成了中药铺。

持续十余天的诊治,方圆几十里,除了少数人逝去,大多数霍乱病人痊愈,瘟疫横行的势头被遏制住了,数十座村落再也见不到朝发夕死的路倒,听不到哀声四起的出殡鼓乐。

瘟疫挡在了香炉山之外,山上的人终于长舒一口气,他们爬到山顶的香炷之上,点起粗壮的艾绳,向苍天敬香,感谢上苍派来个救命的活菩萨。

郑心斋立刻制止了造神行为,他知道,香炉山的灵魂是张天一,有人吹嘘自己,就等于给香炉山钉楔子,他抱着张天一的肩膀,向大家说,从来就没有什么救世主,也不靠神仙皇帝,人间的奇迹,靠的是团结起来的我们自己。

听着郑心斋的说辞,大家云里雾里,面面相觑。郑心斋说,这说的是《国际歌》,唱的是共产主义,干这些事的人叫共产党。大家起哄地喊着,啥叫共产党?郑心斋一时语塞,突然想到,这群苦力出身的人,没读过几天书,大道理得慢慢教。于是,他以眼前的事情为例,循序渐进。他说,就是张天一参谋长教导你们的,官兵平等,东西平分,当官的不吃小灶,营长不让勤务兵伺候洗脚,连长不能打骂下属,要给讲道理。

大家似乎懂了,七嘴八舌地说,原来这么简单,就像一家人,有饭同吃,有衣同穿,有活儿同干,营长是大哥,班长是小弟,参谋长是爹,少东家是妈。

一番话把张天一的脸说红了,把陈小娴说跑了。郑心斋瞅了眼张天一,不由自主地笑了,承认了大家的比方。

满香炉山响起开心的笑声。

到底是年轻体壮,张天一很快康复了,明媚的秋阳下,他又能健步如飞。此时,他站在香炉山上的崖壁前,在强烈的阳光下,一幅接一幅地瞅着山崖上的远古岩画。那些用赭石深深刻进岩石里的画，历经千年风霜雨雪，依然清晰可辨，栩栩如生。岩画上的四角麋鹿身姿昂扬，鸟儿展翅欲飞，群鹿聚集嬉闹。

杜三秃子领着日军攻山时，迫击炮瞄准的是草房子，若是落到崖壁上，这些岩画就毁了。

转过身去，背靠山崖，放眼望去，南票煤矿的黑色灰尘，缸窑岭挺拔的烟囱，暖池塘冒气的温泉，远方玉带般飘向东北方向的女儿河，依次进入张天一的视野。还有刚刚红穗的高粱，渐渐变黄的谷子，翠绿欲滴的白菜，五彩斑斓的大地把整个世界编织得如梦似幻。

张天一感慨万分，多好的河山啊，可惜正在被日本人日夜蚕食，守护住它们，需要的是比高粱还红的鲜血。

正在无限地遐想，张天一忽然发现，一辆马车从南向北疾驰而来，鞭声一声接一声，迫不及待地回荡进山谷，清脆得如同枪响。他自言自语地说了句，真是不要牲口的命了。再细看下去，突然怔住了，大车怎么这样熟悉？他举起望远镜，把马车拉到眼前，立刻辨认出了赶车的正是他的叔叔张恩发，躺在车上的是自己的母亲张崔氏。母亲脸色蜡黄，抱着棉被还打着冷战，显而易见，病得不轻。

张天一马上冲山路上的岗哨喊，我妈来了，赶快去山门，接老人家上山。喊话一程接一程地传下去，不消片刻，就传到了山门，守山门的卫兵打足了精神，迎接老夫人上山。张天一忙三迭四地从山顶往山下跑。

距离山门仅有几十米的时候，张恩发突然拉马停车，战战兢兢地下了车，声音里带着哭腔，让守卫山门的人别过来，他嫂子被传染上了瘟疫。本来欢天喜地跑过来的卫兵，突然定住了脚步，他们亲眼看到了霍乱的横行，真的把老夫人接到山上，霍乱肆虐进香炉山怎么办？

老夫人进山的声音在香炉山上接力般往下传时，郑心斋正在半山腰，他怔了一下，张天一采纳了他的建议，防止瘟疫蔓延进来，下令封山，与外界彻底隔离。无论是谁，不得靠近山门一百米，哪怕是辽西抗日义勇军总监军朱霁青派来的传令官，抑或师长亮山与副师长李树祯也不行，尽管近在咫尺，也只能飞鸽传书。杜三秃子已经把瘟疫当成了武器，千方百计地传染给各路义勇军，企图不费一兵一卒地攻陷抗日队伍。与外界彻底隔离，切断一切可能的传染源，成了香炉山的一条铁律。

老夫人的到来，蒙蔽住了张天一的双眼，他只看到亲情，忘记了自己定下的铁律，一心一意地想接老妈上山。郑心斋意识到，非常时期，老夫人突然投奔儿子，不会那么简单。他抱住张天一的腰，硬是将张天一拦下，无论如何，不能让他们母子见面。他命令穿着防化服的人，奔跑下山去，其他人杜绝和老夫人接触。

守山门的卫兵迅速撤回山上，穿上防化服的士兵持枪替他们站岗，郑心斋自己独自拎着药箱，徒步过去。远远地，郑心斋就闻到了一股酸腐热臭，看到老夫人身子蜷成一团，紧捂着肚子，嘴中的呕吐之物如同泔水。

典型的温热型霍乱，郑心斋跳上车，掀掉老夫人的棉被，扒开衣服，用银针扎向承筋、府舍等穴位，止住抽搐、呕吐和腹泻，然后开出黄连、黄芩、栀子等十几味药，派人马上到明性寺，抓回十服汤药。

给老夫人和张恩更换了衣服，马车远远地丢在山门之外，马匹送到明性寺饲养，车上携带来的东西，包括衣服被褥统统烧掉，安顿完这些，郑心斋才让穿着防化服的士兵背着老夫人上山，放进山中一座单独的石头房里。石头房里，除了一直在身旁的张恩发留下照料老夫人，其余人等，包括张天一在内，一律不得探视。

生命垂危的张崔氏，在郑心斋的精心治疗下，一天天地好转。张恩发早晚两次喝着郑心斋特意熬制的汤药，神奇地没被感染上。七天过后，张崔氏走出了石头屋子，远远地和崖壁前的儿子打着招呼。

张天一发现，母亲大病一场，死里逃生，变成了另一个人，两眼晶亮，说话神神道道，不着边际。

母亲与儿子相拥而泣时，是在半个月之后，时令已过秋分，大地刚刚开镰，收获五谷。郑心斋才允许张天一结束与母亲遥遥相望的日子，张天一这才奔跑到半山腰那座狭窄的石头屋，背着母亲来到山崖下的石木屋中。香炉山上，只剩下这幢房子没被杜三秃子摧毁。

伏在儿子背上，母亲说，阎罗殿上走一圈，你爹的魂儿附在我身上，阎王爷害怕了，不敢收，送我去了九重霄，玉皇大帝拍了我的背，把我推回了人世间，就这一巴掌，你妈有了天神附体了，你爹没白在虹螺山顶陪着玉皇大帝。

张天一心不在焉地应着。

虽说有机会和母亲生活在一起了，可他时刻准备出击打仗，山上还要深挖洞、囤足粮、备弹药，寻求身后守热河的东北军给予物资补给和军事支撑，共同拟订作战计划，还要稳固周边刚刚控制住的疫情，忙得不亦乐乎，没时间照顾母亲。

老夫人的日常饮食起居，陈小娴主动承担过去了，照顾得细致体贴,如同亲生女儿,哪怕去到崖下晒太阳,她也是挎着老夫人的胳膊,怕老人家身子虚,哪一脚不慎,踩滑了。

张崔氏摸着陈小娴的手,感叹道,不是一家人,不进一家门,我儿好福气呀。

陈小娴听得懂,她没说话,闭了下眼睛,她想到了孙伊兰。

接下来的日子,张天一渐渐理清楚了母亲上山的来龙去脉。母亲真的是走投无路了,才来投奔儿子,逼她上山的罪魁祸首又是杜三秃子。

母亲从来没有离开家的打算,丈夫的命被杜三秃子夺去了,偌大的家业都落到她一个女人的肩上,虽说西五会的老故交常过来当帮手,可春种夏铲秋收,那么多土地,那么多活计,哪一样少得了她打理?除非头疼脑热,身体不舒服,干不动活儿了,她才会让小叔子张恩发套上车,去趟曹田屯,和闺女月娥亲热几天,算是休息了。然后,还得马不停蹄地赶回家,继续侍弄庄稼,浇灌菜蔬。儿子那儿还有一百多号人呢,人吃马喂的,每天都要消耗,没有钱粮,咋能替他父亲报仇?

然而,随着日军的卷土重来,母亲三个季节的努力全都付之东流。

日军重新站立在女儿河大坝上时,看到了昏黄的落日下,硕大的水车下一个渺小的身影正在劳作,他们并不知道,那个辛勤的女人,肩上扛着两个巨大的男人,前赴后继地与他们作战。

伴随着河水"哗哗啦啦"的流淌,水车"吱吱嘎嘎"叫着,与女儿河一唱一和。水车硕大的轮辐绞在太阳上,忽红忽黑地旋转,大地上的巨大黑影越滚越长。一个渺小的人影,惊慌失措地晃动了几番,或许她懂得了逃跑也没用,再快也快不过子弹,就像一截木桩,牢牢地钉在土地上。日军没有理会那个渺小的影子,甚至不知道那个影子何时消失的,他们齐整整地站在大坝上,齐刷刷地吼日本国歌《君之代》。

残害张崔氏的,并不是日本人,他们不知道这个女人是谁。自打杜三秃子赶到江家屯,一切都变了。杜三秃子原以为,瘟疫攻山的奇招妙计,无懈可击,更无人可破,待在山下,坐等收尸。没想到,山上的人居然洪水般冲下来,把他的人马杀得七零八落,大把扔出的金子招兵买马,转瞬间化为乌有,这般气恼,他全转嫁在张崔氏的身上。

涉过女儿河,顾不上拧干身上的湿衣服,杜三秃子便带人气势汹汹赶到龙王庙,他薅住张崔氏的头发,把她拖出屋子,不由分说地点燃了房子。这幢全村最好、黄花松为梁、果松为檩、青砖回廊、雕梁画栋的房子,就这样不消一个时辰,全烧落架了。

看着熊熊烈焰吞噬了二十几年日夜相守的家,张崔氏悲恸欲绝,房子是她生命的归宿,也是她活着的寄托,更是对丈夫怀念的寄托,屋里的每一寸土,每一粒尘,都深深地印着丈夫的影子。

冲天燃烧的大火中,张崔氏突然看到丈夫张恩远硕大的身影被烈焰托起,悬浮在半空中,洪钟般对她说起生前的话,别哭,国亡了,留着家有啥用?

她真想一头扎进大火中,让亡夫带她一块儿走,杜三秃子死死地抓住她的臂膀。

崔黑子带着警察赶来时,火早已烧完了,即使能把井扳倒,也无能为力,眼看着姐姐的房子烧落了架,无家可归。两伙人端枪,对峙着,怒吼着让对方放下枪,若不是杜三秃子把张崔氏当人质,一场火并不可避免地就要发生。

新仇旧恨一起涌到崔黑子的心头，若不是担心伤到姐姐，他早就不管不顾地开枪了。

"讨伐队"与警务局打了起来，那还了得，多田带着县长王在邦、协和会会长高荣轩，平间带着一个小队的日军，赶赴现场，平息争端。

多田扇了杜三秃子一个嘴巴，尽管烧掉反满抗日分子家的房子是不成文的规定，杜三秃子没做错，可是仍然不能纵容杜三秃子烧杀抢掠的土匪恶习，这有损于大日本帝国的形象。更何况这个老婆子还是警务局长的姐姐，拉拢住一个死心塌地跟着他们的人不容易，不能轻易放弃。

客客气气地把张崔氏交还给了崔黑子，多田还给张崔氏鞠了一躬，敬佩她有张恩远这样的丈夫、张天一这样的儿子，尽管是帝国的敌人，却也是让人敬佩的英雄。

两伙人都被平间缴了械，县长王在邦瞅着多田的眼色，开始善后。房子烧就烧了，不再追究杜三秃子的责任，高荣轩负责重新建一座房子。但张家的大片土地，除了几亩坡地留给张崔氏做口粮田，剩下的作为敌方资产，全部没收，留给即将进驻到江家屯的日本开拓团。

杜三秃子挨了打，却没吃亏，张家几乎被他连根拔起。崔黑子虽说解救出了姐姐，可姐姐却一无所有了。高荣轩向多田表态，收留亲家母，两家归成一家，吃喝用度都由他管。张崔氏连连摇头，辛苦了一年，眼看着丰收在望，庄稼成为儿子的军粮，却被县长拱手送给日本人，她伤痛欲绝，眼前所有的人，都脏透了，她决不和他们同流合污。

张崔氏选择了留在龙王庙村,就住在村里的大庙中,她不信杜三秃子把庙也烧了。

杜三秃子没有烧庙,他和马兰亭商量了好几天,终于又商量出了一箭双雕的计谋,他们要不依不饶地瘟疫攻山,只不过把尸体变成活人,那个活人就是张崔氏,他不信张天一会把他妈拒之门外。

一个月黑风高之夜,杜三秃子潜入龙王庙,把霍乱病人的呕吐、排泄之物甩满了张崔氏居住的庙门与窗户上。没有任何防备的张崔氏,果然中招,夜里闻到酸腐之味,热臭难闻,纳闷哪儿来的气味,早晨起来,推开庙门那一刻,苍蝇铺天盖地向她扑来。

不消一个日夜,张崔氏便被染上了霍乱,小叔子张恩发套上马车,找高荣轩想办法,被拒之门外,张月娥哭破了嗓子也没用,一大家子人呢,儿媳妇的肚里装着一个,高荣轩不会拿自家人的性命开玩笑。

找崔黑子想辙,已遥不可及,杜三秃子早就防着这一手,再三向县长吹风,崔黑子再留在江家屯,两伙人非火并不可,县城连山防守空虚,别让反满抗日的"土匪"钻了空子。王在邦觉得说得在理,带着崔黑子,回去了。

杜三秃子封住了去慈善堂的路,谁去都行,就是不能让"匪首"的家属去,高荣轩亲自说情也不好使,除非他能把张天一绑回来。老中医给张崔氏配了几服汤药,托人给送过去,被杜三秃子发现,全部扔进河里。

除了投奔儿子,所有的路,都被杜三秃子堵死。

张崔氏说,就让我死吧,去陪你哥。张恩发不甘心嫂子等死,把虚脱得说话力气都没有的嫂子抱上了马车,直奔香炉山。

8

天凉了,凉得苍蝇的翅膀都结了霜,侧歪着身子,飞也飞不动了,疫情骤然收缩。郑心斋一车接一车地给亮山和李树祯送去的草药,很好地预防了瘟疫,抗日义勇军第九师无一人感染霍乱。杜三秃子的两次瘟疫攻山,均未奏效,反倒让自己的"讨伐队"中了招儿,死了好几个人,若是没有春岛芳子出手相助,给他们打针吃药,"讨伐队"剩不下几个人。

关东军第八师团的重新返回,加上日军海军陆战队增援进来,辽西各路义勇军明显处在劣势,他们用蚕食战术,压缩各路义勇军的生存空间。杜三秃子卷土重来,以"剿匪"为名,依靠身后的日军,开始了疯狂的"扫荡",企图把张天一彻底封锁在香炉山上,一粒粮食也休想运上去。

香炉山下方圆几十里的人家,粮食基本被杜三秃子征光。马兰亭拿着算盘,一家一户地走,谁家有几亩地,种的是啥庄稼,能打多少粮,算到了骨头渣子里,除了勉强够吃,一粒粮都不给多留,全部征走。一时间,山下各村哭爹喊娘,拒交的男主人被打得皮开肉绽,地里歉收的人家,除了哭泣着卖儿卖女,别无选择。

十几年了,山下的百姓从没缴粮纳税,杜三秃子占山为王时,孝敬他的只不过是些大户人家。现在,归顺了日本人的杜三秃子,比当土匪时还要猖狂,枪顶着人们的脑门,变本加厉地征缴,辛苦一年,一多半的钱粮都被拿走了。

马兰亭称,这一招叫"空室清野",三国时荀彧用过。杜三秃子问,寻遇到谁了?马兰亭摇了摇头,知道杜三秃子听不懂,干脆回答，阎王。

从此，山下的百姓过上了和阎王贴脸的日子，数着米粒下锅，生怕有朝一日断顿。

即使如此，不停地有人宁肯挨饿，偷偷地将粮食拴在裤腰带里，送到明性寺，叮嘱觉知和尚，把粮食送到香炉山，人家救了咱们的命，咱得知恩图报。有人明知寺庙普度众生，不得妄言杀生，还让觉知和尚捎话给山上，马兰亭比土匪还坏，一定要除掉他。

郑心斋与觉知和尚默契得很，估计粮食攒得差不多了，就打一次反"围剿"，突然下山，袭击"讨伐队"。"讨伐队"深知香炉山上人的战斗力，每一次都是狼狈地往后退，不和山上的人正面交锋。貌似打反击，从"讨伐队"抢粮食，实际上是神不知鬼不觉地把粮食从明性寺转移到山上。

每一次，郑心斋把粮食带回山上，张天一都会惊叹不已，天天人吃马嚼，洞里的粮囤眼看瘪塌下去，本以为快要挨饿了，郑心斋变魔术般突然间又变出了粮食。

郑心斋说，这就是鱼和水的关系，时机成熟，山下遍地苏维埃。

张天一信服，郑心斋有这个本事。这是肇参谋过世后，上苍送给他最好的礼物。

随即，两个人商量着，活捉马兰亭，交给人民审判，是建立苏维埃最好的时机。

张天一说，我来想办法。

看到山上的粮食越来越少，张崔氏觉得自己在山上是白吃饱，哀求儿子，放她回江家屯，好歹还剩几亩薄地，亲家也答应搭几间房子。

张天一连连摇头，反对母亲下山，江家屯已经沦陷，高荣轩公开降日，召回东五会的人，借助日本人的力量，铁桶般管辖着老县城。姐姐错嫁给了高家，那是没办法的事情，错了就错了，世间没有后悔药，只能如此。母亲回去，那是羊入虎口，送上门的人质，早晚有人以此要挟他，他不能一错再错。

郑心斋也帮着张天一劝着母亲，这座大山，还有山后边一座连着一座的山，都是咱的家，只要咱们能四海为家，脚下的国就没亡，一个新生的苏维埃共和国正等着我们呢。

张崔氏望着儿子的脸，儿子同意了郑心斋的观点，儿子向她点头时，那种坚毅，仿佛是和丈夫一个模子里刻出来的。她突然想起，丈夫曾说过，儿子眼睛可直视太阳，是天子之命，郑心斋有神仙般本事的人，都肯给儿子当军师，丈夫的说法肯定是对的，便对郑心斋说，你的意思是，我儿子能当苏维埃的皇上？

郑心斋说，苏维埃是人民当家做主，你儿子也是人民。

张崔氏糊涂了，不过，有一点她很清楚，不走有不走的好处，她的身体通着神呢，随时护佑儿子。

眼下，苏维埃不能当饭吃，讨论它没意义，张天一把母亲带出了屋子，不想听母亲和郑心斋南辕北辙的对话，啥叫苏维埃他还懵懂着呢，母亲怎能明白？他带着母亲去找叔叔张恩发。母亲的担忧是对的，这支队伍能不能带下去，粮食的储备是头等大事，秋收的尾巴还没收拾利索呢，就露出了仓储的窘迫，山下的百姓还勒着裤腰带过日子呢，他们也要活，送到庙里的粮终究有限，需要另辟蹊径。

屋外飘起了雪花，张天一伸出双手，雪花凉冰冰地化在他的掌心，心里头压着的一块石头终于卸掉了。下雪了，苍蝇蚊子就会冻死,断了瘟疫的传播渠道,意味着疫情结束了。可日本人和杜三秃子制造的人为瘟疫才刚刚开始,那就是"围剿"带来的粮荒。

好在陈小娴早有准备,她父亲在冶炼铅锌时,学会了提炼银子,她不动声色地把成箱的银锭藏在山洞里。直到张天一急得直跺脚时,她才不慌不忙地牵着他的手,钻进深深的山洞,打开洞里一个锁着的洞门,展现给他一个箱子。打开箱盖,火把下满箱子的散碎银子反射着白亮亮的光。

张天一找到叔叔,借助叔叔的手艺,制成各种能流通的银圆,好下山买粮。

张恩发没着急把银子打成银圆,找来两截钢轨,拿出一块大洋,按在钢轨上,画出两个圆。挥起他那双长满茧子的手,錾出了两个圆圆的凹形,又拿出大小不一的各种铁钎,大手变成了绣娘的手,轻轻重重灵巧地敲打下去。

就这样,叮叮当当地敲了一整天,等到张天一带着陈小娴再来看时,张恩发已经把大洋的模子做成,袁大头瘪瘪地躺在铁轨的凹槽里。接过陈小娴递过的银子,在炉火里烤软了,用锤子敲成长条,放在模子里一压。等到松开手时,一枚圆鼓鼓的袁大头就掉了出来,扔进大洋堆里,除了张恩发,谁也找不到,惟妙惟肖得分毫不差。

反正是真金白银,也没骗谁,张恩发做得心安理得。

从此,香炉山有了自己的造币厂。

背着这些银圆,张天一带上十几个兄弟,钻山越岭,披荆斩棘,沿着人迹罕至的小路,去热东买粮。香炉山的东南两面是肥沃的辽西走廊,尽管刚刚过去的收获季节高粱穗满,大豆荚鼓,甚至涝洼地和山坡地都没有歉收,然而即使把揣着大洋晃得震天响,也无粮可买。日本人刚刚立住脚,就把粮食当成战略物资,征缴和收购双管齐下,地主家都没有余粮了。况且还面临着日军和"讨伐队"的围追堵截,没必要冒风险下山,只好往深山里走。

从锦西北部到朝阳东南的清风岭,虽说才五十多里,却山高路险,加上薄薄的积雪,张天一和他的弟兄们足足走了多半天,才算跨省到了热东的清风岭。热东的土地虽说贫瘠,总算掌握在东北军汤玉麟的手中,没让日本人染指。何况辽西各路义勇军挡在最前沿,始终是日本关东军第八师团进攻热河无法绕过的坎儿,莫说是来买粮,就是来求援,也不至于空手而归。

清风岭的王老凿听说结义兄弟张恩远的儿子来了,大嗓门一喊,满山回荡,把沟沟岔岔王氏家族的人都招呼出来了,上百口子人迎出了好几里,还没见面就大嗓门地叫张天一儿子,爹盼你眼睛都盼蓝了。王老凿说的不是虚话,把张天一接进家门就杀猪宰羊,呼亲唤友地摆了十几桌,热热闹闹地吃肉喝酒,夸奖张天一是英雄豪杰,指挥上万人打古贺,现在还带着九师壮牤子般和日军顶牛,不让日本人迈进热河省,给咱们遮风挡雨呢,以后,清风岭就是你们的家,你爹没了,我就是你亲爹,缺枪缺粮缺钱,吱声。

张天一把一袋子大洋往炕上一丢,有粮吃,就有力气打小日本,就能在辽西走廊卡住小日本进热河图谋中原的脖子。

酒足饭饱,养了一夜的精神头,天没亮,王老凿就套上两辆大马车,带上张天一的兄弟,赶往朝阳县城的早市。早市并不是人头攒动,有些冷清,粮食市场就更萧条,总共没有几家粮贩。热辽交界的仗断断续续打了一年多,当兵要吃粮,老百姓躲避战乱,也要存粮,本来热河就缺粮,粮价高得吓人,不是人吃粮,而是粮吃人了，富人不缺粮，穷人买不起，粮市自然寡淡。

粮贩们都认识王老凿，嬉皮笑脸地还要涨价，王老凿踢着他们的屁股，骂他们有眼不识泰山，敢打义勇军的主意，别他妈的抠逼叨叨见钱眼开，人家在前线替咱们挡子弹呢，让咱们过安生日子。边骂着，王老凿边薅着他们的脖领子，拎到车上，赶车去他们的家，挨家拉粮，直到把库底子拉光。

趁着王老凿去粮贩家，张天一逛着集市，他被牲口市吸引住了，有那么多毛驴，虽说又矮又小又单薄，按住腰，用力地掐下去，没有一个塌腰的，证明这些小毛驴很有力气。张天一灵机一动，买粮之前买下了十几头毛驴。

王老凿把粮市都弄空了，才弄出十几麻袋粮食，返回清风岭时，大马车后面拴了一大堆小毛驴。到了家，王老凿又把大麻袋换成帆布口袋，驮在驴背上，就依依不舍地告别了张天一。那些口袋是王老凿白送给他们的，万一哪天衣服不够了，染染色，口袋就能改成军装，穿在身上，厚实耐磨，最适合爬冰卧雪。

张天一千恩万谢，拜别了王老凿。王老凿眼圈红了，一挥手，骂了句，别来假一套，我是你爹。

买下毛驴，真是明智之举，兄弟们夸张天一，不愧为参谋长，总能未雨绸缪，这些粮食让他们扛回去，爬坡过岭的，非得累吐血不可。行脚赶路，爬坡过坎，毛驴比马强，马走不了险峻的山路，毛驴就不同了，只要人能爬的路，毛驴都能走上去，哪怕是紧贴着悬崖，仅有一尺宽的路，也能轻巧地过去。香炉山不缺草，养着毛驴，等于积蓄活动的军粮，一旦再闹粮荒，可杀驴充饥。

有了造币厂，还得有兵工厂。

随着国民政府一步步地妥协，关内的支援越来越少。一场辽沈会战，九师是倾尽全力，快把家底打光了，香炉山上库存的弹药已捉襟见肘，制约了他们主动出击，无法再寻找日军小股部队，一口口地吃掉。舍不得消耗弹药，拎着长矛大刀冲，纵使日军再少，那也是白白送死，只能凭借天险，据守不出。

张天一和郑心斋还有陈小娴坐下来商量破局的办法。这批矿工出身的兵，不同于庄稼院里出来的兵，都有一技之长，也不乏能工巧匠，况且还有巧手张恩发，修理枪械不成问题，甚至能修复子弹壳的铜屁股，重新造出子弹。可他们缺火药，更缺会造火药的师傅。

一时间，三个人陷入沉寂。

张天一忽然想起了火药铺掌柜的，那个放屁都忍着，不肯出声的蔫老板，闷葫芦里装着一肚子的本事，会根据用途，造出不同的火药。这个人是亮山的死党，忠心不用怀疑，肯定会给山上带来奇迹。张天一摩拳擦掌，只要山上人才济济，何愁不能驱逐日寇，他还想看一看郑心斋说的那个苏维埃的那个什么国，当两天国王过过瘾呢。他当即决定，亲自下山，单枪匹马地去一趟江家屯，悄悄地把蔫老板接到山上。

陈小娴不同意张天一去冒险，他是九师的参谋长，更是香炉山的主心骨，没必要亲自去。可是，张天一不去，搬得动蔫老板的，只有亮山。亮山据守在老烧锅，手下又没有郑心斋和陈小娴这样的干将，更不能离开。

接蔫老板上山，张天一责无旁贷，无论如何，他也要去。

安静的陈小娴再也安静不下来了，虽说身子还是安静得一动不动，可眼泪却不给她做主，围着眼圈转，她说，日本人早就喊出，捉住张天一，一两骨头一两黄金，如今日军的一个联队，杜三秃子的"讨伐队"，还有高荣轩的保安队，都驻在老县城，都想要你的命，不能重蹈你父亲的悲剧。

张天一说，西南有郑天狗守长城，北边有老梯子守闾山，热河的大门从锦西撕开，那是咱们的耻辱，留住热河这半壁江山，东北就没全丢，咱们就有希望，丢了咱们脚下的土地，那就是拔走了咱们的命根子。

张崔氏闭着眼睛摸了进来，神神道道地说，此门为我开，妖魔进不来，双喜临山界，威名扬四海。

郑心斋笑了下说，去吧，回来给你们俩操办婚礼。

这话说得很突然，两个人谁也没有心理准备，却谁也没反驳，相视一眼，陈小娴的脸袭上红云，比枫叶还红，扭身跑了出去。

郑心斋又郑重其事地重复了一遍，意味深长地说，这是一场残酷的战争，没准打赢日本需要两代人，你必须结婚生子。

张天一重复了一句，结婚生子，眼睛望向了山顶香烛一般的巨石，泪从心底涌向眼眶。他何尝不想结婚生子，可他心爱的伊兰却嫁给了多田，给日本人生了个孩子，算起来，那个孩子也快出生了吧。

这段仿佛就在昨天的往事，郑心斋根本不知道，张天一不想讲给他，想起来就戳心地疼，讲出来，更是往伤口上撒盐。

满天星斗开始闪烁的时候，张天一骑上乌骓马，单枪匹马地出了山门。父亲留给他的马仿佛载着两个灵魂，踩着云朵般跑得风驰电掣，没等三星移到头顶，已经赶到江家屯。

熟悉的县城已不再熟悉，夜深人静，灯熄影无，好在乌骓马的眼睛能透过黑夜，灵巧地在街巷里穿行。县城里一年前的繁华毁了,半年前的残垣断壁也没了,取代它们的是低矮而又稀落的简易房,勉强支撑着几家商户。随着三更梆子敲响,一个苍老的声音在巷子的深处喊:平安无事。

倒是凤凰山东面二里外的山岗下,声音嘈杂,一片灯火辉煌,那该是仁义屯村西,本该很偏僻,咋就突然间有了电灯和机器声?张天一没敢贸然前往,骑着高头大马,很容易被灯光照出影子,惊动了日军可就麻烦了。

藏好战马,张天一悄悄地来到蔫老板的家,跳过院墙,小猫般落地时,受过伤的刀口只是有轻微抻拉感,居然没疼,显然伤好透了。捡一块豆粒大的砾石,弹向窗户纸,屋里传出蔫老板警惕的追问声:谁?

没有找错人家,蔫老板放弃火药铺一年多了,一直蔫不悄地藏在家中。现在,张天一不想让他再过隐居的日子,日本人迟早会知道这个人的本事,抓走了就是义勇军的一大损失,这样的宝贝,撤离江家屯时,义父亮山只顾财富物资不能留给敌人,却忘了能工巧匠才是最大的财富。

张天一扒着窗户根儿,压低嗓门报了名字。蔫老板也没敢点灯,刚一开门出来,张天一往屋扔进一袋大洋,不由分说,捂住蔫老板的嘴,夹在腋下,转身就跑。他不想让人知道蔫老板上了香炉山跟了义勇军,那样会给他的家人带来麻烦。

两个人跨上战马,一路向东,从仁义屯与曹田村中间穿过,登上了虹螺山西麓,俯视下去,张天一看到仁义屯西是一座工厂,蔫老板这才蔫蔫地告诉他,多田在那里建了锦西矿业株式会社和锦西冶炼所,把老县城西南边的铁、西北边的锰,还有凤凰山南边兰家沟新发现的钼都拉进了冶炼所,炼出的铁疙瘩,都用汽车拉走了，日军守着那三个矿区和一座冶炼所呢，没人顾得上老县城，高荣轩把方圆十几里的青壮年都弄到了矿上，这年头，家里的几亩地养活不了人，去矿上干活，起码能喂饱肚子。

蔫老板打开话匣子时，一点都不蔫，显然对"劫持"他到香炉山一点都不反感。

回到老家，就这么不声不响地走了，张天一心有不甘，不要让老县城的人认为九师尿了，家都不敢回。他催马赶到曹田屯，飞驰到高荣轩的大门口，掏出匣子枪，击穿了两个门环铜铺首的眉心，随后拔出身后背着的鬼头刀，砍断了门前的两根旗杆。

尽管天很黑，张天一看不清上面飘着的是什么旗，但他能够肯定，一面是日本的太阳旗，另一面是"满洲国"的五色旗。做完这些，张天一气壮山河地喊了一嗓子：高荣轩你听着，卖国求荣，欠下了义勇军血债，这笔账你迟早要还。

憋闷在胸中许久的火，终于释放了出去，然而，一个婴儿的哭啼突然刺入张天一的耳中，他怔了下，眼前浮现出了姐姐，再也不在高家的大门外闹腾了。毕竟是深入虎穴，敌人聚在一起就麻烦了，他不敢耽搁，扬鞭催马，穿过曹田屯"申"字形的街，一路向西北奔驰。乌骓马心领神会，一阵"咴咴"昂扬的嘶鸣，丈余宽的申河一跃而过，像一道黑色的闪电，转眼间消失在黑夜里，消失得踪迹皆无。

枪声惊醒了张月娥，未出满月的孩子也吓得哇哇大哭，高冠雄猛然坐起，把母子掩在身下，好像子弹真能穿过窗户，打了进来，他在替妻儿挡子弹。高冠雄离家出走半年多了，他不赞成父亲对抗日作壁上观，与父亲别扭了几个月后，到关内投奔了北平的国民政府，谁知道消极抗日的不仅仅是他父亲，替政府做的事情，左一件右一件的都是调停，本质上说，对抗日也很消极。掐算着妻子张月娥就要生了，他索性请了长假，回了家，没想到家门却悬起了日本的旗，父亲担任了伪政权的要职，地地道道地倒向了日本人。

直到张天一亮开嗓门，高冠雄才放心了，开枪的是月娥的弟弟，孩子的亲舅舅。他在佩服小舅子张天一的同时，也在惋惜，抗日的结果只能如此，家破人亡，他谅解了父亲，但决不做父亲的同路人。

张月娥下地找鞋，准备出去见弟弟，起码也得让弟弟知道，他当舅舅了。高冠雄扯住了妻子，外面太冷，受了风寒，得了月子病是一辈子的事儿。再者说，张天一的枪声也打醒了他，不再纠结于父亲降日的对与错，天亮之后他就走，返回关内，找到一名真正的抗日将领，从军。

高冠雄抚着妻子和儿子，给儿子起了学名，高远，字鹏飞。

高荣轩的骂声传了过来，他斥责警卫门外的保安队员，死人啊，怎么不开枪还击。

警卫辩解道，那马快得像风，听到马蹄声，人已经到门前了，再说了，来人是少奶奶的弟弟，老爷不发话，开枪伤了人，还不是吃不了兜着走。

高荣轩不耐烦地说，那是冤家，你死我活那是早晚的事儿。

走出了瘟疫的恐慌，走过了缺粮的困顿，兵工厂劳动的场面如火如荼，蔫老板造出的火药，装填了好几百枚手榴弹，香炉山呈现出了难得的欢腾。人们觉得，喜气中似乎还缺少点什么，于是，张天一和陈小娴的婚事列入锦上添花的议程。

两个人的婚礼被母亲和郑心斋铺成了水到渠成，日子定在公元 1933 年的元旦,郑心斋喜欢阳历。张崔氏却不习惯记阳历,掐指算了算,那一天是腊月初六,她本不愿意让儿子在寒冬腊月成婚,天冷得像刀子割,这两口子还不得过残酷的日子,等到正月打春后办喜事多吉祥。

郑心斋却等不得,天寒地冻,大雪封门,日军出来"围剿"也很困难,难得的空闲,早点把喜事办了,儿媳妇娶到家,老夫人也能把心放在肚子里。

张崔氏只好接受了这个日子,况且她想抱孙子,续上香火,早一天是一天。大喜的日子越来越近,她却暗自落泪,丈夫最终也没能看到儿子娶亲,闺女、弟弟、外孙,还有一大堆亲戚,都不能到场祝福,终究是件憾事。

师长亮山、副师长李树祯,还有张天一的另一个义父王老凿接到喜帖,带着贺礼,蹚过大雪,分别从老烧锅、缸窑岭和清风岭赶到,参加婚礼。

鞭炮齐鸣,唢呐声声,锣鼓喧天,方圆十几里的村落都知道,九师的参谋长张天一娶媳妇了。拜完天地,本该送入洞房,大家大碗喝酒,大块吃肉,一醉方休。猪肉爿子摆在了伙房,鸡鸭鱼肉购置得妥当,烟酒糖茶也买到了山上,张天一压根没让厨房生火动刀,更谈不上摆婚宴了,让大家马上集合,牵出山上所有的马匹和毛驴,检查武器,带上蔫老板配制成的上百枚手榴弹,立刻出发,打一场伏击战。

张天一接到线报,日本人得知张天一元旦大婚,李树祯离开缸窑岭到香炉山贺喜,带着杜三秃子的"讨伐队"、高荣轩的保安队,还有一批警察,以到南票拉煤为名,从虹螺山东侧好几个村子强征了十几辆马车。然后,从虹螺岘警察署出发,绕道南票煤矿,转身突袭李树祯的大营。闻听此讯，李树祯像是脖子里突然灌进了雪，打了个激灵，他知道队伍里出了内奸，要里应外合，彻底毁掉九师第二团。

婚礼变成了作战动员。

三个营拉走了两个，香炉山交给新娘陈小娴守卫，张天一嘱咐，瞪大眼睛，防止日军偷袭。没时间通知老烧锅和缸窑岭的两个团参战了，好在他们不是骑在马背就是骑在驴背上，牲口腿长，蹚在雪地上并不迟缓，如果换成人在雪窝子里挪，那就麻烦了。

他们抄近路，抢先赶到缸窑岭前的下五家子村，郑心斋不愧是黄埔军校出来的，爬上山坡，用望远镜扫视一番，瞬间选好了埋伏的地点，村外河套两侧的山崖。这是前往缸窑岭的必经之路，居高临下，攻守兼备，进退自由。两个营的人马按照火力配备，迅速布置好了埋伏圈。

王老凿也跟随着亮山一块儿来了，他要过一过打日本的瘾，李树祯没去下五家子，连忙赶回缸窑岭大营，杀个回马枪，整肃内奸。

九师的军装是染黑了的棉袄，趴在雪地里，太明显了，躲不过侦察。张天一把毛驴和战马寄存在村里，挨门入户地征用白被单，每一名埋伏的人披一件白被单，藏在里边，连眼睛都不许露，再把人蹚过的脚印，用扫把扫平，这样就和雪融为一体了。

这里刚刚布置妥当，远远地就看见了"进剿"缸窑岭的日军从南票赶过来。日军总共十几个人，每个人都骑着马，前边十几辆大马车，拉着好几百人，沿着河套边上的路，向缸窑岭方向奔跑而来。真悬哪，趁着大雪封山路难走，义勇军容易麻痹，日军督促着杜三秃子的"讨伐队"、高荣轩的保安队，还有崔黑子的警察，偷袭来了，若不是张天一撤销婚宴，急速赶来，让日军抢了先，李树祯部真是灭顶之灾。

指挥的正是日本指导官平间,平间在多田的熏陶下,越来越鬼,发现前方的河滩路变窄,立刻让大马车停下,所有人下车,排成稀稀落落的队伍,缓慢地步行前进,随即让杜三秃子派几个人爬上山岗侦察,一队一队试探着通过山隘。

幸亏张天一心细,白被单遮住了身形,否则黑压压地趴在那儿,早被人发现了。此时,天也遂人愿,满天的阴云忧郁而又呆板地浮着,没有太阳,也没有风,被单的角很老实地伏着,雪窝子里的身形,被恰到好处地遮盖住了。

派上来侦察的人,有种被抓冤大头的感觉,心里挺不舒服,河滩路的雪被车辙轧实了,大马车走得顺顺溜溜,凭啥让他们下车,蹚着厚厚的积雪,冒着滑倒摔伤的危险,爬上崖壁,受这份洋罪?他们随便溜几眼,没发现啥异样,便向山下挥手。

就这样,平间带着的人马进入了伏击圈。

手榴弹是好东西,居高临下飞蝗般甩下去,爆炸声接二连三震耳欲聋惊天动地,一时间摸不清埋伏了多少义勇军。几百人被拦腰切断,三伙人谁也不想白白送命,立刻乱了阵营,没头的苍蝇般到处乱钻。有人顾头不顾尾地钻进雪堆里,更多的人转过身,退潮般向回涌,任凭平间的指挥刀如何向前挥去,都不起作用。平间连砍了几个人,还是挡不住退却的人流,气得他大骂,猪。

事实上,甩下的手榴弹就像是大号的爆竹,雷声大、雨点稀,弹片只是四分五裂,没有天女散花、四处飞溅,杀伤力不强,震慑力却不小。大多数人是吓丢了魂,真正把命丢在河滩路上的,没有几个。蔫老板一硫二硝三木炭制造出的黑炸药,远不及日军 TNT 手雷有威力,手雷横飞出去的弹片,豆粒大的都可能危及生命。

听爆炸声和枪声，老烧锅的一团生怕亮山遇到不测，急忙赶来增援。李树祯突然出现在缸窑岭的大营时，内奸正准备带着队伍投降，没等反应过来，就被击毙了，他迅速带着队伍下山，赶来增援。

抵抗的敌人，只有少数没有手忙脚乱，迅速找到掩体，向山岗上开枪还击。亮山、王老凿的枪法是子弹喂出来的，好着呢，将他们纷纷击毙，其他的人，吓得枪都拿不稳了。亮山大声喊着，都是乡里乡亲的，打死了谁都不好，我们的敌人是小日本，你们快跑。

这三伙人是平间从杜三秃子、高荣轩、崔黑子手里临时抽调过来的，主人不在，自然难以指挥。义勇军的九师从三面汇聚过来，正在压缩包围圈，他们见势不妙，不再顽抗，收起枪，四散而逃。战场上，真正作战的，只剩下十几名日军，顽强而又有序地抵抗。

张天一带人冲下山岗，三个团顺利会师，凭着对地形的熟悉，他们把日军逼进大雪埋住的沟壑。如此绝境，日军能牵着马迈出雪窝子都不容易，若不是他们配备几挺火力极强的机关枪，早就全部覆没了。

激战了半个时辰，十几个日军，打死了两个，五个掉进雪窝子爬不上来的被活捉了，剩下的五六个日军牵着战马，跋涉出沟壑，突围而走。平间不知何时换上了"讨伐队"的衣服，怕目标显著，居然弃马而逃。

没抓住杀人魔鬼平间，是这场埋伏仗最大的遗憾。

返回香炉山的路上，他们押着五名俘虏，挨村敲锣游街，展览他们的作战成果。等到回到山上，已是掌灯时分，中断的婚礼再次续上，那股高兴劲儿，比过年还热闹。事实上，他们本来就是在过年，是公元1933年的新年，只不过不习惯过阳历年罢了。

五名日军俘虏，连夜押解往北票，免得夜长梦多。抗日义勇军的总监军朱霁青，辽西义勇军的总司令宋九龄都在那里，不管打多大的仗，俘虏一名日军都难，他们一口气俘虏了五名，是难得的一场大捷，交给总部，会有更大用途。

火把和灯烛把香炉山照得一片通红，参谋长大婚的日子，打了大胜仗，双喜临门，这酒值得一喝。

张天一偕着陈小娴挨桌敬酒，每一桌，他都是象征性地饮一口，新婚之夜，不能喝得酩酊大醉，何况日军新败，随时有可能报复，大意不得。

夜深了，山上的屋子中、山洞里，依然有人觥筹交错，亮山和王老凿两个义父，为干儿子喝得个喜上眉梢。张天一不敢懈怠，离开宴席，丢下了陈小娴，下去查岗，不管明哨、暗哨，还是流动哨，谁敢懈怠，谁就会挨上一顿惩罚。

巡视了一圈，张天一最终爬到山顶。此时，半个月牙早已被群山吞没，黑暗无边无际地蔓延，满天的星斗冲着张天一挤眉弄眼，仿佛嘲笑他这个新郎。他倚着香炷，眼光跳过一座座黑黢黢的村庄，最终落到了东北方向的南票矿区。

一片黑暗中，唯有那里闪烁着一片灯火，令他刻骨铭心的旅馆就藏在这片灯火中，他永远也忘不了，在那个局促的房间里，他完成了对伊兰生命的探索。他在心里喊着，伊兰啊，我的伊兰，今晚我就要背叛你了，你心中的花儿是否还在为我开放？

瞬间，世界模糊了，张天一哭得个泪雨滂沱。

起风了，山上的风说来就来，寒风冻住了他脸上的泪，吹透了他的棉衣，吹走了胸前的大红花，冻得他打起了哆嗦，可他依然忍受着风的吹。

新婚之夜,春宵一刻值千金,本该和陈小娴一起度过,张天一想伊兰,想得撕心裂肺,他渴望的是和伊兰结婚,可残酷的现实,让他近在咫尺的愿望,变成遥不可及。他知道,伊兰喜欢过阳历年,此时,伊兰在哪儿? 昨夜你和谁一块儿守岁?

他心里猛地一悸,多田的阴影一下子遮盖住了伊兰,他脑海里浮现出了伊兰和多田脑袋挤在一起,在收音机旁听新年的钟声。他感受到了一种戳心地疼。

陈小娴踩着吱吱作响的雪,一步一步走了上来。尽管看不见人影,张天一依然分辨得出陈小娴的脚步声,感觉得到陈小娴的气息。陈小娴总是这样,最早窥见他的心思,在他最需要的时候,不声不响地来到身边。

张天一的手被陈小娴牵住了,她平静地说,我知道,你不想娶我,你还在想伊兰,可是义勇军需要你娶我,抗日的局势需要我们相濡以沫,父亲把我交给了你,你要对我负责任,你也要对自己负责任,对家国负责任,责任是不能让我们彼此分割的。

陈小娴捧住了张天一的脸,抵住了他的下颔,轻声说,下去吧,回洞房,我们都不是为自己活着。

张天一揽过陈小娴的腰,感觉到了那种柔软与坚韧,他知道,天意如此,放弃风筝的时候,他已经放下伊兰了,再去想,心只会越变越窄。

第三章　奔赴热河

9

立春过后,天气转暖,山上积雪萎缩,大地春雪消融,女儿河挣脱开冰雪的桎梏,冲刷开一道缝隙,细长而又曲折地延伸下去,"哗啦啦"的流水声响亮地传出,横穿锦西北部。对于九师来说,河水的声音,传播的并不一定是好消息,没有冰封雪裹,通往锦西北部、热东丘陵的路途不再艰难,日军随时可以调集兵马,前来征讨。

九师的人马瞪大了眼睛,放出探哨,紧盯日军的一举一动。

关东军第八师团,从黑龙江征讨归来,攒足了攻打东北人的经验,可以轻而易举地摧毁九师。近期,他们调动频繁,都在辽西走廊的铁路线,从没把目标对准九师。他们策划更大的战略——吞并热河,没有闲心理会九师。在日军的眼里,九师不过是这盘大棋中深陷重围的几枚弃子,反正做不活,没必要急着动手打劫叫吃。

急着打劫叫吃的,是亮山。一千多人,消耗了一个冬天,天天只出不进,粮食告罄,咸菜吃光,从老县城带回来的家底也快撑不下去了,莫说是解馋,吃顿稀汤寡水的水豆腐都要掂量好几天,能

— 103 —

有饭吃就不错了。亮山的手下,大多绿林出身,熬不惯苦日子,手就痒痒了,有人出主意,拿出看家本事,干他几票。

亮山也想去锦州,再抢一次日本的大和银行,可锦州的日军戒备森严,去了,等于自投罗网。老县城附近的大户们,不是为抗日倾家荡产,就是夹在杜三秃子与义勇军之间,成了风箱里的耗子,被两边反复征缴,也落魄成了小民小户。

唯一值得下手的,只剩下高荣轩一家。

去年秋收,高家百顷良田,大获丰收,几十万斤粮食堆得高家仓满廪肥。偏偏日本人又高看他这个协和会会长一眼,只是象征性地征走了一点点粮食,还不够九牛一毛。老县城的街面上,商号大多都是高家的,日本人的矿业又给了他丰厚的分红,高荣轩可谓是如鱼得水,日进斗金。

打掉这个大汉奸,吞掉这个大肥户,装备两个九师都绰绰有余。

亮山得到线报,高荣轩急于向日军献殷勤,正月十五在老县城闹花灯,规模要超过从前,以显示"满洲国"的繁荣。天赐良机,趁着高荣轩不在家,亮山带着一伙精干的骑兵,干他一票大的,给高家的元宵节送去更大的响动,以此震慑所有的汉奸。他们快马加鞭,快速越过女儿河,瞬间包围了曹田屯的高家大院,真枪真炮声压过了老县城的鞭炮。

如此气势,亮山以为满院子的人都会吓得腿软,还会和从前一样,乖乖地认怂,任他们随意地搬走钱粮,让九师满载而归。没想到,高家人根本不屑他这个县长,真的把他当成了土匪,几面大铜锣一齐敲,整个虹螺山回旋着锣声。

高家的几十个保安队员,经过平间半年多的魔鬼训练,变得和魔鬼一般难以对付。亮山原打算一气呵成地拿下高家大院,可枪一响,情形就变了,保安队员就没示过弱,倚着院墙上的炮台,回击得有板有眼,亮山的人马根本靠不上前。仗越打越难,打成了狗咬刺猬,无从下口。

孩子的哭声响亮地传出,高家刚吃过小少爷高远的百日宴,还没散席,枪声就穿插进了鞭炮声中。张月娥害怕孩子的哭声引来灭顶之灾,捂着孩子的嘴,不让孩子哭,把孩子的脸都憋紫了,再捂下去,非要了小少爷的命,她只好放任地让孩子哭。

虽说主人不在家,却不影响保安队员护院,他们各自为政。高大老爷备下了孙子的百日宴,人就走了,没留下敬酒待客,他要让驻守在江家屯的日军见识一下老锦西的灯会,让他们知道啥叫灯火璀璨,啥叫满天烟花,哪怕是走马观花,他也要让日本人的眼睛应接不暇。临走前,高荣轩赏了护院每人十几块大洋,算是对练好了本事的奖励。

现在,"哗啷啷"作响的大洋就在他们兜里,高大老爷不经意的奖赏,却真的用在了刀刃上,保安队员的子弹都像长了眼睛,枪枪都能把亮山的人马压得不敢冒头。

有人对着亮山喊,别图钱粮了,干脆甩火把、放火箭,点着高家大院,烧死这群狗娘养的。

土匪才会在图财不成时恼羞成怒地杀人放火,他们是义勇军,行的是正义之师,打的是汉奸之财,壮大的是抗日队伍,图的是保家卫国,军法不许他们做土匪。亮山的儿子刘天柱第一个跳出来反对,院里抱孩子的是他青梅竹马的张月娥,就像张天一惦记着伊兰,他时刻惦记的是张月娥,大火无情,谁能保证不会殃及月娥?况且,院里的长工家仆,都是平常百姓,不能伤及无辜。

亮山也不想让高家大院变成灰烬，钱粮都烧光了，还不是白跑一趟，真的烧死了张月娥，对不起结义的兄弟张恩远，更是得罪了参谋长张天一，得不偿失。他依旧坚持攻进院内，运走高家钱粮，抓住高家的小少爷，拉到山上为人质，九师就不用再愁军饷了。

双方打成了僵局。

爆竹声最终没能掩盖住枪声，平间带着驻守江家屯第八师团的骑兵快速从老县城增援过来，据守在虹螺山上的保安队，也冲了下来。尽管杜三秃子"讨伐队"的两条腿跑不过四条腿的马，累吐血了也要往曹田屯跑，这是立功的好机会，不能失去。亮山面临三方作战两面夹击的劣势。

打下高家大院，搬空高家粮囤，渡过粮荒解决九师生存危机，成了一厢情愿。毕竟这里是人家的家门口，再打下去，三路援兵一旦合拢，就算他们长了翅膀，也飞不出曹田屯了。亮山不敢继续固执，下令撤退。

尽管如此，还是慢了半拍。职业军人平间，正想报下五家子遇袭的一箭之仇，终于逮住了机会，准确地咬住了亮山这队人马的尾巴，穷追猛打，怎么甩也甩不掉。此时的天公也不作美，晴朗得找不到云朵，月亮苍白而又浑圆，冷漠、空洞、无遮无拦地照耀，亮山的人马在月光之下暴露无遗，他们抽肿了马屁股在奔跑，若是被日军的战马追上，十有八九活不成。

撤上女儿河时，亮山骑兵驽马的本相露了出来，平时是驾辕拉车的马，哪儿有日军战马灵活健壮，训练有素，加上河冰酥了，好几匹马失蹄跌倒，人也摔下滑进河里。平间不想抓活的，镫里藏身，马刀划过，几个人瞬间毙命，尸首跌在冰缝间，承受着河水的冲刷、河鱼的啃咬。

登上岸，西侧就是五虎山，河道依山逶迤而走，几个阵亡的战士拖慢了日军战马的节奏，亮山的队伍踏过冰河，甩下了日本骑兵十余米。

两军马上就要首尾相连了，突然间衔接处响起了爆炸声，火光与硝烟彻底地将两军隔开。

不请自来的救兵，正是亮山的参谋长张天一。张天一埋伏在五虎山上，率队甩下了救命的手榴弹。手榴弹爆炸得很猛烈，跑在前边的两个日军骑兵，被冲击波掀下了马。

平间勒住了马缰，下令停止追击，迅速捞回两个伤兵，立马退回到河边。观察着手榴弹的爆炸，倾听五虎山上的火力。他感觉得到，手榴弹爆炸的威力不像是上次那样土造的，肯定来自于兵工厂，中间还夹着机关枪声，莫非是热河的东北军渗透过来了？真的闯过去，恐怕比下五家子那次遇到伏击还要惨。他便放弃了唾手可得的追击，退回到女儿河对岸。

张天一也松了一口气，老县城驻扎着第八师团一个整编联队呢，真的纠缠上打在一起，吉凶难卜。他真的感谢郑心斋，去了趟热河，从刘澜波那儿弄来了硝酸钾和硫黄，蔫老板的工艺加上叔叔张恩发的手艺，造出的手榴弹不亚于当年沈阳的军械厂生产的。

硝烟散尽，月光再次冷淡地流泻，女儿河曲折的河道重新回到人们的眼里，平间骑兵队的背影被月光越推越远，直至消失进模糊的老县城。一场解决给养的突击战，就这样草草地收场了。

礼花在江家屯的上空虚伪地绽放。

亮山这才缓过神来，结束了惊恐万状的奔逃，勒住马缰，回头张望过去。老县城的上空礼花依旧没心没肺地飞扬，好像是在嘲笑刘县长的有名无实和仓皇逃跑。五虎山巨大的剪影,像五尊大老虎蹲在女儿河畔,虎视着老县城,仿佛给他壮胆,也像给他吃了一粒定心丸。亮山感叹道,是哪路神仙,及时地从天而降,挽救了我的弟兄们?

从天而降的不会是神仙,神仙过着神仙的日子,哪有闲心管人间的死活。最担心他安危的还是他的参谋长张天一。张天一闻听亮山为掠取给养,冒险出征,深入虎穴攻打高家大院,惊出了一身冷汗,义父真是蛮干,曹田屯与老县城只有一箭之地,老县城集结着关东军第八师团的精锐,虎视眈眈地准备攻热河呢,没经辽西抗日义勇军总部的允许,没有做战前部署,更没有战术安排,简直是拿弟兄们的性命当儿戏,他不能坐视不管。

直接增兵曹田屯,就是在填无底洞,把整个九师都填进去,都不够日军包饺子。张天一和郑心斋一商量,居然不谋而合,从五虎山借天兵,凭天险设下埋伏,以备不测时接应亮山。还好,亮山撤得还算及时,也没被打得慌不择路,否则,他们就无法借助山的险峻、手榴弹和机关枪的威力,打出神兵天降的气势,让平间摸不着北。

张天一没有搭理亮山,骑着乌骓马,从五虎山的暗影里一跃而出,飞驰而下,直奔女儿河。那里传出了几个伤兵的哀号声,他不能把兄弟们扔下,哪怕是阵亡了,也要把遗体捞出来,给活着的人一个交代。

刀伤不像枪伤,都在表皮,能死能活一目了然。郑心斋的医药箱成了救命的百宝箱,拿过针线,能缝上断开的血管,拿出小瓶,能倒出敷住伤口的金疮药,弟兄们不再担心流干了血。张天一从附近的村子借来辆胶皮轱辘车,套上他们的马,装上阵亡弟兄的遗体,拉着受伤的弟兄,送至亮山的大本营——老烧锅村。

一路上,亮山蔫头耷脑,既有打败仗的懊恼,更多的是对未来的担忧,给养没搞到,没钱养兵了,九师将何去何从?本想逮住高荣轩这个软柿子再捏他一把,挤出一笔钱粮和弹药,壮大九师。没想到这个软柿子有了日本人撑腰,成了硬邦邦的铁公鸡,不但没拔下一根毛,反倒捏响了一个雷子,炸得他们遍体鳞伤。

这次打高家大院,亮山把最后的家底都抖搂光了。打仗打的是一种气势,出征前,无论如何也不能让弟兄们饿肚子,放开量地吃饱喝足。突袭曹田屯,非但没打下来给养,反倒让日子更苦了,眼瞅着扎脖断顿,亮山是雪上加霜。

眼前就是老烧锅村,这是亮山的老家,更是亮山的老营。村有村墙,营有营房,山有山寨,重重叠叠地构筑着相互支撑的工事。可是,再坚固的工事,也得靠吃饱肚子的人去守,粮荒让亮山心里没底。

走到这里,就意味着亮山要和张天一分手了。张天一挺着比月光还冷的脸,一路没说话,他实在憋不住了,冷冷地丢下一句,没有义勇军司令部的命令,私自出兵,你应当受到军法惩罚。

亮山不计张天一的救命之恩,怒气冲冲地吼,狗屁军法,总监军、总司令只带着一张嘴来发号施令,给九师一车粮食一箱弹药了吗?抗日救国的口号谁都会喊,打仗需要真金白银,九师没见过他们一分兵饷,凭啥听他们的?

张天一瞅着亮山,他没法回答亮山的质问,他们都是东北大地上的弃儿,军规军纪立给谁听?亮山挥起马鞭,打了下张天一的后背,不狠,但感觉到疼了。他骂道,小兔崽子,你是不当家不知柴米贵。

亮山的老烧锅大营,真的揭不开锅了,一天只能喝两顿粥,稀得能照人。都是壮得一顿能吃一头牛的小伙子,一泡尿撒出去,又是前腔贴后腔了,眼睛都饿蓝了。有人承受不了,偷着下山,偷鸡摸狗算是有良心的,有的干脆明抢明夺,甚至有人公开绑票,赎人的代价是一百个大饼子。

无形之中,义勇军是胡子,被日本人坐实。

三五成群地逃跑,已成家常便饭,当兵吃粮,没粮吃,谁能扛得动枪?有的人是哭着离开的,投亲靠友混口饭吃,啥时山上有粮了,接着再跟师长干。有人干脆跑到高荣轩那里,不是扛起了保安队的枪,就是扛起了进矿洞的铁钎。

找到钱粮,保住队伍留住人,迫在眉睫,再想不出辙,就会树倒猢狲散。走投无路的亮山,带着剩下的几百人,硬着头皮去了香炉山。

那一天,张天一心情极好,早晨,有两只喜鹊落在屋顶,一唱一和地叫着,似乎预示着双喜临门。果然,陈小娴梳洗的时候,母亲张崔氏趴在张天一的耳旁,告诉他,你媳妇这个月没来红。

张天一没懂,那是女人的事情,告诉他干什么?

母亲向他解释,傻小子,瞅她那个样子,像是有喜了,你快当爹了。

张天一惊异地瞅着母亲,忽然明白了,难怪这几天陈小娴总是恶心,苍天这么快地赐予他孩子,真是个好兆头,他要替孩子们打下一个清平世界,不能让下一代受亡国的奴役之苦。

没过多久,有人来报,师长刘纯起率着老烧锅的人马,来到了香炉山下。张天一认为第二喜就是义父和他会师,脑袋一热,没和陈小娴商量，下山把义父一行人接到山上。

香炉山立刻热闹起来，搭房子、钉床铺，突然间多了几百人，安顿下来，不是件小事，大家忙得不亦乐乎。住下的事情倒是好说，香炉山上不缺山洞，女儿河畔到处都是干枯的蒲草，赶上大车走上十几里，想割多少割多少，编出几百个冬暖夏凉的床垫子，就能让大家睡下。

问题是，平白无故地添了几百张嘴，舂米的人日夜忙活，都供不足这些外来的大肚汉，几大囤粮食骤然而下，这样下去，香炉山也面临着坐吃山空。冲突不可避免地爆发了，先是舂米的人罢了工，扔下手里的棒槌，不舂了。亮山带上山的人想自己舂米，管粮仓的军需官不干了，粮食出库是有规定的，不是谁来领都行，干脆锁住了山洞，让亮山带来的人断顿。

香炉山上的人开饭了，老烧锅的人饿得不行，先是舔嘴唇，后来再也承受不住了，就去抢饭碗。两伙人谁也不让谁，拳打脚踢自然难免，亮山也感到特别没面子，他是九师的师长，凭啥吃口饭却看着别人的眼色？索性下令，把看粮库的军需官拉出去毙了。

香炉山最先和亮山翻脸的是陈小娴，军需官是她从矿上带来的，也是她的管家，不能眼睁睁着掉脑袋。她提着枪来找亮山，指着亮山的鼻子说，香炉山过的是陈家的日子，跟九师没一毛钱的关系，让你们上山，是同情你们，怕你们饿死，没人打小日本了，你们倒好，军需官供你们吃，供你们喝，反倒供出孽来了，还想要人家的命，真是江山易改，本性难移，说你们是匪，错了吗？

一个"匪"字戳痛了亮山，他居然喊出，香炉山所有的人缴械。

郑心斋怕陈小娴吃亏，一挥手，山上的三个营瞬间撤入山洞，各就各位，枪口探入射击孔，直指亮山带来的几百人，只要张天一肯下令,不消片刻,这几百人就永远没有下一顿饭了。

媳妇和义父闹翻了脸,张天一夹在中间,不管偏向谁,都令他难堪。反正亮山带来的人都装进了他们的准星,他只能压制住媳妇,抢下陈小娴的枪,给足义父面子,就能化解这场冲突。他斥责着媳妇,妇人之见,哪有让客人饿肚子的道理。

陈小娴委屈地说,他们已经反客为主了。

张天一说,那也没错,义父是九师的师长,本来就是主人。

陈小娴一改平时的娴静,对张天一吼,主人?别忘了,我才是主人,山上的每一个人,吃掉的每一口粮,花掉的每一分钱,都是我们陈家的,吃着我的,花着我的,还想要我的人命,有这样不讲理的吗?

听到这边争吵成一团,张崔氏捯动着一双小脚,跑了过去,抓着亮山的衣袖,低声说,他兄弟,小娴有孕了,别惊动了胎气。

亮山喘着粗气,抬头仰望着天,天挺着蓝瓦瓦的大脸,冰冷得没有丝毫同情心。他拍着自己的脑袋,无奈地说,老嫂子,趁我还值钱,押送给日本人吧,一两骨头一两金,剩下的弟兄们,都归香炉山,我没有本事,养不起兵了。

张崔氏说,这是啥话,我们是出卖兄弟的人吗?

郑心斋也跑过来安慰亮山,师长别为难,我去师部当军需官,负责筹粮筹款。

亮山用凌厉的眼光瞅着郑心斋,冷笑着说,别黄鼠狼给鸡拜年了,你去师部,九师还是九师吗?别以为我糊涂,你也别趁火打劫,图我的兵马,我不会让九师姓你们的苏维埃。

郑心斋解释道,苏维埃不是哪家哪姓,是全体中华儿女,只有苏维埃才能救国救民。

亮山吼道，九师是我们锦西人拎着血脑袋打出来的，你敢动它的心思，我就要你的命。

张天一劝阻了两个人之间的争论，表面上听从了亮山的命令，不许郑心斋离开香炉山半步，否则按内奸论处，实际上，不想让郑心斋离开香炉山，他需要参谋，郑心斋深谙谋略，总有一些奇招妙想，离开了他和谁商量？

一个不容回避的现实摆在眼前，香炉山与老烧锅的人打出仇来了，尿不到一个壶里，两边的人见面就掐。既然一个槽上拴不了俩叫驴，就不能在一个锅里搅马勺，否则会生出无数个祸端。他让陈小娴给义父备足半个月的粮食，陪着义父亲自送到老烧锅，权当是未出世的孙子送给爷爷的礼物。

老烧锅、缸窑岭、香炉山是三个相互支撑的战略犄角，缺一不可，只能巩固，不能丢弃。不管香炉山有多难，也要把老烧锅支撑起来。在亮山的唉声叹气中，张天一带着一群人，从山上往下扛粮食，装进大马车，拉向老烧锅。

从辽西走廊攻入热河，是日军既定战略，满蒙是日本的生命线，承德则是生命线中的心脏，势在必得。日军拉开了架势，夺取热河。发兵之前，日本造足了舆论，称热河是"满洲国"固有领土，不可分割，古往今来，与中原无涉，主权不属于中国，必须交还。

向来对东北漠不关心的国民政府，态度急转直下，立刻急成热锅上的蚂蚁。虽说"攘外必先安内"喊得震天响，还是从"围剿"南方苏维埃的部队中调出一个主力师，北上长城，策应驻守热河的东北军。

大批战略物资从关内调出，驰援热河，辽西义勇军总部也从中受益,第一次补充给九师一大批粮食和弹药,同时也下达了新的命令,在后方破坏辽西走廊的交通线,牵制住日军,阻滞日军进犯热河,为中央军设防长城一线给东北军撑腰赢得时间。

保卫热河,本质上也是保卫九师。热河是辽西抗日义勇军的战略纵深,一旦失去,脊背就会裸露出来,立刻腹背受敌。得到了充足给养的九师,一甩往日的颓丧,士气大增,选择要害之地,主动出击,搞乱日军的后方。

李树祯率缸窑岭的部下,去暖池塘,达女儿河畔,撬动了冰冻在岸上所有船只,沿着刚刚融化出主航道的女儿河,连夜顺流而下,直抵锦州城西南二十里开外的女儿河村。下了船,向北奔跑出二三里,瞬间包围了女儿河火车站,把一个班的守车站日军逼进票房,动弹不得。大队人马拆毁铁道,烧掉枕木,砸毁所有的信号灯,扛回拆下的钢轨,掐断了日军用铁路向西运兵的通道,沿着水路驾船扯篷,顺利撤回。

那一夜,辽西各路义勇军同时出动,从新民到绥中,八百里京奉铁路,到处都有扒铁轨的声音,到处都是烧枕木的烈焰。日军虽然加强了对女儿河车站的防范,却只顾防守旱路,没想到九师会走水路,闹了这场大动静,李树祯部居然毫发未损。

南票也不消停,陈小娴带着张天一,趁着夜深人静,拉走一个营的人马,绕过日军封锁线,一路北上,直入矿区,除了扒铁轨,闹的动静更大。矿里的把头和矿工,大多属于原通裕公司,"九一八"之后,才被锦西炭矿株式会社逐步蚕食掉,归属了多田。这些矿工大多是流浪汉和失地农民,陈小娴的父亲陈应南收留了他们,盖工房、发工钱、娶媳妇,让他们体面地做人。那些矿把头,都是陈应南的拜把子的兄弟,煤矿的管理权都交给了他们,每年的分红都能当一次地主。

矿还是从前的矿，下洞的还是从前的人，主人换了，一切都变了，从前是大洋驱动着背煤，越干越有劲儿，现在，工钱仅够温饱，多田把煤把头换成了朝鲜人，新把头用皮鞭赶着他们出煤，他们活得憋屈。

听说少东家带着姑爷来了，煤矿欢腾起来，不须片刻，就把新把头们的住址指给了张天一。几乎没费力，张天一将所有的朝鲜把头缴了械，关进了一座废弃的煤窑。陈小娴怕日本人像去年在抚顺平顶山那样，报复矿工和父亲的把兄弟们，滥杀无辜，把他们和朝鲜把头一并关了进去。

张天一撬开了煤矿的炸药库，安放进每一个矿洞，炸毁了矿山。日军想从南票获得支撑战争的燃料，起码还要恢复个一年半载。临走时，张天一还从矿区拉走了香炉山所有能用得上的物资。

九师的两个团两面出击时，师长刘纯起负责守护三个营地。他抚着亮脑壳，只有对香炉山最不放心，义子和儿媳都离开了，老虎不在山，猴子称大王，万一发动兵变，香炉山就不归九师管了，成了独立的苏维埃王国，那样的话，他的参谋长将是有家难回。三个战略支撑点，香炉山是核心，真正易守难攻的，只有香炉山。失去香炉山做支撑，九师将会不堪一击。

思来想去，只要郑心斋在香炉山，亮山就睡不稳觉。九师所有的人马，都是本乡本土的锦西人，祖宗八代干啥的，都清清楚楚，唯有郑心斋，来路不明，他太怕这个陌生人半路起幺蛾子了，必须亲自解心疑。

两路兵马打女儿河火车站和南票煤矿时，亮山带着警卫连，也出发了，他们没去日伪占领区，而是到了香炉山，不由分说，将下山接他们的郑心斋绑了,带回到老烧锅,单独关押起来。

天色将明时,张天一欢天喜地回到香炉山,缴获的物资够吃够穿,也够他们造出一批弹药了。他本想向郑心斋报喜,没想到他的高参被亮山绑走了。九师最缺的是会练兵、会打仗、会聚拢人心的人才,都是拎着血脑袋过来的,不该猜忌,义父疑心这么重,会让队伍离心离德的。

等不到天亮了,张天一骑上乌骓马,疾速奔向老烧锅。亮山摸着他的亮脑壳,根本没觉得做错什么,向张天一解释道,你回来了,我就放心了,别大惊小怪的,就是请他到老烧锅睡一宿,现在,全须全尾地还给你,把你的高参带走吧。

张天一对着亮山吼,用人不疑,江湖上的人都懂得的道理,你不知人善用,谁会跟着你一块儿玩儿命?

亮山也吼道,他姓苏维埃,和咱不是一条心,早晚要翻了咱的天。

张天一说,只要能救中国,姓什么不重要。

10

尽管义勇军在辽西走廊里闹翻了天,也没挡住关东军第八师团的步伐。既然铁路线被无孔不入的义勇军破坏得千疮百孔,第八师团干脆放弃铁路运兵,靠机械化的汽车和装甲运兵车,靠无坚不摧的骑兵,他们兵分三路,挺进热河。南路他们从绥中出发,抵进凌南县城,占领长城一线,切断东北和关内的联络。北路从锦州出发,经义县插入北票,分割包围各路东北军。中路以锦西老县城江家屯为基地,在杜三秃子引领下,坦克开路,骑兵、炮兵、步兵紧随其后，穿过山神庙、孤竹营子等险恶地势，占领了热东重镇六家子，插进九师的背后，与北路军一起虎视眈眈地逼近朝阳。

一旦朝阳县城失守，锦西县和热河省的联络就被切断了，活跃在锦西北部的九师就彻底孤悬了，独立在日军巨大包围圈里，成了老虎叼在嘴边的小绵羊，随时就能吃掉。

不久又传来坏消息，东北军驻守北票的一个团投降了日军，差一点逮捕了辽西义勇军总监军朱霁青、总司令宋九龄。两人侥幸逃出北票，直奔朝阳，途中派人传下命令，九师立刻增援朝阳县城，从此，再也联系不上了。

增援朝阳，谈何容易，九师被日本空军盯住了，飞机支援关东军第八师团，航线恰好经过九师驻地，顺路对九师实施空中打击。空袭选择两个重点，一处是下五家子的隘口，另一处是缸窑岭的义勇军大营，至于香炉山和老烧锅，都是侦察性飞行，没投炸弹。显然，是平间给空军提供的情报，对元旦偷袭失败的报复，也是对女儿河车站被毁的回击，更是盯死九师，不给九师留下分身的机会。

缸窑岭没有香炉山的山洞，也没有老烧锅附近的溶洞，无处藏身，山寨上的营房基本上全被炸毁，偶有幸存，也被燃烧的大火吞没。若不是站在山顶，远远地能看到飞机，听到飞机的轰鸣声，及早地分散隐蔽，李树祯部将会承受灭顶之灾。

日机没完没了地扫射与轰炸，民房毁了，缸窑塌了，工事没了，持续下去，一旦日军的地面部队再度出现在下五家子，缸窑岭就真的沦陷了。每一次空袭，日军的飞行员都很猖獗，飞机低得地面上的人都能看见他们的脸。

嚣张得如此疯狂，那就是作死，李树祯记住了张天一画下的飞机结构图，依着山崖，抱起机枪，冒死向天上的飞机开火。天上飞机的机关炮与地上的机枪一轮又一轮地相互对射,李树祯灵巧地躲闪着,最终有一架飞机被李树祯打穿了油箱,冒着浓烟和烈焰,一头栽向了村西的河洼套子,太过自信的两名飞行员丧失了跳伞的高度,憋在了驾驶舱里,没有逃出来。

一阵剧烈的爆炸过后,河洼套子滚起一团漫天大火,其他几架飞机见此景,停止了扫射与轰炸,立即拉升,奔赴热河。

不到一年的时间,李树祯打掉了两架日军飞机。

燃烧的火苗渐渐稀落,村里人拿着锹镐和撬棍,"呼啦啦"地跑向河洼套子,飞机身上都是他们没见过的宝,拆下钢铁,能锻造上好的铧犁、铡刀,崩碎了的小铁块,也能打造出锋利的镰刀,飞机的壳子,敲打成铝盆,既轻巧又耐用,不像陶盆瓷盆,端不好就摔碎了。还有飞机的肚子有那么多铜,做成箱子柜子的铜钉锔,那得多体面。还有飞机崩跑了的轱辘,做成大马车的轱辘,跑起来多轻快。

不消半日,除了烧焦了的山坡,飞机上所有的零件都被拆走。那两具飞行员的尸体,李树祯带人挖了坑,就地埋葬。末了,有人在坟前烧了两刀子黄表纸,叨咕了两句,你若不来杀人,怎能被杀?若是认为死得冤,灵魂回到你们日本闹去。

日本关东军第八师团,是武装到牙齿的精锐师团,飞机、大炮、坦克、骑兵协同作战,粮草、弹药,后勤补给一应俱全。抗日义勇军第九师,也叫师,与日军的师团却不可同日而语,装备不及日军的一个中队,人马加在一起不及日军的一个联队,作战素质更是天壤之别。

日军强势进攻热河,掐断了九师的后路,是增援热河,还是战略转移,抑或留下坚守?九师再次面临选择。留下来,就是孤悬于敌后,将是四周无援的独立抗日,半年来,犬牙交错的半包围状态,九师已经承受不起坐吃山空的消耗了,彻底断了后援,残酷的程度将无法想象。放弃锦西的半壁江山,增援进热河,与其他辽西义勇军重新会师,可是朱监军和宋司令音信皆无,兵怎么用,仗怎么打,后勤怎么补给,都没有谱,更形成不了系统的作战方案,一切都在懵懂中,只能过哪条河脱哪双鞋,九师真的成了散兵游勇。

香炉山上的议事厅里,亮山和李树祯的眼睛盯着张天一,一动不动。自从围歼古贺以来,每逢打仗,拿主意的都是张天一,眼下,他的选择决定着九师的命运。塔山阻击战,九师已经伤了元气,高家大院夺粮受挫,又丢了士气。现在,他们最担心的是没等找到东北军的主力,却和日军的主力硬碰硬了。出征热河,时刻有可能遭遇到日军的主力,打一场实力悬殊的硬仗。没有友军支援,更不知道热河的整体防守计划,盲目出师,孤军作战,那就是以卵击石。

张天一眉头紧锁,眼睛望向窗外,外面起了雾,香炉山浮在了迷雾之上,像是一座孤岛,除了白茫茫的一片,什么也看不到。天也是白的,乱云飞渡,太阳透过云层,鲜红鲜红的,不再耀眼。

他的心也像天上的云,纷乱而又茫然,离开锦西北部,意味着背井离乡,好不容易和锦西北部的老百姓拧成了一股绳,哪怕挨饿也要给山上提供给养,就差郑心斋说的那样,建立苏维埃了,就这么走了,杜三秃子反扑回来,老百姓肯定遭殃。不走吧,谁知能坚持多久?

张天一难下决心,派人把郑心斋找过来,问问这个共产党有啥高见。

郑心斋瞅着桌上的军用地图,眉头紧锁,热河面临的是中日两国大兵团作战，义勇军装备太差，投入热河战役，杯水车薪，左右不了战局。趁着日军主力调往热河，后方空虚，联络各路义勇军，打入日本占领区的腹地，倘若日军回防，立刻避其锋芒，在长白山和图们江一带，依靠苏联，建立东北苏维埃政权。另一种是战术思维，围魏救赵，你打你的，我打我的，成为钻进铁扇公主肚里的孙悟空，翻天覆地折腾，甚至可以围攻锦州，威胁沈阳，再来一次"辽沈战役"，逼迫日军回防，哪怕是一个旅团退出热河战场，也能减轻整个抗日战场的压力。

亮山一听就炸了毛，骂郑心斋狐狸的尾巴终于露出来了，九师都是土生土长的本地人，祖宗八代都查得清楚，你一个外来人，这么卖力气地收买人心，不还是惦记着我的人马吗？想把我们全部拉走，去建你那个姓苏的国。

李树祯也不同意，用责备的眼光瞅着张天一，那意思是说，咋就被一个外人迷惑住了呢？从燕山余脉，到长白山山脉，千里迢迢，穿越毫无遮掩的松辽大平原，简直就是送死。

张天一思忖了好久，奇袭日本占领区的腹地，是妙招儿，也是险招儿，长途奔袭，从锦西转移到医巫闾山难度不大，老梯子会接应他，甚至两家还可以兵合一处。可是，下了医巫闾山，怎么办？李树祯的担心有道理，一马平川，河流不断，日军的海军陆战队有快艇、炮艇、巡逻艇，辽河、浑河、太子河，每过一次大河，都将是背水一战。义勇军大多是怀乡恋土的农民，只要受挫，就会有一批人逃跑，恐怕到不了长白山，已全军覆没。

唯一一路，就是热河，不管张天一对东北军怎么失望，毕竟是他的老部队，有着割舍不断的老感情，此次带着九师去热河助战，权当是回归。

郑心斋愤怒地拍响了桌子，在张天一的印象中，这个文质彬彬的儒生，从不发火，这是第一次，他说，最艰难的选择，往往是最容易成功，最容易的选择，往往是灾难的开始。我研究过汤玉麟，这个人最缺家国情怀，每次打仗，都会计较实力的损失，我不相信热河之战，他能赴汤蹈火，义勇军难免会成为他的炮灰。况且，他年轻时在咱锦西县的虹螺山当过土匪，难改土匪习性，拿别人当挡箭牌是他的习惯。

亮山也拍起了桌子，他最不爱听有人拿土匪说事儿，吼道，老帅入过几天绿林呢，难道也是匪？马占山还降过呢，东北抗日谁有他坚决？你就是黄鼠狼给鸡拜年没安好心，贪图我这支人马，趁机拿你的什么埃把我们一口吞掉。

张天一不想让义父和郑心斋再起纷争，大敌当前，不能生乱，况且郑心斋只是九师的客人，辽西抗日义勇军没给郑心斋任何名分。他劝阻了亮山的愤怒，否定了郑心斋远征的建议，绝了郑心斋建苏维埃的念头。九师的核心是亮山，他不想让亮山失去威望。

李树祯倒没有对郑心斋暴跳如雷，他说得更为客观，就算不相信汤玉麟，也不相信东北军，毕竟热河离关内更近，发现苗头不对，随时可以越过长城，投奔国民政府，终究还有一条退路。

郑心斋极力辩白，一个国家不能缺少主义，我会剖出心来给你们看。

张天一没看郑心斋，主义还很遥远，眼下迫在眉睫的是向哪儿转移。他知道，亮山的根基都在老烧锅，故土难离，他不想走，又不能不走，只能选择离家最近的路线转移。他把拍板权交回给了亮山。

亮山说，去朝阳，找朱监军和宋司令，九师何去何从，他们定。

一片争吵声中，张崔氏居然酣然入睡，等到人们散去，张天一唤醒母亲，问母亲，到底应该怎么办？母亲说，梦里我去神游了，不管你做出何种选择，这次出去，你都会失去拐杖。

张天一想，我还没到挂拐杖的年龄呢，何谈失去？母亲又在瞎说。

油灯在崖壁下的屋子里一直亮到子夜，马上就要长途跋涉了，张天一想养足精神头，却翻来覆去睡不着。这一趟是凶险之旅，也是九师为国赴难、生死攸关的远征。一年多来，和关东军第八师团几次侧面碰撞，除了歼灭了不可一世的古贺，九师吃遍了苦头。去热河难免和第八师团正面相撞，若是陷入不可回避的决战，九师真是吉凶未卜。同样面临凶险的，还有留在香炉山的母亲、妻子和叔叔，剩下守山的人，不过是三十几个能工巧匠，若是杜三秃子乘虚而入，能否顶得住？

陈小娴知道丈夫的担忧，她抱着张天一的头，揽在怀里，哄孩子一般，哄他入眠。张天一的双臂绕着妻子的腰，耳朵紧紧贴着妻子的肚皮，努力地听胎音。

陈小娴轻声说，他还小，没动静，等你回来，他就会踹肚皮了。

张天一将妻子抱得更紧了，他说，守好香炉山，回来让你生一个班的孩子。

陈小娴说，不用惦记，能工巧匠们早就设好了机关，这里山石为将，草木皆兵，谁敢进犯香炉山，不管多少人，准让他有来无回。

张天一深深地吻了下妻子的肚皮。

母亲张崔氏也无法入眠，瞪大眼睛看着儿子屋里久久不熄的灯，扭着小脚走过来，轻轻地敲响了门。儿行千里母担忧，何况儿子是出门打仗。两人忙打开门,迎进母亲。张崔氏抓过儿子的棉袄,将一柄桃木做的小斧子,缝在胸口的位置。她让儿子穿上棉袄,手捂着桃木,接受上苍的庇佑。母亲闭上眼睛,双手合十,冲着烟囱的方向说,孩子他爹,我知道,你的灵魂没走,还在上天瞅着我们,你的魂灵保佑我们吧,让儿子平安。

烟囱突然响了声,像是有什么东西掉进来。张天一怔了下,难道父亲真的显灵了?

天上看到不到张恩远的灵魂,星星密密麻麻地布满穹庐,三星显著地排在头顶的星空。亮山和李树祯分别带着老烧锅和缸窑岭人马,悄悄地上了香炉山。伙房开始忙碌起来,大锅煮饭,大锅炖菜,一筐筐地宰杀女儿河开河鱼,有鲤鱼、草鱼,还有胖头鱼。

凌晨,九师饱餐一顿,全体集合,就要顶着星星,向西北出发。

此次热河之行,张天一有一种悲凉的预感,大凌河保卫战那一幕,像不散的阴魂,时刻跟随他,想起来至今心有余悸,他太害怕东北军一触即溃,或者不战而逃了。更可怕的是,奔赴热河,老烧锅、缸窑岭成了空营,一旦热河失守,他们面临着被连根拔起的危险。守住香炉山,就是守住一份希望,守住一个信心。

陈小娴的身后,站着九师各个营长的家属,他们都来送行。陈小娴表态,香炉山是铜墙铁壁,莫说是杜三秃子的"讨伐队",就是日本的飞机大炮都来了,也是无可奈何,你们放心地打仗,我们在山上给你们酿造庆功酒。

妻子的这番话,也把张天一的担忧藏了起来,作为九师的参谋长,大战之前,必须提振士气,不能表露出一丝一毫的忧虑。张天一吼道,热河是什么地方,到处都是沸腾的河,把日军引进去,烫死这些灭绝人性的畜生。

亮山也吼道，对，烫死这群狗操的。

大家共同喊，烫死狗操的。

郑心斋的眉头拧成了香炉山，他不赞成这种作战动员，总有一种绿林的习气，可群情激愤时，他只能容忍粗俗。

乌骓马咬断了缰绳，追了出来，也站在了出征队伍的前面，流着泪咬住张天一的衣襟，扯住不放。除了出去买粮那次，乌骓马和张天一几乎形影不离，这一次，他们行走的还是那条秘道，险峻的山路，无法行走马匹，只能带走一群毛驴。

张天一轻轻地拍了下马脸，又重重地推开，马又追上了，用脖子蹭张天一。张天一拿过一根鞭子，甩得山响，喝令道，回去，像个爷们样儿，给我叫几声。

乌骓马抬起前蹄"咴咴"地叫着，向世界宣示它的雄壮。

队伍排成一字长蛇，消失在茫茫夜色中。

叔叔张恩发没有送行，他站在铁炉前，把仇恨打在了铁錾子上，拼命地打铁，打得铁花四溅，他们要造更多手榴弹，还有地雷和天雷，谁敢侵犯香炉山，就是蹬了阎王爷的鼻子。队伍出发时，带走了叔叔和蔫老板造出的一大批手榴弹。后来的保卫长城，九师的阵地牢牢地控制在手中，这上千枚手榴弹，像上千枚长了眼睛的炮弹，让日军第八师团每前进一步，都要付出血的代价。

通往热河，有南、北两条大路，虽说上坡下岭也不少，却不妨碍车行马走，日本宪兵队和伪满"讨伐队"层层设卡，早就封锁了，一旦被日军盯住了行踪，天上飞机、地上炮弹，一顿围追堵截，九师就毁了。

中间这条小路，被杂草和荆棘掩藏，轻易看不见，张天一去朝阳买粮,走的就是这条路。日本的军用地图,连村里的一口井都不放过,却没标识出这条路。小路时断时续,异常崎岖,没人引路,定入歧途。越是貌似无路的路,越能隐蔽行军,好在一批弹药和辎重由毛驴驮着,省了很多人力。

雨水刚过,大地开化,路途泥泞,尤其是爬崖过坎,需要行军铲重新清理道路,免得生出意外,引发不必要的伤亡,所以,队伍行进缓慢。五六十里的路,走了将近一白天,夜幕降临时,才抵达清风岭。

听说干儿子来了,王老凿喜上眉梢,尽管两千人一顿就要吃掉一囤粮食,他还是发动了清风岭所有的人家,都到他家领粮舂米。转瞬间,屋里的一囤高粱空了,整个清风岭的家家户户接连不断地响起了舂米声。

一年前,义兄张恩远倾尽家产在锦西县城围歼古贺,现在,轮到他王老凿散尽余粮保卫朝阳了。没多久,高粱米饭和酸菜炖肉粉的香味荡漾出来,走了一天,九师的人马早就饿了,馋得直舔嘴唇,每人盛上一大碗饭,还吃不够。

九师吃饭的时候,王老凿腾空了山沟里的许多户人家,让大队人马安营扎寨。

晚上,张天一睡在了王老凿家,和王家的弟兄们睡在一铺大炕上。这一夜,他做了一个绵长的梦,不是在朝阳与东北军会师,也不是打败了日寇,群情欢腾,而是躺在龙王庙家的炕头。父亲在窗外侍弄着菜园子,母亲在他耳边轻吹一声,你媳妇有喜了,他翻了下身,便把手伸向了媳妇的肚子。媳妇的身子很圆润饱满,不是单薄瘦削,显然,不是陈小娴,而是伊兰。伊兰抓着他的手,摸向肚子,告诉他,是个儿子。果然,他隔着伊兰的肚皮摸到了儿子的蹬端,端着端着,儿子就从肚皮里端了出来,叫了他一声,爹。

张天一的手被睡梦中的王家兄弟推了回来,他猛然惊醒,心脏怦怦乱跳。睁大眼睛,看着黑洞洞的房梁,他不知道,梦见伊兰、梦见自己有了儿子,是何意思?是想伊兰了,还是惦记陈小娴肚子里的孩子,或者是此番增援朝阳,遇到了小人?

早晨,天还没亮,九师就埋锅造饭了,伙房还特意给每个人切了几片猪头肉,因为这一天是二月二,龙抬头的日子。吃完早饭,九师正准备出发,增援朝阳县城,王老凿的家人传回一个坏消息,告诉九师不能去朝阳了,龙抬头这天,抬头的不是热河人,而是日本关东军第八师团。

亮山正在纳闷,来人讲述了日军占领朝阳县城的过程。

朝阳县城最牢固的是北门,炮弹都炸不开,被称为太平门。可是,就是这座太平门,却成了最不太平的地方。凌晨时分,守北门的营,接纳了北票叛军,朝阳之战,对垒的双方居然不是日军,而是东北军自己。守城的部队无法面对兄弟相残,弃城而走,日军旋即占领了朝阳。

亮山和李树祯都瞅着张天一,已经出来增援热河了,回去是不可能的了,可下一步怎么走,三个人一筹莫展。沉默了良久,张天一觉得,人熟为宝,热河是他另一个义父王老凿的地盘,千军万马地来叨扰人家,不妨听一听老人家的高见。

老人家没有高见,却有耳听八方的消息,他的眼线遍及热河,消息灵通得很,莫说是大的事情,就连汤玉麟的姨太太跟谁打麻将,王老凿也能探听得到。老人家接二连三说出的人名地名,把三个人都说糊涂了,听得懂的只有日军势如破竹,分别攻入热河的腹地,汤玉麟的第五军团已难以招架,各地守军不是不战而退,就是望风而降。

如同风雨飘摇中的一叶扁舟，九师陷在迷茫的波涛里，不知何去何从。亮山瞅着张天一，乍暖还寒的节气里，手心都攥出了汗，离开了家乡，根儿就没了，他恐惧没有着落。尽管张天一很清楚，亮山处处提防郑心斋，也要把郑心斋请来，那些地名和人名，需要一一对应在地图上，能把战局说清楚的人，只有郑心斋。

郑心斋从公文包里掏出军用地图，铺在桌子上，按照王老凿所提供的人名和地名，郑心斋与张天一拿着红铅笔和蓝铅笔，分别代表着日军和东北军，在地图上复原战局，预判日军两个师团、一个旅团的进军路线。

最后，两人抬起头，对视一眼，红色与蓝色的笔尖交会在了同一地点——叶柏寿。这里是通往承德的交通枢纽，如果将日军拦在这里，就等于保卫住了承德。

亮山不再迷茫，认可了这个方案，放弃寻找朱监军和宋司令，拳头砸向了地图上的叶柏寿。

王老凿把清风岭所有的马车都借来了，赶着马车，一路疾速西行，他们要抢在日军之前赶到叶柏寿，增援驻守那里的东北军。王老凿家族兄弟侄六七十人，也随军出征。有人当探骑，四处打探消息，弄清各路人马的位置，别让友军误会，别落入日军的伏击圈。有人管后勤，掐算时间，预先赶到大的村镇，安排打尖，别让大队人马饿肚子。

紧赶慢赶，到了叶柏寿，已是后半夜，本来已人困马乏，听说驻守这里的于兆麟师长亲自来接，亮山立刻来了精神，虽说都叫师长，人家是东北军的正牌师长，义勇军名声再大，也是民间武装，号称的一个师。灯光下，两个人的手握在一起，象征着两个师的会师。尽管于师长握得不紧，却不妨碍亮山的紧握。

张天一冷静地立在一旁，上次与自己的老部队并肩作战，是一年前的大凌河阻击战，拱卫的是东北临时行政中心锦州。这一次，据守叶柏寿城外的牤牛河，是大凌河上游的别称，同一条河，面临着第二次阻击战，不同的是，这次拱卫的是热河省会承德。

他害怕历史会重演，追问一句，会不会再有不抵抗的命令？

于师长拍着张天一的肩头说，放心吧，宋子文偕少帅刚刚视察热河，中央政府表态，决不放弃东北，少帅带领我们向全国通电，唯有武力自卫，舍身奋斗，以为救亡图存之计。

两天后，叶柏寿保卫战打响，这天是 1933 年 3 月 1 日，九师抢出了两天，进入阵地，构筑工事，追赶上来的是第八师团一个成建制的旅团。

虽说一〇八师占据了有利地形，但裸露的山岩，让修筑工事变成了蚂蚁啃骨头，十分艰难。日军借助空中优势，出动九架飞机，对阵地狂轰滥炸，眼见得整个班整个班的士兵，被一枚枚炸弹炸得尸骨无存。开战的第一天，叶柏寿街里的野战医院就人满为患。

好在九师每人都身怀绝技，挖岩凿洞是他们的拿手活儿，又经历过大凌河保卫战，整体工事挖不成，单兵掩体不用张天一吩咐，锤子铁钎干了两昼夜，每个人都挖好了躲避飞机大炮的"猫耳洞"。

香炉山上的人在郑心斋的调动下，躲避轰炸与主动出击运用自由，既守住了阵地，又减少了不必要的伤亡。战火中才能见真情，张天一想弥合郑心斋与亮山的分歧，索性把他撺到亮山的身旁，协助亮山攻防。

第三天,传来了两个坏消息。日军分出部分兵力,在汉奸的引领下,绕过叶柏寿,攻占了凌源县城。更坏的消息是热河省主席汤玉麟的行为完全被郑心斋猜准,就在他们全力阻击日军的那一天,汤玉麟明里喊着,冲锋杀敌、誓死卫国,暗地里扣留了二百多辆用于前线的载重汽车,装载私产,运往天津租界,东北军第五军团不战而退,关东军第八师团仅派出一百二十八名骑兵,就占领了热河省会承德。

叶柏寿,两个师携同苦战三昼夜,士兵们的鲜血白流了。

九师几乎人人抬着一〇八师的伤员,撤离了叶柏寿,沿着崎岖的山路,向长城方向转移。疼痛仿佛能够传染,伤员们一路哀号,每叫一声,针一样刺在九师人的心上。一种悲愤混杂着悲观,蔓延在行军途中,他们觉得像离了根的浮萍,空荡荡的,无依无靠。

一昼夜没停脚地往长城方向奔跑,爆豆般的枪声渐渐地弱了,远了,偶尔也有激烈的枪声响过一阵,之后就是沉寂,那是一〇八师开路团与日军先头部队偶遇,故意向东南方的深山里引,防止日军追上九师,袭击伤员。

第二天日落时,听不到枪声了,队伍进了潮河旁一个村落,一下子瘫了,不等征用房屋,扎进草堆或柴火垛,酣然大睡。那些危重伤员,需要特殊照顾,医护兵寻遍全村,不是嫌他们浑身是血,就是怕死在他们家的炕上晦气,拒绝进屋。最后,一个好心的地主,腾出了宽大的马棚,中间烧上几盆炭火,才将重伤员安顿下来。

白天抬着担架急行军,伤员间拉开了距离,广袤的旷野又吸收了他们的呻吟,没人感觉到疼痛的喊叫会有多恐怖。现在,这么多重伤员聚集到一块儿,哀号之声传染了般,在无限地扩大,村里的每户人家都抱成一团,彻夜承受鬼哭狼嚎的折磨。直到天快放亮时,惨叫声音才稀落下去,随后就是几声清脆的枪声,接下来一片寂静。

警觉的亮山第一个跑过去,看到了令人揪心的一幕,重伤员们都没熬过这一夜,有人靠墙,有人抱着秫秸,有人卧着,有人撅着,七扭八歪地都死了。最后死的几个人,一律仰面朝天歪着头,太阳穴流着血,显然他们承受不了巨大的疼痛,恳求身上有手枪的伤员,别让他们受罪了,一死百了。那个送重伤员上路的上尉连长,最后自杀的,他右手握着枪,趴在地上,太阳穴的血携着身体的热气,汩汩流出,枪口还缠绕着一缕青烟。

后赶来的郑心斋望着这一幕,沉痛地摘下帽子,悲伤地说,村子外寻块墓地,掩埋了吧。

亮山骂道,放你妈的屁,老子带上他们一起走。

于是,太阳升起的时候,每一头毛驴至少驮上两具尸体,沿着潮河向古北口进发了。

11

一个小红点,突然跃在山脊,如风中绽放的一朵梅花,也像一把燃烧的火炬。九师行军已是极度疲惫,小红点突然点亮了他们的眼睛,让人为之一振。几天几夜了,九师躲过占领凌源、平泉,还有承德的日军,连续不断地急行军,还抬着伤员,背着枪支弹药,已经累得不行,就连驮辎重和尸体的毛驴,都想趴下,若不是远远地看到了长城垛口,早就垮了。

小红点仿佛是无声的军号,让队伍停了下来,所有的眼光都投了过去。那是个小女孩,穿着鲜艳的红棉袄,她的眼睛盯着长城,手在嘴前围成个喇叭,一个稚嫩、清亮而又悲婉的童音突然回响在山坳:万里长城万里长,长城外面是故乡……

女孩的歌声,像柄重槌,敲动了每个人的心弦,敲走了每个人的疲惫。谁的家不在长城外边,此时,他们不正是被日军一步步地驱赶进长城了吗?背井离乡,骨肉离散,只能站在长城上望故乡,歌声唱出了他们的心里话,催出了他们心底的泪,他们多么渴望,四万万同胞给他们撑腰,打回老家去。

队伍里飘洒着春雨,不在天上,而在每一个人的眼里。郑心斋和张天一对视一眼,张天一会心地点下头。他放下正在抬着的伤员,不顾身倦体乏,顽强地爬上山脊,将小女孩抱了下来。

小女孩八九岁的样子,眉目清秀,眼里沁泪,早春冰冷的风吹红了她的脸,吹肿了她一双小手。张天一从郑心斋怀里接过小女孩,裹在自己的棉大衣里,心疼地问,你怎么一个人站在山梁上?

小女孩答,我用歌声喊爸爸妈妈。

张天一接着问,他们去哪儿了?

小女孩答,我也不知道,逃进山海关时,日本兵追来了,他们被人流裹走了,这首歌是爸爸写的,沿着长城唱它,就能找到爸爸。

张天一又问,爸爸是做什么的?

女孩说,爸爸是音乐家,在沈阳教了好多学生。

张天一闭上了眼睛,他想到了"九一八"那个晚上,想到拥挤在辽河渡口的流亡的老师和学生,想到了千千万万不肯当亡国奴的人,义无反顾地逃向了关内。这样算起来,小女孩一个人流浪一年多了。他无法想象,女孩是怎样沿长城,一路乞讨,又是怎样活下来的,若不是有无数个好人相助,恐怕他们与小女孩就没有今天这个缘分了,也听不到这首洞彻心扉的歌曲了。

接下来，小女孩报出了自己的名字，叫童彤，她唱的歌叫《长城谣》，她要用歌声呼唤来爸爸、妈妈。

郑心斋对童彤说，你一个人唱，爸爸很难听到，成千上万人和你一块儿唱，唱遍整个长城，爸爸就能找到你了，你说好不好？

童彤抹去了泪水，用力地点点头。

于是，在童彤的歌声中，郑心斋一个音节一个音节地记谱，每一句发音都记得准确无误。他挑选了十几个嗓音好的战士，在童彤的帮助下，学会了唱《长城谣》。接下来的行军途中，整个队伍都在教唱这首歌，就连那些伤员，也用歌声代替了呻吟，歌声一直伴随他们走向古北口长城。

这条大道，依伴潮河流淌的方向，由北向南蜿蜒而下，河的两侧，群峰耸立，横亘不绝。若想从热河越过长城，畅快地进入华北，连绵百里，这是唯一通道。潮河流至古北口，像把锋利的刀子，切开山脊，飞流直下，留下一个狭窄的隘口，长城在隘口两侧像展开的双翅，飞旋而上，形成了险中之险。

所以，古北口自古为兵家必争之地。

长城下潮河两岸的山坳，稀稀落落地藏着些村屯，每个屯子，星罗棋布地插着青天白日旗，浑圆的夕阳下，旗帜被风扯得"扑棱棱"地响。不会再有日军咬尾巴了，张天一本应该像亮山那样，感到欣喜，可他却平静得熟视无睹。一路上，他看惯了撤退的队伍再也不顾旗帜了，把它撇在路上，任人踩踏。每逢这时，他总是拾起旗帜，裹在伤势过重逝去的士兵身上，权当是裹尸布，放在驴背上，继续前行，他要把牺牲的士兵，集中安葬在恰当的地方。

现在，看到青天白日旗在飘扬，他反倒感到一种悲凉，仿佛看到了汤玉麟不战而败的大溃逃。

这种不好的心境，是在遇到关门外村村口哨兵时，张天一才突然扭转的。那个哨兵他认识，北大营七旅的，站岗时盘查得极其严格，曾被企图混进军营的日本间谍打过嘴巴，"九一八"那天晚上，张天一从日军刺刀下救过他的命。

毋庸置疑，张天一在古北口长城下遇到了老部队。哨兵告诉他，老部队更名了，叫一〇七师，归属六十七军，军长是咱们的老旅长王以哲，刚从密云赶到古北口驻防。哨兵们像发现"敌情"一般，快速地传递消息，"九一八"事变向日军打响第一枪的英雄回来了。

驻扎在关门外村的团没有更名，还叫六二一团，兵还是从前的老兵，士兵们听到张天一的名字，潮水般涌出来，一路高呼着，英雄，英雄，把张天一抛上天，又接住。这一幕，看得义父亮山老泪纵横，李树祯心潮澎湃，刘天柱钦佩不已。郑心斋立在一旁，由衷地说，七旅不仅变了番号，人也变了，一个崇尚英雄的民族，是无法被打败的。

登上关口东侧蟠龙山长城那一刻，张天一看到，关口西侧长城沿着卧虎山蜿蜒远去，逐渐呈现出模糊的黛色，圆圆的落日硕大而又沉重地砸向远山，半个天空飞溅着鲜红的血色，缠在空中的云丝，像一群群奔跑的武士，拼命地厮杀。东边的天际，却安静很多，一座敌楼耸立进紫蓝色的天空，淡白的上弦月，像张等待拉开的弓箭，箭头直指硕大的落日。

望着天上的这一幕，张天一觉得，这是天意，后羿射日。

爬上古北口东侧的蟠龙山上的将军楼，太阳已经滚下山去，天色变得幽蓝，白色的月亮越来越清晰，将军楼里亮起了灯，"嘀嘀嗒嗒"电报声不绝于耳。将军楼是古北口的最高点,环顾山下,四面八方每一个村落的灯光尽收眼底。难怪古时候人们把这座敌楼叫成将军楼,这里确实是将军指挥打仗的最佳场所。

进入将军楼,见到军长王以哲,张天一敬个军礼,嗓音洪亮地喊道,原七旅上尉军官、现辽西抗日义勇军第九师参谋长张天一向军长报到,请求归队。

王以哲回以军礼,拍拍张天一的肩头说,你是七旅的骄傲,我们的抗战才开始,你们的独立抗战已经坚持一年半了。

亮山举起右手,敬了个不规范的军礼,大声喊着,辽西抗日义勇军第九师师长刘纯起向军长保证,随时听候调遣。

王以哲没有回礼,而是伸出双手,紧紧地握住亮山的手,替国家、替民族感谢刘师长,是你们在敌后浴血奋战,拖住了日军,才让我们积蓄足了力量。

张天一心有余悸地说了句,会不会还有不抵抗的命令?

王以哲把张天一拉到窗口,指向朦胧中的密云平原,告诉他,那一溜溜接连不断向着古北口挺进的灯火,不是运载辎重的汽车,就是行军的火把,看不见的地方,还有中央军的第十七军,也驰援了过来。

张天一明白了,不抵抗的黑锅,老七旅背了快两年了,这一仗,必须彻底甩掉,即使全体将士全部马革裹尸,也要打下去。

回来的路上,天已经完全黑下来,走到隘口时,张天一看到,关门外村突然间灯火辉煌,接下来,音乐从扩音器里传出。显然,老七旅启动了宝贵的发电机。没多久,童彤清亮的天籁之音扩散进整个夜空:

　　万里长城万里长,

　　　　长城外面是故乡。

　　随后,一群大老爷们唱出了悲壮的二声部:

　　　　高粱肥,大豆香,

　　　　遍地黄金少灾殃。

　　　　自从大难平地起,

　　　　奸淫掳掠苦难当。

　　　　苦难当,奔他方,

　　　　骨肉离散父母丧。

　　　　没齿难忘仇和恨,

　　　　日夜只想回故乡。

　　接着,是震天动地的男声齐唱:

　　　　大家拼命打回去,

　　　　哪怕倭寇逞豪强。

　　　　万里长城万里长,

　　　　长城外面是故乡。

　　　　四万万同胞心一条,

　　　　新的长城万里长。

　　结束的时候,依然是童彤清亮的声音,她在重复唱:

　　　　四万万同胞心一条,

　　　　新的长城万里长。

　　听着这歌声,张天一泪雨滂沱,低泣之声无法抑制,他想到了被日本人剥皮而死的父亲,想到身边一个接一个倒下的弟兄,想到了惨遭杀害的罹难乡亲,想到了肥沃土地上那些饥饿的同胞。飞扬出的泪水,雨点般打湿了亮山的脸,义父边给他擦眼泪边说,回去,咱们拼命打回去,重新收复家园。两人加快了脚步,边走边哭边跟着唱,也要加入大合唱的洪流中。

演唱是在关门外村的大戏台上,戏台的中间站着童彤,手持着话筒,两侧站满了从北平赶来慰问的演艺界人士,老七旅和九师的人站在台下,扯着嗓子在吼《长城谣》。手舞着指挥棒,调动台上和台下大合唱的人,正是郑心斋。

这个郑心斋,身上到底藏了多少本事?张天一心里在问。

演出结束了,音乐却久久不肯消逝,北平演艺界的人士纷纷走到捐款箱旁,将随身带来的钞票,大把大把地塞进箱里。末了,他们蹲起身子,摸着童彤,安慰道,这首歌,我们带回北平传唱,将来把你们家的事儿拍成电影,帮助你找到爸爸妈妈。

童彤用力地点头。

那群演员抱起童彤,一个接一个传递着亲她,他们谢谢童彤,是她帮助他们找到了抗日募捐的歌曲。

天刚蒙蒙亮,紧急集合号在关门外村吹响,军长王以哲下令,老七旅即刻出发,前出五十里,赶往长山峪、曹路口一线,抢修工事,进行阻击,死死顶住来犯日军,为后援部队十七军的到来争取时间,辽西抗日义勇军第九师配合老七旅打阻击。

用不着派侦察兵,稍懂军事常识的人都会意识到,侵吞了热河的关东军第八师团,会迅速集结,直扑古北口。九师从平泉撤退,走到长山峪时,张天一望着两侧险峻的山峰,特意停下来,带着郑心斋上山观察一番。这条峡谷,是赶往古北口的必经之路,不管是打阻击还是打埋伏,都是最理想的地方。若不是九师精疲力竭,还有那么多急等着救命的伤员,他真想在这里打一场埋伏仗,等着日军钻口袋。

仅仅睡了一夜安稳觉,九师这群壮小伙子们就恢复了体力,一边行军,一边和老七旅的弟兄一唱一和地扯着嗓子唱《长城谣》。张师长借给郑心斋一匹马,让他骑在马背上,指挥老七旅和九师,继续着昨晚上的二声部男声大合唱。虽然没有童彤清亮的童音领唱,这群大老爷们依然唱出了气吞山河的悲壮。出去打仗,目的就是保护下一代,童彤留在了古北口,与北平来的演艺界人士一道,教增援上来的部队唱《长城谣》。

两个师的人马士气旺盛,快步如飞,边走边唱《长城谣》,有一股打回老家去、一雪北大营之耻的冲动,不消两个时辰,就赶到了长山峪。

各进各的阵地,士兵们挥起十字镐,修筑工事。然而,整个长山峪土薄石厚,四座阵地轮班昼夜不停地干,还是没有修成几个像样的工事。九师毕竟在侧翼,不是防御的重点,没有那么多修工事的压力,张天一带上香炉山矿工出身的弟兄,支援到主阵地黄土梁,帮助修工事。

黄土梁虽然有土,却极薄,面对着坚硬的岩石,九师的矿工一到场,局面就变了,铁钎锤子一块儿上,一块块巨大的岩石,在一双双巧手面前,变得乖顺起来,没多久,工事就有模有样了。

几处比较疏松的岩石处,突然凿到了几处蛇窝,成团成团的蛇花花绿绿地从洞里爬出,吐着芯子,向人们示威。张天一猛醒,节气到了,惊蛰蛇出洞,蛇苏醒了,现在,老七旅也像这群蛇,结束了漫长的冬眠,苏醒过来,重新面对敌人,为自己正名。

敌人在第二天下午出现在黄土梁下,抢先赶到的是关东军第八师团先遣大队,他们顺着潮河,沿着东北军第五军团溃逃路线,直追过来。配合他们的有三架飞机盘旋侦察,开路的是两辆坦克,紧随其后的是十几辆装甲车。

这场硬对硬的正面对撞正式爆发。

两天两夜的血战,日军没占到任何便宜,双方势均力敌,日军占有武器的优势,老七旅占有地形和人数的优势。双方的伤亡同样很大,医护队顺着潮河把老七旅的伤兵源源不断地送过古北口,日军则沿着潮河,溯流而上,把伤兵接连不休地运向承德。黄土梁之战,老七旅真正地洗刷了不抵抗的耻辱,向世人证明,老七旅依然是敢打硬仗的劲旅。

第三天,战局发生了逆转。

日军第十六旅团,以及炮兵、工兵等联队纷纷赶到,分散进攻热河的关东军第八师团,在黄土梁下全员集合。汽车拉来了几十门重炮,轰炸的飞机增加了十几架,重炮持续几个小时饱和轰击后,飞机又过来补充,扔下重磅炸弹,黄土梁阵地被削下去了三尺。

战局严重地不对称,一方是陆空配合,立体作战,另一方却是缺少重武器,一人一枪一弹,顽强地坚守。

如此强度的打击,老七旅完全埋葬在硝烟与火海中,看不到人影,也听不到声音。侧翼的策应毫无意义,日军的长驱直入已不可阻挡,拖延的只是时间,阻击战异常残酷。九师撤到了第二道防线,与六二〇团会合在一起,拼命地挖工事,哪怕双手鲜血淋淋,也不停歇,他们亲眼看到了日军飞机大炮的厉害,想活下来,就要把工事挖深。

没有钢铁般的意志,面对日军的钢铁倾泻,瞬间就会垮掉,拼死一搏了，不能让任何士兵心存活下去的侥幸。团长王铁汉的脸比钢铁还冷，巡察每个连的防务时，凌厉的眼神充满杀机，从士兵面前走过，带着一股冷风，他说，我的坟墓就在这里，"九一八"我们死过一回了，还怕啥，留下最后一口气，报仇！

士兵们齐声吼，报仇，报仇！

每经过一个连，连长敬过礼，都会将一沓纸交给团长，那是全连士兵的遗书，团长会派人送到大后方。置于死地而后生，王铁汉用铁一般的军纪，把全团钉在阵地。当然，怕死是人的天性，也有吓尿的，体如筛糠，腿都站不直了，哀求道，团长，我有八十岁的老母，遗书写不得。

王铁汉二话不说，拎走怯懦者，视为逃兵，现场击毙。

每个士兵都是面如死灰，神色紧张，身在挺直，心在颤抖，日军的炮隔着一座山头，都快震聋人的耳朵，很难想象，劈头盖脸地炸在自己身旁，会是怎样？谁都看得出来，王铁汉铁了心带着大家死在这里，临阵怯逃更是死路一条。

最后一摞遗书收走时，郑心斋突然向王铁汉敬了个军礼，递上了自己的遗书，末尾署名是"中共满洲省委军事委员郑心斋"。王铁汉怔了下，瞅着郑心斋，仿佛在说，你又不是我的兵。郑心斋一字一板地说，没有死的勇气，就没有活的尊严。

王铁汉突然向郑心斋立正，对待长官一般，向郑心斋敬了个军礼，大声重复着，没有死的勇气，就没有活的尊严。随后，隆重地接过遗书。

张天一没有写遗书，义勇军不是正规军，以身许国是自愿的，不能强令大家去死，他若写了，别人写不写？他重复地念叨了一句"没有死的勇气，就没有活的尊严"，向亮山留下了的口头遗嘱，让义父照顾好我妈我媳妇和我那还没出生的孩子,他要留下来,与老七旅的弟兄们生死与共。

亮山明白了,干儿子是在撵他走,他沉思片刻,黄土梁轰炸的烈度,他看得清清楚楚,那是真正的山崩地裂,血肉之躯瞬间灰飞烟灭,囫囵尸首都找不到。亮山眼里含着泪,不想听张天一的遗嘱,临走时向义子交代一句,别让郑心斋把队伍带走。

隆隆的炮声中,亮山的担心张天一听不到,不由自主地提高了嗓门,不小心,被郑心斋听到了。郑心斋冲着亮山吼,我在用生命证明,一心抗日,别无他念,更没惦记你的队伍,你的猜测和想法都是错的,你的狭隘就是九师的灾难。

亮山没听懂,还没想好怎样回敬,就被大家拉走了。

李树祯犹豫了一下,率部撤到了六二〇团的身后,做第二道防线的纵深,既可接应张天一,还可防备阵地突然被突破,掩护亮山安全撤退。

太阳偏西时,关东军第八师团漫过了黄土岭,"骷髅队"充当先锋,寸步不落地紧咬过来,直抵巴克什营。重炮与飞机的轰炸顷刻间转移向六二〇团的阵地,炮火密集得像冰雹,阵地上,弹坑一个挨着一个,士兵们写的遗书,转眼间成了真正的遗嘱,没有了撕毁的机会。大凌河保卫战也好,塔山阻击战也罢,尽管九师多次和日军交锋,却从没受到过如此强度的打击。张天一身旁的弟兄不是被炸得尸骨不存,就是被炮震得五脏移位,吐血而亡。恐惧的吼叫,"妈呀,妈呀"的叫喊,在爆炸声中,比蚊子的声音还要微弱,人的抵抗力变得不如一块石头或者一截木桩。

轰炸过的阵地,满目疮痍,活着的人,耳朵大多失聪了,眼睛呆愣成了鱼眼。九师的人究竟还剩下多少，张天一自己都不知道，也认不清，每个人的脸都被硝烟熏成了黑色。可他清楚地知道，后边的李树祯还活着，一个战壕里的郑心斋也活着，他们都抱着机枪，等着日军爬上山岗，进入射程。

日军第一轮是试探性进攻，勾引出火力点后，迅速撤离，这就意味着阵地面临第二波轰炸，掩体能不能承抗得住，谁都不敢说。郑心斋一把抓住了张天一，把公文包塞进了他的怀里，虽然没说一句话，但张天一心里很清楚，公文包里装的不仅仅是军用地图，还有徽章、证书、日记和信函，是郑心斋全部身家性命。

郑心斋是啥意思，再明白不过了，他已经豁出去了，死守阵地，趁着难得的间隙，让张天一赶快带着九师的人撤下去，挺进长白山，找中共满洲省委，依靠苏联，建立苏维埃政权。此时，郑心斋心里透亮得很，无论他多努力，这支队伍亮山是根，张天一是魂，不舍出自己的性命，谁也带不走九师。

张天一没有撤，与郑心斋不离不弃，哪怕郑心斋瞪红了眼睛，也于事无补。老七旅是张天一的家，妈受难，他怎忍心离开？他选择了和战友们并肩作战，证明自己不是逃兵，不管走到哪儿，都替老七旅长脸。

炮弹又一次落下，阵地到处翻滚着浓烟，昏天黑地得咫尺难认，六二〇团谁也不知道谁死谁伤，谁还活着。硝烟和尘土势不可当地涌进掩体，九师的弟兄们拿着湿毛巾掩住口鼻，才没被呛死。炮声一停，日军黑压压地攻上来，把山坡都染黄了，这是真正的攻击，势如洪水。

郑心斋操起机枪，成了堵住决堤的一截木桩，尽管在风雨中飘摇，还是深深地扎下了根，把冲在最前边的日军压制住了，后边的日军藏在石头后面，动弹不得。六二〇团的弟兄们一个接一个从土里钻出，充填到了郑心斋的身旁，与九师的弟兄们连成一道血肉长城。

香炉山上最能凿岩打洞的一营长，自从和郑心斋相识后，好得就像一个人，长期在黑暗中干活，练就了如炬的眼光，不管硝烟多么浓密，都能发现藏在后面的敌人。他边给郑心斋递送弹夹，边指点日军藏在了哪里。

一营长专门指着扛着骷髅头旗帜的队伍，他们终于摸清楚了，"骷髅队"是日军的特种作战部队，钢盔上、肩膀上都是骷髅的图标，最擅长进攻。他们扛着骷髅旗，旗上绣着"死"和"必胜"，一旦让他们爬上阵地，口子就会越撕越大。郑心斋毫不示弱，专打"骷髅队"，机枪又准又狠，只要旗帜一露头，就会有戴着骷髅头盔的日军殒命。

如此能打，分毫不让"骷髅队"，自然被日军指挥官装进望远镜里，成了眼中钉。指挥官调来了迫击炮班，测出距离、角度和风速，几枚炮弹同时射了过去。爆炸过后，郑心斋真的粉身碎骨了，什么都没有了，脑浆、热血和内脏喷了一营长全身。

一营长当时就吓傻了。

再也看不到郑心斋了，剧烈的爆炸把他撕碎在半空，只剩下衣服的碎片天女散花般飞扬，张天一的心像被狸猫的爪子给撕裂了。他紧紧地抱着公文包，仿佛把郑心斋牢牢地抱在怀里，郑心斋没了，没得干净彻底，他不知道，今后再遇难事，可去问谁？

六二〇团全员写遗书的情景再现在张天一的眼前，难怪郑心斋递交了九师唯一的一张遗书，他早把生死置之度外，已经预判出，老七旅出关阻击，就是一场慷慨赴死。既然无法打赢，那就赌命,用生命让张天一相信布尔什维克。所以,他才再三劝张天一带着队伍离开,九师破旧的枪械如同烧火棍子,在现代战争面前,无异于以卵击石。

日军"呀呀"叫着冲上来,如汹涌的波涛。

牺牲了郑心斋,王铁汉也是心疼不已,他不想让九师再做无谓的牺牲,承认了张天一永远是老七旅的人,让他们赶快滚蛋。

张天一多想背着郑心斋一块儿撤退,哪怕是半截尸体或者一条胳膊,可现在,什么都没有了,只剩下公文包。那些跟着他们转战了近千里的毛驴们,不是死在隆隆的炮声中,就是惊得四散逃离。撤退,重新依靠两只脚板了,不过,有一点张天一很清楚,再急着走,也不能沿潮河撤,两条腿再怎么快,也跑不过履带和四个轮子,第八师团的机械化部队很快就会追上来,那么窄的路,怎能容下千军万马撤离?

能否安然撤退,就看六二〇团能顶多久了。

按照张天一的手势,李树祯选择了自己的撤退路线,翻山越岭,面向东方,撤向长城。张天一则向西绕道,折回古北口。事实上,香炉山跟随他撤退的,总共不过十几个人,其他的人是死是活,谁也说不清楚了。吓傻了的一营长,谁在他眼前晃,都像是扑过来的热血和脑浆,不断地胡噜着自己的脸和前胸,像被鬼魂死死地缠住般。带走他,只有一个办法,趁他不备,将他击晕。

翻过几道山,越过几道岭,六二〇团的阵地,依旧炮声隆隆,硝烟弥漫,显然,王铁汉带着他们团依然顽强地坚守。

终于在山坳里找到一个村落,村中人早已跑光,家家户户的粮食都带走了,猪牛羊等牲畜也被赶走,只剩下三五成群的鸡,适应了远处的炮声，不再惊恐，在村中胜似闲庭信步。九师的后勤保障本来就差，打了三天的仗，饥饿得不行了，捉鸡充饥已经是不二选择。

这时，一营长醒了，如受惊的兔子般向村外跑去，大家追赶着，想把他留下，一块儿吃鸡。他却听不见，或者也听不明白大家喊啥，情急之下，猫一般爬到一棵树上。任何一个人靠近树，一营长都会吓得哆嗦成一团，哪怕把烧得喷香的鸡递给他，他也会惊叫不已。

没有办法，张天一找来了一根长长的木杆，把鸡拴在顶头，慢慢地递到树上，一营长才接受了吃食。

夜幕降临时，张天一突然感觉到，一轮明月下，一个白影突然飘到他眼前，迅速地膨胀成顶天立地。他终于看清楚了，那个硕大的白影，就是郑心斋，苦口婆心地告诉他，不能偷老百姓家的鸡。

张天一打了个激灵，甩了几下头，企图摆脱郑心斋的影子，可是，郑心斋的躯体像气吹起来般庞大，固执地横在他面前。他揉了几下眼睛，扭过头，避开郑心斋，瞅着一营长，喊了一嗓子，把他打晕，接着走。大家本以为会在村里歇一晚上，找一找丢了一半的魂，没想到还要行军，面面相觑地瞅着。他又一次吼道，等着"骷髅队"给你收尸啊。

大家的身体突然绷紧了，箭一般射向月夜。

急行五十里，绕回古北口时，已月挂中天。张天一看到，十四的月亮，虽说有一点残缺，却也明亮地悬在关门口之上，西侧的蟠龙山和东侧的卧虎山，只剩下幽黑的暗影，山脊上齿轮状的长城蜿蜒而走，如同一双飞翔的翅膀，白亮亮流淌过古北口的潮河，像苍鹰衔起的玉带。走到关门口，剪影般的长城才清晰起来，上面一个挨一个站着——二师的士兵,刺刀上闪着寒光。

在接二连三的盘问声中,张天一带着十几个人,终于获准入关,同意他们进古北口的,是军长王以哲。此时,王以哲翘首以待,等着老七旅归来,张天一喊的却是"辽西抗日义勇军第九师参谋长向军长报到"。

王以哲回了军礼,没有询问师长刘纯起的安危,也不问副师长的去向,反倒追问起了郑心斋。满脸的硝烟遮挡住了张天一的悲戚,失去了郑心斋,他像自己的身子被砍掉了一半,心被人掏走了,扔进油锅。他的身子摇晃了好几下,才勉强挤出两个字,没了。

军长的身子也摇晃了几下,直到靠住了长城,才稳住。张天一瞅着军长,九师死了那么多弟兄,他没在乎,偏偏一个郑心斋,让他如此揪心?直至三年后,王以哲也因西安事变作古了,他才模模糊糊地找到答案,军长王以哲早就成了亲共分子。

明月西垂时,远处的枪声越来越密集,也越来越近了,老七旅潮水般退却下来,人喊马叫,杂乱无章,甚至有人被挤掉进潮河里,在冰冷的河水里拼命地挣扎,一具接一具的尸体顺着潮河,被冲刷下来。很明显,他们饱受日军追击之苦。

一拨接一拨的人马涌进了古北口,张天一在混乱的人群中终于找到了亮山父子,然而,他们身边的人却寥寥无几了,不是死在阻击的战场上,就是丧命在溃逃的路途中,机灵一些的,或许是逃离了战场。

关东军第八师团的"骷髅队",放弃了抓俘虏,找残兵,死死咬在老七旅身后,企图趁乱攻占关口。别看"骷髅队"仅仅五十人,近战夜战,几乎以一当百,仅仅一场阻击战,"骷髅队"就让东北军谈虎色变。

城上的守军恐惧"骷髅队"攻上来,不分敌我,一律向外扫射。"骷髅队"却潜过潮河,绕上蟠龙山,壁虎般爬上长城。肉搏战瞬间在狭窄的长城上展开,几百人对几十人,一一二师居然不占上风。直至十七军的特务连增援上来,挥起了大刀,拼死肉搏,才把"骷髅队"赶下长城。

古北口暂时恢复了宁静。

初升的太阳染红山顶时,增援上来的十七军与守长城的弟兄们挽着胳膊,高声合唱起了《长城谣》。他们已经准备好了,要在这一天浴血长城。将军台成了总舞台,环绕的古台成了乐池,音乐缓缓而起,童彤站在将军台的顶上,对着扩音器,清亮亮的童音又一次响起:万里长城万里长,长城外面是故乡……

童彤身旁,一个男人,甩动着他的长头发,像一头雄狮,手中的指挥棒被阳光拉长,拉向了对面蟠龙山的敌楼。一一二师的大老爷们跟着唱道:高粱肥,大豆香,遍地黄金少灾殃……

随着指挥棒昂扬地举起,十七军的弟兄也加入了大合唱:四万万同胞心一条,新的长城万里长——

直到此时,张天一才知道,演艺界人士回到北平,到处传唱着《长城谣》,终于传到了童彤父母的耳朵里。童彤的父母当即泪如雨下,一年半了,寻找女儿,找得他们好苦,这首《长城谣》,让他们看到了一家人团聚的曙光。

在北平演艺界人士的陪同下,童彤的父母连夜赶到古北口。黎明时分,夫妻俩站在山巅之上,将铁喇叭贴在嘴边,合唱起了《长城谣》。这是纯正的原唱,这种从心灵里流淌出的悲戚,只有童彤才会心领神会。

童彤在睡梦中惊醒,她光着脚丫跑出来,房东披着大衣,拎着童彤的鞋追了上来,用大衣裹起童彤,抱着她跑向山巅。一家三口就这样在古北口相聚了,他们搂在一起,哭得泪雨滂沱。

絮絮叨叨说起分别后的情景,童彤的父母听懂了,把《长城谣》传唱开的人是郑心斋,他们要感谢这位恩人,询问到了张天一这里。

张天一泪眼婆娑,他多么想听郑心斋教九师和老七旅唱《长城谣》,可惜,留给他的只剩下郑心斋的音容笑貌,还有那个公文包。

郑心斋是真的没了。

《长城谣》在长城上连绵不断地唱着,王以哲就要带着残缺的老七旅退出战场,到北平休整,他找到只剩下十几个人的九师,劝亮山和张天一一块到北平。亮山拒绝了,他要回老家,重整旗鼓,为九师死难的兄弟报仇雪恨。张天一也不想去关内,他要回到香炉山,给郑心斋立下一座衣冠冢,还要赶赴长白山,了却郑心斋的心愿。

王以哲向亮山敬了个军礼,感谢九师用生命支撑老七旅,这种鲜血凝成的友谊,永生不忘。随后,他扳下张天一敬礼的手,深情地抱着,久久不肯松开,像是老长官对部下的依依不舍,更像是对完成郑心斋心愿的祝福。

在震天动地的《长城谣》声中,亮山与张天一选择了一条更加崎岖的山路,向着燕山山脉的深处,向着日军刚刚占领的热河,逆向而行。

他们身后传来了隆隆炮声,长城会战正式打响。

第四章　不熄的火焰

12

惊蛰乌鸦叫。

新锦西县城连山,再也听不到这个熟悉的叫声了,车站西南五里外的五里河畔,铁丝网圈走了望不到边的土地。卡车、马车轮流上阵,载着沉重的砖瓦石块,吃力地越过岗楼,鱼贯而入。院内斧头锯子叮咚作响,电焊弧光到处闪烁,刺目灼眼,大锤轮番砸铁,尖锐的声音扎入耳膜,颤地震心。一片片树木被伐倒,一垄垄耕地被填埋,一排排房子拔地而起,一串串弯弯曲曲的铁管子,从一幢房子插进另一幢房子,接连不断。

莫说这里的人家,就连乌鸦都失去了栖身之地,千顷良田化成了一座工厂——锦西炼油所。一列列火车,从遥远的抚顺出发,满载煤炭,拉到改名为锦西的火车站,沿着道岔拐进炼油所。

失地的庄户人家,聚在一起,呼天抢地,全家的生计,全指望这片水浇地呢,日本人强占去了,夺了他们的饭碗,绝了他们的命根子,玩命也要保。他们拦马车,剪铁丝网,撵干活的施工队。

县长王在邦去了现场,站在大卡车上,举着铁喇叭,念了一通

《满洲国经济建设纲要》，强调了一番"日本的经济实力不可动摇"，便授权杜三秃子的"讨伐队"，保护现场，谁再闹事，轻则乱棍赶走，重则现场击毙。

这些人家，走投无路，想找抗日义勇军九师，打回连山，撵走日本人，帮他们夺回土地。然而，找到老烧锅村，亮山的义勇军已踪迹皆无。转而去了香炉山，却被当成奸细拦在山下，不准上山。到缸窑岭找李树桢，连下五家子村都过不去，有人站岗，拿枪威胁，不让进村。

九师的主力去了热河，他们当然找不到。

垂头丧气回到连山，想扒着铁丝网，看一眼他们被霸占走的土地，"讨伐队"的子弹毫不留情，"嗖嗖"地打过来，晚走一步，命都没了。解铃还须系铃人，地没了，补偿总归有吧，县长把他们的地当成人情，送给了日本人，这笔账当然去找县公署算。

县长王在邦躲了，县公署门口留个土地置换图，地点在影壁山，占了谁家的地，就能在山上得到两倍的土地赔偿。影壁山是座石山，草都不长，镐头落下，砸出的是火星子，兔子都不拉屎，土地置换，纯粹是照相馆的药水——泡人的。

于是，县公署的玻璃"砰砰"地响，人们用石头发泄愤怒。没有县长的县公署，没人主事，人越聚越多，甚至有人拿出了火铳和扎枪，摆出了要推翻县公署的架势。义勇军没扑灭，又激起民变，那还了得，再不采取措施，真要翻天了。躲在后面的多田，再也无处可躲，即使如此，也没动用杜三秃子看守炼油所的"讨伐队"，直接命令警务局长崔默加抓人。

崔黑子认为，这不是反满抗日，谁都得吃口饭，反倒劝多田息事宁人，县长土地置换的招儿掩耳盗铃般愚蠢，还是给钱补偿最简

— 149 —

便易行,让他们买房子置地,就消停了。

多田睁圆了眼睛瞅崔黑子,直截了当地说,"圣战"高于一切,用钱摆平,养你们军警干什么?若不是看在去年救过自己一命的分上,他早就愤怒了。

崔黑子又争辩了几句,多田立马补充一句,马兰亭当警务局长如何?崔黑子顿时无语。

从这天起,警察开始抓人了,谁到县公署或者现场捣乱,就是反满抗日分子,立即逮捕。被抓捕的人刚刚关进监狱,就被日本指导官平间提走了,投进了他们刚刚建成的狼狗圈,训练狼狗如何扑胸、咬喉、掏心。

这是崔黑子最窝心的事情,人是他抓的,说是吓唬吓唬,过几天就放,还真金白银地收了好处,打脸的是,太阳还没落山,还给家属的,居然是被啃碎的尸体。虽说有枪壮胆,没人敢找他拼命,可他觉得,心也被狼狗撕扯碎了,他还不想丧尽天良。

被抢走土地的人家,不敢继续反抗了,选择了流离失所,临走时,在崔黑子家的大门喷上狗血,甩上狗屎,丢了一堆死耗子。

崔黑子病了一场,梦里挤进了骷髅堆,总是在惊悸中猛醒。多田拎了一堆糕点和营养品看望崔黑子,也说了一堆安慰的话。崔黑子呆呆地望着房梁,没拒绝礼品,也没说话。

多田说,战时状态,资金紧缺,要一切服从于"圣战",等到时局稳定下来,我会补偿他们。

崔黑子还是不语。

数月后,礼品长毛了。

大多数时间,多田停留在锦西新县城连山,很少去老县城江家屯，那里的矿山、选矿厂、冶炼所，都交给了高荣轩照管，留些日本技术员就够了。热河已归属"满洲国"，长城防线便漏洞百出，据燕山之险，长驱直入中原，已成定局。征战华北，只是时机问题，届时钢铁、油料、有色金属的消耗会越来越大，无论是帝国战争的工业支撑，还是商业逐利的本性，都需要他全身心地投入。

燃油是战争的血液，多田片刻耽误不得。锦西靠近华北，又濒临天然良港，是建炼油所的最佳选址。既然满洲勘探不到油田，直接更改生产工艺，煤炭加氢，提取燃油。让多田苦恼的是，张天一唆使矿工破坏了南票煤矿，从抚顺拉煤，增加了运输成本，还有不确定性，毕竟沿途有多股义勇军，一旦铁道被破坏，就会延误炼油，影响战局。

稳定社会秩序，恢复南票采煤，已迫在眉睫。

杜三秃子跑回来报告，查清了矿山和义勇军有勾搭的人，两千多人呢，都关进了煤矿的巷道。那是个独眼洞，想要惩处，比抚顺平顶山坑埋还简单，封住洞口，全部活埋。

多田连连摇头，平顶山的做法不适合南票，那里能露天开采，有挖掘机和卡车就足够了，南票是下洞背煤，人都杀死了，上哪儿去找这么多廉价劳动力？还不如让他们提心吊胆地活着，为多吃一口饭、多往家拿几块铜板，拼命劳作。

呵斥走了杜三秃子，多田陷入沉思，解决仇视和对立的方法，实现"大东亚共荣"，除了"讨伐"，更重要的是同化，让满洲人忘了自己的人种，融入东北亚民族共同体。多田觉得，锦西炼油所的生产线已源源不断地产出了燃油，殚精竭虑在锦西构筑起的工业体系，完好地运转起来，剩下的精力，就要在同化上大做文章，改变满洲人的精神骨髓。

多田思念江家屯了。

坐着轿车，春风得意地赶回，多田最先拜访的，依然是高荣轩。一年多的密切交往，高荣轩成了多田最好的朋友，亲密得超过了当年的县长孙国栋。多田彬彬有礼，从不难为高荣轩，招工、用人、经营管理等权限，全托付给了高荣轩，甚至让出部分股权，让高荣轩进入株式会社的管理层。用满洲人治理满洲，他可以腾出更多的时间，为"圣战"的机器加油。

高荣轩曾经有所顾虑，老县城的青壮年，一多半裹胁进了义勇军，打过古贺大佐，杀过日本军人，按"满洲国"法律，都该抓进监狱。他请求多田，矿里缺人，饶过这些人。多田指示县长王在邦，在老县城大街小巷张贴特赦令，只要肯为株式会社效力，哪怕曾狂热地反满抗日，也既往不咎。

多田引用了《乌合之众》里的一段话，在群体中间，傻瓜、低能儿和心怀妒忌的人，摆脱了自己的卑微和无能，会感觉到一种残忍、短暂但又巨大的力量。义勇军就是这样的群体，一旦他们离开那个群体，进入我们的群体，照例如此，迟早会为成为株式会社的员工而自豪。

高荣轩对多田的话似懂非懂，但信任与利益共享，彻底将高荣轩绑上了多田的战车，他不敢懈怠，千叮咛万嘱咐，下矿好好干活，这年月有钱挣、有饭吃太不容易了，别再想砸饭碗、掉脑袋的事儿。打古贺把江家屯打残了，许多毁掉的老商铺再也无法恢复，杜三秃子协助税捐局，到处征敛，江家屯雪上加霜，更穷了，往日繁华的县城已沦落为普通村落。赚点东洋票子，比吃屎还难。方圆十几里的人家，好不容易求高荣轩谋来了矿上的差事，还免了徭役，感恩还来不及呢，哪还敢和义勇军再有勾连。

即便如此，亮山依然是高荣轩的一块心病，九师不灭，亮山不死，高荣轩始终寝食难安，这是一笔你死我活的账，虽说亮山离开了老烧锅，去了热河，碰了壁，早晚要回老窝，不如趁此机会，截住亮山的退路，借日本人的手，结清这笔账。

在多田的眼里，亮山已无足轻重，古往今来，哪儿有土匪执掌江山的？何况还自投罗网地去了热河。他端坐在高荣轩家的客厅里，平静地品茗，讨论着茶与文化的关系，讲述着宋人与日本茶道的渊源，还有大和民族与华夏族一脉相承的血缘关系，以及南宋之后无华夏的悲伤。

两个人的话题第一次出现了南辕北辙，高荣轩听不懂谈今论古，古人回不到眼前，管不着当下。报纸上都是文化，最后还得塞在厕所的墙缝，沦为揩屁股纸，想那么多有个屁用，他最关心的依然是缉拿亮山，消除匪患。

多田无奈地笑了，站起来，拍了下高荣轩的肩头，让他陪着去学校，有些话题，只能和曹凤仪交流。

江家屯的街面上，被炮火削掉的柳树干，萌发了新枝，泛绿的枝条在风中无力地摇摆，像披头散发的女人。经历一年多的风吹日晒，学校被硝烟熏黑的房子，并没有变淡，弹孔深深地扎进红砖墙，仿佛随时能流出血来。

多田走进校园，看到校长曹凤仪一扫斯文，挥舞教鞭，满院追打日语教师，样子很张扬，不懂节制。发现多田进来，曹校长变本加厉，追得更凶。站立片刻，多田听懂了，日语教师写错了一个汉字，曹校长便揪住不放，这种误人子弟的老师，江家屯学校不需要，滚回你的老家。

日语教师的老家在日本，滚回老家，意味着什么，多田当然清楚。见到多田之前，曹凤仪只是象征性地挥舞教鞭，警告着所有教师，无论时代如何变迁，不许传授错误的知识。既然多田来了，他索性把象征变成真正的惩罚，教鞭劈头盖脸地打下去，直至日语教师鼻青脸肿，躲向多田的身后。

曹校长背着手，对多田说，把你的狗奴才领回去吧，日本的教师不过如此。

多田连忙鞠躬致歉，忘了曹校长是博学之人，选师不慎，错把开拓团的农人派到学校，汉语不精，敬请谅解，容我在本土选个博士，效命于校长门下。

开拓团大多是在本土生活没有着落的底层群体，迫不得已才被日本政府哄到满洲，多田的言外之意是告诉曹凤仪，在日本，哪怕是个半文盲，也就有资格在满洲大地当老师，这是人种的优势。

曹凤仪冷笑一声，他并不在乎谁当日语教师，只要他当一天校长，学校里就不许说日本话，更不许奴化教育进校园，即使"满洲国"皇帝来了，也不行，除非要了他的命。

这是曹校长赶走的第二个日语教师，第一个是县里派来的日本留学生，曹校长居然天天去听课，不许讲他听不懂的话。真是强人所难，日语课不说日语，这课得怎么上？那个日语老师云山雾罩地讲了半年日本历史，最终没忍住，还是讲了几句日语，被曹校长找个借口驱逐出了校门。

这个日语老师，半年多没进过几次课堂，不是被学生起哄撵走，就是教室里空空如也，剩下几个淘气的学生，整堂课学日语骂人，相互嬉笑着"八嘎牙路"。日语老师想把汉语学好，一旦他打鸡血般兴奋地说几句，就被曹校长找碴，指鼻瞪眼地训斥，让他躲一边去,自言自语地说你的日本话。

这个日本人,本来就不喜欢讲课,插秧种稻是他的老本行,校长不让进课堂更好,索性跑到女儿河畔,站在张家的水车旁,赤足挥臂,引水灌溉,帮助占据了张家土地的开拓团,繁育稻苗,开辟水田,种植水稻。

直至县里要检查各地日语教授情况,日语教师才想起自己的职责,返回学校。这一次校长直接找碴,以写错了汉字为由,干脆动手了。日语教师躲到多田身后,才免了教鞭继续抽打,他立刻向多田申请,离开江家屯。

多田应允了下来。

校长打人,一点儿也不符合曹凤仪的身份,就连高荣轩也看不下去了,劝自己的表兄体面些,读书人怎能这样粗野。曹凤仪抢白道,狗再有风度,那也是狗。

高荣轩顿时哑然。

多田并不在乎曹校长的不识时务,也不在乎他散布的反满抗日情绪,反正他已孤掌难鸣,没必要下手惩治。他信奉中国的一句老话,秀才造反,三年不成。况且,曹凤仪名义上已经是道德会的会长了,就像白衣服掉进了染缸里,漂也漂不白,他要像康熙征服汉人那样,把曹凤仪征服得心服口服。

坐进校长室,多田让高荣轩煮茶续水,服侍身旁,他正襟危坐,要与曹校长谈经论道。茶是黑茶,水是高荣轩从家里背来的虹螺山泉,自然也捎带着茶壶。多田对茶道很讲究。

争论是从人类的基本矛盾开始的,这是明摆着的事情,没有争论的意义,曹凤仪不容否定地说,侵略与反侵略,奴役和被奴役。

多田优雅地一笑,反驳道,种群和文化,才是人类的基本矛盾,日本也好,满洲也罢,吸纳的都是汉文化,治国的都是儒家思想,最终实现的是"东亚共荣"。

曹凤仪说,种族清洗了,还需要共荣吗?

多田说,这不是清洗,是淘汰,是融合过程中的阵痛,蒙昧需要清扫,中原承受蒙元、满清几百年的蹂躏,那才是真正的入侵,是华夏文明断裂的祸根,眼下的日本,正在反哺与回归华夏文明。

曹凤仪说,谎言说一千遍成不了真理,你敢说日本不是侵略吗?

多田说,真理是什么,满洲人是盲从的群体,他们从未渴求过真理,他们对不合口味的证据视而不见,如果谬误对他们有诱惑力,他们更愿意崇拜谬误,从张大帅到张少帅,直至闹得正凶的义勇军,无不如此。这是一个没有国家意识的群体,毫无希望可言。

曹凤仪说,只要有人觉醒,盲从的群体也是一种力量,古贺就是这么死的,你们死不起千千万万个古贺。

多田说,"东亚共荣"是人种生存的需要,对于人类历史来说,我们之间的冲突,只是个磨合过程,这个世界的本质是白种人对其他有色人种的奴役,我们真正的敌人是英美,最危险的威胁来自苏联。我们是一个人种,一种文化,需要消除彼此的隔膜,形成"大东亚共荣圈",才能渡过人种的危机。

曹凤仪说,我不反对你的观点,既然我们同属华夏文明圈,为什么不以文明的起点为中心,归属于中华?你们吞并了东北,装模作样地扶持傀儡政权,岂不是对文明最大的嘲讽?

多田摇摇头说,宋亡之后无中国,明亡之后无华夏,我们在拯救支那,恢复中华,建立"大东亚共荣"。

曹凤仪也在摇头,那是华夏各族的内部冲突,岂能与日本入侵相提并论。

多田拧着眉头说，大唐遗风，在日本俯拾即是，恢复中华，唯一的途径是东瀛反哺。

争论回到原点，循环往复。曹凤仪说得嘴角挂白沫，却不肯饮茶润喉。多田耐着性子，没有摔杯。高荣轩听烦了，还得恭敬地倒茶。

杜三秃子突然闯入，争论戛然而止。他一把推开曹凤仪，惊慌地对多田说，亮山撤出热河战场，正往锦西赶呢。

高荣轩怔了一下，随即眼光追随过去。曹凤仪稳住脚步，很重地掸了下被推皱的长衫。多田憋了一肚子的火，没法发泄，突然拍案而起，厉声对杜三秃子说，向曹校长道歉。

伪满锦西县的大员们，丢下新县城连山，折回老县城，聚在老县教育局，商讨如何在江家屯设防，防住亮山，挡住义勇军，不能放虎归山。"讨伐队"、保安队、警务局扛着长枪短炮，也跟随过来，在江家屯各个路口设卡，不管男女老少，谁从热河回来，都要过一次鬼门关。

多田坐在轿车里，瞅着那些忙碌的身影，轻蔑地一笑，已经溃不成军，流窜成匪，灭亡是迟早的事，何必如临大敌。尽管县政府再三邀请他，指导"剿匪"事宜，哪怕县长王在邦谦恭得腰弓成虾米，他都不予理会，有一种忠诚最可怕，那就是怯懦与蠢笨，王在邦之流就是如此。歼灭残匪、治安抚民这等小事，帝国有个平间指导官就足够了，劳烦他，已属多余。

支撑战争的锦西工业体系，已经正常运转，燃料供得起两个师团的消耗，锰铁、钼铁还有铅锌的产量，充裕地满足奉天的军工厂

— 157 —

制枪造炮。现在，多田的战略重心已经转移，那就是文化征服，把满洲的文化脐带嫁接进帝国的母腹里，从根源上挖掉他们的文化基因。

既然曹凤仪如顽固的石头，只能让时间慢慢地风化，眼下，还有一个人的价值不可忽视，那就是岳父孙国栋，县长的价值已经被他挖够了，"满洲国"不再需要有想法的县长，却需要博学多闻、中西兼具的人才。岳父这样有身份的人，扛起经书礼教的文化旗帜，比曹校长还要有说服力。

多田不想在江家屯多停留一分钟，吩咐一声司机，开车，去兴城。轿车的引擎轰鸣着，扬起一片灰尘。

尘土遮住了别人的眼睛，却遮不住崔黑子的，他最不希望多田留下，只要多田出现在他眼前，他就会觉得，那双圆眼镜后边透射出来的光，会窥破他所有秘密。只要多田不在场，他就有机会谋划自己的布局。

崔黑子的论调是，大东亚都共荣了，我们干吗要局限在锦西，把防线扩大到热河，在朝阳县的六家子设立警察署。六家子是通往锦西的咽喉要道，也能卡住清风岭的脖子，这里建警察署，一石二鸟，既可挡住亮山回来的路，也可控制住王老凿，不让他们勾连在一起。

不愧是警务局长，一下子抓住要害，平间点头认可，高荣轩竖起拇指，王在邦拍板决定。

如此重要的位置，让谁去？崔黑子的眼睛转了一圈，最后停在了杜三秃子脸上。县长王在邦此时不再糊涂，一下子就明白了崔黑子相中的人选。杜三秃子手下的高参马兰亭，这家伙不仅聪明刁钻,还杀伐决断,当署长的好料子。

县长王在邦马上协调朝阳县长,朝阳县长刚刚走马上任,还在焦头烂额,听说锦西县支援他们防匪,立马答应。就这样,马兰亭分走了崔黑子的部分警察,去了六家子,当起了警察署长。

崔黑子送走这些警察时,还拍着马兰亭的肩膀说,你是剜走了我的心头肉。

马兰亭却说,别猫哭耗子,谁不想当吃香喝辣的师爷,你是让我下油锅呢。

崔黑子听着马兰亭的话,心里翻着油锅,这家伙,真难对付,立刻嗅出了另一种味道,便说,凭你的本事,抓几个蟊贼和踩死几个臭虫一样容易,你将是大日本帝国的功臣,发达之时,可要多多提携。

马兰亭用鼻子哼了声。

崔黑子讪讪地走开,心里想,看你的鼻子还能出几天气。

马兰亭走马上任后,六家子警察署干了些啥,清查了哪个村子,抓了谁,每天都会分毫不差地传到崔黑子的耳朵里。马兰亭也想招兵买马,用自己的人,不过没有用,六家子警察署暂时还归锦西管,崔黑子以"满洲国"警察招募权归中央管辖为由,拒绝了马兰亭。他只好自己掏腰包,雇线人,摆脱崔黑子对他的控制。不过,这没有用,线人是偷偷摸摸的,眼界窄,没有警察的鼻子灵,小泥鳅变不成龙,翻不起大浪头。

调走马兰亭,是项庄舞剑,意在杜三秃子。杜三秃子不是沛公,识不破鸿门宴,他被绑在了日本人的战车上,逃不走。没有马兰亭辅佐,杜三秃子等于掉了一只胳膊,凭他的秉性,想不犯错都难。

问题是马兰亭是活的,保不齐会给杜三秃子出主意,六家子是咽喉地带不假,同样也是孤岛,兵强马壮时,可威慑四方,兵少将寡时,被人围攻,锦西和朝阳谁去救援,都是远水解不了近渴。精明的马兰亭,嗅出了下油锅的味道,只不过他想借此台阶,最终跳上"满洲国"位极人臣的位置,所以,才不敢拒绝。

　　欲望是人类的天性,崔黑子恰到好处地用上了,他要和外甥里应外合,除掉马兰亭,让杜三秃子孤掌难鸣。为父报仇的日子他等得太久了,他不能让杜三秃子寿终正寝,必须横死街头。

　　夜里,崔黑子写了一封无头无尾的信,依然用仿宋体,与书上印的相差无几,信的内容是六家子警察署的布防,包括人员构成和火力配备。天明时,县长有个急件,需要派个得力的警察送到南票,崔黑子把信装进一个黑信封,借机让自己的心腹揣上,悄悄地拐一趟香炉山。

　　心腹是个心思缜密的人,没有直接去香炉山,他养个线人,扮成居士,藏在明性寺里。在寺里打尖歇脚时,信悄悄地转到了居士手中,居士装成化缘,把信带到了香炉山。

　　陈小娴接过居士传到山上的一包香烛,从里面抽出个信封,脏得发黑。她的心猛然悸动一下,不用拆开,就知道谁写的。去年传递日舰登陆葫芦岛的情报,就是用这样的信封,毫无疑问,没有生死攸关的事情,舅父不会冒险。

　　扯开信封时,陈小娴的心狂跳着,肚子里的孩子也在猛烈地踹。现在,她隆起的肚皮已经无法掩饰了,活跃的孩子似乎也急着想知道父亲的下落。她捏着信,细读着每一个字,虽说没提一句丈夫,日满官方连封带杀,严防死守,起码证明了另一个事实,张天一无恙,亮山还活着,九师没有像传闻那样全军覆没,正在赶回老家。

信里告诉陈小娴,孩子爸爸回家的路充满荆棘,还有一个最阴险的陷阱等待着他们,六家子警察署布好了口袋阵,只等九师的残余人马钻进去,一网打尽。

母亲张崔氏和叔叔张恩发张着嘴,瞅陈小娴,想从她嘴里听到张天一的消息。陈小娴平静地报了句平安,拿着信出去了,找到栖居在山上的辽西抗日义勇军的总监军朱霁青和总司令宋九龄,共同商讨对策。

这两巨头,本来是组织义勇军去热河前线,阻击日军进犯,反倒没有日军跑得快,辽西各路义勇军在热河,只要与日军迎头撞上,就被打得七零八落。各路人马乱了方寸,彼此全都失去了联系。两个月前,朝阳守军叛变,两人逃出时,除了十几名身手不凡的警卫,身边的队伍全都失散。监军无军可监,司令光杆司令,只好另辟一条线路,折回身,到香炉山,投奔九师。没想到,九师走捷径去的热河,双方终究没能会合,两人便留在了山上。

九师离开香炉山的时候,还是冰天雪地,现在,已是春意盎然,野草拱破地皮,开始疯长,杜鹃花染红了香炉山,像是插满了朝拜的香炷。肚子的沉重,丝毫没有减慢陈小娴的步伐,她很快赶到了两个人的住所,递上那份情报。

两个人边读信,边对照着看地图,九师能否存在下去,这是最后的机会,打赢这场仗,不仅能接应回九师,也是一种震慑。两个人立刻制订出个里应外合的作战计划,奇袭六家子警察署,惩治铁杆汉奸马兰亭,在敌人后方搞出个动静,鼓舞一下义勇军的士气。

里应自然是香炉山的人,还有提供线报的六家子警察,麻烦的是,九师与老家完全失去了联络,想得到外合,必须找人接上头。

张恩发被大家选中了,只有他去,亮山与张天一才能相信计划是真的,不是敌人布下的陷阱。给张恩发保驾的两个人是司令的贴身警卫,在香炉山,警卫是多余的,而进入热河地界,险象环生,没有本事怎能行? 张恩发需要能人保护。

就这样,带着嫂嫂的期盼,带着侄媳妇的重托,张恩发扮成一个小炉匠,一行三人出发了,他们携带着好几只信鸽,遇到情况,飞鸽传书。走的路线,依然是去清风岭找王老凿,王氏家族庞大,信息灵通,总有办法和张天一联系上。

13

九师阵亡的兄弟,掩埋在长城脚下了,受伤的兄弟,同东北军一个待遇,送进了北平野战医院。亮山与张天一带着九师十几个兄弟,穿过燕山山脉,钻进热河丘陵,跋涉了三个多月。他们忽而疾行百里,忽而原地打转转,偶尔袭击一个伪村公所,补充点儿给养,又销声匿迹了。

如此徘徊不定,活跃在热河的腹地,就是寻找机会,与李树祯会合。李树祯带着的二团,伤亡最小,建制也最完整,九师能否重整旗鼓,全指望他们了。然而,李树祯部杳无音信,寻找的范围越大,就越容易与敌人迎头相撞。

东奔西走的这段日子,他们到底把一营长弄丢了,怎么找也没找回来。这个吓傻了的一营长,还穿着义勇军的军服呢,太显眼了,无论落到哪儿,都是凶多吉少。亮山不同意继续找下去,越找,越容易暴露他们的行踪,带来更大的麻烦。

张天一忍痛放弃了,一营长是陈小娴从矿山带来的,是她父亲留给她最亲近的嫡系，他不知道如何向妻子交代。

时令到了夏至，夜短了，想藏住身子睡个安稳觉都不容易，刚成立的"满洲国"热河省日伪当局，把"清乡扫荡"当成头等政绩，不惜杀良邀功，碰到散落的义勇军，定会穷追不舍。这一年闰五月，第一个端午节，在漂泊中度过了，莫说是粽子，连碗小米粥都没喝饱。

张天一和亮山商量，不再找李树祯了，第二个端午节，回家去过。刘天柱侦察回来报告，又有日本指导官带着"讨伐队"搜山，他们清理好驻扎过的痕迹，再一次转移。打过几场小规模的遭遇战，他们几乎弹尽粮绝了，一旦再遇上，被日本人黏上，真的就会全军覆没。

决定返回锦西，却不能暴露动向，他们的行踪更加飘忽不定，目标也含糊不清，躲过危险村镇，绕着圈走，即便"讨伐队"找到了他们的脚印，也判断不出去了哪儿。正是青黄不接时节，偶尔进入山村，也讨要不到几斤粮食，日伪当局把村民的粮食都集中在村公所，隔几天领一回，吃自己的粮，也得看别人脸色。领多了，还会被怀疑与义勇军"残匪"有勾连，说不清楚，就会被带走，折磨得死去活来。哪家也不敢多藏粮食了。

新成立的"满洲国"热河省公署，比奉天省还残酷，村民们碰见义勇军，比碰见瘟神还恐惧，生怕引火烧身。

奔波了几个月，他们衣不遮体，食不果腹，若不是扛着枪，就是一群叫花子。好在植物越来越茂盛，吃榆钱，吞槐花，嚼香椿叶，树上的食物过季了，地上的野菜又成片成片地冒出，只要不挑剔，总不至于饿死。

穿越过努鲁儿虎山，就是热东丘陵，离辽西越来越近了，他们昼伏夜行,一旦进村入屯,讨要粮食,故意北入南出,弄得鸡飞狗跳,造成一种抢劫的假象,也留出逃向关内的痕迹。夜深人静时,他们再悄悄地折向东北,让敌人追成南辕北辙。

离家越近,大家的心情越急迫,恨不得长翅膀飞过去。夜里行军,路旁的庄稼在风中唰唰地响,奇怪的是,无论走到哪儿,庄稼永远也高不过膝盖。按理说,下过了几场雨,苞米也该蹿成齐腰高了。伸手摸一摸,才知道,禾苗不是谷子,就是大豆。

张天一敏锐地嗅出,日伪当局为防备义勇军,连庄稼都不肯放过,不让路旁种植高秆作物,怕青纱帐掩护住义勇军。防备到如此细致的程度,意味着日伪当局不再是对义勇军招抚了,防备只是现象,根本目的是剿杀,斩草除根,以绝后患。因此,回家的路再近,也是遥远。知己知彼,百战不殆,不摸清敌情,安知祸福,怎能贸然回家?

遗憾的是,家和他们断了线,回家的路不知道会被日伪"讨伐队"设下多少陷阱,九师剩下的人,少得可怜,再也禁不起折腾了。

参谋长张天一正陷入一筹莫展中,突然听到一声熟悉的吆喝,那声音像温暖的春风,突然吹进了冰窖里,融化了他快要冻僵的身躯。他顿时心扉洞开,眼前一片敞亮,真是天无绝人之路,九师有救了。

此时,九师刚从杳无人迹的山谷走出,爬上这座四面陡立的山,藏在了怪石林立的半山腰。山的名字如同形状,叫锥子山,在义父王老凿清风岭的西南五十里。张天一熟悉此地,一路向东,过了山下五里开外的瓦房子,穿过六家子,离锦西的地界就不远了。

吆喝声是从瓦房子西边的小屯头道沟传上来的,山很拢音,吆喝声传得很远。吆喝声连说带唱,很有情调——箍水筲,焊铁壶,锔补铁锅,钉马掌,铆雨伞,修理铜锁!

张天一怔住了,吆喝声怎么和叔叔张恩发一模一样?举起望远镜,循声向头道沟屯望去,一户人家的大门墙外,放着一副挑担,挑担里放着錾子、锤子、锉刀,还有一些洋铁片子,一旁立着个小火炉子,炉火正旺,烧红了一只烙铁,一个小炉匠操着烙铁,正在熔化锡条,焊一个洋铁壶的壶底。

小炉匠抬头的片刻,张天一真切地看到,确定无疑是叔叔张恩发,他的眼睛潮湿了,终于看到亲人了。

张恩发的手艺不是装的,干小炉匠的活儿,绰绰有余。倒是香炉山的身份必须掩藏住,好在陈小娴早有准备,弄了几个"良民证",伪装了他们的身份,一行人向着清风岭出发了。

事实上,张恩发来到锥子山下,并不是张天一所见到的那样,踏破铁鞋无觅处,得来全不费工夫。他们为找到九师,费尽了心思,最大的功劳,当属王老凿。老爷子派出探子,绕过马兰亭设下的重重哨卡,撒下大网,寻找干儿子的下落。

大海捞针般的寻找中,最有价值的线索是位猎人提供的,猎人到努鲁儿虎山狩猎,打的是野猪,树枝树叶披在身上,伪装得天衣无缝。突然发现沟壑里走着一群扛枪的人,以为是和他抢猎物的,细一瞅,是群衣衫褴褛的兵,走得趔趔趄趄,说话尾音高挑,一股辽西味儿。

这般惨状,十有八九是九师,王老凿急了,许多隘口都有马兰亭修下的暗堡,设下的伏兵,再走下去,就是自投罗网,有去无回了。再不接应上,就晚了,王老凿盘算了一下,最可能的出路,就是锥子山。王老凿让张恩发赶快去,只要能看到人,就不会落入马兰亭的虎口。

下山接头的是刘天柱,两个人蹲在小火炉旁,似乎是攀谈手艺上的事情,低语间,把该说的话都说了。晚上熄炉时,张恩发进了山,两个警卫从不同方向走来,也会合在锥子山中。

黑暗中,叔侄两人相见,只是牢牢地抓住对方的胳膊,居然半晌无语。

小炉匠的担子里,藏着百宝箱,若不是张恩发打开机关,谁也不会发现箱子有夹层,里面挤着二百多发子弹。这些子弹,都是张恩发修复了弹壳的铜屁股,重新装药制成的,与新子弹同样好用。

有了子弹,就敢打仗了,张天一按照妻子的叮嘱,还有朱监军、宋司令的作战计划,把会师的地点选在了六家子警察署,拿马兰亭的人头祭旗。汉奸之害,甚于日军的占领,没有汉奸相助,日本人将会寸步难行。除掉一个汉奸,就会洗净一片天空。

白色的鸽子,飞行在夜的天空,警卫放飞了信鸽,带走了张天一的亲笔信。

奇袭没有丝毫的神奇之处,大白天进行的,亮山一行扛着义勇军的旗帜,吸引出了隐藏的警察,六家子警察署里的人都跑去增援了,马兰亭身边没剩下几个人,陈小娴挺着大肚子推门进来时,马兰亭当即就傻了,忘了掏枪。

追击亮山的警察,反倒落入了王老凿的包围圈,看到马兰亭被五花大绑地推过来,谁也不再抵抗了,乖乖地缴械投降。

突袭六家子警察署,三路人马没有任何伤亡,活捉了全部警察。

马上在六家子召开公判大会,换了一身新衣服的亮山,一扫一百多天的灰尘,精神抖擞地在主席台上宣布,枪毙马兰亭,就连投降的十几个警察也不放过,一同陪绑。台下的百姓,仅仅百日,便承受不住马兰亭之害,山呼亮山万岁。

马兰亭所有的智慧,都被喊声吓跑了,他失去了求生的计谋,丢了魂般软弱无力。不过,有一个声音始终盘桓在他的脑子里,久久不肯离去,那就是,崔黑子害我。

陈小娴连喊了几声,枪下留人。可惜,台下呼喊之声把她的声音彻底淹没了,她身怀六甲,不可能走快步子,一时间没能拦住亮山的冲动,十几声清脆枪响声过后,十几具尸体一同倒在了墙角下。

那些崔黑子的心腹,就这样成了马兰亭的殉葬品,没人知道他们才是这次成功袭击的功臣。剧烈的胎动让陈小娴弯下了身子,她无力挽救那些无辜的生命,保护好腹中胎儿,成了她的本能。

当天下午,崔黑子就得到了消息,心腹们去卧底,就是为了这一天的里应外合,却被亮山不分好歹地枪毙了。他的牙根都咬疼了,虽说兄弟们的死,换来了平间对他的绝对信任,也让多疑的多田不再怀疑自己,那也比不上兄弟们的命重要。

崔黑子不再顾及会不会和外甥张天一成为死敌,暂且放下和杜三秃子的仇恨,发誓要彻底剿灭亮山,给弟兄们报仇。就在那一天,锦西县的"讨伐队"、保安队和警务局空前地团结,对亮山同仇敌忾。

亮山对此习以为常,和日军直面作战,他打怵了,可他不惧伪政府,更不怕汉奸。汉奸们的报仇,过过嘴瘾而已,真刀真枪地过过招,就该认怂了。

久违了,香炉山,呼吸每一口空气,都是亲的。张崔氏喜极而泣,抓住儿子的手,指头如柴般坚硬,鹰爪般抠入,久久不肯松开,生怕一松手,儿子又飞了。她低泣着说,儿啊,别再打了,咱再也死不起人了。

张天一说,他们是为国捐躯,有一天轮到了儿子,您要坚强。

张崔氏流着泪,捂住了儿子的嘴,她说,天神会保佑你的。

乌骓马"咴咴"地叫着,飞奔过来,用头拱着张天一的怀,鬃毛扫着张天一的脸,不停地打着响鼻。张天一抚摸着马的脸,居然摸湿了手,马也流泪了。

整个香炉山,没有团聚的喜气,都是朝夕相处的工友,一下子没了这么多,谁都难受。他们在默默地忙碌,做着牌位,刻下每一位阵亡者的名字,摆放在山洞里的英灵台前。当然,牌位中也有郑心斋的,那是他们心目中的大英雄,牌位做得比别人的大。

亮山没有停留在香炉山,有人故意把郑心斋的牌位晃在他眼前,明显地把出兵热河的错误归罪于他们的师长了,他承受不了这种无言的谴责,更看不惯大家的白眼。尽管朱监军与宋司令承认义勇军增援热河是他们的决定,却仍然改变不了矿工们的态度,两个人官再大,也是名义上的,对九师没有实质性的控制,听与不听,他俩说的不算。

打仗哪有不死人的,张天一不想让这种情绪蔓延,他大声说,共赴国难,谁也没错,留下来,袭击日军的后方,他们也不可能看着后院起火,这是一场生死搏斗,国破家亡了,牺牲是难免的,要论错,错在日本对我们的侵略,这才是死结,我们没有后退的余地。

亮山不听张天一替他的辩解,带上自己的人,赌气地走了,回到了老烧锅。反正临回家时,打了个胜仗,还从六家子带回了几十名新兵,重整旗鼓,也能挺直腰杆。张天一再三挽留,没有留住。

他有自己的地盘,有自己的势力、自己的老家底,尽管郑心斋已经不在了,他也不想让香炉山的人瞧不起他。

除掉了声名狼藉的汉奸马兰亭,重振了九师的威名,可辽西抗日义勇军进入低谷,是不争的事实,剩下的人马七零八落,再也组织不起有规模的抗日运动,也打不出有规模的胜仗了,未来的日子,生存下来都十分艰难了。朱监军与宋司令承认,辽西抗日义勇军参加热河决战,是战略上的失败,在战术上也是准备不足。此时留在辽西,没有了实际意义,两个人一商量,决定撤回到关内,换一种方式,再寻救国之路。

走热河,道路艰险,战事还未彻底结束,前途未卜;走山海关,哨卡重重,盘问众多,最容易暴露。风险最小的是,到塔山与笔架山之间的西海口,坐渔船走。好在从香炉山到西海口,路途并不很远,况且这条路上,到处都有陈小娴的眼线,渔船的老大和舵手也都知根知底,会全心全意地护送他们。

张天一没有让两人同时走,分散开就意味着分散了风险。他先送走的是朱霁青,四个人分别骑着乌骓马和枣红马,两匹宝马丝毫没觉得人的沉重,像两支利箭,射入黑夜。海岸的渔码头,早有船只张篷等待,朱霁青和他的两名警卫跳下马,登上船,缆绳便解开了。船老大掉转船篷,鼓起风,无须多久,渔船就消失在茫茫大海中。天亮的时候,朱霁青就会立在天津的码头,继续为东北的抗日救亡奔走呼号了。

没过几天,张天一以同样的方式,送走了宋司令。不同的是,宋司令只是自己走了,警卫队全留给了张天一。分别时,他从胸口窝掏出一个薄薄的笔记本,郑重地塞到张天一的手中。那里面装着张天一的护身符,潜伏下来的东北军政人员名单,秘密隐藏下来的作战物资存放地,壮大抗日队伍,这些都是急需之物,以备九师不时之需。宋司令告诉他,本子里有记录,与不同的人接头,带上不同的警卫,人是最好的接头暗号。

毕竟都是东北军出身,两个人惺惺相惜,宋九龄害怕自己一去不复返,就把张天一当成留在东北的灵魂。

回到香炉山,张天一翻到第一页,看到第一个名字时,居然大吃一惊,是原东北讲武堂的教育长王瑞华,那是他的恩师啊,去年还率领一个旅,配合马占山保卫哈尔滨呢,怎么也潜伏下来了?

亮山大意了,他以为,锦西县没有了日军的主力,汉奸们就没有了倚仗,没人敢把他怎么样。马兰亭那么狡猾,不也是束手就擒,都没敢折腾,癞皮狗一般,老老实实地挨了枪子。他忽略了三伙人都在处心积虑地让他死,也忽略了枪毙马兰亭的震慑力远没有他想象的那么大。

事实上,如何算计掉亮山,在九师增援热河的时候,高荣轩就开始了动作,他派人扮成商贩,进了老烧锅村,卖针头线脑,挨户踅摸可策反的人,那些见钱眼开的人,不自觉地被发展成了眼线,只要亮山一露头,消息就能飞出来,立刻大兵压境。

亮山没有察觉到,原本认为铁桶一般的老烧锅村,其实已经钻出了蛀虫。他还误以为乡里乡亲最可靠,自己的老巢最安全。

虽说亮山不怕汉奸,却没放松警惕,从香炉山返回老烧锅,亮山没有选择明晃晃的白天,而是在夜半三更,带上他的人马,蹑手蹑脚进了村,除了几声狗叫,没惊动任何人。即便如此,也没逃过线人的眼睛,那些线人做梦都想发财,盼着一夜之间撂出十几根金条,盯着亮山的家,眼睛都盯蓝了。

盯亮山盯得最紧的是亮山的远房表弟,他家的后门挨着亮山家的前门,他不仅想发财,还想着能有管住全村的地位。狗叫提醒了表弟,他扒着后门缝,亲眼看到亮山进了家门,便急急地出了村。

得到线报,"讨伐队"、保安队和警务局连夜从江家屯出发,指导官平间亲自督阵,统筹指挥三路人马,三个头头一个不少,统领各自部下疾步疾行,天不亮,就把老烧锅村围得水泄不通。

亮山睡得不沉,习惯了睡着了也要睁着一只眼睛,村子里的狗和鹅刚一合唱,他就意识到坏了,狗和鹅的叫声此起彼伏,进村的肯定不止一伙人。他一跃而起,叫醒了自己的人马。

双方一接火,亮山从六家子带回的新兵,就吓尿裤子了,怀里抱着的枪就成了烧火棍,不是胡乱地开枪,就是连枪栓都拉不开。也难怪,没训练几回,还不会打枪呢,怎能上战场?不成累赘就不错了。好在爷儿俩枪法准,剩下的几个一直跟随他们的人也不含糊,哪儿枪口冒火光,哪儿就成了他们的目标。即使新兵都投降了,三路人马攻进来也挺费劲。

打着打着,天就亮了,太阳无情无义地照在老烧锅村,爷儿俩想藏身也藏不住了,包围圈越缩越小。那几个多年跟随他们父子征战的人,打古贺没死,攻义县打锦州阻击塔山,毫发未损,征战热河死里逃生,也算命大之人,可他们从没有想到,在自己家门口居然被人打死了。最后持枪抵抗的,只剩下他们父子了,杜三秃子干脆喊出,活捉亮山,当街枪毙,他咋对待的马兰亭,咱就咋对待他。

枪声同样惊动了香炉山,张天一不可能看着亮山孤军奋战,他们骑着快马,抱着机关枪,前来解围。缺口是从杜三秃子这里打开的,这群土匪出身的亡命徒,其实最怕死,亮山和刘天柱不错时机地从缺口跃出。

亮山的老巢老烧锅村,彻底地被平间占领了,三伙人汇聚在亮山的家,纵火烧了房子。平间现场表彰了亮山的远房表弟,高荣轩拿出了好几根金条奖赏。表弟再也藏不住了,浮出水面,担当起了村保长。那些见钱眼开的人,高荣轩也赏给了几块大洋,还封了村里的甲长。

高荣轩在义勇军九师的大本营里,尝试起了"满洲国"第一个保甲制。

家没了,人背叛了,亮山再也回不去自己的老家了。辽西抗日义勇军第九师第一团,就剩下一个兵了,那就是亮山的儿子刘天柱。

亮山不想躲在香炉山当缩头乌龟,那和死了有啥区别?他只歇了一昼夜,喝了两顿压惊酒,又执意离开,他是师长,不能让下属瞧不起。张天一建议,到王老凿的清风岭休整一段日子,等李树祯有了消息,重新调整九师的人员建制。言外之意,不能让亮山没有了人马。

这番好意,亮山没有笑纳,香炉山都不想待了,怎可能去清风岭?同样是义父,比王老凿低上一头,那还是他亮山吗?

张崔氏扭着小脚,也来劝亮山,儿子孝敬老子,天经地义,香炉山是九师的地盘,当然也是你的地盘,住在自己的家,有啥不妥?亮山谢绝了母子二人的好意,他只是说了句,不舒服。张崔氏一下子想到了嫁到高荣轩家的闺女,张月娥与刘天柱多般配呀,那是天设的一对,硬是让高冠雄给拆散了。

若是没有高荣轩苦苦相逼,刘天柱还不至于想不通,现在,高荣轩公开投敌了,还如此嚣张,张、高两家的婚姻就不应该作数了,他不嫌月娥嫁过人，照样娶她。然而，张家却没有悔婚的意思。待在香炉山，天天瞅着张崔氏，又不能叫丈母娘，他心里也堵得慌，催促着父亲，赶快离开。

下山的时候，亮山回头对张天一说了句，傻小子，别忘了，狡兔三窟呢，你当我真的没处去了？

亮山说得很牛气，事实上，他最后的一窟，不是妄言，真的是个窟。父子俩下了香炉山，沿着布满荆棘的小路，翻山过岭，一直走到了暖池塘。有人发现了他们的背影，急着向平间报告，父子俩却像土行孙一般，遁地而逃，踪影皆无了。

父子俩消失的地方，是一座溶洞，距老烧锅村不算很远。亮山在给自家浇地时，偶然间发现的，水在垄沟里流着流着就没了。后来才找到了洞口，便神不知鬼不觉地掩藏好。这几年，亮山时常往洞里边藏一些武器弹药，还有一些缴获的罐头、煤油和干柴等等，以防不测。

现在，这最后一窟成了父子二人的避难所。至于会不会被人发现，亮山并不担心，溶洞太大了，洞连洞，洞套洞，层出不穷，下到洞里，不小心就会迷失走丢，即使发现有别的洞口，也用不着担心。进入洞来，想找到他们的藏身处，是难于上青天，除非从他们的洞口进入，才能找到他们的足迹。

终于可以安静地躺下，睡上几天安稳觉了，既然到了避难的程度，躲在哪里不是躲，你在你的香炉山登天，我在我的溶洞里入地，等到李树祯回来，九师还是九师，江家屯还是他的天下。

几天之后，亮山的远房表弟，老烧锅村保长家的马丢了，全家上下找了一夜，天亮时在一片庄稼里找到了，马还在啃别人家的庄稼。马找回来了，却发现一家之主保长始终没露面，好像家里丢了马,和他没关系,打到村公所一打听,也没见到人影。

后来,从江家屯传来消息,保长的人头血淋淋地挂在高荣轩家的门楼上。崔黑子把人头拎回来破案,才发现案发的第一现场就在保长家的院里,顺着血迹,从他们家的柴火垛里翻出保长尸体。再看那匹马,马背上到处沾染着血迹,毫无疑问,杀人者就是骑着保长家的马,去了江家屯东曹田屯,把血淋淋的威胁挂在了高荣轩家门。

毫无疑问,来无踪去无影,如此从容地杀人,非亮山莫属。

老烧锅村的人挠着脑袋,终于挠明白了,亮山虽然很容易地宽容别人,一直做着好汉护三村的事情,从来没有杀人越货,可是,一旦别人出卖他的脑袋,他下手比谁都狠,尤其是和他沾亲带故的人,更何况这个表弟贪图金条,心甘情愿当了汉奸呢。别看日本人得势了,没事儿别在村里多惹事儿,亮山的能耐大着呢。

14

多田的新家安在了葫芦岛港,住进了张学良的别墅,这是日本关东军对他格外的犒赏,也是对他迅速提供后勤保障的最佳嘉奖,第八师团的坦克、装甲车与战车能在热河快速推进,多田功不可没。住进张学良别墅,更具象征意义,承认多田在"满洲国"独一无二的地位。

别墅分前、后两楼,多田住的是前楼,墙基由白色大理石砌成,墙体整体是红色,绿色的拱窗外镶着白边,尖屋顶衬托着绿瓦,既古朴又洋气。楼内有门厅,有空旷的前厅,有敞亮的厨房,有大得可以游泳的浴缸,沿宽阔的楼梯登上二楼,推开阳台的门,露出巨大的晒台和雅致的露天回廊。当然,别墅里还有书房、琴房和十数间卧房。

这么大的别墅,经常只住着两个人,伊兰和她的儿子立秋。

别墅的外边,并不空寂,前门两个卫兵站岗,后楼整整住着一个警卫排,都是日本海军陆战队的精兵。平时他们警卫着军港,同时,也在保护多田家的安全。

此时的多田,并没有陪在伊兰的身旁,而是去了兴城,见县长孙国栋。风起云涌的义勇军在兴城折腾了一年多,渐渐地销声匿迹了,惰性十足而又心灰意懒的孙国栋,反倒成了无为而治的典范,兴城被"满洲国"树立为模范县。孙国栋不以为荣,反以为耻,治下皆顺民,国之悲哀。

大成殿孔子牌位下面,摆着一个藤椅,孙国栋躺在上面,闭目养神,办公桌上凌乱地摆放着些文件。多田进来,礼貌地深鞠一躬,叫了声岳父大人,孙国栋毫无反应。他走到近前,摸一摸办公桌,摸出了一手尘土。

自打配备了日本参事官,县里的事,动不动就是参事官逼着县长做什么,甚至越过县长,擅自处理一些事务,实际是副县长身份的参事官直接替县长下达了指令。孙国栋讨厌越俎代庖,当傀儡的日子,他受够了,反正现在无牵无挂了,他干脆装聋作哑,啥也不管了,任参事官去折腾。

多田故意把脚步声走得很响,孙国栋缓慢地摇了几下蒲扇,示意知道谁来了,闭着眼睛说,自己找凳子吧。那副无所谓的神态,透露着一种无欲无求。现在,他确实可以达到这个境界了,坊间都在传闻,孙县长得到报应,疯儿子溺井而亡,那井深不可测,通着龙王殿呢,龙王把疯子当成了祭品,还有,龙王不仅要走了县长的儿

— 175 —

子,还拐走了县长的夫人。

县长夫人失踪快半年了,说是想疯儿子也想疯了。那时,县城刚刚平安无事,四扇城门不再昼开夜闭了,县长家却出了大事,警务局全体出动,到处找人,却一无所获,连个线索都没有。失去了儿子和妻子的孙县长,从此失去了精气神,脸上长出污垢都不洗,公务员拿着湿毛巾,天天追着他擦脸。

孙国栋却说,我没脸,洗它干吗。

此时,多田俯身到孙国栋的耳旁,小声说,不要以为耍了小计谋,我就识不破,你是我的老丈人,是我的亲人,我不能害你们,不信,我可以劳烦一番金碧辉女士,替你到关内找一找大哥和岳母的下落。

孙国栋睁开眼睛,瞅了下多田,谁不知道,金碧辉有个日本名字,叫川岛芳子,是"满洲国"的第一狠人,多田分明是在敲打他。他索性又闭上了眼睛,反正人为刀俎我为鱼肉,自己的价值已被榨取干净了,还能怎样?儿子回归了国民政府,妻子也投奔了过去,能否平安,不是你多田说了算,吓唬也好,使诈也罢,随你便。

多田拎着板凳,坐在孙国栋的身旁,心平气和地说,关东军兵不血刃,轻松地占领了承德,热河已全境回归满洲,民国政府签订了《塘沽停战协定》,事实上承认了长城是国界线,你想到那边安度晚年,决无可能,我和伊兰,是你下半辈子的唯一依靠。日满共荣的繁华社会,就在眼前,你当年大锦西的城市规划,我替你完成。你在锦西任上,只有一件未尽事宜,我来提醒你,沙锅屯古人类遗址的文物失踪了,千万别说不知情。

孙国栋的眼睛彻底睁开了,多田要找沙锅屯文物,打的什么鬼主意?他深知,那里的彩陶皿、人鱼罐、骨箭镞、石刀石斧与河南仰韶出土的极为相似，文物已经证明了它们同属于仰韶文化，是辽西与中原文化一脉相承的铁证。

毫无疑问，多田完成了从资本到资源的占领，视野开始转移到了历史的抹杀与文化的侵略，文化完了，才他娘的是真的完了，这才是真正的侵略。不待孙国栋发问，多田直截了当地说，考古学家会向全世界宣布，锦西沙锅屯人类六千年前的遗址，又有出土发现，文物证明了辽西是大和民族的发源地，日本人到满洲是回归故里，占领这里是天经地义。

孙国栋说，这是天大的谎言。

多田说，请拿文物证明。

孙国栋沉默了一会儿，才说，瑞典考古学家安特生会证明你的荒谬。

多田说，我们会制造出更多的文物，证明安特生的荒谬，他没有证据进行反驳，到时候，报纸上铺天盖地的反驳论文，作者都将是孙国栋。

孙国栋从藤椅上弹了起来，你怎能捏造历史！

多田不慌不忙地说，历史是什么，历史就是美丽的伊兰，任人打扮，我娶了她，她就是日本媳妇，穿和服，盘云髻，踏木屐，任我装扮，和中国没关系，和满洲也没关系。

孙国栋说，你是有学问的人，怎么如此无耻！

多田说，无耻又能怎样？在日本的文化中，只有失败，没有无耻，岳丈大人，我喜欢听这样的评价。

孙国栋长叹一声，将自己的身体又摔进藤椅，闭目养神，他心里有一定之规，只要文物不落入多田之手，谎言总会被轻易地戳穿。

多田笑了,抚着孙国栋的肩膀说,别急,千万要保养好身体,文物就该埋在地下,藏得多深都不怕,我有时间等。

等不及的是杜三秃子,战争打的就是钢铁,炼钢急需煤炭。辽东抗日义勇军时常把战火烧到抚顺矿区,甚至还蔓延到奉天城,京奉铁路再度中断。锦西炼油所原料告罄,急需南票煤炭。县长王在邦给杜三秃子下了死命令,不惜任何代价,监督煤矿巷道修复,扩充煤炭产能,"清剿"反满抗日势力,赶快把炭矿株式会社的煤运到锦西。

杜三秃子关押过两千多矿工,不给饭吃,不给水喝,逼得大家相互喝尿,饿死了十几个工友,矿工们对他恨之入骨,下矿挖煤,不是磨洋工,就是掺进煤矸石,糊弄鬼子。皮鞭子抽了,大皮鞋踩了,辣椒水灌了,没用,矿工们拿命扛着,就是不出活儿。

没有马兰亭出主意,许多事情,杜三秃子经常想不出辙,比如矿工找出各种理由,消极怠工,他就没咒念了。他的灵丹妙药只有一个,杀人,杀一儆百,杀鸡给猴看,一条人命,能震慑一大片。可惜,多田也下了死命令,矿工就是他的两脚驴,动辄杀人,谁给他挖煤?一个矿工也不能少,谁杀了我的矿工,我就拿谁开刀问斩,悬头示众,还要惩罚"讨伐队"的人,全体下矿挖煤。

日本人要谁的命,仿佛是天经地义,杜三秃子并不在意,他在意的是下矿当黑鬼,矿洞里可不是人待的地方,就是人间地狱,他享受惯了,真的有一天逼进矿洞里,那就是生不如死。情急之下,他突然想到了春岛芳子,立刻向她求援。春岛芳子还算念及旧情,居然说服了军方,派锦西县日本警备队伊藤小队协防南票,帮助杜三秃子监工。

杜三秃子有点扬扬得意了，没有马兰亭，他也想出了借刀杀人的高招，日本宪兵杀几个矿工，和他没关系了，多田的死命令在他身上就失效了。伊藤小队用枪托子当监工，确实立竿见影，打死了几个磨洋工的人，吊在矿坑外，矿工们立刻驴似的干活。

没想到，杜三秃子刚刚借到的护身符，转眼就消失了，伊藤小队耀武扬威没几天，就被九师全歼了。应该说，伊藤之死与六家子警察署被端有直接关系，有几十号人脱离了李树桢，准备回到老家，原本被马兰亭堵在热河，不能动弹，成了蛇嘴里的青蛙，等着被一口口地吞掉呢。马兰亭一死，六家子这道屏障就消失了，这些人马大摇大摆地回到了缸窑岭。

已经成了光杆司令的亮山，立刻起死回生，集合这批人马，和香炉山的人联结在一起，再度袭扰南票矿区。

伊藤犯了古贺的错误，小瞧了"流寇"，认为只要穷追不舍，便能"清剿"干净。追击到热河地界的朝阳羊山，陷入亮山与王老凿共同设下的埋伏圈，周边村落数百名"刁民"也来助阵，伊藤少尉等二十余人战力不支，喋血阵前。

南票矿工们立刻挺起了腰杆子，不再怕杜三秃子找麻烦，九师又回来了，打死了伊藤小队长，下个目标就是杜三秃子了，亮山最不容兄弟背叛。

杜三秃子黔驴技穷了，追到多田葫芦岛港的别墅，站在门外，可怜巴巴地望着不肯让进去的多田，那意思是说，我是给你卖命呢，不能看着不管吧。多田真的不管了，他有他的打算，《塘沽协定》彻底否定了抗日义勇军的合法性，失去国家的散兵游勇，就是没头的苍蝇，不必太在意，更何况，腾出手来的关东军，剿灭残匪，还不是风卷残云？

多田愁的是人，是一大批廉价的劳动力，惹恼了矿工，谁给他出煤？他是株式会社的董事长，他要是直接介入与矿工的冲突中，矿山就真的瘫痪了，他尽量躲在背后，先把杜三秃子推到火上烤，再让县长背黑锅。实在没人，让杜三秃子当矿长，也是未尝不可。不过，那该是县长王在邦对杜三秃子的惩罚，无须他张嘴。他只是提醒杜三秃子，矿山的祸根不在矿工，而在亮山，除了"剿匪"，你别无选择。

杜三秃子听明白了，多田没有计较产煤的多少，只是计较不能伤害他的矿工，打了个立正，敬了一个不规范的军礼，离开了别墅，又去找春岛芳子，这一次还是借兵，理由是替伊藤报仇，全歼亮山残部。

这也是长城会战后，关东军急于做的事情，杜三秃子如愿以偿。

得胜归来的关东军，重新驻扎进了江家屯，这支联队本该回奉天大本营休整，却奉命停留下来，协助"剿匪"。杜三秃子欢喜得手舞足蹈，他有了底气，亮山这次是插翅难飞了。"清剿"义勇军的"大扫荡"开始了，关东军后方坐镇，"讨伐队"、保安队、警务局全员出动，从江家屯到南票矿区，拉网似的搜捕。所有的人家都要过一遍筛子，家中的男人，说不清来龙去脉，当场抓走。所有的路口都有人设卡，哪怕是只蚂蚁过去，都要数清几条腿。然而，亮山如同人间蒸发，一点痕迹都没有。

有人推测，亮山准是藏在香炉山，那是义勇军最后的老巢，杜三秃子向关东军建议，重炮轰山，强攻猛打。高荣轩与崔黑子一致反对，一发炮弹价值千金，剿灭几个顽匪，杀鸡用上了宰牛刀，不值得,炮弹应该留给正面战场。

否决动用重炮的,最终还是多田。多田的理由不是炮弹的珍贵,帝国有强大的军工生产能力,即使一发炮弹只消灭一个敌人,也是物有所值。他担忧的是香炉山上远古时期的岩画,重炮之下,肯定是玉石俱焚,那就得不偿失了。

杜三秃子献出盘踞数十年的香炉山时,多田曾上山走过一遭,不是接受杜三秃子的投诚,而是欣赏悬崖上的岩画。那些岩画,没有一幅是农耕的画面,全是远古人类的渔猎场景,这说明了香炉山远古人类根本不是农耕文明,这是辽西大地不属于中原文化的铁证,更是帝国立足于满洲的理由。

如此重要的文物,就是搬不走的铁证,足可以论证满洲不属于华夏,堪称国宝,相比于几个不足为患的蟊贼和流寇,孰轻孰重?

杜三秃子最终放弃攻山的欲望,不是因为多田的反对,而是得到可靠线报,打伊藤时,亮山扭伤了腰,重得不会动弹了,没爬香炉山,也没去缸窑岭,由他儿子刘天柱背着,向着老烧锅村的方向,继续南行,最后消失在暖池塘。

亮山藏身范围就这样被确定下来,数百人,不分昼夜,在暖池塘一带地毯式搜捕,连续找了一个多月,鸡窝鸭舍耗子洞都翻了,老烧锅村石过刺刀草过火,就连亮山被焚毁的老宅,也被挖地三尺,也没找出蛛丝马迹。

杜三秃子蒙了,他对这一带地形了如指掌,搜捕密如蛛网,细致得如同过篦子,就差把天上的鸟儿也抓下来,过滤一遍,明知鱼在网中、鸟在笼中,怎么就没了呢?他百思不得其解。

此时,亮山在溶洞里足足躺了一个月,眼睛敏感得像猫头鹰,只要有一丝光亮透进来,他就能把周边的一切看清。溶洞与世隔绝了,分隔出另一个世界,任凭上面如何折腾,它依然沉浸在自己的世界里。水滴落下,滴答作响,声音空旷,石笋在不声不响地成长,石头在不知不觉中溶化,溶洞在不动声色地扩张。重重叠叠的溶洞底部,有水的轰鸣声传出,地下河冲动地撞击岩石,不甘心在黑暗中流淌,百转千回,寻找光明。倒是泥鳅和鲇鱼很安心,不游不动,随波逐流。洞中的岩石很滑,刘天柱不小心踩落一块浮石,惊天的响动经久不衰地回荡。

溶洞里阴冷潮湿的环境,加重了亮山的病情,他的腰疼病越来越重,重得不能翻身了,若不是儿子勤着按摩,恐怕早就生出了褥疮。老鼠还会出去透口气呢,蹲监狱也没有这么苦,叱咤风云的亮山在里面憋了这么久,怎能受得了?

溶洞的最顶部,有道山体裂缝,每天都会有一孔光线渗透进来,虽说细如针鼻,对于洞里的亮山来说,那也是一轮太阳。他身旁有个小石子,一旦看到那个亮点,他就会在岩石上画出个道道,他清楚地记得,岩石上的画痕已经三十六道了。

再不出去,该憋疯了,亮山倒是渴望杜三秃子能找到他,腰不能动了,却不妨碍胳膊,端枪瞄准,不成问题。洞里如此黑暗,只要杜三秃子拿着火把进来,就是硕大的目标,准能一枪击毙,除掉这个人神共愤的坏东西,他可以坦然地任人宰割。

只要是人,还有一口气,真的无法与世隔绝,哪怕面临危险。每隔十天八天,夜深人静时,刘天柱总会择机出去侦察一番,顺便从地里拔几个萝卜,背几棵白菜,掰几穗苞米,捎带着弄些干柴、蒲草。

刘天柱已经做起了过冬的准备。

可是，关东军却不想在江家屯过冬，辽东的反满抗日烽火愈演愈烈，关东军的一位少将都被打死了，又冒出了扛着镰刀斧头旗帜的南满抗日独立师，急需增加兵力去镇压。日军一撤走，给"大扫荡"撑腰的日本人只剩下了指导官平间了。亮山藏得如此之深，那就是非同寻常的本事，三股力量都怕亮山反扑，纷纷撤离。拉网式"讨伐"只拉出十几个义勇军的追随者，连缸窑岭都没打进去，便草草收场。

刘天柱出来侦察时，已不见搜索的人，明哨暗哨都撤了，香炉山的人明目张胆地寻来找去。张天一惦记义父，派出人来，到处寻找他们父子的下落。刘天柱放心了，折回溶洞，背出了煎熬欲焦的父亲，走向香炉山。

时令已近中秋，沿途树叶稀疏，谷黄草衰，刘天柱背着父亲，从容地走下去。香炉山的人终于发现了亮山父子，想接替背，刘天柱执意不肯，他是在尽孝心，别人怎能替代？

香炉山下，风把枯叶旋在了背风的崖畔，堆积在一起，瑟瑟发抖。山门的岗哨，挺立着几个壮实的小伙子，他们亮开嗓门喊，师长回来了！

声音一道一道传递上去，一直传递到山顶，张天一展开双臂，鸟一般飞驰而下，来接义父。张崔氏扭着小脚，也往山下走，张恩发寸步不离地扶着嫂子。

再次见到亮山，张天一的眼泪扑簌簌地落下来，义父不再是高大威猛，已瘦骨嶙峋了，加上满嘴的胡子，变成了另外一副模样。两个人的手就这样攥在一起，久久不肯松开。亮山虚弱地说，孩子，我要强了一辈子，现在下半身是万箭穿身，这是寒凉入心，活不多久了,九师就交给你了。

张天一说,我们现在是无依无靠,你就是九师的靠山和支柱,你不垮,九师就不倒。

亮山说,你爹活着的时候告诉我,你能直视太阳,当皇上的命,统领个九师算什么。

张天一说,塔山阻击战受伤后,这个本事没了。

亮山烦躁地说,我不想听丧气话,把腰板挺起来。

张天一含着泪,立正站好,依然把躺着的亮山看成是一座山。

不管张天一有多期待,张崔氏有多热情,亮山还是坚持不上山,香炉山的路过于陡峭,无法平稳地走担架,背着行走了这么久,亮山已经疼得淌下了豆粒大的汗。这时候,张天一更怀念精通中医的郑心斋了,郑心斋不死,肯定能治好义父的腰疼病,可他对医学一窍不通,只能望着义父,一筹莫展。

陈小娴的肚子大到快要临盆了,她没办法下山接义父,不时地派人下山询问,得知义父腰病甚重,无法上山,就派人传下话,到山下明性寺找觉知和尚。

觉知和尚只是在消除瘟疫的时候和郑心斋学过中医,对于其他疾病,不能先知先觉,好在庙里不缺书,开过几服祛寒祛风湿的草药,睡过几宿热炕,只是减少了疼痛,亮山依然没有能力翻身坐起来。觉知和尚到处寻医问药,总算在一个牧人那里获得了良方,牧人住蒙古包,睡草地,最易患风湿病,每逢夏天牧场安定时,总是成群结队地到兴城泡含有硫黄的温泉。

亮山决定,深入虎穴,去兴城泡温泉,冒险一试,总比生不如死强。

觉知和尚不想让亮山冒更大的风险,反正亮山是秃顶,没几根头发，很容易剃成光头，就让亮山装扮成和尚。日本人驱逐神父，封锁清真寺，唯独尊崇佛教，主张传戒道场，刀不入寺庙，对僧人总能放过一马。

陈小娴总会有办法弄来各种证件，亮山有了法号，也有了逼真的度牒，揣上了世界佛教学会的证书，成了大德高僧。当然，刘天柱的头发也保不住了，成了一个小沙弥，父子两人乘坐着一辆马车出发了，去兴城的张作霖别墅，那里有口温泉井，有高档的浴池，日本人专用，不会碰到熟悉亮山的人。

离别明性寺时，亮山说了句，谢谢公子。显然，他没有把曹觉知当成和尚。

浴池里云腾雾绕，散发着浓郁的硫黄味，喜欢泡温泉的日本人，拖着通红的身体，"叽叽嘎嘎"地说笑，亮山一句也听不懂，他躲在一隅泡着，让滑腻热辣的温泉水烫开积淤身体里的寒湿。

半个月过去了，没人怀疑亮山的大德高僧的身份，泡在池中，他只是单手打坐，闭目养神，一言不发，和日本人相安无事。温泉泡暖了亮山如冰的体肤，泡走了他身上针一般的刺痛，泡开了他生锈的关节，在儿子的搀扶下，他已经一步步地挪开了脚步，踩着满院的落叶，行走在张作霖别墅的苍松翠柏间。再泡半个月，老天又会恢复一个健步如飞的亮山，届时，他会接着统领九师，再次把日本人赶出锦西。

然而，一个偶然相遇，却改变了一切，粉碎了亮山重燃的梦想，杜三秃子突然出现在浴池，与亮山打了个照面，双方都怔住了。杜三秃子扯破嗓子喊，有匪！浴池里毕竟有人能听得懂汉语，惊愕片刻，立刻围拢过去。

本来,城东五里张作霖别墅的浴池,圈在了日本人的居住区,平时只允许日本人出入,其他人想进来,得在"满洲国"里有特殊身份,或经过特批。杜三秃子听说那里能洗鸳鸯浴,日本娘儿们光着屁股,甩着奶子,随便摸,他便心血来潮,买通了一名日本翻译官,弄来了一张澡票。没想到那只是传闻,里边没有娘儿们,却迎头撞上了亮山,真是踏破铁鞋无觅处,得来全不费工夫,即使亮山剃光了头,瘦成了猴,哪怕破了相,他也能把亮山认到骨头里。

亮山心里咯噔一下子,完了,冤家路窄。他唯一的希冀,儿子别落入魔掌,大喊一声,快跑!

刘天柱的反应倒挺敏捷,一个箭步跳出去,光着屁股跑出浴池。杜三秃子一步不舍,也是光着屁股追出来,瑟瑟秋风中,两个男人赤身裸体,踩着落叶,在大街上追逐。人们立住脚步,莫名其妙地看着两个人。

警笛声四处响起。

刘天柱奔跑的方向不是躲藏,也不是摆脱,而是张作霖别墅外的不远处,那里有他们暂时租住的房屋。他捡起一截木桩,破窗而入,操起了藏在屋里的两支驳壳枪。杜三秃子经验老到,预感到危险,不再追赶,扭头就跑。

果然,刘天柱是端着枪出来的,只是套上一条裤子的工夫,杜三秃子就跑出去了一百多米,羞耻感让刘天柱丧失了击毙杜三秃子的最佳时机。他没有选择逃离,反身折回浴池,有了枪,他就有能力救出父亲。

枪声大作,日本警备队的反应速度出奇地快,立刻与刘天柱接上了火,一场巷战就这样开始了,刘天柱弹不走虚,日本警备队又不想有伤亡,双方就这样僵持着。杜三秃子拎着裤子走出浴池,拿着铁喇叭，倚在墙角对刘天柱喊，大侄子，你跑不出去了，投降吧。

刘天柱一枪打掉了铁喇叭。

看到儿子跑出浴池，亮山一跃而起，一把抓住了温泉水的阀门，快速拧开。进来泡澡的第一天，看到进水的热水管，他就有了最坏的打算，既然冒死来治病，万一被日本人识破，就让温泉水烫死自己。

刹那间，滚烫的温泉水翻滚着，喷涌而出，整个浴室顿时热气腾腾，陷入到蒸笼当中。那些泡温泉的日本人，虽说不是军人，却也服过役，练过武士道，一群人奋不顾身，扑上来，擒拿亮山。喷薄而出的热浪烫疼了他们的身体，滚滚而来的蒸汽灼伤了他们的眼睛，他们不管不顾了，一齐上阵，按倒了亮山，关闭了阀门。

若是身体无伤，趁着这股蒸汽，亮山会像孙悟空那般，借着云雾蹿房越脊地跑掉了，可他现在不行，腰使不上劲儿，身子站不稳，腿也迈不开，瞪着眼睛看自己被人擒获。

手中有枪的刘天柱，心里有了底，平添了无限的勇气，一门心思救父亲，边打边向浴池方向逼近。日本警备队的士兵个个训练有素，极懂战术配合，躲过刘天柱的射击点，匍匐前进，不断缩小包围圈。

刘天柱是在战火中熏出来的，身手敏捷，枪法精准，尽管日军很会隐蔽，只要被他捉住影子，哪怕只有半秒，准能一枪击中，交战中，已有数名日军伤亡。最终，日军调来了机枪，火力压制，逼得刘天柱动弹不得，就在刘天柱的子弹即将耗尽时，数名日军蹿房越脊，从天而降，骤然突击，没等他激烈反抗，就把他活捉了。

就这样，父子俩被押进了兴城县公署的大牢，不过，押解的路上，还算体面，日本人给他们裹上了衣服。

15

活捉打死古贺大佐的"匪首"亮山，成了日本关东军1933年秋天最大的喜讯，司令部高兴的程度不亚于第八师团占领了热河。现在，他们要在抓捕地大造声势，宣扬日本军民活捉"匪首"的英勇，表彰杜清和对帝国的忠心，擢升杜清和为日满"讨伐军"旅长，统领辽西热东一带"剿匪"事宜，"扫荡"残余的义勇军，加强边境管控，防止民国敌对分子越过长城，向"满洲国"渗透。

"讨伐队"的人羡慕不已，称他们的队长真有福，光屁股撅一通，裆下的鸟儿一下子颠上了天，破格当上了旅长，看来真得学会不要脸。杜三秃子骂着他们，去你妈的，你以为亮山是菜鸟啊，不是光着屁股，老子就没命了。

上边下令，亮山余党甚多，免得途中生变，不必押解审判，就地正法，关东军派特使，现场监斩。亮山是锦西人，反满抗日的罪行大多发生在锦西，锦西县军警政要都得亲临现场。县长王在邦，偕同日本指导官平间、保安队长高荣轩、警务局长崔默加等一行人，也去了兴城。

一时间，兴城县公署挤满了各色人等，日本参事官忙碌得有些招架不住了，唯独不见县长孙国栋。此时，孙县长躺在文庙配殿的火炕上，烙着酸疼的腰，叼着紫檀色烟斗，吞云吐雾，躲清静去了。有人把他找出，直接拉到了执行现场。

执行的现场不是法场，在城里的监狱。此时，四座城门突然关闭，监狱外岗哨重重，壁垒森严。大街上也开始戒严，每家每户谁也不许出屋，谁敢在街上走，立刻抓起来，至于是不是反满抗日分子，事后再去甄别。

正法的地点，就在牢房，亮山戴着沉重的脚镣子，还被五花大绑着，他的儿子刘天柱则关在了对面的牢房，父子俩只能隔窗相望。牢房很狭窄，仅能容下关东军的特使、锦西县长王在邦、指导官平间、新任旅长杜清和一名特派的摄影记者，还有预留的行刑者的位置，其他人等，都静候在监狱的院里。

孙国栋被拉进牢房时，里边的人正在议论由谁来持枪执行，杜三秃子从刘天柱的枪口下逃出一命，惊魂未定，不想持枪，再者说，打谁他都不会手软，可他不敢面对亮山，看到亮山的秃脑袋，他就害怕。特使见到孙国栋姗姗来迟，特别生气，直接责问，你是一县之长，如此消极怠慢，是何居心，也想反满抗日吗？

杜三秃子貌似替孙县长求情，趁热打铁地对特使讲，孙国栋当锦西县长时，绞尽脑汁地想剿灭亮山，现在，"匪首"已擒获，正法权就该交给孙县长。

特使觉得在理，反满抗日在锦西，擒获地点在兴城，县长都是孙国栋，执行的权力非他莫属，况且特使也特别喜欢让满洲的官员多沾点儿血，别朝三暮四的。

孙国栋是纯粹的文人，从来不摸枪，让他亲手枪毙人，那是对他的污辱，大小他也是县长啊，任何人都比他有资格当刽子手，他当即拒绝。特使不给孙县长的面子，多少也顾及一下多田的面子吧。王在邦也不赞成，县长当刽子手，此先例一开，没准下一个就轮到他。

既然是多田先生的岳父，那就听一听多田的态度，特使派兴城县公署参事官出去，到狱长办公室，给远在葫芦岛港的多田打长途电话,请示多田,让孙国栋县长亲自动手,枪毙亮山,是否妥当?

不管谁动手,亮山已难逃一死,孙国栋曾经对亮山咬牙切齿,那是在"九一八"之前,现在,他反倒钦佩亮山了,东北军吓跑了,国民政府服软了,还剩下几个人不屈不挠地抗争?真是颠倒的世界,国难当头,绿林反倒成了英雄。等候多田答复的时候,孙国栋提出个不情之请,亮山喜欢喝酒,端一碗老窖,喝上送行。

亮山笑了,笑得很难看,不是他惧怕死亡,他的脸烫伤了,肿成了大冬瓜,起着白亮亮的大水疱,嘴唇也是翻卷着,若不开口说话,真的分不出来是不是亮山。亮山亮开嗓门说,孙县长,太遗憾了,这辈子,咱俩还没分出胜负呢,究竟谁才是真正的锦西县长。

孙国栋说,我输了,敬你这碗酒,就是认输酒。

亮山不让孙国栋扶碗,亮出钳子般的牙齿,叼住碗沿,缓缓地仰起头,一饮而尽,一滴不剩。

多田接电话了,只有四个字,帝国至上。大家都听懂了,只有孙国栋装糊涂。

枪是平间塞到孙国栋的手里的,搂在他身后,手把手地帮他握枪,将枪口直抵在亮山的胸前。枪响了,扣扳机的手指,自然是孙国栋的,平间给了外力,协助丢魂的孙县长完成了规定动作。

血溅了孙国栋一脸,伴随着枪响,对面的牢房里传出刘天柱老虎一般绝望的吼叫。人们纷纷离开牢房,只剩下孙国栋呆呆地面对亮山的尸体,任凭流淌的血浸湿他的双脚。狱警进来了,抬走了亮山,也架走了孙国栋。

有人说,孙县长吓傻了。

那天晚上,文庙大成殿的灯彻夜未熄,值更人进来时,发现孙县长已悬梁自尽,就在孔子的牌位前。

一辆卡车驶出了兴城古城的东门，一车"讨伐队"的人押着刘天柱，返回了锦西县城连山，过了一夜，第二天又押向了老县城江家屯。一路上不断地游街示众，称枪毙了"匪首"亮山，歼灭了义勇军九师的余孽，活捉了亮山的儿子刘天柱，横行半个世纪的锦西匪患彻底结束，王道乐土已经来临，每个百姓都要做安顺守法的良民。

主张把刘天柱押到江家屯游街的是平间，除了威慑亮山余党，更重要的是审出九师的武器藏在了哪儿，潜伏下来的义勇军都有谁，名单在哪儿。严刑拷打是难免的，刘天柱不怕皮肉之苦，打死也不说，蹿倒也不跪，哼一声就是辱父亲一世的英名。他唯一能妥协的，就是不让父亲暴尸荒野，作为交换条件，只要日本人能安葬父亲遗体，他可以交出深藏的武器。

平间答应了刘天柱的要求，提出先见武器后埋人，刘天柱闭紧了眼睛，他不相信魔鬼的承诺，父亲不入土为安，他决不妥协。有枪义勇军就会有可能死灰复燃，平间觉得，亮山不过是具尸体，一堆臭肉而已，权当是垃圾，埋掉了也罢，不再和刘天柱斤斤计较。

刘天柱提出埋葬亮山的要求，不是一埋了之那么简单，即使没人出席葬礼，只有他一个孝子，也要披麻戴孝，走完所有葬礼的程序，还得雇个鼓乐班子，光明正大地出殡，让父亲的灵魂得到安息。

日本人很敬佩亮山，买口柏木棺材盛殓，立在棺材两旁，一同向天放枪，以示敬重。

出殡那天，柏木棺材顺在了大卡车上，鼓乐班子围成一圈，悲悲泣泣地吹了一路。大卡车开到老烧锅村，村里却空无一人，人们都跑到了山上。挖好墓穴，放下棺材，第一抔土刘天柱是用脚踢到棺材盖上的,他被五花大绑着,不能摸锹。埋完坟头,最上边的坟尖,他也是用脚将一块石头滚到顶上。

安葬完父亲,刘天柱跪在地上,给父亲磕了三个响头,磕得额头破裂,满脸流血。

周边的山上突然响起了鞭炮声,一同来埋葬亮山的"讨伐队"的人,以为义勇军又来了,立刻分散警戒。待到看清楚,才知道虚惊一场,原来是四周八乡的人不敢到坟前来祭奠,站在远远的山头,放起二踢脚,让亮山的灵魂走得不寂寞。

老烧锅周边几个村落的人们,不惜忍受将来到来的寒冬,扯下白被衬,充当孝布,在所有的山头上围出了灵堂,遥寄哀思。

刘天柱没有交出枪,早晚都是死,他还惧怕什么,交换的条件不过是他的借口,让父亲入土为安,也算尽孝了,没白活一回。带去取枪的途中,刘天柱故意转到了暖池塘一个被人扒开过的溶洞口。平间没有上当,因为多田曾告诫过他,溶洞深不可测,诡异多变,极易迷路,帝国探险家探明之前,谁也不许冒失地进入。刘天柱是不怀好意,故意把他们引进绝路。

几天后,女儿河畔的刑场,刘天柱面对枪口,满脸微笑,高声呼喊着,老少爷们,二十年后,还是一条好汉,等着我,带着你们一块儿打日本。

又过了几天,刘天柱被安葬在亮山的坟下,谁也没想到,出资埋他的人居然是高荣轩。那是张月娥求的老公爹,杀人不过头点地,还是积点儿阴德吧,日本人都能给亮山冲天鸣枪,忍辱葬父,这样的孝子,不该敬佩吗?

下葬仪式是曹凤仪以道德会的名义操办的,曹校长根本不在乎日本人的反感,为刘天柱作了篇长长的祭文。

日满"讨伐军"杜旅,典型的杂牌军,刚投降的东北军,到处流窜的土匪,走投无路的义勇军,都纳入进来混饭吃。崔黑子嘲笑他们是酒囊饭袋旅,高荣轩说会损伤帝国形象,关东军却不以为然,上兵伐谋,用满洲人抑制满洲人,坐享其成,何乐而不为?这方面,杜三秃子也算是个人才,"讨伐"义勇军,当之无愧的急先锋,统领杀人越货、五毒俱全者,又是他的拿手好戏。这样的人不用,用谁?

当然,关东军不会放纵杜旅,严格看管他们的土匪习气,每个"讨伐大队"里都有一个日军小队,既是"讨伐"的先锋,也是每个大队的实际控制者。关东军授予了杜旅番号,杜三秃子受宠若惊,发誓要斩草除根,上任的第一件事,攻打香炉山,"围剿"清风岭。

香炉山外,大兵压境,有了第一次攻山的梦魇,没人敢领先踏进山门,子弹漫无目标地向山上射去,软弱无力,如同放屁。山依旧稳如泰山,云在山顶上旁若无人地缭绕,像香炷在燃烧,敬天敬神。

山上的洞穴中设立了灵堂,中间悬着亮山穿元帅服的照片,张天一坐在长明灯旁守灵,不时地将烧纸点燃,丢入丧盆,九师剩下不多的弟兄们,分班轮岗,鱼贯而入,祭拜他们的师长。山洞里的英灵台上,刘纯起和郑心斋的名字并列中间,一旁添加了刘天柱的灵牌。

亮山的去世,对张天一又是一次致命的打击,身边的亲人接二连三地慷慨赴死,所依靠的人们渐行渐远,卫国复家的愿望越来越渺茫,何去何从,他心乱如麻。他边祭祀着义父的英灵,边祈祷神灵指引方向。

突然有人来报,王老凿带人从后面上山了,一群人,穿着重孝。

恶魔收走了他的一位义父,天神马上把另一位义父送来了。张天一以为,王老凿是为亮山吊孝来了,忙跑出去迎接,见了面才知道,"讨伐队"破了清风岭,义父是来避难的。

清风岭到处是密林幽谷,九沟十八岔,岔岔可藏人,加上王老凿人脉广博,家族势力盘根错节,本来不该出事情。王老凿堂弟的一个小舅子,跑到杜三秃子那里告了密,领着日满"讨伐队",绕过哨卡,走过捷径,偷袭了清风岭。猝不及防的激战,让王氏家族吃尽了苦头,王家满屋黄金的传言,又让"讨伐队"里的亡命徒争先抢攻。掩护家族撤退的途中,足智多谋的弟弟王老凿面对一个小队的日军,拼命抵抗,直至弹尽战死。另一个会看病的弟弟,藏在秫秸垛里,被日军的刺刀攘死。王老凿家中没来得及牵走的数十头牲畜,悉数被掠,岭上岭下,整个家族的房屋被焚殆尽。

王老凿的阻击,切断了"讨伐队"紧咬不放的追击,王氏家族安全地转移了。

从清风岭到香炉山,涧沟纵横,山高林密,人烟稀少,几段悬崖间的路,险得只有小毛驴和老山羊才敢走,若不是与香炉山常来常往,不是迷路,就是坠崖。即便如此,那也是通向天堂,其他辽西到热东的路,都被"讨伐队"封成了地狱。

王氏家族不是空手来的,青壮年背着家里的粮食,妇女牵着山羊,孩子抱着鸡鹅,一时间增添了香炉山的人间烟火气。

王老凿不顾一路劳累,立刻奔到亮山的灵堂前,跪拜和哭祭。张天一也不顾王老凿和另一位叔叔不是九师的人,也把牌位立到了英灵台上。

香炉山下的聒噪,和骤然刮起的秋风一样,一刻也不停歇,什么"匪首"伏法,什么树倒猢狲散,什么穷途末路,能甩的词都甩出来了,杜三秃子怕别人骂他没文化,特意让肚里有墨水的兵冲山上喊话。倒是劝降的风筝实在些,拖曳着的字幅上写着:安家发财娶媳妇。

劝降也好,恐吓也罢,哪怕最恶毒的辱骂和诅咒,一切随风而走,不在香炉山上留下任何痕迹。山静得像空无一人,除了松涛呼啸,就是惊鸟飞翔。一只苍鹰落在香炉顶上,俯视山下,像是士兵,只待一声令下,箭一般冲下,取敌人的首级。

山上多出了王老凿的家族,人们更有底气了,向张天一请战,替师长报仇,替王家叔叔报仇,下山取了杜三秃子的狗头。王老凿闭上眼睛摇着头,剩下的人都在他的眼里,编不成一个连了,出去打仗,还不是以卵击石。

张天一低着头,一声不吭,过了一会儿,才抬起头,瞅着亮山的遗像,对大家说,师长愿意九师全军覆没吗?你们是在替师长活着,现在我们每一个人,不再是自己,而是一个营、一个团,老妈告诉我,咱们再也死不起人了,还是让山上的石头、草木成为千军万马吧,只要杜三秃子胆敢攻山,就让他死无葬身之地。

山上又恢复了安静,灵堂里,亮山的遗像依然活着般,牛气十足。

叫嚣了这么久,山上毫无动静,刚在清风岭获得大捷,这边却寸步不前,太打脸了,杜三秃子失去了耐心,逼迫一个小队打头阵,进攻山门。那个小队,是刚刚投降的东北军,怕的不是香炉山的险,而是张天一,这个名字早在东北军中如雷贯耳,遇到了不知能否保命,恐惧让他们的膝盖变软。

山门没有设防,你推我搡胆战心惊地迈进去,看不到一个人影。壮着胆子,沿着天梯般的石阶往上爬。直直的一串,正好穿糖葫芦,滚下一溜山石,就能把他们砸得血肉横飞。藏在山洞里的人着急了,要动手。张天一阻止住了,毕竟,他们还没来得及换军服,依然穿着东北军的衣服,只是撕掉了领章和帽徽,他不忍心让他们不明不白地一命归西。

一个铁栅栏突然从崖壁上垂直落下,挡住了去路。他们吓得魂飞魄散,正想着掉头,下边崖缝里的石块纷纷滚下,一排排尖刀从崖壁里猛然钻出,闪着逼人的寒光,堵住了退路。山缝间传出一个巨大而又带有回响的女声:别动,缴枪不杀。

这队人马挺听话,撅着跪着趴着的什么姿势都有,唯一相同的姿势,是举手投降。带有回响的女声继续说,本是同根生,相煎何太急,我们的仇人只是杜三秃子。终于听懂了,对方没有杀心,还是个女的,他们快要跳出嗓子眼儿的心,落了下去。一只大筐突然垂落在栅栏前,女声继续说,把武器装进筐里。他们乖乖地一个传一个,把枪、刺刀、手榴弹统统递过栅栏,送入筐中。

山上不让放枪,不许喧哗,是张崔氏向儿子提出的要求,陈小娴快要临产了,她担心儿媳会吓着,山上无医无药,难产就麻烦了,也怕生个胆小如鼠的孙子,这仗要打个没头儿,收复家园,靠的是一代接一代的英雄,张家不要孬种。

临产,只是身体不便,并不妨碍陈小娴的判断。这队人马是陈小娴和张天一商量后,故意放进来的,目的是不战而屈人之兵。一向在幕后的张崔氏,为挽救香炉山的危机,让孙子安稳降生,豁出了一切,不管张天一如何劝阻,高低要出去试一次。她对儿子说,有神灵保佑,有天神附体,有你父亲的灵魂相助,十个杜三秃子也伤害不了咱们。

张崔氏穿戴整洁，发髻梳得光溜溜的，在人们的搀扶下，钻出山洞，走向山崖，站在断崖的顶端，挺着胸脯，迎着猎猎秋风，面对山下的日满"讨伐军"，她要凭一己之力，喝退敌兵。

直到这时，人们才想起，这位老妇人是晚清的秀才之女，虽说没进学堂，也是半腹文墨，喊出的声音，如同利箭穿心。那一天，张崔氏足足喊了两个时辰，字字血，声声泪，许多年过后，杜旅的人听说对方是义勇军，还习惯地枪口抬高一寸。

张崔氏先把家底告诉给对方，山上没几个义勇军，也没几条能打响的枪，都是些无家可归的孤儿寡母，手无缚鸡之力，可以放心地攻山。"讨伐军"立刻乱了营，绿豆蝇般嗡嗡地议论起来，刚刚进山的一个小队，无声无息，肯定有去无回了，孤儿寡母能把他们降伏了？

接下来，他们听到的就是张崔氏喊出的，就是那个小队的消息。你们刚刚派上山的人，触怒了山神，被扣留了，要打要骂要杀，山神说了算，我们不管，山神是杜三秃子的老熟人，会不会人神共愤，那是杜三秃子的事儿。杜三秃子做过的坏事，比他的头发还多，罪孽比他一大把的年纪还深，张恩远、亮山哪个不是他过命的兄弟，哪个不是被他出卖的？几十年了，他靠的就是杀人越货，巧取豪夺，劫善掠富，出卖兄弟。古人云，盗亦有道，他啥时讲究过道？你们好好想想，跟着他，就是抱阎王的大腿，你们觉得跟着杜三秃子，能舔上日本人的屁眼儿，不会的，你们的命都将成为杜三秃子巴结日本人的垫脚石。

杜三秃子没有想到，手下的人居然没人站出来，和张崔氏对骂，反倒一个个侧耳倾听，生怕遗漏了他们旅长还有哪些劣迹与罪恶。他被骂急了，让人乱枪打死这个疯婆子，可是大家举枪瞄准，谁也不愿意扣扳机，说距离太远，瞎浪费子弹。

日薄西山时，张崔氏还在喊，想攻山的，上来吧，香炉山上的石头是天雷，草木是烈焰，台阶下处处都是地狱的门口，阎王爷饿了，牛头马面正闲着，阎罗殿的油锅还等着炸人呢。

"讨伐军"的军心，就是这样被张崔氏搅乱了。

那队缴械的人马，抱头蹲在逼仄的石阶，像待宰的羔羊，一动不动，生怕瞬间天塌地陷，胆小的吓得尿了裤子，胆大的张望着，四处寻找人影，哀求道，张大英雄，看在都是东北军的面子上，饶兄弟们一命，要不，我们都上山入伙？

九师再缺人，也不需要叛来叛去的人，香炉山地道里的秘密，只能把控在自己人手中。张天一不想让他们留在山上，撤下拦路的尖刀，让他们快滚。有人怕杜三秃子秋后算账，不敢回去，再次提出，留在山上，投奔九师。

山缝间又传出女人的声音，以山上本无兵为由，拒绝了他们的请求。

一队人出了山门，抱头鼠窜奔跑起来，生怕背后有人开枪。杜三秃子被个妇人骂得颜面尽失，派上山去的一个小队，居然一枪未发，集体缴械，真是让人气炸肺，他恼羞成怒，瞬间回归本性，不容分说，一枪打死了刚刚被任命的小队长。

枪响之后，所有人都怔住了，脚步立定不会动了，杜三秃子也怔了下，突然意识到，错了，匪性不改，动辄杀人，这不是不打自招吗？刚才疯婆子就是这样骂的，转眼间就让人眼见为实了。人死不能复生，后悔也没用，杜三秃子只能用厚葬安抚部下，用重金抚恤家属。

枪毙的后果直接显现，没有人再去攻山，刀架在脖子上也不去，哪怕香炉山上真的只剩下孤儿寡母，理由是地形不熟，要攻也要旅长从香炉山上带下来的人打头阵。香炉山不再是从前的香炉山，张天一怎么构建的防御体系，他是一无所知，跟随自己多年的铁杆兄弟，也是两眼一抹黑，贸然上山，吉凶未卜，杜三秃子怎会舍得嫡系，真的折了，他就没抓挠了。

没人冲锋陷阵，"讨伐军"又回到了围而不攻的原点。

攻下香炉山，杜三秃子已迫不及待，张天一不死，他睡不着觉，总觉得脖梗子凉丝丝，好不容易将张天一堵在山上，千万不能放跑了。这小子下山如虎，上山如猴，比亮山还可怕，弄不好哪天，自己和马兰亭一样，咋丢的命都不知道。

可是，手下人不给他做主，没人敢冲锋陷阵，攻山陷入僵局。全歼九师，只差香炉山了，杜三秃子决不放弃，趁着义勇军新败，亮山刚死，不让张天一喘息，一鼓作气。

下了严防死守的命令后，杜三秃子悄悄地去了锦州，求春岛芳子疏通关东军司令部，调配来重炮联队，不消一日，可将辽西热东匪患斩草除根。关东军司令部直接拒绝，还警告春岛芳子，多田的文化情报多次提及香炉山岩画，必须完整地保留，"剿匪"只能智取，不许强攻。

锦州之行，无果而终，还被训诫了一顿。

杜三秃子知道，症结都在多田，他寻踪而至，追到兴城古城里的文庙。大门外站岗的日本宪兵，知道"讨伐军"的杜旅长还统领着关东军的兵，给足了面子，撤向第二道门。杜三秃子理直气壮地走进一进院，拍响了棂星门。

此时,多田正在大成殿旁的东厢房,给孙国栋守灵。吊死鬼的遗容是可憎的,儒雅的孙国栋也不例外,多田抚回岳父凸出的眼睛,按回吐出来的紫黑色的舌头,努力地恢复岳父生前的尊严。妻子伊兰又怀孕了,这次可是他多田的孩子,他不想让伊兰见到父亲吓着。

当遗容恢复到生前状态时,多田突然发现,孙国栋的脸是那样淡定与坦然,显然是从容赴死,仔细看着嘴角,似乎还有一种嘲笑,仿佛对多田说,休想再利用我了,休想得到沙锅屯文化遗址里的文物。

遗体已隐藏七天了,每天都需要换冰块,维系着不腐,东厢房变得地狱一般阴森。

孙国栋自缢身亡,兴城县公署参事官第一时间打来了电话,多田捏着电话,手都捏出了汗,他敏锐地意识到,这是"满洲国"的丑闻,县长不忍羞辱,含愤自杀,会引起舆论哗然,有辱大日本帝国形象,必须封锁消息。

多田后悔不迭,如此极端而又决绝地了断自己,不该是孙国栋的性格,完全出乎他的意料,"日满亲善"的楷模,被自己的疏忽给摧毁了,比在战场上被打败了还要痛心不已。征服土地,一次闪电战便可大功告成,征服人心,却是漫长的过程,要有耐心,要滴水穿石,暴戾只会增加对抗。

他一味地把岳父当成工具,忘了怀柔,忘了岳父也是个有血有肉有情感的人。搭建一个伪政权容易,构建一个以战养战的庞大工业体系,需要无数的人充当螺丝钉,人是最大的资源,不能轻易浪费,战争攻心为上,他必须替帝国笼络人心,消弭不必要的抵抗。

枪决亮山的第二天早上,兴城县公署突然关闭,日本宪兵队全员接管,夹着公文包的职员们守着文庙的大门,无所适从。县公署参事官用半生不熟的汉语告诉大家,借圣贤之地办公,有辱斯文,公署迁至东街,放假一天。

那一天,职员们突然感到,不再是奴仆,办公桌椅都是日本宪兵搬挪,等到新址上班时,突然换了新县长,言称孙县长奉诏赴"新京",皇帝另有任用。自然,发现孙县长遗体的值更人,也失踪了,至于去了哪儿,谁也不知道。

秘密就这样保守下来。

杜三秃子自然不知其中的奥秘,贸然地拍响了棂星门。门是木门,再严也有缝隙,多田看到杜三秃子站在棂星门的正中,肆无忌惮地敲门,从不高声说话的他,突然炸雷般吼道,没了王法,跪下!

杜三秃子不知错在了哪儿,茫然片刻,身子被闪电击中般,不由自主地软下,老老实实地跪在门外。一跪就是三个时辰,从日上三竿到晌午歪,午饭都没吃,一旦跪得偷懒,多田还在里边严厉地提醒,跪直了。

跪了这么久,杜三秃子的膝盖都青了,那些耀武扬威的随从都站乏了,出了狭窄的一进院,窝在院门外的照壁下,晒阳去了。有兵守在文庙外,人们纷纷绕道而行,恐怕惹到是非。偏偏有个讨饭的,渐渐地看出了门道,居然虎口拔牙,对他们说,老总,给我一块大洋,我告诉你们,里边的大老爷为啥不让你们的长官进。

杜三秃子这辈子都是向别人手心向上,叫花子向他伸手他也不舒服,可是,他已经跪得筋短身疲,骨肉酸麻,连发火的力气都被磨光了,巴不得立刻站起来,只好摆摆手,应了讨饭的。

讨饭的捏着大洋,吹了下,在耳边听响,辨别出是真的,才走过来,告诉杜三秃子,敲旁边的月亮门,棂星门的中间,只能过状元,两旁勉强过举人,这门打修建起,五百年了,中间从来没打开过,皇上也不行,已经钉死了。

杜三秃子恍然大悟,原来敲错了门,日本人也尊孔,难怪多田责罚。揉着跪破了的膝盖,移到一旁,敲响月亮门的时候,多田才款款到来,隔着门说,我知道找我何事,不必开口了,死了那份心吧。杜三秃子急切地说,"剿匪"的最后胜利,就差这一点点了。

多田说,穷寇莫追,见好就收吧,荡平清风岭,击毙两"匪首","讨伐军"已经大获全胜了,没必要斩尽杀绝,我替你向关东军司令部请功。

杜三秃子说,多田太君,我是替您着想啊,香炉山不剿清,迟早到南票鼓动矿工闹事儿。

多田说,撤吧,我自有安排。

撤离香炉山,杜三秃子百般留恋,万般无奈,毕竟是他的老巢,他曾经的洞天福地,再次拱手相让,心有不甘。可是,在关东军司令部,多田的话比溥仪还好使,小胳膊拧不过大腿,膝盖的瘀青白跪了,他只得讪讪而去。

如鲠在喉的是,杜三秃子还破了一笔财,派人顺着天梯爬上香炉山,半途中和看不见的人谈判,奉上了白花花的大洋,才换回被缴械的枪支。日本人准备在锦州搞个仪式,庆祝他们大获全胜,满街都是眼睛,一个小队两手空空,难掩打败仗的痕迹,天下哪有丢盔卸甲的凯旋?再心疼也得赎枪,既能挽回面子,也免得日本人问责。

至于被枪毙的小队长,他直接报了浴血阵亡,换取了大笔抚恤。

第五章 找 红 军

16

一辆黑色卧车沿着破破烂烂的路，颠颠簸簸开过来，停到香炉山下。此时，杜三秃子的人马已经撤走，背影顺着女儿河畔越爬越远，远成了蚂蚁。司机殷勤地打开车门，下来个女人，身穿黑色长绒衣，头戴黑色镶白边的小礼帽，脖子扎着雪白的丝巾，手拎咖色提包。

女人雍容华贵，步履迟缓，一步三抬头，缓慢地迈向山门。

正午的阳光直率地流淌，柔和而又温暖，洒在女人脸上，映出了清癯与白净。张天一从瞭望孔中清楚地看到，这张脸，没了天真，少了清纯，缺了饱满，也失去了灿烂，倒是增添了几分成熟、几分安定，还有几分无法掩饰的憔悴与忧伤。

这个身影，张天一熟悉极了，刻骨铭心地留在脑子里，哪怕再过一百年，他也不会忘记。此刻，他的心狂跳起来，无论如何也想不到，让他昼思夜想寝食难安的伊兰，正在一步步地向他走来。无数个日夜，他为伊兰抓心挠肝，多少次冲动，只为救出伊兰，几次冒险，都想挽回失之交臂之痛。可她却被日本人重重包裹着，看上一眼,比登天还难。

他绝望了,放下了念想,不再贪图幻想。

不是因为娶了陈小娴,伊兰在张天一心目中的位置挤没了,也不是因为岁月磨掉了相思之苦。血战长城,国民政府损失惨重,打怕了,休战协议交出了东北,出卖了义勇军。九师成了流浪的孩子,孤悬关外,深陷绝境,张天一急切地寻找出路。只剩下香炉山这些星星之火,他在收缩战线,留守精英,储备物资,努力地维持着九师的存在。他已身心疲惫,没有精力去想伊兰,更没有撕碎敌人的堡垒,把伊兰接回身边的奢望了。

可是,他万万没有想到,伊兰居然从天而降,自己送上门来,真是喜出望外。

然而,伊兰此行没有喜,只有悲戚,她背着重如冰山的负担,再旺的火,也燃烧不出她的激情。这趟香炉山之旅,她带着多田的使命,貌似关东军可以放过香炉山一马,实则是为稳住南票矿工,让更多的煤拉进锦西炼油所。多田之所以敢放出伊兰,让伊兰充当他的特使,那是因为他攥住了伊兰的命根子,就是立秋。

娶伊兰时,多田承诺,不追问也不计较谁是孩子他爸,只在乎孩子姓多田。立秋出生没多久,不经意间,多田一次脱口而出的试探,便闪电般击中伊兰。多田出其不意地说出张天一的名字,伊兰的眼光迅速地躲闪了一下,下意识地抱紧了孩子,就是这么个轻微的动作,把她的内心全出卖了。好在多田城府很深,仿佛什么也没发生,不揭伊兰的伤疤,视孩子如己出,倾听立秋奶声奶气叫他爸爸。

出发前,多田将立秋周岁的照片洗了好几张,塞进伊兰的手提包中,那几张照片,棱角分明地印出了张天一的影子。送伊兰上车时，又重重地叮嘱几句，只要相安无事，我会好好照顾多田立秋的。

伊兰听得懂弦外音，闭上了眼睛，等到睁开时，车已经启动，窗外深秋的葫芦岛港，海水碧蓝如洗，可再深的海，也洗不净她的忧伤，她的眼泪再也抑制不住，滂沱而下，为绝命的父亲，为危在旦夕的张天一，也为没有了祖国的自己。

泪水淌进了嘴里，她感到了和海水一样的苦涩与腥咸。

整座香炉山上的人，无人懂得伊兰内心的苦楚，除了张天一，没人对伊兰有好感，更没人表示出热情，汉奸县长的女儿，日本大特务的老婆，此时舍身上山，不是探子，还能是啥？不能让她多走一步，多看一眼，尤其是台阶上的机关陷阱，悬崖上暗藏的滚石，还有山上一条条地道出入口，这是他们安身立命的本钱，不能让外人摸到底细。

张天一张开双臂，像欢快的小鹿生出了翅膀，轻盈地从山上飞驰而下，去接伊兰。

山上最好的居所，就是崖下杜三秃子留下的那三间房子，一明两暗，现在，由张天一全家居住，张天一把伊兰让到了那里。

看到张天一兴奋得像个孩子，陈小娴心里很不舒服，她拿着全部身家性命保护张天一，没见过他对自己如此兴奋过。她的肚子沉重到了举步维艰，一步也不想挪，就坐在堂屋等着，看一看那个让丈夫神魂颠倒的女人究竟长成什么样子。张崔氏也陪着不走，防范儿子做出对不起儿媳的事情。

伊兰走进堂屋，两个女人眼睛对视的瞬间，一下子碰撞出了嫉妒的火花。这道火花，利箭般刺穿了陈小娴原有的安静与包容，难怪丈夫为这个女人魂不守舍，哪怕伊兰成了朵枯萎的花，也比自己娇艳。这道火花,也刺痛了陈小娴肚子里的孩子,一阵猛烈的撕扯与痉挛,她疼得抑制不住地大叫起来。

毫无疑问,陈小娴临盆了,孩子迫不及待地要闯进这个世界,搅进他们之间的情感纠葛中,打碎了张天一刚刚对伊兰燃起的激情,他的精力不由自主地转移回来,全心全意地照顾陈小娴,自然冷淡了伊兰。人们七手八脚地把陈小娴抬到炕上,忙碌起了接生。

孩子不是顺产,野蛮地横冲直撞,陈小娴咬紧牙关,努力地不让自己喊出来,豆粒大的汗顺着额头淌了出来。她攥着张天一的手,抠出了血,可她的努力没有用,孩子还在肚子里当孙悟空。

张崔氏虽然生过孩子,却没见过要横着生下来的孩子,一时间没有了主张。张恩发飞也似的跑下山,到周边的村子找接生婆,张家人稀,可不能出了意外。客居在香炉山上王老凿家的女人们也动了起来,抱柴烧水暖炕洗毛巾,围着陈小娴团团转。

袖手旁观的,只剩下冷落在一旁的伊兰。

难产折磨得陈小娴死去活来,张天一没咒念了,本事再大,哪怕天也能捅个窟窿,却不能替女人生孩子。母亲嫌他在女人间挤来挤去,撵他出去,女人生孩子,男人守着有什么用。他帮不上任何忙,急得在屋里屋外踱来踱去。

伊兰平静地坐着,眼光始终跟随着张天一的脚步,来回移动。下山迎她时,张天一是那样地热切,那样地充满激情,快活得像匹小公马,温暖得几乎要融化掉她心里的冰山,她已经心潮澎湃,等待着张天一把她揽进怀抱,她就用泪水冲刷掉所有的阴郁和委屈。

面对妻子临产,转瞬间张天一马上转换了角色,再也不用如炬的目光看她,注意力都转移到了妻子身上。伊兰心里哀叹一声,爱能怎样?心生妒意,又能如何?父母指定的婚姻是曹觉知,好像是天经地义,可是天地为媒,把她的童贞送给了一生最爱的张天一,然而命运弄人,她最终却成了多田夫人。

心爱的人已经成家,妻子的资格不再属于她,即使她把自己融化进张天一的怀抱,也无法成为夫妻。然而,苍天做证,她的贞操属于张天一,那一夜晚泪雨滂沱的交融,是她一生的永恒,立秋就是他们永恒瞬间的结果,没人能够把她的魂儿从张天一的身上揭走。

现在,她的生命支点完全倾斜到了立秋身上。一年前,她生立秋时,也是饱经折磨,一度想过一死了之,好在她突然发现了窗外飘荡的风筝,风筝上的画面,只有她能懂。真是心有灵犀,关键时刻,飞来了遥远的暗示,那一刻,她好像抓到了救命的稻草,仿佛把张天一抓到了身边,爱让她产生了难以想象的爆发力,立秋呱呱坠地。

眼下这名叫陈小娴的女人,比她幸运了不知多少倍,起码,她有丈夫的守候,为她担忧,为她鼓劲。

女人们忙手忙脚,其实都在瞎忙,不知道如何正确地摆弄陈小娴的体位,助产的方式也是七嘴八舌,各行其是,不知谁对谁错。有那么一刻,张天一突然停止了踱步,眼光落在伊兰的脸上。

伊兰盯着张天一的眼睛说,让我试试吧。

张天一一把抓住伊兰的手,紧紧地,把所有的信任都传递了过去,他说,都啥时候了,还客气。

接生的女人们,大多目不识丁,只有伊兰读成了满腹经纶,她之所以敢试,那是她熟读过产科的书籍,又经历过生产的艰辛,她能找出难产的原因。她可以嫉妒张天一的妻子,却不妨碍她珍惜生命,尤其孩子,那是张天一的骨血,也是立秋的亲弟弟呀。

伊兰赤裸着胳膊接生时，女人们屏着呼吸都瞅着她。此时，陈小娴的羊水已破，再不生出来，孩子、大人都会有生命危险。她揉着陈小娴的肚子，摸准了孩子的位置，不断地用外力纠正孩子的胎位，慢慢地将孩子的头理顺到产道。接下来，她唤来张天一，把陈小娴的手塞进张天一的手中，丈夫的信任和支撑会给产妇带来意想不到的力量，其他的女人，抱腰的抱腰、劈腿的劈腿，配合着陈小娴一同用力。

到底是知识的力量，伊兰的手法恰如其分地降伏了孩子的横冲直撞，一个小脑袋奋力拱开生命之门，孩子终于生出来了，是个男孩。张崔氏拎起孩子的小腿，拍了下孩子的后背，响亮的哭声响彻在香炉山上。

此时，张恩发正领着接生婆急急地往山上走，他找出了十几里，走到了缸窑岭，才从李树祯家的亲戚中找到这个不怕掉脑袋，敢上香炉山的接生婆。孩子的哭声，证明他找得太久，来得太晚了，接生婆没有了用武之地。尽管如此，他还是按事先讲好的约定，赏赐了两块大洋，客客气气地把接生婆送下山。香炉山和其他村子一样，也有人间冷暖，也食人间烟火，与过去的土匪窝子有天壤之别。

接生过后，伊兰紧绷着的弦松下来，看到浊水和血污，再也抑制不住妊娠反应，跑出去呕吐。陈小娴生孩子，本来很干净，正常人不可能恶心，用不着解释，女人们都明白，刚上山来的日本太太伊兰，也怀孕了，这样大幅度地给陈小娴接生，是冒着流产的危险。

女人们对伊兰的敌意缓解了，不像防贼一样防着伊兰，伊兰也识趣，只停留在这幢房子前，决不多走一步。

幸福洋溢在张崔氏的脸上，她当奶奶了，幸福也洋溢在张天一的脸上,他当爸爸了。痛苦却藏在伊兰的心里,泪水随着她的呕吐一同发泄出去,你们哪里知道,早在一年之前,你们已经就是奶奶和爸爸了。

一番折腾过后,香炉山回归了平静,陈小娴度过了生产的疲劳和疼痛,幸福地搂着孩子,婴儿吃上了母亲的奶水,不再哭泣。

重新回到会客的堂屋,伊兰再次端庄地坐下,这就是伊兰和陈小娴的区别,无论身处何境,伊兰总会像朵高贵的荷花,惹人眼目。而陈小娴呢,安静得像无人注视的米兰,暗香只是留给他一个人嗅。

张天一也平静地坐在了八仙桌旁,两个人隔桌而坐,距离让两个人之间突然冒出了陌生感。伊兰不想再瞒着了,掏出立秋的照片,推了过去,问道,两个孩子像不像?

张天一疑惑地瞅着伊兰,愣住了。

伊兰继续说,仔细看好,牢牢记住,这也是你的儿子,名叫张立秋,是我看着你放的风筝生的,出生地在兴城文庙。

张天一瞪大眼睛,张开的嘴无法合拢了,南票之夜,是他们对生命的第一次初探,那是苦楚与撕裂的爱,疼痛与挣扎的交融,他们在绝望中探索安慰,在寻找中获取温暖。他从未想过,只有那么急风暴雨的一次,就结下了果实。他深深地误会了伊兰,也错怪了伊兰,根本不知道走投无路的伊兰,是用婚姻保护他们的孩子,是用牺牲延续所爱之人的血脉。

他跳了过去,一把抓住伊兰的手,迫切地说,别走了,咱们在山上一起生活。

伊兰推开了张天一的手,她说,我们谁也不能摆脱为别人活着,你为心目中的国,我为咱们的孩子,他现在被叫成了多田立秋了,我不回去,他必死无疑。

张天一摇着头说,既然如此,你何必来找我。

伊兰说,我们都需要活着。

沉默,依然是沉默,沉默得香炉山都老了。许久许久,伊兰问道,孩子起名了吗?

张天一说,没有。

伊兰说,我给起个名字吧,叫张寒露,和立秋一样,应节气。

张天一很冷地回敬一句,日本的节气吧。

伊兰拧紧了眉头,下嘴唇快被她咬出血来,这种语气,她听得懂,那是对嫁给多田的愤恨,她嫁给阿猫阿狗,张天一也许不会如此地仇视,那是怨她不该嫁给日本人。她紧盯着张天一的眼睛,并不解释嫁给多田的原因,一字一板地说,是中原的节气,也是中国的节气,不是"满洲国"的,节气的背后是气节,你能懂。

张天一后悔了,不该惹伊兰生气了,毕竟,她刚刚救下了陈小娴母子两条性命,自己都娶妻生子了,哪有资格计较伊兰嫁了人。他哀叹一声,点头应了,就算是国家的命吧,寒露到了,天会越来越冷,我们夫妻过的是刀尖上舔血的日子,一旦寒露成了孤儿,烦请你照顾。

伊兰说,我们都是孤儿,都是找不到祖国的孩子,承受寒冷的不仅仅是你,是我们。说着,她泪如雨下,今天,寒露降生了,我替你高兴,可就在昨天,我送走了身边唯一的亲人,我的爸爸。

张天一看到,伊兰说亲人的时候,泪眼望着自己,那是一种期待,也是一种无奈。他把自己的手攥得嘎巴嘎巴响,声音低沉地接下一句,亲人还有我和我们的儿子。

伊兰说，可谁能替代爸爸呢？你就不想问问，我父亲是怎么死的，你就真的认为他是汉奸，死有余辜吗？

想一想孙国栋生前，以一己之力，追赶日本的神奈川，可谓是殚精竭虑，若是没有"九一八"，锦西就是东北的工业门户，孙国栋的县长当得是完美无瑕。张天一低着头说，死者为大，我在听。

伊兰的哭声再也抑制不住了，突然间爆发了，她说，我没有别的奢望，我只想证明，我爸爸不是汉奸，他不忍羞辱，又没有能力反抗，除了杀死自己，没有别的办法。你是知道的，日本人没来时，父亲最恨亮山，发誓要千刀万剐，可亮山被俘，日本人故意让他沾血时，他最恨的却是自己，他用自尽去忏悔，去赎罪，去抗争。日本人为掩盖真相，不发丧，不公布，假装发来调令，悄悄地把父亲埋了，我想祭奠父亲，都找不到地方。

张天一这才明白，难怪她身穿一身黑衣，一脸的憔悴，她不能为父亲披麻戴孝，只能用黑衣服寄托哀思。他伸出粗大的手，擦拭伊兰的眼泪，节哀顺变，等到打跑了日本人，我会证明，他是个好县长。

伊兰的情绪渐渐平静下来，她的眼睛就这样一直盯着张天一，那是一种不舍，一种留恋，盯得张天一有些发毛。她说，我真的很害怕，不知道哪一天你不能给我爸爸做证明了，这两年，好男儿的头颅掉得太多了，不能再硬打硬拼了，人死绝了，才是真的亡国，答应我，活下来，活到苍天降下机会时，好吗？

虽说伊兰是商量的口气，张天一还是敏锐地嗅出另一种味道。伊兰对自己再好，也回避不了一个事实——多田夫人，肚子的种儿是多田的，到香炉山，坐的是多田派来的车，不为多田而来，那才怪了呢。他只顾高兴了，居然放松了警惕，差一点忘了伊兰的身份。

他忽然关闭了眼帘，拒绝了伊兰的凝视，语气冷淡了下来，说吧，活下来的条件。

伊兰欣赏张天一的聪明，瞬间洞悉别人的内心，只好坦言，南票的矿工别闹事。

张天一冷笑一声，还好意思求人，他霸占了陈家的矿山，奴役着陈家矿工，人在他眼里是两脚牲畜，只顾出煤，不顾死活，还任意杀剐，他们想要活命，想要尊严，奋起反抗，有错吗？

伊兰说，多田承诺了，撤出宪兵管制，释放闹事工头，给足养家糊口工钱，加固巷道安全设施，只要两边相安无事，他默认香炉山的军事存在。

张天一知道，如果答应了，就不会鱼死网破了，香炉山可偏安一隅，换来的日军腾出手来打别人，默认的是南票的煤源源不断地输出，变成各种燃料，成为战争的血液。他拼命地抗日救国，可国在哪里，谁又能救他？他快把牙咬碎了，妥协是他最不想要的结果，然而增援热河，九师几乎损失殆尽，需要在香炉山上休养生息，这是避免玉石俱焚的无奈选择。

他快把牙咬碎了，艰难地吐出两个字，也罢！

送伊兰下山的路，漫长而又短暂，每下一级台阶，都顿挫一下张天一的心，震得他五内俱焚，直到伊兰钻进卧车，他已经泪满衣襟。折回山上，恋恋不舍地望下，夕阳染红了空荡荡的原野，弯弯的女儿河像在淌血，黑色的卧车沿着河畔越驶越远，远得像只移动的乌龟壳。他蹲下来，摸着立秋的照片，失声痛哭。

好在身旁有两座大墓，掩饰了为伊兰、为没见过面的儿子而哭。墓是衣冠冢，为亮山和郑心斋而立。没有了亮山，江湖义士们不会再支撑九师,没有了郑心斋,又缺了凝神聚气的魂儿。

不再会有九师这样纪律严明的义勇军了,张天一再想扩军,也不敢把各股流散的义勇军收编进来。这些散兵游勇,有人原本就是胡子,有人好吃懒做流气十足,义勇军声势浩大时,能筹来充足的钱财粮饷,他们还算安定。义勇军陷入困境,失去了外援,落入低潮,他们靠给地主家下条子,吃大户,甚至入户劫掠维持生计,不给粮草就绑票勒索。他们的名声越来越差,本来是不想让老百姓当亡国奴,老百姓反倒寻求日本人的保护,匪的名声被他们想要拯救的老百姓坐实了。此时,接纳他们,只能坏了九师的名声。

失去了国家承认,断了各方援助,九师该何去何从?张天一迷茫了。

摸一摸兜,张天一摸出了被油纸包裹着的一枚红五星,还有一张中共满洲省委军事委员的证明,那是郑心斋的遗物,他没舍得放入衣冠冢里。他想起了郑心斋放在嘴边的一句话,建立苏维埃政权,政权是合法的,可以光明正大地征粮征税。可是,政权是啥样,他一无所知。郑心斋活着的时候,一心一意想把九师拉进长白山,说那里有红军,是第三十二军,离苏联又近,去了那里就如虎添翼。

他拍了拍郑心斋的坟,嘴里喃喃道,老伙计,也许你是对的,我想去趟长白山,找一找你说的红军,看一看你们的苏维埃。

然而,去长白山,千里迢迢,怎么走,苏维埃到底是怎么一回事儿,他还在懵懵懂懂中,需要一个明白人指点他。不由自主地,张天一想到了曹凤仪,曹校长学问渊博,无事不晓,何不问计于他?

晚上,母亲和叔叔备了酒席,答谢忙碌了半天的人们,王老凿也来贺喜,给小寒露拴个银葫芦,称干爷爷是落难之时,手头紧,欠干孙子一个纯金的。酒至半酣时,王老凿老泪纵横,王家四代人辛苦劳作,赚下偌大家业,被日本人一把火给毁了,清风岭永远是他的家。每个家族都是这样,生生死死地延续着,有生有死,没有了人,就是真的败落了,我们明天就回去,抢在上冻之前,把烧毁的房子重新盖上。

张天一说,我要出趟远门,给九师找条出路,您老人家别走,替我守山。

王老凿说,找啥出路,靠谁都不如靠自己,清风岭和香炉山背靠背,咱们爷儿俩一起取暖,一块儿打小日本。

张天一不再犟嘴,干爹看守的,不过是自己的一亩三分地,没有抗日复国扭转大局的奢望,只好任干爹一醉方休。

第二天一早,香炉山在小寒露的啼哭声中苏醒。怀孕时,陈小娴日夜揪心,担心张天一的安危,孩子出生时,伊兰意外造访,虽说救了母子二人的命,也坏了她的心情,奶水明显地不足。好在张崔氏准备充足,早早地养了一头奶羊,正在灶前熬羊奶,待到凉温了,再喂给孙子。

王老凿一大家族的人已经将家什装到毛驴的背上,又从香炉山上借走了锛刨斧锯,吃完早饭,就要出发,回清风岭伐木造屋。

分手时,张天一重复了一句,咱爷俩背靠背取暖。

王老凿会心地笑了。

17

大雪是在小雪的节气里铺天盖地降下,埋矮了远处的虹螺山,埋窄了弯曲的女儿河,埋掉了香炉山下所有的路。张天一不会相信多田的承诺,就像狼要吃肉,侵略者不会停止杀戮,只不过他们把目标对准了一头睡狮,用南票的煤做动力,积攒力量呢,暂时放过他们这只嘴边的小刺猬。何况苍天眷顾香炉山,大雪来得这么早,阻碍了敌人的行军。

转眼间,就过了1934年的元旦,平安无事。

张天一掐指算过,小寒露过完百天,学校就放寒假了,校长曹凤仪不必天天在众目睽睽之下。他牵来乌骓马,准备去趟江家屯,拜会曹校长,寻求指点迷津。下山的冲动已经好多次了,都被母亲拦下,她骂儿子没心没肺,媳妇刚生下孩子,就要走,再大的事儿能大过添丁进口?

陈小娴和九师剩下的弟兄们也不同意张天一贸然下山,师长死了,副师长下落不明,唯一的指望就是参谋长了,江家屯戒备森严,杜三秃子做梦都想抓住张天一,孤身深入虎穴,太容易被人出卖了,亮山就是惨痛的教训,不能冒险。

然而,总是这样前怕狼后怕虎,谁替香炉山找出路?

叔叔张恩发默默走过来,抓过了马的缰绳,叔叔总是这样,不声不响,在侄儿最需要的时候出现,他说,我去请曹校长。

张崔氏瞅着小叔子,陈小娴凝视着叔父,弟兄们把眼光投向了张天一,仿佛询问,能否替代。唯有小寒露,居然冲着叔祖,笑得满脸灿烂。张天一松开了马缰绳,说了一句,我儿子同意了。

乌骓马不安地踢着蹄子,显然它不愿意了,主人已经很久没策马奔驰了,它的腿都痒痒了,多么渴望和主人一道奔腾在广袤的原野。

张天一抚着乌骓马的鬃毛,仿佛在叮嘱,听话。

傍晚时分,乌骓马驮着张恩发,跋涉进了雪野。尽管日头已经落山,雪依然能折射着透彻的光芒,站在香炉山上望下去,乌骓马的影子黑白分明地蠕动在原野。张天一双手合十,对着叔叔的背影,暗暗地说了句,保重。

叔叔不负众望,第二天上午,骑着乌骓马,蹬过雪野,踏进香炉山的山门,张天一那颗悬着的心终于落下了。张恩发知道日本人盯着曹校长,没有贸然行事,先藏好马,找到一户可靠人家,秘密约见了曹校长,交换了侄儿的想法,立刻返回。递交乌骓马的缰绳时,他咬着侄儿的耳根,轻轻地说,腊月十五,明性寺庙会,曹校长见你。

事实上,亮山殉国后,曹校长一直期待张天一的消息,哪怕还剩下一支义勇军,也是钉在日军后腰上的一根钉子,拖住日军,让他们不敢轻易入侵华北。他最害怕的就是人们心如死灰,心甘情愿地当亡国奴,绵羊般等待宰割。听到张天一找他,曹校长喜出望外,这起码证明,义勇军还信赖他。他知道背后有一堆盯梢的眼睛,不能因为自己疏忽,让九师丧失最后的首领,秘密商定,见面的地点在离香炉山不远的明性寺。

去明性寺,除了见张天一,曹凤仪最想见的还是自己的儿子,自从儿子丢掉了姓氏,一心一意地在庙里当和尚,他的愧疚与日俱增。儿子即将成婚了,他却无情地将儿子送入佛门,这是他最无奈和最无能的选择。沙锅屯古人类的遗物,那是中华文化的瑰宝,日寇打进了家门口,覆巢之下,安有完卵,土地被占领了,尚能光复,文化若是被日本人碾压碎了,那才是真正的灭种,比起为国藏宝的使命,个人的荣辱算得了什么。

对儿子的再次忧虑,来自于不久前辗转传给曹凤仪的一封信。信是三个月前写的,尽管没署名,笔迹他一眼就认出来了,县长孙

国栋的,内容是首隐诗:

圈地之人嫌地少,穷追逼索六千遥。

悬梁闭口不相舍,深藏远遁尽忠孝。

信的内容不言自明,多田不满足于物质掠夺,开始了文化渗透,追讨沙锅屯古人类遗址的出土文物,表面上看,是要几件文物,实际上却是断根之策,这才是侵略的终极目标。孙国栋以死明志,嘱咐他们父子,小心被多田识破玄机,把魔爪伸向曹觉知,须趁早远走高飞,掐断日本人追寻的线索。信收到如此之晚,那是孙国栋担心邮寄会被日本人截获,托靠得住的人,辗转几番,才迟迟递到曹凤仪手中。

读这封信时,曹凤仪还不知道,孙国栋已经作古,对溥仪调孙国栋到"新京",做贴身政要的传言,深信不疑。捧着信仔细品时,才觉得不是滋味,越看越像遗书。他没有急着送走儿子,是因为在哪儿藏身最安全,他还没有想好。多田嗅觉极为灵敏,突然失踪,会闻出其中的味道,断定觉知知道文物的下落,必须想出万全之策。

促使曹凤仪下决心送走儿子的,是件偶然的事。元旦后,锦西县日本参事官组织一次参观,带他们去宪兵队,看关押的义勇军俘房。被绑的俘房赤身裸体,宪兵手持锋利的尖刀,刀尖娴熟地围绕臀部和大腿根画了个圈,随后开始往下剥人皮,另一个宪兵泼着清水洗血痕,让人皮白净净地完整褪下。义勇军战俘疼得眼睛努出,嘴巴大张,惨叫声锥心刺骨,撕心裂肺。

参事官仿佛没听见,平静地讲解,人皮是长筒靴最好的材料,柔软、温暖、弹性好、成本低,屠杀印第安人时,美国总统华盛顿就是这么讲的,帝国只是效仿而已。

这是曹凤仪第二次目睹剥人皮,愤怒已经令他咬破了舌头,他带着血沫的唾沫直喷参事官的脸上,狂吼一声,如此残忍,值得炫耀吗?

参事官突然明白,曹校长是县道德会的会长,通知县里各会会长参观时,一视同仁,给忽略了,不该让他和别的会长同来。

没人回应曹凤仪的愤怒,除了参事官一副恍然大悟的样子,其余的人都是面如死灰,表情木讷。参事官露出了原谅的表情,笑着说,曹先生是讲道德的人,可以吼,牛在耕地,马在战场,都不能宰杀,战时皮革紧张的问题总是要解决的。

曹凤仪紧紧地闭上了嘴,把血咽到肚子里,嘴唇是青紫的。他闭着眼睛,心里生出另一种担心,假若儿子落入魔爪,为国捐躯,倒也是痛快了,若是被日本人当成试验品,尝遍人间酷刑,忍受不住痛苦的极限,那将如何得了?一旦松了口,沙锅屯的文物将是万劫不复。

虐俘超过了虐待畜生,曹校长心里打着冷战,如此灭绝人性,往后的日子,佛门也不一定是清净之地。

腊月十五凌晨,张天一顶着启明星,下了香炉山,羊皮大衣、狗皮帽子、狐狸皮围脖将他遮得严严实实。天亮时,他挤在逛庙会购年货的人流中,只露出两只眼睛,不知不觉地混进了觉知和尚的禅房。

觉知敲木鱼的功夫已炉火纯青,闭合着眼睛,不在乎谁踏进门槛。张天一心里暗自一笑,如果郑心斋还活着,跟他一块儿进来,和尚肯定会丢下木鱼,欣然迎请。医治霍乱时,两个人结成了莫逆,郑心斋死了,明性寺与香炉山的交情立刻寡淡了。

曹凤仪怕误事,搭乘一辆马车,蹚过冰天雪地,提前一晚到达的明性寺。该说的话,他早和儿子交代了,现在,他从僧寮里走出来,听一听张天一究竟要讨教什么。觉知放下木鱼,走出禅房时,瞭了下张天一,眼光里包含着一种厌恶、无奈和妥协。迈出门槛,反手把禅房门锁上,他知道,父亲和张天一商量的是大事,不能走漏半点消息。

张天一瞅着觉知的光头,突然明白了那眼神的内涵,觉知内心深处不在佛门,并未看破红尘,起码还没彻底舍下伊兰。

两个人面对面盘坐在蒲团上,张天一倾诉了自己的想法,带九师进长白山找红军,实现郑心斋的遗愿。曹校长沉思了好久,才说,郑心斋指的也许是条正路,老民国这么快地堕落和衰败了,缺乏主义,缺少信仰,不能形成民族凝聚力,是条重要原因,三民主义也好,苏维埃也罢,都需要尝试,从报纸上看到,满洲治安之痛,大多来自称做红军的磐石游击队,说明他们有本事,很厉害。

既然曹校长认可了红军,张天一便有些心潮起伏,这或许是九师唯一的归宿了,他可以不相信郑心斋生前对红军的夸耀,可曹校长的结论,靠的是分析,是学问,"满洲国"的报纸再能圆,那也是一张纸,包不住火。

张天一定下主意,找红军,把九师的火种从香炉山移到长白山。

曹校长连连摇头,从锦西到磐石,全副武装跋涉千余里,过的全是日占区,目标太大,九师不比从前,没能力再打仗了,这么走,只有一个结果,肉包子打狗。

张天一挠着脑袋,本来是出主意的参谋长,反倒没了主意。

曹校长说,共产党的满洲省委虽然转到了地下,但总部在哈尔滨是千真万确,你去那里,先找到他们,把一个叫赵尚志的人带回家乡,这个人能量巨大,借香炉山这块地盘,能把整个热东和辽西全都染红。

张天一忽然想起来,以前刘澜波开导他时,曾多次说过赵尚志,看样子这次去哈尔滨,等于刘备三顾茅庐了,说什么也要请出这位诸葛亮,便想立刻动身。曹校长还是没同意,张天一已经被重点通缉,只身前往,也是危险重重,须有一个万全之策。

觉知在禅房外巡视了一圈,又回来了,打开房门,瞅着张天一,过了一会儿,才冷冷地说了句,剃度吧,有了和尚的身份,日本人会另眼相看,很容易蒙混过去。

这也是曹校长的初衷,儿子精通佛法,张天一身手敏捷,两个人结伴同行,既能掩护,又可照顾。事实上,曹凤仪心中早就打好了主意,他桃李遍天下,有个学生悄悄地告诉他,在哈尔滨见到王瑞华了。

王瑞华是曹凤仪的私塾同窗和终生挚友,沦陷前是哈尔滨警务处处长,东北军的中将师长,和马占山一道抗命抵御日军失败后,下落不明。曹校长深知,王瑞华从小聪明绝顶,同学挨家长惩罚,他总能帮助出主意找借口,让家长认错。东北军中,唯一没挨过老师和少帅骂的高级将领,只有他一人,而他却有本事天天骂别人,挨骂的人谁也不敢越级告状。

那个学生说,大隐隐于市,王瑞华潜住在哈尔滨的极乐寺,穿着和尚的衣服,悠悠哉哉当居士呢。

曹凤仪当即决定,把儿子送到王瑞华那里。

从曹凤仪嘴里听到王瑞华的消息,张天一去哈尔滨的决心更加坚定不移了,除了孤军奋战抵抗日军入侵,恩师没打过败仗,正好随路讨教。何况宋九龄留下的潜伏名单中,第一位就是恩师的名字。

回来时,张天一摘下帽子,陈小娴吓了一跳,怎么下了一趟山,剃光了头发?小寒露正在吸吮乳头,母亲身体的骤然抖动,吓到了他,松开嘴,哇地哭了。张天一忙解释,假和尚,不是真出家。

陈小娴说,还想真出家啊?香炉山的守备练兵给养家眷,一大摊子事呢,想当甩手掌柜的?自从伊兰寻到山上,张天一表露出难以抑制的兴奋,陈小娴便一改从前的安静,虽说管理内务洒脱依旧,却总会甩给张天一几句话听,以此强调自己的重要。

哭声招来了张崔氏,母亲进屋看着儿子的光头,目光愣愣的,盯了许久,突然露出满脸喜色,问儿子,要出远门了?

张天一吃惊地看着母亲,出去找红军,只不过是以前提过,并没动真格的,母亲是怎么知道的他要走?

张崔氏说,儿啊,你的光头剃得好,你干爹亮山的秃脑壳上有灵光,他死了,灵光没死,落在你的头上了,有灵光护着,坏人看不到你的真容,放心地去吧。

张天一给母亲跪下了,眼看着过年了,不在山上陪母亲,却要出去千里奔波,说是不惦记,可发红的眼圈,把所有的担忧都写在了脸上。

别看陈小娴发了几句牢骚,可丈夫真的决定出门,她还是做起了精心准备,防备可能发生的各种不测。这一次,她动用了陈家的隐性资本,调动起藏匿下来的店铺掌柜,花大价钱弄来份度牒,将张天一化名成觉远和尚,想方设法弄来哈尔滨一座寺院的佛法交流请帖。一切准备就绪,才去买卧铺票,还特意安排了两个身手敏捷的伙计,借购置皮货之际,从锦州到哈尔滨,一路暗中保护。

乌骓马感觉出主人又要出远门,不安地嘶鸣着,战马不跟着出征,拴在马圈里,那是天大的委屈。张天一也舍不得乌骓马,可又不能带着它出门,乌骓马太出色,不管有多远,只要看到它,就知道是匹好战马,不像一年前了,辽沈大地遍燃抗日烽火,报出大号,就有人替你打探消息,送来草料。骑着乌骓马,奔走在义勇军几乎销声匿迹的大地上,那就是日本人的靶子,送死呢。

张天一抓过一把剪刀,剪下一绺乌骓马的鬃毛,揣进了衣兜,就当战马陪着他了。

腊月二十三,小年,送灶王爷的日子,叔叔张恩发送张天一去锦州,赶的是一辆马车。车是叔叔从缸窑岭借来的,头顶三星时赶到香炉山下,张天一坐上时,天还是漆黑一片呢,若不是接天连地的雪泛着微弱的光,真的是伸手不见五指了。

马车碾着雪地,嘎吱嘎吱响,走过明性寺三里,停在了旷野里。鸡叫的时候,借口云游的觉知和尚,终于出现在了旷野里。张天一说了句,来了。觉知答一句,来了。张天一说,走吧。觉知重复一句,走吧。一路上,两个人再也无话。

张恩发甩响了鞭子,马车沿着女儿河,迎着天边的鱼肚白,一路东行。

马车在雪地里奔走得挺吃力,跑了大半个白天,才赶到锦州火车站。张天一感慨万分,妻子陈小娴调动了那么多力量,派人一趟一趟地跑锦州,买票、作保、开手续、找关系,设法抹掉他俩的真实身份,行程安排得妥妥帖帖,生命安全保障得万无一失,真是煞费苦心。从这个角度上讲，伊兰比孩子还稚嫩，不成拖累就烧高香了，还怎么全心全意打日本？这样看来，娶陈小娴，他不后悔。

锦州火车站没有想象的那么多人，辽西人爱猫冬，况且锦州被定为防止民国渗透的边境城市，街上盘查得特别紧，谁都怕说不清楚被抓走，家里还得拿钱去赎，多晦气。所以，整座城市，过年的气氛一点也不浓，商铺也没有三年前热闹，写春联的案头摆在街头，没有几个人从袖口里挤出铜钱，让先生润笔，墨汁都冻上了。

偶尔有几个顽童点起鞭炮，响得也是有气无力。

火车上的人更少，能买到票的，大多是为"满洲国"效力的职员、商人，或者是各界名流，还有些日本人。车上的长条座椅，几乎成了卧铺，横七竖八地躺着人。车上的警察放松了警惕，在车轮"咣当当"单调的重复声中，打着长长的哈欠。卧铺车厢，更是空荡，张天一和觉知和尚面对面坐在下铺，谁也不说话，心里各念各的经。

车窗外一片漆黑，看不到远处的山河，也看不到掠过的村庄，更看不到前方。

火车晃了整整一宿加半个白天，进站时感觉不到哈尔滨的存在了，一路下来，车窗玻璃已结了厚厚的霜，厚得张天一不停地哈气，却无法哈透。他用指甲抠玻璃窗，好不容易抠开铜钱大的孔洞，霜却从四面八方扑过来，蜂拥堵住，立刻结成屏障，外面的世界便昙花一现。

虽然如此，车厢里还是亮的，午后的太阳再软弱和遥远，窗玻璃也不敢阻挡光明的透入。就像日本帝国再强大，也不能把地球颠倒过来，让太阳从西边出来。

张天一有信心找到红军。

火车头"咻"的一声，喘出了最后一口粗气，放下了长途奔波的负担。张天一也长长地舒了一口气，终于到了，他觉得离中共满洲省委越来越近了。

车门刚一打开，奇异的寒冷便肆无忌惮地闯进来。两个人虽然知道哈尔滨冷，也穿了厚厚的皮毛衣服，却没想到如此地冷，刚下火车，身子就被打透了，嘴里哈出的气，似乎冻住了，僵在空中，不爱走，紧捂的棉僧帽立刻挂满了霜。

两个人挤过人流，快步往外走，身体急需走热。出了车站，张天一怔住了，他第一次到哈尔滨，像是一下子掉进了异国他乡，满眼的建筑特别陌生，地是白的，墙是红的，浑圆饱满的楼顶是蓝的，尖锐挺拔的楼顶是绿的，比沈阳大帅府的大青楼还洋气，他有一种下错车的感觉。好在街头的叫卖声、车老板的赶车声，还有人们相互间的招呼声都很熟。唯一不熟悉的是妓女的拉客声，她们碧眼高鼻，说着俄语，见到两个和尚走过来，脸撂得天气一样冷，甩过头去，把热情丢给远处的男人。

或许是哈尔滨人习惯了寒冷，没有被冻回屋里，反倒奔放地跑到街上，到处堆雪人，挂冰灯，打雪仗，还有孩子们脆脆地啃着坚硬的糖葫芦，一些门店热气腾腾地冒着蒸汽，也有的早早地点亮了红灯笼。

两个人连跺脚带跑步，一路向东，忽然看到前边的街头立起一个书摊，骤然间围起了一圈人，摊主正在一本一本地往外送书，却没看到有人递过去一分钱。张天一猜测，或许是传教的，免费送佛经或者《圣经》的吧。他探过头去，看了一眼，居然是《四书注释》，这本该是花钱买的书，怎能白送？顺便，他也伸过手去，摊主看了他一眼，高兴地说，和尚也救国，东北不亡。

张天一纳闷地瞅着摊主，没弄明白《四书》和救国是啥关系，打开一看，恍然大悟，书皮是假的，里边的内容是"满洲红旗"，书的中间还夹着一张油印的报纸，刊头是"红军消息"。尽管身外天寒地冻，他的身体突然涌出暖流，真没想到，刚下车就找到了红军。

刚想和摊主攀谈几句，突然间，警笛大作，张天一扭过头去，看到好几路警察包抄过来，回过头来时，摊主像一只雪球砸进了雪人里，消失得无影无踪。

一个警察上上下下打量着他们俩，觉知和尚的右手从棉手闷子中抽出，单手打千，念了声阿弥陀佛。警察劈手夺下张天一手中的书和报纸，骂了声，别啥书都看，念你的经，转身去追查摊主。张天一长长地舒了口气，真的被抓走了，让他背一段佛经，就露馅了，没等找到红军，先陷囹圄了。

继续向东走，脚冻得猫咬似的，脸也木了，贼风钻进僧帽，剪刀般剪耳朵，好在极乐寺离车站不远，两个人紧赶着脚步。

远远地看到了极乐寺，那是一主两副飞翘式的山门，一看就知是佛教圣地。来到寺门前，两人同时愣住了，三道寺门仅有右侧打开，门口站着两个日本兵，厚厚的棉帽子只露出两只眼睛，眉毛和睫毛都结了长长的霜，尽管如此，他们还雕像般站立。

右门的外侧，立着个木刻楞岗哨，里面还有两名日本兵。自古兵不扰寺，怎么平白无故地有人站岗？看样子，极乐寺不是被日本人征用了，就是王瑞华出事儿了，不再是极乐世界。

张天一第一个应急反应，就是手伸进腰间摸枪，可是他们没带枪，摸空了。觉知和尚知道这不是抓虱子的动作，立刻捺下他的袖子，让他冷静，四大皆空，眼中怎能有杀机？本来是劝张天一的，觉知的脚步却迟钝下来，前边吉凶未卜，他也有些胆怯，张天一抓住觉知的胳膊，暗暗地掐了一把，意思是说，你是真和尚，怕个啥？瞬间，两个人完成了肢体语言交流，互相鼓着劲儿，依然若无其事的样子，硬着头皮往里走。

雕像活了，伸出胳膊阻拦，张天一相信妻子的本事，不会做出破绽，从容不迫地掏出证件和佛法交流的信函。日本兵一句话也没说，放他们进去了。按照曹校长所说的位置，两个人沿着正院一直走下去，走到了塔院外的西北角，那里修建有避官寮一处，有幽雅房舍五间，供本寺与外来有道高僧入内修行，王瑞华以居士的身份，住在那里。

果然，曹校长的消息很准确，王瑞华就在庙里，极乐寺的方丈安顿好了他们。吃斋饭时，把他俩引见给了王瑞华，同时还引见了另一个日本和尚。日本和尚与王瑞华同居一舍，显而易见，王瑞华没潜住，被日本人发现了，派来自己的和尚，牢牢地盯着。

不管谁进来了，王瑞华依然耷拉着眼皮，一心一意地捧着饭碗，也不瞅方丈引见的是谁。其实，就在棉门帘揭开的瞬间，王瑞华用余光就认出了，先进来的那位不是和尚，是他的学生张天一，这位活跃在辽西的义勇军首领，名字快把他的耳朵磨出茧子了。乔装打扮成和尚，到底是啥企图，他没摸准门路，不会搭理，直至回到禅房，眼皮也没抬。

尽管手续齐备，两个陌生和尚入寺，日本兵也不完全相信，围住极乐寺，防备的是有人将王瑞华劫走。一名军曹尾随而入，站在禅房门外听音儿，王瑞华穿着宽大的僧袍，面壁诵经，可他毕竟是军人出身，耳朵经过训练的，灵敏得很，脚步再轻，也能踩出"吱吱"的雪声。他娘的，又来监视，王瑞华端起洗脸盆，一脚蹬开房

— 226 —

门，一盆凉水兜头泼向军曹的脑袋。

天太冷，滚开的水泼向空中，都能飘成冰晶，何况是凉水。张天一闻声而动，推开了另一间禅房的门，老师王瑞华的房门外，军曹的帽子上挂下了一连串冰溜子，军衣也冻成了铠甲，想弯腰鞠躬致歉也不可能了。

王瑞华虽然一言不发，眼里却坦率地发泄对他监视的愤怒。军曹立正站着，脸色正变得红紫，眼看着形成冻疮。日本和尚抱着一件棉袍，弹出王瑞华房门，裹住军曹的脑袋，扯着军曹往寺庙外的医务室跑。

王瑞华的禅房只剩下了他一人了，他咳嗽了一声，说了句，别藏着掖着了，进来吧。张天一吐了下舌头，在讲武堂惩罚学生兵时，王瑞华总有出其不意的招法，如今用到了日本兵和日本和尚身上，赶跑了监视的人，他能放心地拜见老师了。

进了王瑞华的禅房，张天一有点尴尬，不知该敬军礼佛礼还是师生礼，只是一个劲儿地憨笑。王瑞华用拳头捶了下张天一的胸脯，提出个意想不到的要求，让他把裤子脱下来，看看卵子还在不。

张天一难为情地说，老师，我儿子刚过百天。

王瑞华说，你的儿子就是你的种吗？不脱裤子我不信。

觉知和尚念了句阿弥陀佛，嘴角却流露出一丝幸灾乐祸的坏笑。张天一是老师的军棍打出来的，见面就发怵，不敢和老师争执，乖乖地解下了裤带。

王瑞华也念了句阿弥陀佛，这才说，看来传闻挺可怕，都说你的命根子被炸飞了，还好，没成太监。这世道，攒啥都没用，要把人攒出来，攒下去，只要耐得住性子，守住根本，让家族绵延不休，就啥也不怕。他瞥了眼觉知，接着说，别学我，到庙里躲灾避难，早点

— 227 —

还俗,找媳妇,生孩子。

觉知行了个鞠躬礼,替父亲问好,王瑞华这才知道,和尚是曹凤仪的儿子,真正地遁入空门了。张天一竹筒倒豆子般说出了到哈尔滨来找中共满洲省委,找红军,找赵尚志,恳请老师帮忙。

王瑞华挥了挥袖子,让他出去,自己到大街上找,别扰了佛门的清净,说着,拉过觉知的手,两个人论起了佛法。

张天一怔怔地看着老师,丈二的和尚摸不着头脑。

18

从腊月到正月,张天一在极乐寺转悠了半个多月,正院、东西跨院,还有塔院转了个遍。他学不会觉知和尚的样子,盘坐在大殿,与寺里的高僧谈经讲法,闲得个五脊六兽。这两年他始终在血雨腥风中奔波,这么闲下去,对于他来说,不是极乐,而是乐极生悲,都贪图安逸了,那就是温水煮蛤蟆,泡在亡国奴的温泉里,都不去挣扎,只能死掉。

既然王瑞华让他到大街上找,未尝不是一种提醒。张天一真的到大街上去找了,找贩书的摊主,找发传单、扔报纸的人,找到他们,不就等于找到了红军吗?车站外的那些模仿巴黎的楼,他已不再陌生,陌生的只是人们的面孔,谁的脸上都不会贴红军的标签。他举目四望,收获的全是失望,摊主一去不复返了,茫茫人海,他不知道谁是目标。

一张报纸被风吹过来,滚在雪地里,在人的腿缝间钻来钻去,最后孩子般扑到张天一的腿上,紧紧地箍住不放。他拾起来,心中一震,居然是张油印的《红军消息》,日期是几个月前的,上面画着各种图画,讲述的是磐石游击队在何时何地歼灭了多少日本兵,报纸办得特别活泼,不识字的人也能看懂。

就像春风化开了春雪,张天一的心敞亮了许多。抬眼望过去,天上有云,也有太阳,大晴天竟然飘起了雪花。他感觉得到,哈尔滨的大街上,每一朵雪花都是红军,可是,他伸手抓,雪花躲着他,一个也抓不到,只能张开手掌等。可是,雪花落在手闷子上,瞬间被风吹走,还是没有抓到。把手抽出来,忍受着寒风去接,落到掌心立刻化成冰晶,不再是雪。

张天一觉得,身边到处都是红军,却像把手伸进水里去抓水,除了手湿了,什么也抓不到。红军神龙见首不见尾,只让他听见辘轳响,决不让他看到井,神出鬼没的红军啊,你到底在哪里?张天一在心里呼唤。

回到极乐寺,寺里正准备另一件事,选出五名学僧,到日本延历寺留学,觉知是人选之一。王瑞华这个居士,居然当了方丈的家,执意让觉知去,日本和尚也是随声附和,称这个和尚有慧根。张天一有种失落感,觉知是他和尚身份的护身符,没有这个真佛罩着,他这个和佛家无缘的假和尚,迟早露馅。

王瑞华急切地把觉知送走,张天一心中顿生疑窦,曹校长让儿子陪他,只为掩护他这么简单吗?曹校长为躲避日本人,强迫儿子放弃一切,早早地遁入佛门,自己是日本人最危险的敌人,曹校长反倒不顾儿子的安危,毅然舍出,陪他远赴哈尔滨,实属反常。既然同来了,就该一块儿找红军,一块儿回锦西,可刚在极乐寺落下脚,带着改过的法号,和无法追查的来路,转身就去日本,其中的玄机,他无法参透。

他觉得,此行,自己可能当了一趟傻和尚。

不管怎么说,觉知是自己带来的,不管曹校长有何难言之隐,张天一也要把人完整地带回去。他找到王瑞华,不同意觉知去日本。

王瑞华勃然大怒,不由分说,唤来日本兵,言称觉远和尚不真心修行,到庙里骗吃骗喝,送他到道里模范监狱,关他半个月,再给我送回来调教。

日本人不敢怠慢,只要王瑞华不潜逃,能为他们所用,百依百顺。日本兵不管觉远这位远来的和尚有没有罪,一律遵从。就这样,张天一被莫名地投进监狱。

监狱是个大号房,关押着五六十人,站着都不宽裕,睡下就更挤了。犯人穿着五花八门的军装,有黄色灰色蓝色黑色的,甚至有人穿日本军裤,只有狗皮帽子是一致的,正中间用一块红布缝出个五角星,穿僧袍的张天一被推进来,立刻显得格格不入。

张天一环顾四周,顿然醒悟,他不是让王瑞华帮忙找红军吗?监狱里关押的全是红军,老师是用极端的方式,帮他实现愿望。

大号里的,都是判短刑的"赤匪",白天出去当苦力,晚上才回来,一天只有一顿饭,能把糠吃饱就不错了。几间小号,关着政治犯,他们戴着镣铐,不能出牢房,天天受审,身上都是血痕,"赤匪"们说,他们是满洲省委的人,身份暴露了,不想出卖战友,只有一个结果,枪毙。

张天一真的佩服这群"赤匪",吃得猫一样少,干得牛一样多,晚上就该睡成死狗了,却老虎一般吼着唱,起来,饥寒交迫的奴隶,我们要做天下的主人。张天一纳闷,这么多穷人都做主人,天下不乱了吗?

身旁,传出个变声期孩子的声音,提醒他,这歌叫《国际歌》,主人不是皇帝,只能有一个,是劳苦大众。张天一这才看清楚,大号里藏着另一个不穿军装的男孩,那孩子有十四五岁,瘦成了一条细龙,挤在人群里,几乎看不到。孩子骄傲地告诉他,共产国际知道不,他们能把全世界的人团结起来,对付小日本。

尽管郑心斋给他灌输了许多苏维埃,他没往心里去,在一个小孩子的面前,张天一觉得自己很无知。

看守又来干涉,拿着皮鞭甩监牢的铁门,不让他们唱《国际歌》,强令他们唱"满洲国国歌"。他们敷衍着,答应了,却用"满洲国国歌"的调儿,唱出了窜改的词儿:天地间有了新走狗,新走狗便是伪满洲,今古奇闻中外罕有……人民三千万,纵加十倍也无自由,国已破,家已亡,此处何有?

如此明目张胆地骂"满洲国",狱警们冲进来,挥舞警棍,劈头盖脸地往下砸,所有的犯人都蹲下去,手抱着头,忍受着。张天一手捻佛珠,笔直地挺立,他头一次听到这些歌,不会唱,嘴都没张,狱警敢打他,他肯定拿起佛珠,毫不客气地还击。那个孩子害怕挨打,吓得钻进了张天一的裤裆里,蜷成了一条小狗。

一场监狱风波在众多人的头破血流中结束,人们相互间擦拭着伤口,虽然不再吱声,眼里却喷射着愤恨。

第二天一早,监狱长要惩罚起事的头了,若是没人承认挑头,就会都拉出去,喂狼狗。一个男人毫不迟疑地站出来,承认词是他编的,他领着大伙唱。监狱长点起一支大蜡头,那个男人不等发话,自己走了过去,把右手食指放在了蜡头的火焰上,忍着疼痛,咬着牙齿,拧着眉头,硬挺着,火焰烧下去,指甲燃着了,蹿出了蓝火苗,空气中充斥着焦煳的气味。男人的胳膊剧烈地颤着,手指上的

— 231 —

油滴滴答答往下流，助燃了火苗。那男人脚都站不稳了，却决不把手指撤回，直至蜡烛燃尽。

男人伸出左手，死死地攥住右手腕，对监狱长说，扯平了，不许加害我的弟兄们。

监狱长从椅子上站起来，说了句，够爷们儿，转身走了。

张天一这才注意到，一大号子里的人，好几个人的右手食指是秃的。显然，监狱长喜欢这种惩罚，把它当成了消磨人意志的游戏。失去食指的人，开枪的本事会大打折扣，重返战场也是半个残人。他对这群红军竖起了大拇指，从郑心斋舍生取义，到他亲眼看到的坚贞不屈，他终于体会到了，有一伙叫苏维埃的人，为了主义，啥也不怕。

半个月眼看着过去了，马上就是二月二龙抬头了，张天一虽然经常和大家套近乎，却没结交到一个红军朋友，大家看他的眼光都是怀疑。他虽然游荡在红军的海洋里，甚至和红军背靠背，彼此都能听到心跳，却彼此间格格不入，无法与他们心连心。找红军找得近在咫尺了，却依然远在天涯，谁是第二个郑心斋，谁能拯救九师，他只能瞅着秃手指，抓不住他们的心。

蹲监狱的半个月，不能说张天一一无所获，他断断续续地听说，满洲省委的总部被日本人端了，有人被抓，有人逃走，他所期盼的赵尚志，把同志当叛徒，擅自枪毙，被开除了，下落不明，唯一活跃的，只剩下磐石游击队。

出狱那天，张天一决定，去吉林，到磐石，找红军。走出监狱时，天不再冷酷无情，太阳也越照越高，张天一的身后跟着个尾巴，那孩子也被释放了，跟着他一步不离。此时，他才知道，孩子没有大名,大家都叫他小耳朵。小耳朵的耳朵确实很小,而且薄如蝉翼,太阳光照射过来,红通通的,血管看得清清楚楚。

拖着一身僧袍的张天一,自然要回极乐寺,怎么急着找红军,也得和恩师王瑞华道别。一路上,小耳朵喋喋不休地讲自己的身世,张天一只记住了小耳朵是孤儿,靠讨饭活着,差一点儿饿死,红军救了他,他也就成了最小的红军。

只想早点到极乐寺,张天一脚下如飞,只是囫囵着听。走到寺门口时,突然发现,木刻楞岗楼没了,站岗的日本兵也撤了,极乐寺成了真正的极乐世界,香客纷至沓来,满院香火缭绕。走过天王殿、大雄宝殿、三圣殿,转过藏经殿、观音殿,到了西北端几间雅致避官寮,里瞅外找,不见王瑞华的踪影,也不见日本和尚的去向,问了几个和尚,都摇头,问到最后,才有个和尚淡淡地告诉他,王居士去了南满,便匆匆走开,不再多说。

寺不留贪嗔痴,和尚进了监狱,就是大污点,这些都是王瑞华赐给他的,寺里的和尚谁都知道,新来的觉远和尚,好吃懒做,不诵佛经,破了佛门的戒,出了狱,谁也不许收留。所以,张天一回到寺里,遇到的都是冷眼,连顿斋饭都没人施舍。

和尚身份,伪装罢了,张天一并不计较,像水滴一样沉在水里才好呢,暴露出真实的自己,那才可怕呢。他憎恨的是道里模范监狱,假模范罢了,藏着太多的污垢,好在给它立牌坊的"满洲国",本身就是假的,伪满罢了,他时刻都想推翻。入狱时,张天一背着的包袱满满的,钱财物应有尽有,出去时,瘪得只剩下了证件。妻子陈小娴有远见,棉僧袍里见缝插针地缝了些大洋,塞了些满洲票子,他才不至于挨饿。

街头一家俄式西餐馆,小耳朵一块接一块地撕扯着黑列巴,整个柜台都被他吃光了，眼看着一条小瘦龙撑成了大肚海马，看得白俄侍者直眉瞪眼。吃饱喝足了，小耳朵仿佛猜透了张天一的心思，说，带你去磐石，找游击队，好不？

正愁没人带路呢，张天一点头答应，坐上了哈尔滨去"新京"的火车。一路上，小耳朵接着讲他的身世，讲他怎样流落街头，怎样混成了丐帮的小头目，直至讲到他如何上山，当上了磐石游击队的通信员。这些，张天一倒是听进去了，也明白了红军是为穷人打天下，他最关心的是什么叫穷人的苏维埃。小耳朵睁大眼睛瞅张天一，显然，他也懵懂着呢。

张天一退而求其次，他觉得，自己的命运现在牵在小乞丐的手中了，有必要问清楚，小耳朵是怎么被抓进监狱的。

小耳朵露出了沮丧的表情，他说，他大意了，他经常从磐石的大山里出来，跑铁路，递情报，给满洲省委送《红军消息》的刻印蜡纸，这一次，蜡纸藏得浅，被警察搜身，翻出来了，尽管他再三狡辩，捡回去给灶膛引火，警察不信，还是把他关进来了，幸亏在哈尔滨流浪的孩子们都承认这个透明的小耳朵是乞丐，否则他会真的暴露了身份，把牢底坐穿了。

张天一看得出，小耳朵是个机灵鬼。

从"新京"转道吉林，一路向南，跋涉进了崇山峻岭的漫天雪野里。尽管天依然冷，却不再砭人肌骨，雪不再洁白，表层化了，冻成坚硬的壳，可以结实地行走，不必在雪窝子里挪动脚步。张天一听得到，雪的下边，已经有了潺潺的流水声，春天的气息在下面涌动。这时节，若是在老家锦西，大地已经冰雪消融，园田开始打起了畦子。

然而，他的家园全被日本人占领，自己家的耕地，一寸也不许他耕耘。这么一想，张天一加快了脚步，恨不得立刻见到红军。不知不觉，两个人走得浑身是汗。

雪野里爬山过岭，小耳朵有窍门，爬上山梁后，他掰下山钉子刺，划开桦树皮，扯下几块树皮，用牙齿咬断附近的几根细藤，将树皮绑成两个雪橇，又折下四根松树枝，当成雪杖。他吩咐张天一学着自己的样子，坐进雪橇，找准树缝，顺坡溜下去，一直滑到对面的半山梁，省却了在雪地跋涉的力气。

连走带滑，一路挺开心，不知不觉过了晌午，饥饿感袭来，小耳朵突然扒开一道雪墙，里边露出了一个山洞，洞里有干柴，有火石，有铁锅、铁勺，旮旯处还有个封口的瓦罐，旁边还有个春米的石臼、石棒。小耳朵娴熟地把雪装进铁锅，生起了火，从瓦罐里抓出了几把高粱，铺在石臼里，拿起春米的石棒，春出了能供两个人吃的高粱米。

喝着热得烫嘴的高粱米粥时，小耳朵告诉张天一，这叫密营，长白山里到处都是，打起仗来，用不着背粮食背弹药满山跑，想用了，到密营里取。说着，小耳朵从石缝里找出两把腰刀，还有两颗手榴弹。

张天一心里为之一震，密营，小孩藏猫猫都能想出的好点子，他怎么就没想到呢？这办法真好，从香炉山到清风岭，设置若干个密营，他和义父一同照管，既能藏兵又能分散隐藏物资，香炉山也好，清风岭也罢，谁遇到难处，都可以躲，再难也不会家底掏空，队伍散尽。看样子，红军里真是有人才。

时令过了惊蛰，天长了，可山影重叠，沟里的白天依然短暂，天是蓝的，山头上阳光照射到的是白雪，山影里的却是灰雪了，密营的上方,一道青烟从雪缝中钻出,袅袅地飘舞。张天一忽然想起,煮完饭,没去把灶膛里的火熄灭,他瞅着那缕青烟,总有一种狼烟的感觉,尽管已经走出很远了,他还想折回密营,用雪掩埋住余烬。

小耳朵说,你太多疑了,山里是红军的天下,害怕个啥?

尽管小耳朵是个孩子,那也是山里的主人,张天一不再坚持,就这样寂寞地走下去。远远地看着那缕烟,渐渐地消失下去,张天一心里还是有一种惴惴不安,耳朵便警惕地竖起,他总能感觉到一种微弱的马蹄声如影随形,猛地甩回头,仔细地观望,却什么也没发现,阳光明亮地跳荡在雪面上,像是在嘲笑他。

继续往大山的深处走,张天一灵敏的耳朵,总能感觉到有微弱的窸窸窣窣声,不过,这一次,张天一却发现,有野鸡在三里外急促地飞,"嘎嘎"的惊叫声回旋在整个山谷。

张天一瞅了一眼小耳朵,想再次提醒,后边有人跟踪,小耳朵却满不在乎地说,没事儿,你多心了。张天一吼了一声,你那个小耳朵,就是摆设,不拢音,能听到啥?

两个人这才加快了脚步,转过一道山弯,是僻静的山坳,一道雪墙面前,雪的硬壳突然消失,张天一陷进了雪地里,小耳朵沿着雪壳的边上走,却不伸手拉张天一。越挣扎,张天一陷得越深,他心想,完了,老妈预言得不准,被这小耳朵算计了。

突然间,旁边的雪墙倒了,把小耳朵也砸进了雪坑里,没等他俩醒悟过来,七八个人扑上来,将他们按倒。

小耳朵扭过他的细脖子,瞅着拿匣子枪的头儿哀求道,铁队长,我啥也没说,啥也没做,千万不要杀我。

那个被小耳朵叫成铁队长的人,铁青着脸,低声说,你把满洲省委都出卖了,还想做啥?内线早就告诉我们了,一顿大米饭就让你当叛徒了，还把日本人引进了咱们的密营，我代表组织，宣判你死刑。说着，有人压住小耳朵的胳膊和腿，蒙住了小耳朵的脸，铁队长一双铁一般的大手掐住了小耳朵细细的脖子。

张天一挣扎着说，他只是个孩子，就不能原谅他一回？

铁队长让人用雪团塞住张天一的嘴，到了密营，没有孩子，也没有和尚，只有革命军人，必须执行铁的纪律。

小耳朵的腿抽搐着，脸上只挣扎出一只耳朵，张天一看到，那只透明的耳朵不再透明，变得青紫瘀黑。

张天一闭上眼睛，他没想到，对自己人，红军比义勇军还狠。

趴在雪地上，张天一听着雪壳传递过来的声音，吐出嘴里的雪，告诉铁队长，跟踪来的人，有一人骑着马，其余的脚步散乱，不会超过二十人，离他们只剩下几百米了，转过弯就到。铁队长疑问道，你不是和尚？张天一坦率回答，我是辽西抗日义勇军第九师参谋长。

毫无疑问，敌强我弱，枪声一响，后边有可能还有援兵。雪地如此之乱，再藏进密营躲避，已经不可能了，那样的话，等于让敌人瓮中捉鳖。铁队长没工夫核实张天一的身份，将他捆着丢在一旁，马上启动狩猎陷阱的开关，迅速占领有利地形，进入战斗状态。

和张天一的判断一模一样，"讨伐队"很快出现了，约有二十人，走在最前的几个毫无防备地滑入了陷阱，剩下的立刻找到掩体，双方的遭遇战就这样打响了。铁队长的红军虽然占据地形优势，可是"讨伐队"有挺机枪，打得他们抬不起头来，敌人越逼越近。

双方打得正胶着，"讨伐队"的机枪突然哑了，射手中弹身亡，骑马的指挥官也倒在了血泊中。张天一最担心是"讨伐队"有援兵，没想到，两个红军的援兵却神兵天降，双手匣子枪，枪法准得弹无虚发。铁队长这边的人也不是吃素的，机枪一停，立刻反击。遭到前后夹击，日本指挥官又阵亡了，"讨伐队"顿时大乱，剩下的"满洲国"兵不顾几名日本兵阻拦，急忙逃命，有的连枪都不要了。

"讨伐队"溃逃后，增援上来的两个人，急匆匆地赶过来，给张天一松绑，一口一个地叫着，姑爷受惊了。张天一满脸狐疑，离老家两千来里呢，这么老远，哪儿来的姑爷？若不是他俩操着满嘴辽西话，他真以为叫错了。

铁队长更是错愕，磐石游击队不过三四百人，能够双手打枪的，寥寥无几，他不可能不认识，面前这两个陌生人，敏捷的身手，没个十年八年的工夫，练不成。

两个人这才向张天一道明，是少东家派来暗中保护的，发现小耳朵领着"讨伐队"进山，一直在跟踪，直至双方交火，他俩来个黄雀在后。张天一心里泛起了春潮，哪怕远在天边，陈小娴也没忘丈夫的安危，这是用命来爱他的女人。

铁队长忙过来寒暄，感谢张天一的救命之恩。张天一反过来感谢红军，他是来找指路明灯来了，于是，话题自然引到了郑心斋，郑心斋生前最大的愿望是，让九师投奔红军。铁队长的脸阴沉下来，他自然知道郑心斋，满洲省委里屈指可数的人物，谁人不晓？只是叹惜不该为不可救药的东北军飞蛾扑火。

张天一纠正道，是抗日义勇军，他是九师不死的魂。

铁队长拧着眉头说，知道是灵魂，还不懂得保护，他有经天纬地之才，我们党千挑万选出来的帮助你们的，他的牺牲，是我们民族的损失。张天一说，你以为我愿意他死吗？打死他的是日本侵略者,那是我们共同的敌人。铁队长自知话说得有些过头,不过,刺激一下也好,起码验证了对方的身份,打消了接纳这个新人的顾虑。缓和了一下情绪,铁队长告诉张天一,红军已经改了名称,叫东北人民抗日联军,联合所有的抗日力量,消灭日寇,总指挥叫杨靖宇,他们这个小队叫特务队,也就是山下老百姓所说的"打狗队",职责就是锄奸,不管内奸外奸,一律清除。

听到"清除"二字,张天一的眼光移到了地上躺着的小耳朵,不管小耳朵出卖过谁,起码没出卖过自己,至死还认为他就是和尚。不管怎么说,没有小耳朵,他见不到铁队长,找不到红军,还是让孩子入土为安吧,但愿下辈子有爹妈疼,不讨饭,更别当叛徒。

以石为棺,以雪为墓,两个伙计帮助张天一埋葬了小耳朵。

铁队长要往山里转移,两个伙计不肯随同上山,临分手时,悄悄告诉张天一,吉林街上最大的那家皮货店,是少东家的,遇到难事儿,到那里找他俩。

19

去往大本营的路上,张天一被蒙上了眼睛。不管对谁,铁队长都是铁的手腕,怀疑才是信任的基础,哪怕郑心斋重新活过来,恐怕也要戴上眼罩,这是规矩,何况张天一还是叛徒小耳朵带来的呢?唯一的礼貌,没用捆绑。

转悠了几圈,张天一弄不清东南西北了,除了天越走越黑,张天一什么也不感觉不到。没有人说话,寂寞地走下去,只有脚下踩到雪壳的"吱嘎"声,张天一嘲笑着铁队长,太刻板了,黑天蒙眼睛,瞎子点灯,白费蜡。

刻板的不仅仅是铁队长,队员亦是如此,呵斥了一句,闭嘴。

到了大本营,除去了眼罩,张天一看到,下弦月的月牙冒出来了,他判断得出,是后半夜。朦胧的月色下,山幽深险峻,林浓密茂盛,雪深厚皑皑,看不到营房,找不到帐篷,感觉不到大本营的存在,除了他们特务队里的几个人,看不见队伍。即使不小心踏进来,也无法发现雪瓮子里藏兵无数。

仔细观察,影影绰绰还能看到人影,那是流动哨,兵营存在的唯一标志。无论特务队遇到哪个哨,都有人厉声问,口令,而且每一次口令和回令都不同。张天一感觉得到,这伙红军,比正规军还严,严成了森严壁垒,连一只松鼠蹿过,都会盯上警惕的眼睛。

张天一开始比较起了红军和义勇军,都是在血雨腥风中生存,都经历过首领被出卖的牺牲,然而声势浩大的红军收缩成抗联,战斗力却没收缩,可义勇军却是马尾巴系豆腐,提不起来了。他找出了差距,义勇军最大的弱点,是熟人社会,凡事以义为先,口令从来没人认真执行过,想来就来,想走就走,很难保守秘密,叛变成了家常便饭。

一座雪瓮子的门打开了,终于到达了特务队的宿营地,流动哨又走了过来,照例是口令追问,铁队长对答如流,才被允许钻进去。头回生,二回熟,张天一伸手和流动哨打招呼,被后边队员踢了一脚。游击队的规矩,除了队长和队长之间敬礼,各小队成员之间不许交流。一年前,就因各队随便交流,保密不严,游击队的总队长、大队长、政委三员主将,没有牺牲在抗日战场,反倒被地主武装杀害。若不是杨靖宇回来,队伍就散了,特务队就是那时候成立的,谁涉嫌内奸,谁的死期就近了。

雪瓮子依着山崖,里边有半个山洞,篝火燃在中间,烤得里边暖融融的。崖下铺着一排蒲草垫子，显然，那就是休息的床了。特务队的人实在太困了，一进去，扑在上边，和衣而睡。

第二天一早，张天一向铁队长提出，拜见总指挥杨靖宇。铁队长瞪了眼张天一，总指挥是你想见就能见的吗？先脱下你的和尚服，等经受住了考验，入了党，再去见。

抗联特务队增加了一名新成员，那就是张天一，堂堂的辽西抗日义勇军九师参谋长，只能在抗联里屈就当一名小兵，还得经历组织严格的审查批准，如果不能过关，还得蒙上眼睛，送回山下。好在张天一不计较，他的目标是见到杨靖宇，看一看杨靖宇是不是第二个郑心斋，不把杨靖宇摸透，他不能贸然把九师拉来。

尽管张天一明明知道杨靖宇就在大本营，可是，特务队的训练、休息、吃饭、睡觉，必须严格按规定进行，不能越雷池一步，即使和临近的小队，也不许交叉。哪怕是杨靖宇从他身边走过，他也认不出谁是总指挥，他们小队只执行一个人的命令，那就是铁队长。

大本营的集结是短暂的，分配完武器弹药装备，立刻分散游击，铁队长带着他们继续锄奸。张天一渐渐弄明白了，所谓的游击，就是战略与战术总指挥统一谋划，各支队和小队分散出去，各打各的仗，开会交流，相互联络，都是党员的事儿，不是党员，不可能知道党的秘密。究竟何时聚集，何时打仗，事到临头，战士们才能知道。

出发走了好几天，辗转了好几个密营，铁队长才交代这次锄奸的目标，一个二鬼子的大头目，住在吉林。所谓的二鬼子，就是朝鲜人，和日本关东军穿着一样的衣服，享受一样的待遇，中国人根本辨不出来。本来，铁队长准备在执行前公布任务，可总部派来的是位朝鲜女战士,配合他们行动,女战士生得白净苗条,走路都带着舞姿,别说搅得队员一路心神不宁,就是张天一这样,有过伊兰和陈小娴,不缺美女的男人,也为之一动。

一个朝鲜美女,掉进一群光棍中,心中涌动着猫挠般的骚动,再正常不过了,铁队长担心有人心生邪念,提早宣布了任务,声称,击毙锄奸目标,女战士将留在特务队。战士们欢欣鼓舞,摩拳擦掌要打好这一仗。

清明时节,大地全部开化,车前子最先冒出了嫩芽,野山杏的花蕾含苞待放,吉林城里的人出出入入地进山上坟,特务队混在人群里,无声无息地进了城,隐藏在一个小院里。伏击的地点是铁队长选的,城里的一家朝鲜饭店,离最大的那家皮货店不远。路过时,张天一向店里张望了一下,记住了皮货店的特征。正巧两个伙计招揽生意,也看到了他,相互间瞥了几眼,便不动声色地各行其是。

自然,他俩刻意躲过了特务队其他人员的视线。

那家朝鲜饭店,生意很火,很多朝鲜人喜欢到店里饮酒歌舞。女战士换上了朝鲜装束,扮成歌伎,早早地到店里,燕语莺声,长袖善舞,博得一片欢喜之声。铁队长得到的情报十分准确,就在预定的时间,二鬼子准时到场,身边还跟着两个滴酒不沾的警卫。和预告设定的一样,二鬼子很快拜倒在了女战士的石榴裙下,饮酒作乐到了后半夜,弄得饭店老板都烦了,才将最后的客人打发走。

二鬼子果然缠住了女战士不放,女战士扶着二鬼子往军营走,拐过一道街口时,不费力气地将匕首插进他的心窝。跟随的两个警卫,还以为长官喝多了,上前去扶,特务队一拥而上,割断了警卫的喉咙。

张天一执行的是望哨任务,没参与刺杀,他远远地看到,两个黑影跟在他的身后,那身影,明确地告诉他,两个伙计担心他的安危,又来暗中保护。

临撤退前,铁队长在现场压上一张布告,明确告诉日本人,抗联锄奸。

铁队长很清楚,尽管是半夜,锄奸过后,尸体很容易被发现,一旦全城封闭,逐户搜查,肯定露馅,要尽快远走高飞。张天一虽然没动手,现场发生了什么也没看到,但他感觉得出,暗杀不同于战场上的枪炮对决,不管胆子有多大,也不管任务有多正义,暗杀过后,谁都会有一种恐惧感。

"讨伐队"的马,总比人跑得快,尽管雪早已经融化,大地上不会留下印痕,可日本人有狼狗,跑慢了被追上,特务队就危险了。更要命的是,女战士跑岔气了,大家轮换着背着她跑,每个人都累得够呛。狂奔了三个时辰,跑出了足有一百里,再跑下去,就得累吐血。天已经亮了,铁队长让大家钻进密林,留下人到山岗上站岗,他们才敢停下来歇息,人已累得七倒八歪,眼睛都不愿意睁开了。此时,他们再愿意背女战士,也背不动了。

歇过之后,铁队长找到了最近的一座密营,那里面装了一瓦罐不久前的炒苞米,每人抓过几把,就着山泉水喂饱了肚子,轮换着睡了一觉。午后,又往大山的深处走了十几里,便和另一支队伍会合了。铁队长告诉大家,那是抗联的朝鲜支队,总指挥特意批准,任务完成后,允许特务队和朝鲜支队一块儿庆功。

除了双方的口令声,朝鲜支队说啥话,张天一一句也听不懂,只看到对方奔走呼号,高兴得手舞足蹈,显而易见,特务队帮他们除掉极大的隐患,才使他们热泪盈眶。朝鲜支队里有许多和女战士一样的女兵,女战士牵着她们的手,让特务队员拉着女兵们的手,一块儿跳舞。

特务队杀人时步履矫健,跳舞却不行,手风琴响起时,他们不是迈不开脚,就是经常踩到女兵们的脚。女兵们不介意,甚至脸贴脸地教,教得这群光棍脸红心跳,鼻尖冒汗。三年前,张天一在北平当警卫时,新潮的少帅早就让他们学会了跳舞,自然而然,女战士愿意和他一起跳。他不敢独享女战士,只跳了一曲,早早地让出去,不能让其他战友眼馋。

如果不碰到女人,张天一还不至于儿女情长,离开香炉山两个多月了,他想妻子,也想没见过面的儿子立秋,更想他已经半岁的儿子寒露,无论朝鲜女战士有多美,都无法挤进他的心灵。

美妙的联欢只持续一晚,第二天一早,特务队的人醒来一看,朝鲜支队走得空空如也,连陪着他们好久的那个女战士也踪影皆无。队员们骂着铁队长,净鸡巴骗人,白忙活了,啥也没得到,就差没像那个二鬼子,见了阎王。

铁队长再也没有了铁劲儿,脑袋快耷拉进了裆里,他也喜欢看女孩啊,可命令如山,抗联是国际部队,朝鲜女战士不属于他们,想留也留不住。

抗联总是这样,忽东忽西,时聚时散,在长白山的密林里捉迷藏,从不和日军硬碰硬,兜着圈子找机会,伺机敲掉个软柿子,装备和粮食就不愁了。就这三五百人,把几万关东军拖进山林,折腾得疲惫不堪。

张天一知道,背后玩陀螺的这双大手,就是杨靖宇。他总觉得,杨靖宇就在身边,如影随形,却始终可望而不可即,恐怕和杨靖宇碰了鼻子，都不认识。他只知道日本人称总指挥是"山林之王"，长白山上的老虎，他还能见到呢，见杨靖宇咋就这么难？

铁队长最终说了实话，杨靖宇是谁，对你是谜，对我也是谜，满洲省委送他来磐石，介绍时出错了，姓王的杨政委，好在大头目常用化名，没谁在意，反正满洲省委送来的都是真神。游击队里有一半是朝鲜流亡过来的人多，讲不好汉话，总把"杨政委"叫成"杨靖宇"。朝鲜话中，靖宇有驱逐外敌之意，总指挥觉得挺好，顺势就把名字改了，他是哪儿的人，真名叫啥，我也不知道。

张天一弄不明白了，大丈夫当行不更名坐不改姓，部队的名称怎么总是改来改去，一会儿是红军，一会儿是游击队，一会儿是抗联，一会儿又是独立师，还成了国际部队，就连总指挥的姓名也是谜，刚才还姓王呢，马上就姓杨了。究竟还有多少谜，他无法猜透，也许谜就是真经，就是迷惑敌人的武器，悟透了，九师也能积小胜为大胜，成为又一处日本人的"满洲之癌"，扩散到整个东北，关东军只有死路一条。

抗联的游击战术，确实厉害，转几圈，就甩丢了劣势，张天一越琢磨，越有兴趣，越不安分在特务队里锄奸了。他不喜欢暗杀，明刀明枪阵地战，打的是战场智慧，兜圈子打游击，比的是灵动和聪明，看谁能技高一筹。而暗杀是什么，阴谋，不管多么正义，也是卑劣。

以毒攻毒，卑劣也无所谓，可特务队到各支队抓内奸，却让张天一接受不了，不管是不是真的当了汉奸，只要怀疑，毫不迟疑地枪毙。张天一向来坦荡，对怀疑一切深恶痛绝，干吗搞得人人自危。

最令张天一痛心的是，特务队里锄奸最坚决的一位战友，一次任务失败,没说清楚有一袋烟的工夫去了哪儿,立刻拉出去执行。那位队员临死前泣不成声,指天发誓,除了这一次,绝对忠诚,那人可是我亲哥呀。

铁队长是铁石心肠,亲哥也不行,革命必须彻底,革命队伍必须绝对忠诚,不存在犹豫,怜悯就是投降。执行那一刻,所有的队员列队站在一旁,睁大眼睛瞅,枪响时,谁敢闭眼睛,谁就是锄奸不坚决,你不大义灭亲,我就灭你。

太残酷了,张天一是从死人堆里爬出来的,见惯了生死,已经有些麻木,可子弹打穿那位队员胸膛时,他的心也震颤了一下。他妈的,这真不是人干的活儿,说啥也要离开特务队。

埋葬了那位队员,大家的脸是灰的,谁也不吱声,生怕下一个被怀疑的人是自己。只有张天一的脸是红的,他对铁队长吼,我要见杨靖宇。

那天晚上,张天一震耳欲聋的吼声,并没有激怒铁队长,铁队长甚至坦率地对他说,发现我有嫌疑,照样枪毙,革命总会有牺牲,我不怕被冤枉,堡垒最容易从内部攻破,万无一失的唯一办法,是没有万一。说话时,铁队长的眼睛一直瞅着张天一。

张天一明白,该考验自己了,执行下一个任务,非己莫属了,失败的结果很明确,他比目标先消失。

任务是偶然间来到的。

那是盛夏的一个下午,队伍从长白山下来,驻进了一个叫蛤蟆塘的村子。适逢连绵大雨,村外河水暴涨,一片泽国,村里的庄稼大多被淹。抗联吃了好几年村里的粮食,不能坐视不管,铁队长带着人,和村里人一道,挖沟排涝,不能让庄稼泡死在水里。可是,有一片长势最好的庄稼地，没人打理，宁愿泡着。一打听才知道，那个大户人家的老太太死了，都在忙丧事。

老太太死得挺惨，家里人特憋屈，事情发生在连雨天之前，有个山林队的头目禁不住诱惑，背叛了和抗联的盟约，带着日本兵来搜村，想找到抗联的行踪。搜到老太太家时，一个日本兵看着炕上小巧的绣花鞋，喜欢得不得了，称是艺术品。拿着鞋比量老太太的三寸金莲，更是新奇，世上竟然有这么精致的小脚，小如婴孩，精若玉雕。日本兵摸着小脚，舍不得放下，称这才是世间珍品。

女人的小脚是摸不得的，老太太也不行，那是污辱，可日本兵是拿着刺刀进来的，她没敢反抗，一任陌生的男人摆弄。队伍集结时，日本兵先把所有的绣花鞋装进行囊，随后摸着老太太的小脚，依依不舍，抬头看一下老太太满是眼泪的脸，突然间手起刀落，砍下了老太太的一双小脚，拿回兵营，做成标本，长期保存。

老太太当时没死，儿女们孝顺，请来郎中止血消炎，可老太太的嘴却水米难进，拒绝喂食。村里人都说，没见过雨下得这么勤的，那是天在为老太太哭。

铁队长飞速把这件事传递给了总指挥，总指挥特别气愤，抗联要给蛤蟆塘村老百姓一个交代，这个山林队头目必须除掉，谁为虎作伥，就给谁颜色瞅瞅，震慑山里的各色武装，降日没有好下场。

拿着杨靖宇的指令，铁队长拍了下张天一的肩膀，说了句，你不是想见总指挥吗，执行吧。

锄奸的名单早就列好，每次锄奸，特务队都要谋划好久，才会选准万无一失的机会。那个山林队的头目，没进黑名单，情报信息少得可怜，需要张天一下山去当孤胆英雄，把底牌摸清。临出发，张天一来到老太太家祭拜，发誓不让老太太白死。此时，其他几个队员都去了老太太家的庄稼地,挖沟排涝去了。

去往吉林的路,全不通了,山下都是水,只好坐船走。大水成全了抗联,关东军只能干着急,无法"围剿"长白山。张天一的帮手,便是皮货店的两个伙计。

两个伙计很有手段,不费力气就摸清楚了头目的行踪与兴趣。头目久居森林,隔三岔五,不打一次猎,就痒痒,还以为占据山林,独霸一方呢,还不知道,此时此刻,他也成了猎物。

特务队狙杀头目的地点,是一处水草丰美的开阔地,时常有鹿群出没。那是个雨后响晴的天,头目骑着马,逐鹿而来,可惜枪法太差,连开数枪,一头鹿也没打中,却被张天一一枪击掉了遮阳的草帽。

张天一不想让头目见到阎王时,说不清楚是怎么死的,把暗杀变成了猎杀,高喊了一声,我是抗联的杨靖宇,专杀汉奸。

头目没去操枪找目标,立刻扒紧了马身子,想催马快跑。第二枪张天一就不客气了,正中头目的后脑壳,他立刻摔下马去。两个随从刚跑进开阔地,吓得扔下枪,回头就跑,张天一喊了声,跑得过子弹吗?回来,把尸体背走,告诉你的弟兄们,赶快解散回家,别和抗联作对。

尽管完成了任务,铁队长依然气得脸色铁青,本来可以一言不语,一枪毙命,没必要逞能,人家手里也拿着枪呢,玩票是要掉脑袋的。

张天一淡淡地一笑,没那个把握,也不敢报杨靖宇的号,让他们听到这个名字,闻风丧胆,谁再敢打抗联的主意,谁先掉脑袋。

规矩是铁的,再有本事,也得惩罚,回到营地,铁队长关了张天

— 248 —

一禁闭,饿着,一个窝头也不许吃,至于是枪毙,还是饿死拉倒,报请总指挥,红军更名抗联后,还没出一个不守纪律的战士。张天一不服,喊着,特务队不是暗杀队,搞情报,策反,争取人比杀人更重要。

被铁队长关禁闭的,十有八九一命呜呼。队员们觉得,"和尚"难逃一死,套来一只野兔,烤熟,偷偷塞进来。毕竟是耍个人英雄主义,不是内奸,队员没有被连累的风险,没人狠下心来饿他,抗联饿怕了,别当饿死鬼。

没想到,总指挥居然没有责罚,说真真假假,虚虚实实,游击战就该神出鬼没,不但肯定了张天一,还允许他继续冒充杨靖宇,冒充得越真越好,还给特务队扩了编,任务也一分为二,内设招抚组,组长就是张天一,接受铁队长领导。特务队除了继续锄奸,还要不断地分化瓦解"满洲国"兵。

终于摆脱让人郁闷的暗杀了,解除禁闭的张天一,特别高兴。

明确了招抚组的人员,张天一带着大家做的第一件事,不是找招抚目标,而是四处寻找蓟草。关禁闭时,他看到了一台油印机,旁边放着钢板,刻笔,还有几张没用过的蜡纸,可惜没有油墨了。在老家时,张天一看到过,曹校长印宣传单时,油墨光了,就把蓟草榨出汁来,替代油墨。招抚,就是攻心,不会宣传怎能行?

杨靖宇百步穿杨,林老虎命丧山林,多好的制造舆论机会,张天一亲自刻钢板,仿照他看到过的那份《红军消息》,新印了一份,讲述如何击毙引狼入室的山林队头目。蓟草汁印出的虽不及油墨清晰,也不那么黑重,却也能看得清楚。队员们珍惜每一张来之不易的纸张,每一次滚油辊,手腕的力道特别均匀和仔细,几乎没有损毁。

这些简报,被特务队通过各种渠道,塞进各路"满洲国"兵的营房。一时间,各营房的头目,谁也不敢擅自离开军营了,恐怕暴露在杨靖宇的枪口下。

20

锄奸是一种威慑,仅仅是惩恶而已,还需要恩威并用,壮大抗联队伍。日本人的策略是让中国人打中国人,抗联急需粉碎日本人的策略,策反"满洲国"部队,让他们掉转枪口,打日本人。

张天一上任后锁定的第一个策反目标,就是"满洲国"十四团的一个迫击炮连。抗联吃亏最大的,就是"讨伐军"有迫击炮,射程远,目标准。若是有了自己的迫击炮,那就更能打出主动仗,从容地周旋在山林,让长白山成为日军的墓场。

那个连长姓林,是东北讲武堂炮兵科班出身,迫击炮千米误差不超过两米,抗联没少吃他的苦头。张天一侦察到一个特殊的情报,林连长的妻子被他的弟兄们叫成了林娘子,那意思是美得不亚于林冲的媳妇,不小心一语成谶,一个日军大尉,相中了林娘子,硬给娶走了。尽管大尉不断地给林连长找最美的朝鲜姑娘,可林连长天天郁郁寡欢。

张天一给铁队长出了个难题,你不是擅长锄奸吗?把日军大尉除掉吧。铁队长对张天一眦目以对,锄奸只锄汉奸,除掉日本人,那叫作战,不是特务队的职责。张天一反唇相讥,抗联是抗日联军,目标是消灭日寇,光杀中国人,算啥本事。铁队长被张天一激怒了,谁说不会杀日本人?他要做给张天一看。

激将法起作用了,冷静下来,就要分析这个日军大尉,这是个少见的情种,日军多以嫖妓为乐,很少非要娶活人妻。张天一顺势把侦察到的情报送给了铁队长,林娘子和大尉怄气,回了娘家。

这个情报贵比千金,大尉怕林娘子跑回林家,肯定屈尊去接。林娘子的娘家,就是最佳伏击地点。锄奸组和招抚组同时出发,铁队长带人去了永吉县城,埋伏在了林娘子的娘家附近,张天一单枪匹马,去了十四团迫击炮连的驻防地乌拉镇。

事实上,张天一这次招抚,是白捡的功劳,杨靖宇已经派人潜伏在迫击炮连了,他不过是冒名而来,以显示抗联的诚意。得到大尉被除掉的消息,连长带着全连六十余人、三门迫击炮、近百发炮弹、上万发子弹,跟随着张天一,直入山林,投奔到抗联的麾下。

在一处密营,铁队长带着林娘子的家人,与张天一带着的迫击炮连会师。林连长抱着林娘子,失声痛哭。

有了三门迫击炮,加上林连长弹无虚发的本事,抗联不断地袭击"讨伐军"的各个哨卡,听到炮声,不等正式开战,"讨伐军"闻风而逃,连储备的物资都没转移,即使被日军逼着反攻,也只放空枪,暗示抗联千万别打炮。还有些机枪连、步兵连集体哗变,归降了抗联。

迫击炮连让抗联如虎添翼,"讨伐军"节节败退,咄咄逼人的攻势变成了守势,直至龟缩进城镇,筑牢工事。真假杨靖宇虎啸长白山,众多的山林队不再首鼠两端,认同了日军的说法,杨靖宇是"山林之王",他们甘愿俯首称臣。

在宽广的长白山脉,抗联像钻进铁扇公主肚里的孙悟空,忽东忽西,自由穿梭,不可阻挡,这种势头,一直持续到公元1935年的春天。

春播时节,局势突变,关东军调来了"满洲国"第一军管区司令官于芷山,调来密集人马,指挥新一轮"大讨伐"。于芷山搞了一套如来佛战术,日伪军加在一起数万人,围绕抗联的根据地,人海拉网,步步为营,即使抗联再能钻,孙悟空一样百般变化,也钻不出如来佛的手掌心。

更可怕的是,于芷山严格实施人圈策略,众多星散村落,集中成一个集团部落,每个部落至少千余户,哪家想要煮饭,得去部落领粮食。保甲长控制着每一户人家,出去撒泡尿都要报告,严格的程度,不亚于集中营。

集团部落之外居住全部为非法,一律按暴徒处置,烧杀抢光,片瓦不留。最惨的是帮助过抗联的村落,进集团部落的机会都不给,屠村前没有任何征兆,包围住村子,见人就杀,鸡犬都不留,二三百具尸体暴尸荒野,无人掩埋,便宜了秃鹫和饿狼。

建完堡垒似的集团部落,开始纵火烧山,烧掉抗联的藏身地。长白山脉到处都是原始森林,熊熊烈焰翻身打滚地追逐,飞河过路,烧黑了云,烧红了天,刚吞噬掉一座山,又攻陷了另一座山。

烈焰燃烧了整整一个月,小河烧沸了,山溪烧干了,不烧到山尽头,无法熄灭。好在抗联战士们学会了在山火中自救,事先打出了火场,才没有太大的牺牲。战士们站在山顶,看着一座座黢黑的山,一片片光秃秃竖立的焦树桩,烈焰烧在了他们心里。

成群的鸟儿不见了,成群的鹿没有了,野猪烧成了焦团儿,豹子也没跑过大火,野兔烧得只剩下囫囵的黑骨头。不计其数的珍稀树种毁灭了,上千种动物灭绝,被誉为"动物天堂"的长白山,转瞬间成为地狱。

森林无罪,这是大自然馈赠给东北子民的,上千年来,居住在此的先民们，不管征战多么残酷，从来没人把森林当武器，哪怕损兵折将，决不选择火攻，他们敬畏山神，热爱生灵，哪怕全部阵亡，也不打森林的主意。

然而，仅仅为挤压抗联的生存空间，侵略者轻轻地划了一根火柴，就成片成片地烧毁了长白山的原始森林。集团部落，这种集中营式的管理模式，绝了抗联的粮食来源，焚烧过的森林，莫说是狩猎，就连蘑菇都不再生长，更别说松子、榛子、木耳了。

抗联的给养基本上中断了，山下的每一条道口，密密麻麻地驻满了日伪军。叛变在铁桶般的"围剿"中随处发生，加入抗联的山林队，归降的"满洲国"兵，露出了怕苦怕死的本性。好在杨靖宇早有防范，没有经受血与火考验的抗日队伍，只派党代表改造队伍，他们没有机会接触抗联的主力，红军磐石游击队的老班底，依然稳如磐石。

于芒山重点防范的是东北部，那里是中苏边境，迈过边境，那边也是红军，一旦靠上苏联这个根，从共产国际获得支援，抗联就如虎添翼了。更重要的是，他们没敢烧挨近苏联的山，怕大火漫过边境，引起国际纠纷，图们江附近的森林保存了下来。"山林之王"肯定寻找森林的庇护，离开森林，就没有了用武之地。

杨靖宇偏偏不信邪，开始了声东击西的战术，让张天一带着跟定了抗联的林连长，向着东北方向的珲春虚晃一枪。张天一做足了"山林之王"的气势，夺取了数道哨卡，还向敌人的宿营地发射了迫击炮弹。此时，杨靖宇带着教导团，潜踪匿行，一路向西，专打敌人的薄弱环节，虎口夺食。等到敌人发现不对劲儿时，他们已经攻下柳河镇，歼敌六十余人，撕破了包围圈，获取了大量给养。

于芒山如梦初醒，数万敌军全部向西涌去，想形成新的包围圈。杨靖宇来了个你朝西来我朝东,从更大的裂口折身返回,一下子甩下敌人几百里,又拉出去苏联边境的架势。这一次,依然是让张天一摆迷魂阵,杨靖宇率领主力一路急行军,奔袭向东南方——中朝边境,那里是日本人认为最安全的大后方。

两处杨靖宇,各打各的威风,就像真假美猴王,都会大闹天宫。于芷山被杨靖宇牵着鼻子走,真假难辨,劳师远征,疲惫不堪。不过,姜还是老的辣,于芷山不再东堵西追,干脆来个以静制动,反正关东军授权他,一人可以调动奉天、吉林和安东三省的兵,围绕长白山中抗联活动频繁的区域,层层设卡,三步一岗五步一哨,用铁桶战术对付抗联,看看两个杨靖宇到底耍的是啥花招。

满山捉迷藏似的打游击,持续了整个夏天、半个秋天。中秋节过后,张天一被识破了,那一次,他依旧打着杨靖宇的旗号,穿梭在没被焚毁的山林间。有那么一刻,他举起望远镜,突然观察到对方也拿着望远镜观察他。毫无疑问,狭路相逢,谁也藏不住了,好在张天一有林连长,迅速架好迫击炮,一发炮弹过去,敌人就溃逃了。

这是于芷山的直属侦察队,没敢和张天一硬拼,快速逃离了,丢下个伤兵,身子瑟瑟发抖,还牢牢地抱着个公文包。张天一抢下公文包,打开一看,里面有张画像。伤兵惊恐地瞅着张天一,害怕被枪毙,如实相告,抗联里有人给关东军提供了照片,还告诉了于芷山,杨靖宇是大高个子大长腿,跑起来像只大鸵鸟。

毫无疑问,张天一的假杨靖宇被识破了,敌人的侦察队急着跑,就想把消息告诉于芷山,那样的话,真杨靖宇就危险了。既然伤兵说了真话,就留他一命,腿上半尺长的伤口,也够他撑的,能否躲得过山林里的熊瞎子,听天由命吧。

张天一带着林连长，迅速向东北方向转移，转过一道山梁，才转身向西南，与铁队长会合。抗联有铁的纪律，假杨靖宇暴露的消息，只有铁队长有资格报告给总指挥，况且杨靖宇的行踪，整个特务队，只有铁队长知道。

铁队长什么也没说，即刻启程，带着队伍一路向南，昼夜不停急行军，千里奔袭，直抵敌人的大后方宽甸。他重复着杨靖宇的话，你打我的后方，我打你的后方，就像下棋，决不让敌人占到先手。

不停歇地奔跑，鞋跑烂了，脚踝跑肿了，跑慢了，就会掉进敌人的包围圈。直至进入宽甸的青山沟，和其他抗联队伍会合，特务队便一摊泥似的瘫倒了。躺在地上的张天一，听到了轰隆隆的铁瓦声，抬眼望去，几辆大马车，接二连三地拐进了青山沟，车上装得满满的，有成套的棉衣、成匹的棉布、成捆的棉帽，还有叠得方正的棉被、大小不一的棉皮靴。

本来疲乏极了的张天一，硬撑着站起来，围着大马车，左摸摸右摸摸，爱惜个没够。冬天越来越近了，长白山里要命地冷，没有厚棉衣，怎么熬得过？这下可好了，战士们不会挨冻了，谁这么贴心，雪中送炭？

有人告诉张天一，没有贴心人，只有神机妙算。杨靖宇算计到了，辑安的榆树林子据点，是重要的中转站，大批"围剿"抗联的物资，会从朝鲜输送到这里。据点的守军，总觉得抗联远在千里，不可能神兵天降，即使有几支山林队，也不敢太岁头上动土，所以，防御心态松懈，被打了个措手不及，几乎伤亡殆尽，充足的物资储备被劫掠一空。

刚刚休整没几天，铁队长又传达了杨靖宇的命令，立刻奔赴辑安,与先前赶到的抗联队伍会合,继续冒充杨靖宇,打出东北抗日联军第一路军的大旗,诱使敌军千里追踪。张天一赶到时,辑安的部队已经准备好了,摆足了欢迎的架势,还征用了一个地主大院,设置了军部指挥所。

尽管抗联把指挥部都暴露出来了,于芷山没上当,依然以不变应万变,虎落平川被犬欺,山林之王,跑出长白山,只有死路一条。兔子满山转,还得回老巢,于芷山大张着口袋,等着杨靖宇钻回去,

杨靖宇继续和于芷山斗法,不可能让敌人以逸待劳,非得让那几万人追出千余里,把他们累吐血。既然你识破了假杨靖宇,得到了真实的照片和外貌特征,那就真佛现身。几支抗联队伍从东、西、北三个方向齐聚到宽甸县步达远镇,大白天发起进攻,毫不费力地占据了全镇。

这个镇,是辽东半岛的门户,向南直插下去,即可占大连,夺旅顺。向西奔走,沿浑河而下,便可威胁沈阳。两地的兵力都被调去"围剿"长白山了,防备空虚,打进大连,等于打进了日本的本土,那还了得。两地的日伪当局吓出了白毛汗,急向关东军总部施压,于芷山再按兵不动,等于私通抗联。

于芷山的屁股终于被杨靖宇撬起来了,不想疲于奔命也不行。

冬至那一天,天地间冰雪相连,纷飞的雪花中,真、假杨靖宇相逢于步达远镇。杨靖宇迈着大鸵鸟的步子,大大的脚印踩出了深深的雪窝,飞快地向着张天一走来。投奔抗联快两年了,这个比张天一高出一头多的"大鸵鸟",晃动在他眼前多少回了,他居然不知道是全军的总指挥。

不需要口令,也不需要铁队长介绍,杨靖宇早就认识张天一,

两人敬完军礼,双手便紧紧地握在了一起。

部队集结之后,就要开群众大会,纷纷扬扬的大雪,没有阻挡住镇里老百姓的脚步,上千人聚集在步达远街的广场。杨靖宇根本不用站在高处,大长腿就是台阶,他亮开洪亮的嗓门,喊出了解放辽东半岛的口号。张天一心里很清楚,人群中肯定混进了日本奸细,如此大张旗鼓地战前动员,等于向敌人公开挑战,日本的关东都督肯定如坐针毡。

那天晚上,张天一留宿在杨靖宇身旁,两个人聊了大半宿,一会儿是义勇军,一会儿是郑心斋,一会儿又是红军。毕竟跟随抗联快两年了,张天一接受共产党的概念不再吃力。杨靖宇唯一不肯答应的是,接受张天一入党。

第二天凌晨,雪依旧在下,风也越刮越烈,集合号吹响,借着雪野熹微的光,抗联部队即刻从步达远出发,一路顺风,向南挺进,拉足了攻占大连的架势。就连张天一也深信不疑,乘虚而入,此战定要收复失去了多年的辽东半岛。

向南一直奔走了几十里,天还没亮,眼前闪出一片黑黢黢的原始森林。杨靖宇突然命令队伍折身钻入山中,迎着风口,转向西北疾速前行。呼啸的北风,成了天然的大扫帚,扫走了抗联所有的足印,飞扬的大雪又一次覆盖住了大地。天亮时,山野重新恢复了一片白茫茫,仿佛从来没走过千军万马。

杨靖宇又消失了。

两天后,不可思议的事情发生了,抗联突然现身在辽东重镇本溪,更不可思议的是,杨靖宇居然不动声色地联络了辽南各路抗日义勇军,调动来了声名显赫的老北风等人,上千人马声势浩大地围攻城郊的日军兵营——碱厂。

碱厂失守,本溪不存,战争急需的钢铁,即将被抗联掌控,更可怕的是,这里离沈阳近在咫尺,可以依山虎视,随时便能猛虎下山。偏偏沈阳的守军急防大连了,沈阳失守,关东军照样要于芷山的脑袋,于芷山被撬起的猴屁股,又被杨靖宇放了一把火,烧得乱蹦,数万大军不分昼夜,急返沈阳。

老谋深算的于芷山到底没算过杨靖宇,以逸待劳的战术最终被撼动,再一次被牵着鼻子疲于奔命,兴师动众的秋季"大讨伐"无果而终,抗联不仅恢复了长白山深处的根据地,又有了本溪这块新地盘。

公元 1936 年的元旦,是张天一陪着杨靖宇在本溪度过的。

从长白山深处转战到南满,征战半年多,奔袭两千里,张天一几乎成了杨靖宇的替身,没有张天一惟妙惟肖地模仿杨靖宇的战术,摆出贴近苏联的架势,三番五次地欺骗成功,拖住了于芷山,杨靖宇还真的难以突破重围,在南满闹得个天翻地覆。

那些天日,真假杨靖宇聚在一起,有点儿如胶似漆了,两个人互为假想敌,交流破解各种"围剿",开展抗日游击战的窍门。张天一记忆最深的是"灯芯"战略,老百姓就是灯油,抗联就是灯芯,要想灯不灭,需要老百姓不断地往灯里添油,才能打出自己的根据地。

接二连三的胜仗,藏够了粮食,补充了装备,战士们都挺高兴。杨靖宇却不像大家那样乐观,浓密的眉毛间写满了忧虑。半个月过后,快到小年了,杨靖宇找来了张天一,两个人横躺在炕上聊天。

杨靖宇问,会下围棋吗?

张天一没明白是啥意思,诚实地回答,太玄妙,看得脑袋疼,能懂一点点。

杨靖宇说，打仗和下棋异曲同工，扎根取势争先手，只不过战场的棋盘太残酷，棋子是一个个鲜活的生命，输不起。接着，他的话题又转了回来，抗联原本要把根扎向苏联，获取国际正义力量支持，在长白山建根据地，就是这个意图，向中苏边境进发，这里是绝佳之地。然而，世事难料，你想依靠他，他却在和伪满政权做交易，全世界没几个国家承认"满洲国"，他们却率先和"满洲国"建交了，靠山山倒，靠水水流啊。

张天一也迷茫了，抗联总归要有根啊，不靠苏联，还靠谁？

杨靖宇感叹一声，我们的根，只能是中华民族，不能全指望外国，现在，抗联被扭成了一盘无根无眼的棋，想要活下去，在长白山之外，还要做出第二只眼，那就是燕山，连接两只眼的就是辽南和辽西两支抗日义勇军。

张天一说，我懂了，回辽西，壮大义勇军，接应抗联。

杨靖宇抓着张天一的手说，抗联这两年没白磨炼，懂得战略了，我准备带队西征，过辽河，进医巫闾山，开拓热河根据地，连通察哈尔，与陕北红军结成一体。

张天一说，我接受考验，等待和你会师。

第六章　锄　奸

21

潜回辽西，只属于张天一与杨靖宇的秘密，抗联西征，是暗度陈仓之计，不能让任何人知道。张天一的消失，是为下一盘更大的棋。

带着约定，张天一走出了抗联军营，开始了独自的征程。出本溪没多远，来到一座小镇，看到一家剃头店，他毫不犹豫地钻了进去，再次剃了光头。傍晚，远远地瞥见雪野中的一座寺院，他重新穿上僧服，敲响寺门，恢复了两年前的觉远和尚。

过鞍山，进苇塘，踏冰滑越大辽河，迈入沟帮子，坐上火车，赶往锦州，一路风尘仆仆，站到香炉山前时，已是大年三十。山门依旧在，却无持枪人，一种久违了的亲切，一丝没有着落的担忧，一同袭上张天一的心头，尽管一路上他从没听说过香炉山上发生过什么事情，可整整两年，消息时断时续，谁能保证没有意外？

还好，张天一看不到山上，从山上的观察孔望下去，却是一览无余。没过多久，叔叔张恩发飞也似的跑下山来，抓住侄儿的胳膊时，手都是颤抖的。张天一接二连三地问，母亲、妻子、儿子都好吗？叔叔一味地点头，都好都好，各方各面，小娴都打点了，这两年没人找咱们麻烦。

张天一终于舒了一口气，看来伊兰没有说谎，互不相扰，换来了离家两年的平安。

有人先行一步，上去报信。乌骓马似乎闻到了主人的气息，咴咴地叫着，居然自己挣开了缰绳，跑到了山顶下依崖而建的屋门口，提前迎候。此时，陈小娴左手扶着母亲，右手抱着儿子与乌骓马一块儿等在屋门口。大雪覆盖了香炉山，陡峭的台阶格外滑，老人和孩子不能轻易下去，抓不牢踏不稳，就有掉下山崖的危险，她选择了扶老携幼地等，没有急不可待地下山接丈夫。

看着儿子一步步爬上来，张崔氏泪如雨飞，她说，天神护佑我儿子，江山未定，老天不会收走他，他不会有危险，我早就掐算好了。陈小娴拍着儿子的背，催促道，快叫爸爸。小寒露扭过头，脸埋在母亲怀里，喊了声，不认识他，便放声大哭。

本来，一家人想拥在一起，孩子一哭，便作罢了，都去哄孩子。没完没了和张天一亲昵的，只剩下了乌骓马。马瘦了，不再膘肥体壮，只有尾巴还像两年前那样粗壮。张天一把马牵回了马圈，习惯性地把手伸向马圈旁的口袋，想喂一捧黑豆，结果抓到手的，却是满手的野橡子，怎能用橡子喂牲口呢，容易胀肚啊。他本想责怪马夫，举目四望，没有发现人，也就罢了。

还是和家人团聚要紧，张天一忙往屋里赶，离开香炉山时，儿子才过百天，还不会坐着呢，现在，儿子两岁多，会清楚地表达自己的意愿。进了屋，哄了好一会儿，直到张天一脱下僧袍，儿子才肯让他抱一下，眼睛瞅着陈小娴，很不情愿地在他怀里拱。男儿有泪不轻弹，只是未到伤心处，张天一虽然惜泪如金，也滴下来了。

这一代人出生入死，不就是让孩子们不做亡国奴吗？

接应抗联，还得靠义勇军的兄弟们，张天一不再儿女情长，他转身钻进山洞，去给兄弟们拜年。

山洞里虽然点着几簇篝火，围着烤火的弟兄却是稀稀落落，只有十几个人，都是陈小娴的死党，掌握着香炉山各处的秘密通道。他们不走，香炉山复杂的地道系统，就不会流出。香炉山的另一个系统，相互联通的十几个暗哨，这伙负责警戒的人马，归叔叔张恩发统管，不是东北军的弟兄，就是义勇军的老人，个个都像叔叔那样，忠于职守，心细如发，不会把任何怀疑目标放到山上来。

剩下的这些人，加在一起，恐怕也编不成一个排了。尽管都是精兵强将，终究形不成阵势，拉出去打一仗，也是勉为其难。大家发现进来的人是张天一，兴奋异常，一拥而上，左一声右一声地叫着参谋长。

既然还叫他参谋长，那就意味着九师的存在，张天一喊了声，集合！十几个人你瞅我我瞅你，那意思是，就这点儿人，还用得着集合吗？张天一踢着他们的屁股，哪怕只有两个，也要学会站排，我们是军队，不是散仙。

十几个人立刻持枪站成了一排，张天一问，那么多兄弟呢？都去哪儿了？

弟兄们讷讷地回答，不是被少东家放回了家，就是重新送回了煤矿，留在山上的，都是不能走的。

张天一心里升起了一团怒火，怪不得陈小娴没有久别胜新婚的惊喜，原来是趁他不在，解散了队伍。他气恼地折回身，回到屋里，想责问妻子。然而，看到儿子睁大眼睛，恐惧地看着他，便压低了声音，追问道，人呢？

— 262 —

陈小娴平静地说，今天是除夕，好好过大年，谁也别生气，好不？你再到伙房看看吧，年夜饭准备得怎样了，顺便慰问一下伙夫。

张天一忍着怒气，去了伙房，伙房里倒是云腾雾绕，大锅里滚着热气，却没闻到过年时煮肉的香气。几个伙夫看到张天一，垂手站着，满脸的不好意思。掀开锅盖，张天一愣了，那是一锅稀饭，表层还浮着一层去了皮儿的橡子粒儿。再看看案板，切下的咸萝卜满满地装了一盆。

他疑惑地问伙夫，山上养猪了吗？

伙夫答，没有，这就是咱的年夜饭。

张天一满脸错愕，大过年的，就这样的伙食，一点荤腥都没有，抗联那么艰苦，过年时锅里还能找到野味呢，香炉山怎么会如此困难？

听说侄子生气了，张恩发追了过来，忙着解释，这两年，日本人搞归大屯，全锦西县就剩下三十一个村了，村村看得铁桶一样，一粒粮食也拉不出去，即使咱们拎着满桶的大洋，找不到黑市，没处买粮呀，侄媳妇迫不得已，才分散出去一部分人。

张天一说，找我义父呀，他有办法。

张恩发说，去年年底，杜三秃子召集来了一千多日军，血洗了清风岭，又杀了三十多人，你义父的新家，还有附近三个村子两百多间房子，都被烧光了，辛苦劳作一年，刚缓过劲儿来，李树祯带着好几十人到那里避难，自顾不暇呢，哪儿还顾得上咱们。

虽说是坏消息，也传递出了好消息，义父家再遭劫难，庆幸的是人安然无事。意外的惊喜是得到了李树祯的消息，副师长带人回来了，只要九师有人在，把抗联的招法用在锦西，还会打出一片天地。

说话的过程中，大家都围着张天一，两个人，埋着头，只顾在灶膛前烧火，从不回头看一眼。张天一觉得很奇怪，抗联的教训告诉他，决不能出内奸，这两个陌生的背影很可疑。他让两个人把脸转过来，叔叔执意阻拦，央求着，还是别看了，怕吓到侄子。

都是从死人堆里滚出来的，鬼都不怕，还怕活人？张天一非看不可。

两个人无奈，只好遵命，转过脸时，张天一还真的吓了一跳。一个是看不清眉眼，找不到鼻子，丢掉了嘴唇，牙齿毕露，脸上疤瘌镐着疤瘌。另一个呢，嘴斜眼歪，脑袋瘪，整张脸被疤痕分成两半，比歪瓜还歪。若是陌路相逢，真的以为大白天见到了鬼。

叔叔告诉张天一，就在不久前，杜三秃子带着一个旅的人，平间带着日本宪兵队，血洗了下五家子村，全村四百口人，没几个活着逃出来的，他们俩，一个忍着大火烧身，藏着没动，另一个跳进井里，摔到了井底，日本兵追过来开枪，先藏在井里的那个人倒了霉，成了替死鬼。

背地里，山上的人叫他俩为火烧和井漏子，实在无法谋生，陈小娴收留了他们。

过了比庙里的斋饭还要素的年，大年初一的早晨，张天一不顾火烧和井漏子的心理创伤，硬拉上两人，带上香炉山上的十几个弟兄，去了趟下五家子村，给死难的乡亲们烧纸上坟。

大雪覆盖的缸窑岭寂寞地立着，像是默哀，结冰的河洼套子弯弯曲曲，像是飘动的孝带。隘口还在，村子没了，满目疮痍，到处是黑黢黢的残垣断壁。火烧和井漏子谁也不肯睁开眼睛瞅，抱头痛哭,真的成了鬼哭狼嚎。

在哭声中,张天一渐渐理清楚了,李树祯的回归,让下五家子村再次成为九师的根据地,本来村民们就抗拒归大屯,谁也不想进入圈似的集团部落,有了李树祯仗腰眼子,更不想动了。日本人害怕到下五家子有去无回,满口答应,下五家子是大村,可以不迁屯,但要实行保甲制,不许和义勇军再有任何来往,允许县政府派专员巡视治安。

村里人过够了胆战心惊的日子,都想安宁,答应了日本人的条件,推出了自己的保甲长,不让李树祯下到村里活动。日本人派来的专员每次都拿着糖果,哄村里的孩子们,见到谁都和颜悦色,还不强征粮食,也不让人带枪进村。渐渐地,村里人放松了警惕。

谁想到,好几年过去了,日本人还记着飞机被打下来的仇,平间还记着被撵得狼狈逃跑的恨。日本人摆出一副友好的模样,大讲共荣,麻痹了村里人。一个月前,杜三秃子的"讨伐旅",平间的日本宪兵队,一千多人趁着人们睡得正香时,突然包围了村子,把所有的人赶向西河套,谁走慢一步,日本兵的刺刀就扎进谁的后胸,所以大家生怕落到后边。一袋烟没抽完,人都聚在了西河套,保甲长们刚说完人齐了,机枪就开始了扫射,四百来口人,顿时血流成河。

杜三秃子和平间在"满洲国"创造了个新纪录,屠村时间最短,杀人的速度又快又狠。大火把村子烧完时,他们已经冲上了缸窑岭,去搜查李树祯。两队人马迎头相撞,双方力量对比太过悬殊,李树祯只好边打边撤,杜三秃子紧咬不放。退无可退时,李树祯只好靠向了天险,退进香炉山,暂避清风岭。

香炉山是杜三秃子心惊胆战的地方,他们望而生畏,识趣地退了。

村子毁了，死里逃生的人没剩几个，尸体没人掩藏，大多数遗骨暴露在雪野外，狼啃狗拽狐狸咬，遍地残骸，惨不忍睹。张天一带着大家，找出烧剩下的木桩子，聚在西河套，点起了熊熊烈焰。他们不断地将纸钱丢入火焰中，让冤魂别在地狱里煎熬，乘坐火苗升入天界。

火焰瞬间吞噬掉了纸钱，灰烬依然保留着纸钱的模样，被火苗擢起，飘上空中，最后被风撕碎，雪花般飘飘扬扬落下。张天一头顶着纸灰，心里悲愤极了，村民已经示弱了，愿意当顺民，不再像杨靖宇所说的那样，给九师添灯油，怎么还不肯放过？非得把全东北人都变成哑巴牲口？

日寇罪孽深重，杜三秃子血债累累，张天一发誓言，哪怕九师流尽最后一滴血，也要让他们偿还。

火焰熄灭时，大地被烧裂了，张天一带着大家，挖开烧化了的冻土，挖出深深的大坑，捡拾着遇难者的遗骨和尸体，放入大坑，埋出了个硕大的坟冢。离开时，集体举枪，向天鸣放，宣告世人，此仇必报。

大年初五，张天一怀揣着几个窝头，向着清风岭出发了。现在的香炉山，几个窝头，已是奢侈，弟兄们好久没吃着干饭了。早晨，他爬起来，手伸向儿子光溜溜的身子，才发现，小寒露脑袋大，脖子细，身上的肋骨都露着呢，明显发育不好。他仔细瞅了眼妻子，两年前青春焕发的光泽悄然褪去，不易察觉的菜色袭在脸上。再亏也不能亏了孩子，心肝宝贝都饿成这样了，香炉山艰苦的程度可想而知。即便如此，九师的精英依然没散，陈小娴得扛住多大的压力,才维持住了山上的生计。

他的眼里流露出了愧疚,觉得没有尽到父亲、丈夫和儿子的责任。

如此煎熬下去,大家都会饿死,天险香炉山将会不攻自破,九师也将不复存在。这次到清风岭,是给义父拜年,借机和李树祯会面,商量一下,如何解困,重振九师。

两手空空见义父,真是赧然,好在抗联两年,除了打仗,还学了一身野外生存的本领。边往清风岭走,张天一的眼睛边四处踅摸,一旦在雪野里发现野兔或者野鸡的脚印,便下好绳套,耐心地躲在朝阳的雪窝子里等待。

就这样走走停停,到达清风岭时,张天一左肩扛着一堆野兔,右肩搭着一串野鸡,理直气壮地给义父拜年来了。

家反复被日本人烧毁,人经常遭到"讨伐旅"的突袭,义父没再盖房子,住进了地窖子里。从表面上看,茫茫山野,没有人居的痕迹,日本人若没有可靠线报,想找到王氏家族的人,如同大海捞针。这种地窖子极像抗联的密营,张天一想和义父商量的第一个事情是,趁着香炉山还有矿工兄弟,在香炉山与清风岭间凿出几十个密营,藏好粮食和弹药,躲避"讨伐",对抗"围剿",保存实力。

王家的粮食虽有储备,那也是拼命换来的,杜三秃子总会在秋季"扫荡"清风岭,目标就是抢粮食。王家人忙了一春一夏,秋收时,立刻紧张成兔子,日夜在沟口看守,和杜三秃子打拉锯战,不付出鲜血和生命,没法收走粮食。

张天一张了几次嘴,最终没能说出借粮。不过,仗义的义父还是用最后几斤白面包了饺子,请来李树祯,三人一块儿大碗喝酒,大块吃肉。

酒宴间，三人达成了默契，先搞足给养，再清除杜三秃子这个汉奸，最后才是打出一条热河到察哈尔的通道，联络抗日同盟军旧部，在察哈尔和蒙东建立苏区。最后一项，张天一想了一会儿，才肯同意李树祯的提议，与杨靖宇所说在长白山和燕山做眼，大致相同，何况长城会战后，李树祯一度加入过抗日同盟军，活跃在日军与民国军队的非武装区。

剩下的事情，便是细节谋划，正月十五，趁过元宵节，张天一带着清风岭、香炉山的弟兄们，再次袭击六家子警察署，调动杜三秃子离开江家屯增援，李树祯带着缸窑岭的人，偷袭曹田屯，家有粮囤，且堆积如山的，锦西县除了高荣轩，找不出第二家。

当然，能够趁机除掉高荣轩更好了，高荣轩是全县最大的经济汉奸，替日本人扎进江家屯的地下，拼命地挖铁挖锰挖钼，吸子孙后代的血，其罪恶程度，丝毫不比杀人不眨眼的杜三秃子差。

从抗联回来，张天一练就了铁石心肠，莫说是姐姐的公爹，就算是亲姐姐罪至当诛，他也不会手软。

一番谋划过后，第二天一早，张天一就要告辞了，王老凿和李树祯分别派人出去侦察。九师的人马，已经少得可怜，此次出击，几近是赌博了，只能打四两拨千斤的巧仗，否则就是灭顶之灾，知彼知己，比任何时候都重要，侦察时每一个细节都不能忽略。这也是张天一主动担起攻打警察署的原因，他要把抗联学来的游击战术用到九师。

义父也知道，香炉山几乎山穷水尽，得扶一把。临走时，装了一口袋种子，有谷子、高粱、苞米和大豆，开春后，选几块坡缓的地方，开荒种地。又让家人牵来一头毛驴，既可当行脚，又能回去杀掉，能让弟兄饱餐一顿，正月十五打袭击，也能有力气。

从地窖子出来，王老凿依依不舍地送着干儿子，一直送出了清风岭，一路上在哪座山哪道岭设密营，藏什么东西最合适，父子俩交换得清清楚楚。末了，王老凿的手搭在张天一的肩上，用力地捏了捏，那意思是，义勇军越打越散，越打越少，留得青山在，不怕没柴烧，都要保重。

毛驴肉炖香了一锅甜草根、榆树皮，弟兄不再觉得难以下咽了，吃得溜光。张恩发把驴骨头都磨成了粉，准备掺在粥里，不至于让粥稀得照人。饱餐一顿，大家来了精神，张天一把香炉山的防务交给了叔叔，带着十几个人出发了，天黑前抵达了清风岭。

正月十五的凌晨，张天一带着两队人马，包围了六家子警察署。

警察不多，才十几个人，可想打下来，并不顺利，警察们受的是日本指导官的训练，战斗力已今非昔比了，况且知道九师所剩残兵不多，没啥了不起的，心里的恐惧感也不似从前。庆幸的是，这一仗不是真打，先是引蛇出洞，再是调虎离山，只要杜三秃子带着大队人马来增援，就是成功了一半。

镇上的百姓平时受尽了警察的欺压，正好没机会释放呢，加上王老凿一家人在镇上的人缘好，都过来凑热闹，跟着敲锣打鼓，把晚上准备放的鞭炮提前到了早上。如此闹腾，警察蒙了，不知道到底来了多少义勇军，也弄不清多少条枪向警察署里打子弹，忙向驻扎在江家屯的杜三秃子旅求援。

天亮时，快马来报，杜三秃子率领四五百人，增援六家子来了。

目的达到了，张天一带着人，依次撤退，镇上来助威的人，也一哄而散了。轮番撤下去，一直退到了清风岭外，双方都很谨慎，居然都没有伤亡。王家的神枪手，早就埋伏在清风岭的山口了，除非警察署背来了迫击炮，否则休想进入山门。

六家子警察署长渐渐地摸清楚了对方的火力，舍不得多打子弹，大声骂着王老凿，老不死的，还阳了，还敢主动打出清风岭，这一回，高低给你去根。

清风岭是王老凿的地盘，占尽了地形的优势，警察都知道王家人的枪法，不敢轻易打进来，只等着杜三秃子带着重武器支援，双方一直僵持到了下午。

夕阳西下时，杜三秃子赶到清风岭，摆足架势，准备强攻，一举铲除王老凿这个隐患。还没打到太阳落山，有人急急来报，李树祯去了江家屯，抄了他们的老家，留守的日本人太少，不是矿山的技术员就是开拓团的农民，没有正式军人，怕是顶不住。

日本人被打死了，那还了得，杜三秃子不得被扒掉一层皮，他急忙撤走。剩下的十几个六家子的警察，再打清风岭，就是自寻死路，也慌忙地往回撤。张天一决不松劲儿，敌退我追，这是游击战的窍门，趁着敌人士气衰落，必须一鼓作气。警察们退到六家子警察署时，突然发现，王老凿站在了院里的炮台上，冲天开了一枪。

警察们丢下枪，掉头就跑，专往黑暗的地方钻，生怕被义勇军和王老凿追上。

真真假假的连环计，让父子二人大有斩获，收缴了一批枪支弹药，也弄足了青黄不接时的粮食。看来，干儿子这个参谋长，不是白叫的，小诸葛一般，都算计到前边了，刚一回来，九师就还魂了。

张天一说，这些都是小聪明，高人在长白山呢，抗联第一路军总指挥杨靖宇，那才是真诸葛，咱们等他来。

22

高荣轩一生最畅快的时刻，莫过于听到亮山死了。两年前得到这个消息时，还以为报信的人想讨赏，骗他呢，直到来人绘声绘色地讲，亮山洗澡时怎么被杜三秃子发现的，日本人怎么光着屁股抓住的亮山，平间又是怎么紧把着孙国栋的手，子弹又是怎么不偏不倚，击穿亮山的心脏。

心病终于除掉了，头顶上悬着的利剑终于"当啷"一声，掉在地上，绷紧着多年的心弦顿时放松下来。等到刘天柱也被枪决时，他像是酷暑难挨时，突然来到矿井口，凉风习习，舒适无比。

和亮山一家的冤仇，总算了断了。

这两年，义勇军散了，头目死的死逃的逃，日本人的根基越扎越牢，高荣轩的后顾之忧也越来越少了。更让他欣慰的是，矿工陆陆续续地下了香炉山，有的投了南票，给多田挖煤，有的托人找到他，要洗心革面当矿工，心甘情愿背矿，给口饭吃就行。有人向他献殷勤，道出个秘密，张天一莫名其妙地失踪了两年，山上除了孤儿寡母，没剩下多少人了。

这已不再是秘密了，高荣轩早就探听到了，这个不安分的刺头，逃得越远越好，有儿媳妇这个亲戚拴着，迟早是个祸根，没有他，少了不少麻烦。

去年春节，高荣轩到葫芦岛港多田家拜年，拉了半车鸡鸭鱼肉，把这一切变故告诉给了多田。多田道了几声感谢，拜年的礼物虽然俗了些，却充足地表达了忠诚。他吩咐一声，送到后边别墅的警卫排，便让仆人端上最好的滇红工夫茶，煮上甜水河子的井水，与高会长一块儿品茗。

多田说，茶和人生一样，有许多滋味，香和浓不一定是评判标准，茶的最高境界只在一个字：醇。

高荣轩一口饮下，觉出了嘴里生津，挺解渴，并没吧嗒出什么叫醇。

多田说，许多事情，须仔细品味，才有境界，香炉山是鱼缸里的鱼，看得到世界，找不到出路，股掌间的玩物而已，不想看鱼了，抽干了水就足够了。世间之事，无谋即为大谋，无兵则为大兵，此谓之醇也。

高荣轩听得云里雾里的，说多了，难免露馅，让日本人嘲笑他没文化，他会无地自容，便起身告辞了。走了一路，终于品出了"醇"字，不过，不是茶，而是酒，多田是六十五度的烧刀子，看似像水，却是碰不得，老辣得很。

本来，高荣轩认为，自己在锦西县已无敌手，可以高枕无忧了，然而，李树祯回到缸窑岭，让他放下的心重新提溜起来了，这也是个不好惹的茬子，没准是第二个亮山。好在他还兼着县保安大队长，东五会的死党们，不分昼夜地守护着他。

后来，日本人和杜三秃子平了下五家子村，拔了李树祯在缸窑岭的根儿，逃向香炉山之后，再也寻不到踪迹了。高荣轩再次把心撂在了肚子里，李树祯剩下的人马，还不及他的护院多，还被追得满山跑，面都不敢露，小泥鳅能掀起多大的浪？

高荣轩得意扬扬的时候，表兄曹凤仪拄着文明棍来看他，坐在客厅里，依然不安地用文明棍敲打地面，不断地提醒他，要与人为善，广结善缘，不要贪图更多的财富，别给自己积攒过多的孽缘。

面对表兄训教学生一样训教自己，高荣轩多少有些不舒服，毕竟,表兄是县道德会的会长,劝他以德服人,也是理所应当,也就不断地点头称是。这不,元宵节到了,江家屯街里最绚丽的花灯,都是高家花钱雇人做的,借着节日,他要营造一个太平盛事的氛围。

曹凤仪愤怒地用文明棍戳着地面,没有称赞他的善举,反倒连续说了几句,显摆,便扬长而去。

孙子高远,三岁多了,快活,聪明,经常小大人一样说话。他没有觉得爷爷是显摆,反倒抓耳挠腮张罗着到街里看花灯。中午,满院的人都在高家过节聚餐,就有消息传来,六家子闹胡子,挺凶,把警察署都围了,杜旅全员出动,增援去了。高荣轩心里琢磨,周边还剩下几伙土匪了,无非是李树祯和王老凿。

按照县长王在邦的安排,正月十五闹元宵,新老县城都要张灯结彩,好好地庆祝一番,困扰锦西县半个世纪的匪患终于剪除,县长在连山,协和会会长在江家屯分头主持庆典。然而,打脸的是,此时此刻,土匪胆大妄为地进攻临县警察署呢。想一想表兄骂他显摆,一下子就没了兴致,索性不去街里了。

高荣轩没有想到,一个悖逆县长的率性决定,让他逃过一命,李树祯先绑票后锄奸的计划流产了。

孙子不愿意了,闹着要看花灯,高荣轩想一想,胡子在外地闹,江家屯就平安了,心也就撂进了肚里,同意儿媳妇张月娥带上孙子,去街里看灯。不过,他还是怕有人动歪心思,派去两个保镖,一同坐上带暖房的马拉轿车,赶车去了江家屯。

高荣轩做梦也不会想到,此时的李树祯,根本没在六家子闹腾,离他近在咫尺了,小公子出院这一幕,被潜伏在虹螺山上的李树祯看得清清楚楚。

李树祯是在天没亮时，潜伏进了虹螺山，居高临下，一直用望远镜观察着高家大院的动向。这架望远镜，是香炉山的宝贝，站在观察哨里，可以清楚地望出十几里，张天一特意留给了李树祯。看着高家加厚的院墙，加固了的炮楼，还有十几个在墙上走来走去巡逻的人，李树祯的心凉了一多半，不管张天一怎样调虎离山，高家已经把自家的围墙筑得快像城墙了，凭着他这点儿人马和武器，无论多么勇敢，都不可能打进去，莫说是除掉汉奸高荣轩，一个铜疙瘩都休想从大院里抠出。

强攻夺取高家的粮食肯定不成，江家屯锄奸也落空了。"咣当"一声，大门打开，赶出一辆马拉轿车，张月娥带着儿子坐了进去，去街里观灯，高荣轩连屋门都没出。那一刻，李树祯突然改变策略，老的不行，抓小的，绺子的老办法，绑票。

绑票的过程极为简单，在观灯的人潮中，一群人突然挤过来，两个保镖瞬间被按倒，张月娥还没弄明白发生了什么，小高远就被人从她怀里夺走，夹到腋下，塞进他们家停在街头的轿车。赶车的老板被突然发生的一幕弄呆了，还没反应过来，就被打晕，几个人赶着马车，疾速向北驶去。

江家屯的大街上，留下张月娥撕心裂肺的喊声：儿子——

绑票是意外的收获，没必要冒险强攻高家大院了，李树祯立刻调整作战目标，转攻江家屯的北街，那里住着日本人。日本人爱干净，铺在院前院后的石板路，每天都要清洗好几遍。他们在女儿河畔选了块高地，盖了一片尖顶房，成了专用居住区。张家的水车把水汲到高处，顺着水泥管流下，分到每家每户。

既然你屠杀了我的下五家子村，我也以牙还牙，让你们这些掠夺者也死无葬身之地。李树祯发起了进攻。

此时，日本人在居住区煮元宵，过着小正月，教孩子行成人礼。发现一群持枪的人越过警戒区，向着他们冲过来，立刻进入战斗状态。这群人虽说没有正规部队凶悍，守得也特别顽强，连十岁的孩子都会打枪。李树祯的进攻受阻，无法接近那些尖顶房，莫说是打死几个日本人，就是准备好了火把，想顺风放火，烧掉那些尖顶屋，也无法靠到近前。

一直打到天黑，哨兵来报，杜三秃子回来了，李树祯急忙结束进攻，带上小高远，快速撤出战斗。

从清风岭回到香炉山，张天一满载而归，山上的大锅不必再受委屈，顿顿煮粥，磨盘上积攒了两年的灰尘，冲洗干净，欢快地转起来，磨豆腐，弟兄们可以放开量地吃干饭，可够地喝水豆腐了。还有他的乌骓马，又有黑豆吃了，赶快养得膘肥体壮，好驮着他驰骋战场。

立春过后，阳光就是不一样，不再懒怠，洒在山崖下的屋门前，渗透着暖意。张天一看到了更加暖心的一幕，母亲的膝下围着两个孩童，追逐成了陀螺，笑声山雀一样，回荡在山谷。孙子和外孙子围在身旁，一种天伦之乐，洋溢在母亲慈祥的脸上。

儿子小寒露，两岁多了，从没见过别的孩子，周围全是忧心忡忡的大人，没尝过与小伙伴嬉闹的快乐，这下好了，李树祯替他把外甥"接"到山上，儿子终于有了玩伴，真是意外的收获。

看到张天一走过来，小高远突然停止住了游戏，露出了恐惧，被大人劫持上山，孩子吓坏了，看到所有男人，都觉得是来伤害他的。尽管姥姥不断地哄他，不怕，不怕，是你舅舅，可孩子钻进姥姥的怀里，大气都不敢出。

第一次见面，当舅舅的总要给孩子件见面礼吧，张天一找遍了全身，没摸到任何可玩的东西。他索性趴在地上，学狗叫猫叫羊叫公鸡叫，用他练就的一身功夫，学青蛙跳。不管张天一怎样折腾，都没把小外甥吸引过来。

倒是儿子先跑过来了，朝夕相处了半个多月，儿子不再生疏，爬到父亲的背上，欢快地骑大马。外甥在小弟弟的招唤声中，没能承受住诱惑，让姥姥抱着，也骑到了张天一的背上。张天一驮着孩子们玩，沉浸在天伦之乐中，可他的心里却一阵阵地酸楚，生不逢时啊，本该天真无邪的幼年，却成了乱世的筹码。

有人从山下的台阶跑上来，告诉张天一，曹校长陪着你姐姐赎人来了。

小高远似乎听懂了，大马再好玩也不骑了，哭泣着，大声喊妈。

这是多么难堪的时刻，最卑劣的绑票行径发生在了亲人身上，上山谈判的又是他的亲姐姐，多么荒谬的世道。看来，香炉山摆脱不掉绑票的魔咒了，即使他再憎恶土匪，再不想打家劫舍，可建立苏维埃政权前景越来越渺茫，谁坐在香炉山，都得被贴上"山大王"的标签。

然而，这涉及山上弟兄们的生存，涉及能否迎接杨靖宇的西征，"山大王"的名声再不好听，他也得担着。不管他多么不想见姐姐，多么不想见满身君子之风的曹校长，也得硬着头皮见，还要恬不知耻地要价，高荣轩不拿出一百亩地的粮食产量，休想赎回他的宝贝孙子。

姐姐张月娥沿着台阶爬了上来，外甥扑上去，号啕大哭，委屈的声音，似乎要把山上的香烛哭倒。张月娥知道香炉山没有好东西吃，边抚着儿子的脑袋，边掏出了高家自产的蛋糕和桃酥，哄着儿子,用不着害怕,谁敢伤害你,姥姥和他们玩命。

小寒露看到小哥哥见到吃的,打雷一般的哭声都停止了,也舔起了自己的嘴唇。姑姑招唤了好几声,小寒露没敢动,瞅了眼刚从屋里走出来的母亲,直到母亲点头同意,他才跑向了小哥哥。

反正外甥不是他劫上山的,张天一理直气壮地和姐姐说,我是孩子的亲舅舅,亲人不能总不走动,见见姥姥、舅妈、弟弟,亲近亲近,别将来见面不认识,打个你死我活。

张月娥同意弟弟的说法,这次上山,把侄儿也一块儿接走,看这孩子,瘦得这么可怜,吃相像头小狼,留在土匪窝里,等着饿死呀,我当姑姑的带下山,替你们把孩子养大。

姐姐的话里露着锋芒啊,这是反咬一口,让他的孩子下山为质。张天一说,姑姑心疼孩子,缺啥都送上山来,免得弟弟落下匪的坏名声。

张月娥烦了,别找遮羞布了,都是一个妈肚里钻出来的,要啥,要多少,给个数儿,高家没穷到给不起的程度。

张天一说,高家还真给不起,高荣轩欠国家一条命,你能拿人头来换吗?

张月娥瞪大眼睛瞅着弟弟,仿佛不认识了一般。

陈小娴忙跑出来打圆场,上前施了个礼,称尽管事情唐突,往好了想,也是一场缘分,没有这码事儿,我和姐姐还不认识呢。母亲也从中间和稀泥,要什么都好,不能要命,有话好好说。

张天一倒也干脆地亮了底牌,十马车粮食。

姐姐倒也爽快,世上能用钱财摆平的,都不是大事,这个家我能当,成交。

香炉山的台阶太陡峭，毕竟一大把年龄了，张恩发扶着曹凤仪爬了好久，才爬到山崖下的屋舍。这位高荣轩请来的说客，还没等从中斡旋，姐弟俩的赎人谈判已经"嘎嘣脆"地结束了。来的都是客，尤其是曹校长，算得上是香炉山最尊贵的客人了。好在六家子警察署挺肥实，小仓库里堆着弹药，囤积了米面，还有半爿猪肉和十几盒日本罐头。义父很大方，只留了少部分，大部分让干儿子带走，香炉山总算不会寒酸地待客了。

唯一遗憾的是，不能把李树祯喊出来，让他藏在山洞里和弟兄们一块儿快乐吧，否则姐姐会和他打起来，当妈的怎能容忍儿子被人打劫。

女人和孩子都进了屋，张天一也把曹校长往屋里让，没有茶叶，喝口白开水也是暖的。曹校长却不肯，执意拉着张天一在香炉山上转一转。

一种愧疚爬上张天一的脸，他太失礼了，回来了这么多天，居然没给曹校长捎个信儿，报一声觉知的平安，也没让校长知道，这两年自己干了些啥。若不是外甥被绑架，曹校长找上门来，他真把这件事儿忘北边去了。

绕着香炉状的崖壁，两个人一直走下去，边走张天一边向曹校长讲述，怎么去的哈尔滨极乐寺，怎么拜见的王瑞华，王瑞华又是怎样给觉知改了法号，送到日本交流佛教，自己又是怎样找到了抗联，一五一十地讲了出来。

曹校长边听边"呃呃"地回应，像是如释重负，又像是若无其事。

张天一没有看懂，曹校长把儿子藏得那么深，到底是太在乎儿子，还是满不在乎？当年宁愿断了香火，也要送儿子当和尚，已经让人莫名其妙了，现在儿子杳无音信，他却无动于衷，仿佛这个独生子不是他生的。

曹校长看出了张天一的疑惑，却没有给他解惑，只是哲人一般说了句，一个人，一生能做成一件有意义的事，就很了不起了，觉知在哪儿不重要了，他用一生的心血熬成了一件事，没白活一回。

张天一误解了这句话，以为曹校长送走儿子，是想让觉知成为一代禅师。曹校长把秘密藏在心中，不肯说出来，不是不信任张天一。沙锅屯的出土文物，承载着民族文化的基因，与仰韶文化对比着研究，将会有石破天惊的考古发现，这是辽西文化与黄河文化一脉相承的证据。儿子藏得越深，沙锅屯文化安全性就越高，多田文化侵略的野心，越不容易得逞。

时机未成熟，这些心里话，只能憋在心里。

边绕着高耸的崖壁走，曹校长边讲着香炉山传说，孙悟空大闹天宫，一脚踢翻了太上老君的炼丹炉，落到人间，形成了咱们这座香炉山。张天一会心地一笑，传说再美丽，也是假的。曹校长突然停住脚步，望着一块红褐色平展的崖壁，问张天一，看到什么了吗？

张天一太熟悉香炉山了，一草一木一崖一石都摸遍了，头也不抬地说，岩画，画的是麋鹿。

曹校长说，线条稚拙简洁，风格粗犷强劲，每刻一道都生动传神，我们的远祖有非凡的观察力，敏锐的表现力。指着崖壁上的岩画，曹校长一帧一帧地讲下去，讲画的内涵，讲当时人类的生存状态，讲雕刻的技法，讲三千年不损的原因。

讲着讲着，曹校长停顿下来，突然感慨一句，多田真贼呀，剿灭一个家族武装，发动一场战争般，动用了飞机大炮，不惜代价地轰炸清风岭，兴师动众地"围剿"王老凿，对香炉山的态度呢，截然相反,明知九师占据山上,却视而不见,从不动用飞机大炮,玄机就在这岩画,老祖宗成了你们的保护神啊。

曹校长与张天一对视一眼,继续讲下去,这些岩画,表现的都是动物,有些场景,和狩猎相关,从文化的本源来说,这是渔猎民族的特征,与农耕民族有着根本的区别,留着它,就能证明"满洲国"独立出中国的合法性。

张天一说,那就毁掉它。

曹校长瞪了眼张天一,这是你的护身符,毁了它,九师就没有了安身立命之处了,更何况它是文化遗产,人如韭菜,可以一茬茬地轮回,文化是根脉,挖掉了根,就不可能涅槃重生了。一个民族最大的悲哀,莫过于文化被入侵者移花接木、李代桃僵,最终消亡。

张天一无语。

曹校长继续观察着岩画,他有些弄不明白了,沙锅屯与香炉山如此之近,那里的古人类明显地进入了农耕时代,这里却是另一种渔猎文化,难道文化的传承断裂了?或者是两个不同时代的踪迹不属于同一人种?

带着疑问,曹校长反反复复地走来走去,渐渐地,他理出了眉目。动物的原生态,狩猎,动物周边的围栏,鱼在网中,几种状态的岩画,看似无章无法,随意而为,细琢磨开来,并非无序。一帧帧地分辨下去,曹校长边看,边分析画面,究竟表达的是何种意图。渐渐地,他理顺明白了,岩画实际上是不太连贯的连环画,讲述着四边的猎物,狩猎的方式,织网打鱼,家畜驯养,相互联系地看下去,岩画生动地记录下了远古时期人们的生活场景。

还有一幅特立独行的岩画,一个女人袒露硕大乳房,双手指天,曹校长讲解,这是巫师作法,指挥天上云朵,属于原始宗教。张天一突然觉得，那个女巫像极了母亲。

这些岩画，数千年风雨侵蚀，线条如此流畅清晰，雕刻的工具不可能是石头，如此推断，应属人类的青铜时代。这个时代，工具都产生了，本该是农业的兴盛时期，怎么看不到农耕文明的影子？曹校长大惑不解，快把脑袋挠破了，也没挠明白。

忽然，一团被春风化软的雪从崖顶上掉下，砸进了曹校长的脖颈，也砸到了一幅模糊的岩画，霎时，水浸过的岩画线条突然清晰了。曹校长凉得打个激灵，他突然明白，苍天眷佑，提醒他呢，有的岩画隐身了，需要泼水。

于是，在光洁的崖壁上，曹校长开始寻找隐性的线条，终于在一道仅一人宽的崖缝间，摸出不易察觉的痕迹。他大声对张天一喊，快，给我端盆水来。那种急切，已经不似平时那般儒雅的曹校长了。

张天一没有拿盆端水，而是挑着一担水，急急地走过来。山上的水，极凉，曹校长不管不顾了，蘸着自己的衣襟，涂在隐性的线条之上。很快，远古人类弓腰播谷、收割、储藏等画面逐一显露出来。好了，大功告成了，曹校长终于弄明白了，崖壁之间太窄，挥舞工具不方便，展示农耕场景的这批岩画自然浅了许多，很难被人发现。

没有疑问了，香炉山岩画是沙锅屯文化的延续，这就是证据，那一刻，曹校长高兴得像是从岩画中跳出来的活了几千岁的老翁。

张天一也受了感染，现在，他终于明白曹校长了，与他保卫土地不同的是，曹校长在保卫文化，哪怕所有的土地都丢失了，文化不亡，人种不灭。杨靖宇教给他的是在大地上做眼，曹校长教给他的是在灵魂上做眼，两只眼连在一起，就有了不亡的根。

返回崖壁下的屋舍路上，张天一已经喜形于色了，曹校长却无比忧虑地说,我不指望桃李满天下,我一生只想做成一件事,不让汉奸文化进校园,我知道,这是螳臂当车,可我必须拿生命去捍卫,任人说我一生一事无成。

张天一说,我记住了,捍卫文化。

曹校长说,不是一般地记住,要化在骨髓里,这是我的遗嘱。

张天一睁大眼睛瞅着曹校长,好好的呢,说啥遗嘱?

曹校长又一次望香炉山顶,目光充满着依恋。忽然间,两行热泪奔涌出他的眼眶,瞬时飞落如雨,他不去擦,一任流淌。末了,他抚着张天一的肩膀说,有香炉山在,民族的根脉就不会丢,这是天意,辽阔的天地间,天然形成一座敬祖宗的香炉,你守在这儿,是替整个民族敬香呢。

23

几天后,张月娥又来到香炉山下,赶来了十辆装满粮食的大马车,接走了她的儿子高远。小哥哥走了,小寒露哭得满地打滚,好不容易来了个玩伴,热乎得如胶似漆,硬生生地给分开了,孩子受不了,吵闹着向奶奶妈妈要哥哥。

站在山上,耳朵听着儿子我要哥哥的呼唤,目送越走越远的姐姐和外甥,张天一的眼睛潮湿了,从今以后,这份亲情恐怕要越来越疏远,越来越残酷,没准哪一天亲人们会生死相搏,这是他最不敢想的,太恐怖了。

不管这些了,将来的事情交给将来,还是把眼下的事情谋划好,山上有粮,心里不慌,张天一要重招旧部,再次把九师这杆大旗扛出去,还要把香炉山的势力延伸进医巫闾山,与老梯子相互呼应,迎接抗联西征,把燕山与长白山连接在一起。

这是一盘庞大的棋,每逢想到这里,张天一热血澎湃。

刚用乳房安抚好儿子的哭闹,听到张天一又要聚集人马大举义旗,向来安静的陈小娴,顿时沉不住气了,一腔愤怒勃然而发,你拿大家的生命当儿戏呢?敌人的包围密如蛛网,此时出击,是飞蛾扑火,眼下,只能化蝶为蛹,蛰伏在地下,等待时机,再破茧而出。

张天一吼道,都做缩头乌龟,谁去收复失地?革命总会有牺牲。这是他从抗联里学来的词儿,用在了妻子的身上。

陈小娴毫不妥协,这是毫无意义的牺牲。

张天一说,鲜血就是泼在大地上的墨,提醒人们只有前赴后继地牺牲,才能不当亡国奴。

陈小娴说,就算你说得对,我们的现状是深陷重围,粮食是吃一粒少一粒,几百人重聚山上,算一算粮食能吃几个月?方圆百里,老百姓都归在人圈里,没处买粮,全县就高荣轩一个大户,还能吃他第二回吗?别让一次胜利冲昏了头脑。

张天一顿时语塞,沸腾的热血渐渐凉下来,他知道,这些人马,都是陈小娴遣散的,究竟藏在了哪里,张天一不知道,他们只听少东家的,少东家不去召唤,他们不可能回到香炉山。既然大张旗鼓地重振九师时机未到,张天一退而求其次,学抗联的招儿,把铁杆汉奸拉进黑名单,让身手好的弟兄当特务,潜进敌后,逐个清除。

这个主张,陈小娴支持,陈家遍布辽西的秘密店铺,既是香炉山的资源,更是情报网,想要谁的人头,列出名单便可。杀一儆百最好的靶子,就是大汉奸杜三秃子,死在战场上的弟兄和被屠杀的村民不算,被他亲手杀死的义勇军弟兄不下二百人,这个祸根不除,难以重聚人心。不管多难,张天一也要先除掉杜三秃子。

陈小娴暗中布局,暗杀行动在不动声色中悄然进行,就像平静水面下的漩涡,上百双眼睛盯着杜三秃子的行踪,十几套杀人方案都在等着他,一旦他落单,必死无疑。然而,缜密的暗杀计划却是次次落空。

　　杜三秃子这辈子只做一件事,算计别人,别被别人算计了,他吃过的盐比张天一吃过的饭多,走过的桥比张天一走过的路多,防范暗杀的时间,比张天一的年岁都长,蚊子放屁都能闻出杀机,怎能轻易地被人算计了。

　　投靠了日本人,杜三秃子最忌惮的,不是义勇军,而是崔黑子,若不是崔黑子依仗救过多田的命,地位牢固得不可撼动,他早就以通匪之名,除掉这个隐患了。他的直觉告诉他,崔黑子谋得警务局长,不是找个出路那么简单,这是个记仇的人,不会忘了自己曾绑架过他爹,两个人迟早要有你死我活的交锋。

　　既然一时半晌要不了崔黑子的命,只能通过各种方法,挤对崔黑子。他以防匪不力为由,杜旅直接管辖到了下边的警察署,完全架空了崔黑子,让崔黑子的势力缩回县城,除了管一管县城的小偷小摸,抓几伙聚众闹事的,收缴一些捐税,屁个权力都没有。

　　县城里的警察,窝囊得沦为街头站岗的,被国高学生打嘴巴,捂着脸,声都不敢吱。警察当得越憋屈,崔黑子心里越高兴,哪有汉奸不嚣张的,警察常受委屈,是他没有坑害百姓的最好证明,更能反衬出杜三秃子的十恶不赦。

　　欲让其灭亡,必先使其疯狂。崔黑子记得,这是古希腊一个先哲说的。

　　张天一虽然知道舅舅憎恨杜三秃子,也想除之而后快,但他根本不想结这个同盟，因为除掉了杜三秃子，下一个目标就是自己的亲舅舅，锦西县警务局长崔默加，他不想下手之前，还欠下这么大的人情。这就便宜了高荣轩，李树祯绑了外甥，打草惊蛇了，高荣轩缩进了乌龟壳，不肯出来了。

前前后后谋划了一百多天，每一次做好了谋杀方案，都被杜三秃子逃脱了。杜三秃子骑着大马，从街上一过，就能从众多瞥向他的眼神中发现风吹草动，从此，无论扎营在哪儿，一步也不离开他的旅部。

即使陈小娴把暗杀高手派进军营，也没有机会接近，杜三秃子周边围着香炉山上带下来的老匪，都是死党。得知杜三秃子防范得如此之严，张天一派人说服了一个替父报仇心切的女孩，不惜卖身到妓院，试图借杜三秃子喜爱嫖妓，让杜三秃子死在温柔乡里。

然而，即使放纵地嫖妓，杜三秃子也没放松警惕，每次嫖妓，他从不到妓院，而是召妓到军营，也不听吹拉弹唱，玩一会儿小情调，更不是喝酒作乐，滚成一团，弄出一点激情来，再去欲仙欲死。他的嫖妓过程，一点也不浪漫，让人检查完有没有梅毒大疮，脱完衣服，四肢绑在床上，他直奔主题地霸王硬上弓，自己快活完了，转身就走。

那个一心一意替父报仇的女孩，被捆在杜三秃子的床上，心灵与身体极度地扭曲，完全没有妓女那种被征服的愉悦，更不是不经世事的紧张，脸上的逢迎是装的，来自于体内的拒绝与痉挛，让杜三秃子感受到了差异。

完事后，杜三秃子从女孩的发髻里摸出了尖锐的银簪子，他二话没说，直接把银簪子从女孩的左乳房插进心脏。

又欠下了一条人命，得知这个消息，张天一夫妇流了半宿泪。

事实上，母亲、义父、妻子一直捆绑着张天一的冲动，不让他重举九师的大旗，支持他的只剩下李树祯一人，换一句话说，香炉山支持李树祯的也只有张天一，毕竟李树祯是副师长，亮山牺牲了，九师顺理成章地应该交给副师长。遗憾的是，九师被遗弃在东北，成了名副其实的孤军，谁来任命李树祯？九师虽然占据着香炉山，却不是山寨，不能自立为王。现在，张天一在耐心地等待抗联西征的消息，一旦两支队伍会师，九师成为抗联的一部分，就让杨靖宇下令，李树祯接替亮山。

　　九师的旗帜终究没有扛出去，大旗一挥，意味着招兵买马了，张天一觉得亲人们说得有道理，扯大旗容易，养队伍却很艰难，再正义的队伍，也不能饿着肚子。人都被日本人归在了集团部落的大人圈里了，没法建立政权，没有征粮的渠道。义父在给他种子的时候，已经指明了路，自给自足，自食其力。

　　春草萌动，山花吐蕊的时候，香炉山上的人都行动了起来，就连两岁半的小寒露也拿着小锄头，跟在了陈小娴身后，开垦起了荒地，从石缝间挖土。大小姐陈小娴从来没碰过农活儿，母子两人的动作笨拙而又可爱。山上的人，没有一个人笑，反倒受到了鼓舞，搬起石块垒梯田，背上山皮土造新地，干劲特别足。

　　山上的缓坡，哪怕是锅台大的地方，只要有土，也要开辟出来，即使只种几棵苞米，也能够一个人活几天。山上的水沟都被拦截了，种地抗旱都需要水，厕所成了黄金屋，屎尿都被掺和进土里，发酵，成为粪肥。

　　义父留给他的种子，种遍了香炉山，还有从香炉山到清风岭的山山岭岭间，空闲的地方，两人分别种上了罂粟，大烟膏是好东西，

　　—— 286 ——

瘾君子宁愿断了顿，冒着掉脑袋的风险，也敢背着粮食钻出集团部落，出来过口瘾。更重要的是，大烟膏也是药材，能止痛、止泻、止咳，缺医少药的山上，这是必备的。

春风越吹越浓，山下的草木争先恐后地绿。杨树的芽子展出了新叶，人们赶紧下山去捋，过水氽一下，去掉涩味儿，既当饭来又当菜，过几天老了，牲口都不吃了。山下沟畔旁的苦麻子、蒲公英长出来了，榆钱儿、槐花接连不断地挂满枝头，山上的人忙着去摘，这些东西做成菜团子，能省下一多半的粮。虽说山上暂时不缺粮，可下一次弄到粮食，不知猴年马月，需要细水长流。

陈小娴学着婆婆的样子，把野菜、树花氽熟了，放在案板上滚菜团子，这是技术活儿，滚得好，用很少的面，就能把野菜黏合成一团，蒸出来松软可口，不会噎着嗓子咽不下去。从前当大小姐时，不想走路有轿抬，洗手是一天干得最多的活儿，还得有温水，有护手霜，嫁给张天一时，手润得像羊脂玉。不到三年的光景，天天和婆婆干这些粗活儿，陈小娴的手粗糙得像砂纸了。

张天一心疼极了，却不敢表露，妻子率先过苦日子，为的是更久地守住香炉山。

从春到夏，一直是风调雨顺，新开垦的地虽然贫瘠，却没影响小苗成长。只要有收获，山上的人就有指望，张天一的心又长草了，因为杨靖宇与他的约定的时间到了，他一直把人派到了辽河边上，探听消息。

每一次探哨回来，都能背回一摞《大同报》《奉天时报》等等报纸，尽管都是旧报了，张天一也要从中抠出有价值的线索。

那些有价值的报纸，张天一准会收留起来，用笔把"大满洲帝国"改成"中华民国"，把"康德三年"改成"民国二十五年"。剩余的报纸,留给弟兄们揩屁股,毕竟比秫秸揩屁股舒服些。

这些旧报纸中,张天一从两条新闻中嗅到了非同寻常的味道,一条是"共匪"刘志丹率赤军东渡黄河,企图移兵察哈尔、热河,与阎锡山部激战,"大满洲国"军与大日本关东军严阵以待,粉碎"共匪"犯境;另一条是抗联"共匪"调集主力,突破辽阳防线,企图西渡辽河,进犯辽西、热河。

两条新闻,一个发生在四月,一个发生在六月,一个是东征,一个是西征,目标都是热河,怎么会这么巧? 毫无疑问,杨靖宇和陕北的红军联系上了,正在实施在燕山与长白山建立两只眼的战略。

中间的纽带是谁? 当然是辽西抗日义勇军。张天一热血沸腾,九师该结束蛰伏了,到大显身手的时候了,派出的探哨纷纷回来,证实了报纸没有撒谎,大批日军源源不断地赶往辽河右岸,就连杜三秃子的"讨伐旅",也被紧急调往辽阳。

如此兴师动众,辽西的防务注定空虚,张天一决定,联合老梯子,在中腹杀他个昏天黑地。去马棚牵出乌骓马,战马兴奋得"咴咴"叫起,在山上憋了两年多了,它多么想在原野里任意地驰骋。

小心翼翼地下了香炉山,张天一刚一跳上马背,乌骓马就扬起了四蹄,像黑色的闪电,沿着山路,朝着义县方向,向医巫闾山飞驰。广阔的原野里,庄稼正在茁壮地成长,路两旁几乎全是谷子和大豆,没有高秆的高粱苞米,远远地人们都能发现骑马疾行的张天一。

庄稼地里,人影绰绰,这是最后一遍铲蹚,接下就该挂锄,能否丰收,这场农活儿很重要,集团部落里的保甲长们不敢总是把人关在人圈里,需要放出来,到地里干活,否则,没有收成,谁还给日本人纳粮?

张天一策马奔驰的身影,毫无疑问地告诉人们,他就是义勇军,他们依然为国而战。不少农人挂锄而立,召唤张天一下马歇一歇,喝口水,送一块中午舍不得吃的干粮。张天一看得出来,被禁在人圈里的人们,和他的战马一样,多么渴望自由,期盼义勇军砸碎关闭他们的樊篱。一口干粮虽少,可他们的一天,只能带出这么一口,张天一吃了,他们就要挨饿。

宁愿饿着,也要把干粮舍出,张天一看得到,这就是人心所向。

乌骓马沿着医巫闾山西侧,一路狂奔,傍晚时分,穿越过海棠山,终于找到了老梯子。历尽劫难,辽西的抗日义勇军就剩下他们两股了,加在一起,才一百多人,然而这一百多人,就是火种,一旦时机成熟,又会燃起熊熊烈焰。

一盏油灯下,张天一开始讲陕北红军的东征与抗联主力的西征,讲他在抗联两年的经历,讲杨靖宇南满千里大迂回,几百人牵动几万人"围剿",孙猴子般在包围圈里跳进跳出,处处打主动仗,硬是没伤到皮毛。老梯子也来了精神,配合抗联西征,聚回打散的人马,在辽西打一场游击战,敲掉警察署,拆掉人圈,建立苏区。

老梯子高鹏振在沈阳念过两次大学,英语日语都学得顶呱呱,不管仗打得有多艰苦,他都抱着收音机,哪怕卖掉一杆枪,也要保证有电池,不能耽误了听外语广播。他与张天一分析着形势,苏联承认"满洲国",是绥靖政策,不想和日本硬碰硬,只想在欧洲立稳脚跟,不久前,日本还发出抗议,谴责苏联支援了朝鲜支队,朝鲜支队在哪儿?都在杨靖宇的麾下呢。长白山是揳进东北亚的利剑,谁挥舞它,谁就能主导这片山河,苏联不可能放弃。

共产国际迟早会通过长白山,向中国输出革命。届时,东、西两路红军,加上义勇军,就会成为一柄利剑,凭长白山与燕山的地势,将侵入东北的日军一刀两断。

这将又是一场大决战,领导者不是国民政府,而是红军。

心潮澎湃的老梯子,大发诗兴,灯下赋诗一首:鼓角乍鸣,将士争先,孤军喋血战,唤醒民众千万。驱日寇,复朝鲜,富士山头妖魔斩,豪气长虹贯,灭倭奴,铁骑践踏樱花艳。

张天一听得懂,老梯子是何等气魄,岂止是驱逐日寇,而是荡平日本。

医巫闾山和香炉山的两兄弟太乐观了,关东军那帮参谋,快要把《孙子兵法》翻烂了,世界上所有经典战例都吃到了肚子里,怎能识不破陕北红军与抗联的战略意图?

处暑时节,传来坏消息,日军飞机大炮坦克,集团作战和人海战术都用在了西征的抗联身上。如果在山里,抗联借助地形,游刃有余,几百人可以把几万人玩得团团转,然而,西征无法回避的一个现实,一旦踏入平原河泽,游击战的灵活性就失效了,无法突破重重封锁,被围堵回长白山中。

抗联主力一师虽说打了几场胜仗,却无法改变大局,战略意图不能实现,部队损失惨重,师参谋长也牺牲了,西征失败。

医巫闾山和香炉山的义勇军,行动拖延了几天,没等聚集人马,接应抗联西征,坏消息就像场暴雨,浇灭了兄弟二人的欲望,东援计划被迫搁置,日本人不可能让燕山与长白山形成一把利剑,割断自己的喉咙。

如果一厢情愿地出兵,兄弟二人就成了沉陷沼泽的野牛,再有蛮力,也挣扎不出无边无际的泥淖。这得多亏陈小娴的按兵不动,她把张天一的催促当成耳旁风,不让任何人返回香炉山,张天一才没有机会聚闾山，穿铁路，过台安，占辽河渡口，把动静弄大。

用张崔氏的话来说，家有贤妻，男人不做横事。

李树祯倒是出去了一趟，想召集旧部，只是打下了一个集团部落，带回来了二十几个老义勇军的人，却没背回来几斤粮食。部落里的粮食，日本人管控着呢，一天一送，一顿一光，没有多余。这场仗，白白地浪费了子弹。

人上山，枪不够了，给把大刀，或者是红缨枪，就算有了家伙什。可是人多了，吃饭又成了问题，饿着谁也不行。山上的粮食，还是高荣轩家的老底子，吃了半年了，越吃越少，眼看着坐吃山空。

不能指望香炉山上开荒种地，第一年是生荏，缺粪肥，地没养出来，板得很，长着长着根就扎不下去了，养分也不足，庄稼越长越黄，穗儿瞎多实少，每亩打不出几十斤，瘪得种子都留不成，肯定养活不了山上的一百多号人。

李树祯急着找张天一商量，怎么办？

东方不亮西方亮，红军不是在东征吗，趁杜三秃子还在辽阳，热东一带没有日满"讨伐军"，九师进行一次西征，跨过热河，挺进蒙东，落脚察哈尔，联络陕北红军。张天一与李树祯一拍即合，李树祯参加过察哈尔的抗日同盟军，与那里的老熟人多，可以找到吉鸿昌的旧部。

这或许是九师摆脱困境的最好选择了。

决定了，立刻收拾行装，等杜三秃子回来再动，就晚了。听说儿子又要出征，张崔氏走到香炉前，冲着香炉山顶，点上了一炷香，双手合十，闭目祷告，有一种不祥的预感，盘旋在她脑子里，就像面前袅袅升起的青烟，挥之不去，她不断地摇着头，对着儿媳妇说，自古南征易胜，西征易折，此去凶多吉少，不能让他们走。

男人的决定,不可阻止,母亲也不行。张崔氏脸都急白了,除了儿媳妇手下的人,一个人也没留住。挡不住了,这群慷慨赴死的小伙子。张崔氏坐在地上伤心地哭。

张恩发扶起了嫂子,沉吟片刻说,我陪侄儿去,保护他,当他的警卫。

张崔氏说,老嫂比母,你快三十了,还没娶媳妇,愧对九泉下的爹妈,也愧对你死去的哥哥,嫂子不想让你走。

张恩发宽慰着嫂子,你说过,侄儿的眼睛能直视太阳,那是天子之命,苍天会护佑他的,再者说,还有我呢,我的枪法十个八个的靠不到近前。

这次出山,张天一没有选择走清风岭,小路虽近,崇山峻岭路太险,这趟远征,归期难以预料,弹药辎重冬装补给,哪样也不能少,过不去无数个尺把宽的小路,爬不上陡峭的坡,没法轻装简行。况且,快到秋收了,义父家要抓紧收割,杜三秃子回来,肯定先抢他们的庄稼,为捍卫庄稼,王氏家族每年都要流血,别去给义父添堵了。

张天一与李树祯骑着高头大马,一黑一红,并肩而行,虽然走的是大道,却见不到人影,不到农忙时节,人们都圈在集团部落,做生意,也在人圈里,想去集镇,需要日本人特许。队伍进驻的第一个镇子是六家子,警察被打怕了,望风而逃,警察署空得连一粒米都没有。

已经偏晌了,需要埋锅造饭,然而,队伍拉出来了,粮食却背得不多,李树祯认为孤儿寡母守大本营,缺粮怎能行?没舍得背。下一个目标,只能是盯着集团部落了,打碎这个把人当牲口关的人圈。

围墙扒掉了，人们对九师感激涕零，终于有人把他们当人待了，然而真的逃出人圈的，却寥寥无几。原先村屯的房子已经被扒了，出了人圈，就等于无家可归，即使被九师解救出来，他们自己也走不出来了。弟兄们看中了一片苞米地，张天一找到了地的主人，付足了大洋，掰下几锅青苞米，烀熟了，弟兄们蹲下来狼吞虎咽地啃下去。

地的主人捏着大洋，无可奈何地摇着头，很显然，有大洋也换不来粮食，除非九师打跑了日本人，扎下根，不走了。张天一急着找东征的红军，无法解释，今日的离开，就是为了明天永远不走。

张天一和李树祯商量了一番，下一个行军路线直奔叶柏寿火车站，那里是集镇，不是集团部落，几次侦察都是一个结果，仅仅有几个日本满铁守卫队员，许多节车厢挂着待运的高粱大豆，打下来，缴获一列火车，省了去蒙东的脚力，还拉走了大量的粮食和补给。

事情就坏在打叶柏寿火车站了，他们以为，在热东地界跑了快三百里了，如入无人之境，侦察得如此清楚，不会有问题，没想到，一脚踩到了马蜂窝。

张天一完全忽略了日本人的效率，也忽略了劳工们怕被打死，不敢磨洋工，驴一样干活。破破烂烂的站台，简陋得遮不住风雨的票房，挡住了张天一望得更远的目光，他的经验完全停留在三年前，叶柏寿的铁路依然被山挡着，被河隔着，火车只能断断续续地跑，没有料到锦承铁路和南满、京奉铁路全面贯通，"满洲国"被日本人用铁路织成了网格，全面覆盖了。

叶柏寿车站，除了多铺出了几道辅轨，一点儿也不像车站，更不像热河的交通枢纽，然而，这并不妨碍通车，也不妨碍"满洲国"为巩固"边界"运送物资。李树祯带着队伍，抱着机关枪冲进来时，几个满铁守卫队的日本人，跑得比受惊的兔子还快。

不巧的是，一列闷罐火车突然闯进车站，来了个急刹车，车轮把铁轨磨出了一串火星子，尖锐的声音能刺破耳鼓，没等闷罐车停稳，车门就开始"咣当""咣当"地响。张天一骑着的乌骓马惊恐地蹶步，突然间"咴咴"地暴叫，他脑袋"嗡"的一下子，涨得柳斗般，旋即意识到，要坏事，大声吼道，快躲开，隐蔽！

冤家路窄，车上载的不是物资，而是全副武装的"讨伐军"杜旅，杜三秃子拉开车门，大声吼，一个不留，全部消灭。

关东军得到情报，发现了一股辽西义勇军潜入热河地界，大肆破坏集团部落，命令杜三秃子火速赶往叶柏寿，拦截住这股顽匪。张天一什么都想到了，就是没有想到，杜三秃子会坐火车追来，在叶柏寿狭路相逢。

这是一场不对称的遭遇战，尽管他们个个枪法好，有机关枪阻击，也有手榴弹掩护，毕竟是几十个人对抗上千人，很快被围堵进车站外的一座破庙里。

庙的视野很开阔，四周没有死角，战斗从中午打到傍晚，杜旅上千号人马，谁也不敢强攻，他们知道，九师剩下的人，都是不要命的，枪法又准又狠，谁先露头跳出掩体，去抢头功，谁就抢先到阎王爷那儿去报到。就这样，双方一直僵持着，李树祯几次试图突围，都被密集的子弹封锁了回来。杜三秃子不着急进攻，就是用围困的战术，耗到九师弹尽粮绝。

子弹越打越少，少到了杜三秃子逼着人探头观察时，都没有子弹追过来。太阳刚落山，破庙四周被密密麻麻的火把包围了，照得如同白昼，杜三秃子的意图很明显，在消灭九师之前，先消灭黑天，让九师最后一点人马无影可藏。

张天一肠子都悔青了，他恨自己太贪婪了，非要学抗联，不扰民，到车站劫获补给，才引来无妄之灾。子弹越打越少，找不到突围的路，好几个弟兄抓牢了大刀，脸色铁青，手在打战，紧张而又恐惧地面对着死亡。

李树祯和张天一不约而同地劝弟兄们，不要陪着我们死，扯上白旗，出去投降吧。弟兄们都说，不能啊，杜三秃子喊出来了，一个不留，他是杀人不眨眼的，投降了也会被杀掉，拼到最后吧，临死也拉几个垫背的。

张恩发抓住李树祯的肩膀，哀求着说，给九师留个种吧，豁出命去拼一把，掩护我侄儿冲出去，回到香炉山，九师就不算亡。

李树祯用力地点头，抓住张天一的耳朵，扯过来，咬着牙说，你小子，替我们好好活着。

聚齐了最后一批子弹，准备好了最后几颗手榴弹，李树祯把卧倒的枣红马牵起，来到庙门口，让大家先开枪，压住敌人企图探头的人，甩出了两颗手榴弹。李树祯突然间狠狠地抽了一下马屁股，枣红马怪叫着冲了出去。

乌骓马很懂大家的意图，驮起张天一，跟随在枣红马的身后，机关枪毫不吝惜地倾泻子弹，手榴弹甩出了股股浓烟。在火力的掩护下，两匹马一前一后，冲向敌阵。枣红马横冲直撞，踢乱了敌阵，虽然倒在了乱枪之下，还是蹚开了一条血路。乌骓马像黑色的闪电，转瞬间冲破了包围圈，冲进了黑夜。

杜三秃子早就做好了准备，预防对手突围，清一色的日本骑兵中队立刻上马，紧咬着乌骓马，穷追不舍。乌骓马是当之无愧的千里马,即使快如疾风,马背也是平稳,张天一大幅度折回身,也能瞄准开枪,追赶的马匹接二连三地中枪,追到最后,一个中队的马群,能望得见乌骓马影子的,不过是三五匹了。

一口气跑出了一百多里,乌骓马驮着张天一,彻底甩开了骑兵中队的追击,安然无恙了。张天一松开了马缰,想让马歇一会儿,然而,乌骓马已经不会停蹄了,哪怕身体七扭八歪了,也要奋勇向前,最终"扑通"一声,栽倒在地,鼻孔喷出了血,满嘴都是白沫子。乌骓马拼光了所有力气,把主人带出了危险地带。

这本是一匹宝马良驹,奔跑起来,让普通战马望尘莫及不成问题,然而,一天没吃草料,在庙里躲避战火,也没有喝到水,疾速奔跑透支了它的一切。

上弦月像一把弓,平静地悬在空中。躺在地上的乌骓马,四肢不停地抽搐,眼睛一下一下地眨着,半轮月亮的光辉,在马的瞳孔里无限放大,放大成了一轮圆月,张天一蒙眬的泪眼中,看到父亲的灵魂骑着马眼睛里的月亮,轻盈地钻出,化成一缕青烟,飞向真正的月亮。

张天一抚着累死的乌骓马,仿佛父亲又死过一回,大恸,父亲的灵魂突然在空中大喊,忍住。

24

第二天下午,张天一疲惫不堪地到了清风岭,见到义父,"扑通"一声跪下了,放声大哭,九师全军覆没了。王老凿抱着张天一的脑袋,安抚道,咱爷俩还活着,老地盘还在咱们手,只要日本人没踏进来,咬住牙,还会东山再起。张天一无限痛心地摇着头,这些英雄好汉，和日本人在战场上拼死了，倒也值了，可是，与义勇军交锋的，没有多少日军，大多是汉奸带队打头阵，汉奸一日不除干净，驱逐日寇毫无希望。

王老凿何尝不是深受其害，王家最重要的姻亲，不也成了引狼入室的急先锋吗？他望着山野，感受着飒飒秋风，庄稼成熟了，马上就要开镰，与杜三秃子一年一度的较量又要开始了。开战的弦儿已经绷紧，他要抢回属于自己的庄稼。

张天一昏天黑地地睡了一觉，睡得黑白颠倒，梦里阴阳不分，乌骓马长着父亲的脑袋，跑出了一双翅膀，李树祯和叔叔的脑袋从一个身子里钻出，走成了乌龟，陈小娴和伊兰抱着他的胳膊，把他扯成了两半儿，立秋和寒露两个儿子戴孝哭他，身旁好像还站着外甥高远，母亲晃着腰铃，敲着太平鼓，为他招魂。

梦里比醒着还累，张天一睁开眼睛时，看到外边艳阳高照，义父守在他身旁，炕桌上摆着两副碗筷，一坛老酒，炖好的大鹅冒着热气。王老凿说，发昏当不了该死，咱爷儿俩喝几盅吧，歇足了乏再走。

几杯愁酒下肚，张天一醉了，在半睡半醒中折腾。王老凿撒出人去打探，没多久，叶柏寿那边传来确切消息，杜三秃子敲锣打鼓地往锦西返，大旗杆上悬着两个人头，一颗是李树祯，另一颗是张恩发。探子活灵活现地告诉王老凿，杜三秃子骑着高头大马，一副不可一世的样子，马都跟着横走，让部下举着两颗人头，招摇过市，一路炫耀"剿匪"的功勋。

这是心知肚明的坏消息，直到张天一醒透，王老凿也没敢告诉干儿子，只是给老嫂子和干孙子备了两份礼，派两人护送张天一回到香炉山。

见到母亲和妻子，张天一又哭成了泪人，没听她们的话，他是追悔莫及，几十个兄弟的性命，全折在了他无谋而动的找红军。三岁的儿子捶打着他的背，一个劲儿地跟他要二爷爷，二爷爷能用锤子给他打小金鱼，他让爹爹还他的二爷爷。

二爷爷永远地走了，他怕爷爷在月亮里孤单，陪着去了，给你爷爷打小金鱼呢。陈小娴哄着儿子。

山洞里的英灵台上，供上了李树祯和张恩发的牌位，摆在了刘纯起和郑心斋的两旁。张天一折身到了外边的衣冠冢旁，又给李树祯、叔叔立了衣冠冢，接下来，给乌骓马立块碑，碑下埋了两绺鬃毛，一绺是他找抗联时带在身上的，另一绺是乌骓马临死时，他新割下来的，两绺鬃毛皆和红军有关。

从此，张天一缄默不语，在香炉山上蛰伏了一冬，直到第二年惊蛰。

公元 1937 年 3 月 9 日，江家屯街面上挂满了太阳旗和五色旗，这一天是"满洲国"的国庆日，五年是第一个大庆之年。掌管"满洲国"教育部的日本人，特意提出，国庆日就去视察江家屯的学校。日本人知道曹凤仪是个饱学之士，又兼任县道德会的会长，然而数以万计的义勇军都被彻底消灭了，这颗不屈的脑袋还没被摆平，送进江家屯学校的那些宣扬亲仁善邻精神的书刊，全被曹校长挡在校门口，一本本地扯掉，送给路人揩屁股了，更莫说让日语走进课堂了。

这朵扎人的玫瑰，已经成了"满洲国"的奇葩，教育部日本官员要亲手给摘掉，攻克掉不让大和文化进校园的最后堡垒。关东军担心江家屯还有藏匿的余匪，若是沉渣泛起，行刺了日本高官，那就得不偿失了。所以，特意命令"剿匪"的老手杜三秃子陪同守护。

本来，锦州省的教育厅长应该陪同视察，可这个刚刚到任的教育厅长，比曹凤仪还怪，不穿"满洲国"的官服，天天甩着和尚大袍，经常阴阳怪气地训斥人，也不在乎是否把"康德皇帝"也捎进来。省长让他陪同日本高官去江家屯，他断然拒绝，声称，民生厅那边还有救命的事儿没办呢。

这个锦州省民生厅厅长兼教育厅厅长的怪人，就是刚从盖平县调来的王瑞华。

江家屯的学生们，体育课训练有素，队形散开后，横平竖直斜成趟。日本官员觉得这个学校真整齐，孩子们非常听话，今后接受亲善共荣教育，肯定非常顺畅，便不由自主地登上了领操台，进行一番训教，最后，让大家挥起胳膊，齐声高喊，大日本帝国万岁，"大满洲帝国"万岁。

日本官员汉语流畅，情绪饱满，自我陶醉在完美的演讲中，直至喊完了口号，才发现刚才说了那么多，都是自作多情，除了随行的几个人，台下没人响应。学生们的眼睛都盯着领操台外侧的曹校长，曹校长闭目养神，他们便充耳不闻，整个操场鸦雀无声。

真是让日本人下不来台，杜三秃子把枪掏出来了，冲进学生的队伍中，踢着学生的屁股，打着学生的脸，让他们和日本官员一块儿喊大日本帝国万岁，谁不喊就枪毙谁。

曹校长睁开了眼睛，大声说，杜三秃子，欺负孩子算什么能耐，冲我来，我没让他们喊。

杜三秃子没理会曹校长，揪住一个粗壮的大个子男生，一边扇他嘴巴，一边让他带头喊，大日本帝国万岁。

男生被打急了，愤怒地喊出了一句，打倒日本帝国主义。

杜三秃子红着眼睛，把男生揪了出来，拎到领操台前，要亲手枪毙了这个小反满抗日分子。曹校长拦在了前边，也是红着眼睛瞅杜三秃子，大声喊着，不许碰他，这句话是我教的，有本事你冲我来。

你以为你是谁，鸡巴毛！杜三秃子早就看曹校长不顺眼了，整个"满洲国"没有一个校长敢把日语老师赶跑了的，锦州热河两省，还没有人不给他面子的，居然当着日本人的面叫他的外号，没人惯着你的臭毛病。他毫不迟疑地抬起手，一枪击中了曹校长的胸膛。

操场血案就这样发生了，学生们惊叫着，四散逃离，那个男生跪在曹校长的身旁，用双手堵着汩汩流淌的血，边堵边说，我咋堵不住啊。

曹校长留给这个世界的最后一句话是，傻孩子，没用的。

一直以来，高荣轩见到多田，始终是笑容灿烂，只有这一次，满脸怒色，满眼是泪。表兄一生清高儒雅，德行万人瞩目，居然当众被杀，凶手杜三秃子扬长而去，还理直气壮地向关东军"讨伐军"司令部请功。

曹家被飞来的横祸吓傻了，一门读书人，没经过事儿，全靠高荣轩料理。高荣轩购置了厚重的柏木棺椁，收殓了曹凤仪的遗体，张罗着搭设好了灵棚，雇了一班鼓乐，一切办妥，丧事才交给曹家人。他头一次从矿区调来卡车，中止拉矿，借为私用，坐进驾驶室，一路上让司机加大油门，烟尘滚滚地赶到葫芦岛港，进入那幢曾经属于张学良的别墅，拜见多田。

此时，伊兰带着快五岁的大儿子立秋，抱着马上就三岁的二儿子立夏,正在别墅外的海边放风筝。风筝是伊兰自己做的,风筝上拴着两朵伊兰之花,她很迷恋这种风筝,一朵慰藉给自己起名字的父亲,另一朵纪念立秋出生时的蓝天。见到一辆卡车开进来,知道来了客人,她收起了风筝,带着孩子们往回走。

立秋穿着翻领小西服,扎着领结,很礼貌地向来访的高荣轩鞠躬问好,立夏学着哥哥的样子,问候客人。伊兰给高荣轩倒茶的时候,听到了杜三秃子枪杀曹校长消息,顿时脑袋"嗡"的一下子,一壶茶水跌落地上,烫了脚都不知道。

对于伊兰来说,曹校长不仅仅是她的恩师,而且情同父女,若是没有这场该死的战争,她膝下的孩子,应该是曹校长的孙子。校长的罹难,等同于挖走了她的心肝,五雷轰顶般的感觉不亚于父亲绝望的自尽,自己贵为日本上层社会的夫人了,为什么连亲人都无法保护?

伊兰不想一味地做相夫教子的贵妇人了,不为抗日,也要为清除人类的渣滓说一句话。她请求多田,说服关东军司令部,必须处死杜三秃子。

面对忠心耿耿的高荣轩,还有夫人流泪的恳求,多田眉头紧锁,他向来讨厌杜三秃子,眼下,满洲的大局已定,帝国的治国方略,应调整为以仁为本,建设王道乐土,杜三秃子恰恰是王道的破坏者。辽西义勇军基本上被剿灭了,这枚过河的卒子也没用了,帝国的形象不容他继续践踏,该到弃子的时候了。更重要的是,曹校长的道德会会长是他逼着当的,一旦定性为反满抗日分子,他起码要向帝国承担失察的责任。不管怎么说,谁也不能否认曹凤仪是文化教育界的名流,这样的一个人死了,不闻不问,有损于帝国礼贤下士的风度。凝聚民心,笼络知识界,维护帝国长治久安正要借一个脑袋呢，杜三秃子送上门来了。

即使高荣轩不来找他，夫人不向他求情，也没发生操场血案，多田也在思考如何处置杜三秃子。他站了起来，说了一句，晚几天出殡，我陪夫人去吊唁。

告别了多田家的别墅，高荣轩坐上卡车，去了连山的锦西县警务局，找到局长崔默加。崔黑子与杜三秃子有杀父之仇，此次是报仇的最好时机，不趁机向上边火上浇油，就枉为人子了。两个人是多年的主仆关系，从某种意义上说，没有崔黑子，高荣轩也不可能和多田成为至交，他们是同盟者，无论啥时，都要步调一致。

用不着高荣轩鼓动，崔黑子正在上书"满洲国"中央警务司，陈述江家屯操场血案的调查结果，以体现王道精神、维护民族协和、拥护正义为理由，要求缉拿凶手，正法杜清和。

高荣轩转达了多田的态度，崔黑子把笔一摔，狠狠地说了句，天作孽犹可恕，自作孽不可活。

香炉山可以缺粮，不可以缺消息，只要麻雀能飞上山，消息就封不住，陈小娴把情报网织到了"新京"，更莫说不过六十里远的江家屯了。那时，张天一迎着和煦的阳光，在崖下种蒜，听到曹校长遇害的消息，眼前的阳光立刻丢了。他坐下来，半晌没言语，曹校长引颈待割五年多了，早将生死置之度外，无论哪一天到来，都会坦然面对。他默默地拎起一桶水，走到山崖下，钻进那道崖缝间，用抹布蘸上水，涂出了那幅农耕氛围浓重的岩画，嘴里磨叨着曹校长的遗嘱，捍卫文化。

文化是什么，是一个民族的遗传密码，就像这些平日里隐藏的岩画，一代代人死去，都不会影响它的存在。这是曹校长教给他的,这么德高望重的老学究,最终也没从杜三秃子的手中逃过去,日本人再恨曹校长,也没敢动杀机,这个杀人成癖的恶魔,对手无缚鸡之力的一介书生下手了。这个祸患不除,父亲、义父、叔叔、李树祯,还有那么多无辜的在天之灵,都不会饶过自己,苍天也会惩罚他的怯懦和无能。

张天一足足地在崖壁下坐了小半天,他知道,杜三秃子把自己防范得铁桶一般,多少次的暗杀,都落空了,在外部下手,已无能为力。现在,机会来了,暗杀不成,那就转换脑筋,堡垒往往从内部攻破,为何不借刀杀人,让日本人动手,把暗杀转变成光明正大。他拍拍屁股,起身回屋,对母亲张崔氏说,妈,给我占一卦,明天去锦州,是否有凶险。

母亲点起了一炷香,敲起太平鼓,摇晃起了腰铃,嘴里念念有词,直到累得气喘吁吁,她才告诉儿子,我这儿没事儿,找你媳妇,她是你真正的保家仙。不用母亲说,他也要和陈小娴商量,锦州成了省会,出城入城管得更严了,张天一被日本人画过像,没有一个妥帖的身份,很难混进城去。

好在陈小娴早有准备,给张天一准备了长衫,戴上了礼帽,拔掉了浓眉,粘上了小胡子,还配了副圆圆的眼镜,加上人瘦了,在山上又捂了一冬,脸也白了,行伍的痕迹淡了,活脱脱地成了教书先生。就连小寒露看到父亲,也没一下子认出来,居然哭了。

这身装束,在陈小娴听说王瑞华回到老家,担任民生厅长兼教育厅长时,就准备好了。香炉山想要长期平安,伪政府中也要有自己的人,张天一迟早会去锦州,找他的恩师。只是她没有料到,王瑞华刚在锦州落脚,还没站稳,丈夫就急不可待地去找。

陈小娴让张天一少安毋躁,让他再等两天,她用相机给张天一拍了张化装照,派人下山到南票洗印出来,又派人到锦州,做一张教员证,名字换成了另一个人。

去锦州那天,天还没亮,张天一已经坐不住了,急着走下香炉山,好在下弦月刚刚被咬掉一口,银亮的月光下,条条道路照得清清楚楚。朦胧的月色中,他似乎看到了叔叔张恩发,总是老黄牛似的出现在他身旁,找抗联那回,是叔叔赶车送他,找陕北红军那次,叔叔跟在马后保护他;这一次,叔叔也没了,他只能孤独地走。

还好,天光大亮时,女儿河畔有渡船,张天一跳了上去,居然没人认出他,还问他先生是去锦州还是出远门。河面很宽,河水很急,渡船顺流而下,比大马车跑起来还快。船行到女儿河火车站,张天一下了船,倒了一趟火车,下午,张天一已经到达了锦州省政府大楼前。

王瑞华没有想象的那么难见,尤其是教书先生来访,从不难为。张天一被引进办公室,坐到近前,摘下眼镜,揭掉假胡子,才被王瑞华认出。这么多年来,他们只见过两次面,上一次是假和尚,这一次装成教员来诳他。

见到老师,张天一直言不讳,为恩师的老朋友曹凤仪来的,一个只会搞学问的人,横遭枪杀,必须向关东军施压,给知识界一个说法,枪毙杜三秃子。

其实,没有张天一的造访,王瑞华也准备行动了,莫说是自己的老友受害,身为教育厅长也得为老师们撑腰,决不能让军警随意进入校园。只是没有想到,第一个督促他惩办凶手的,居然是义勇军的首领。张天一真是胆大包天了,通缉令一年压一年地贴在城墙旁电线杆子上,竟敢自己送上门来。

王瑞华存心想涮一把自己讲武堂的弟子,一口答应下来,条件是张天一留下,别走了,当成礼物,送给日本人。

张天一也来了冲劲儿,只要能给曹校长报仇,挨千刀万剐也无所谓。

王瑞华把大僧袍一展,问道,佛家面前怎能言杀?

师生二人对视一笑,王瑞华指着一旁的沙发,让张天一安静地坐下,他要打个长途电话。这个电话,王瑞华是打给关东军总部的,电话里还在调侃,还是当土匪好啊,杀人越货,还能被招安,升官发财混个少将旅长,"满洲国"真是奇怪了,容得下杀人如麻,容不下一句错话。

对方没明白王瑞华说的是啥意思。

王瑞华说,没意思,我去锦州的广济寺出家当和尚去了,什么狗屁的教育厅长、民生厅长,你们随便找个文盲流氓当好了,什么时候枪毙杜清和告诉我一声,我替他超度一下,别再托生出个魔鬼来。

撂下电话,王瑞华让张天一戴上眼镜,粘好胡子,陪他去广济寺出家。出了办公室的门,有几个日本人拿着文件追出来,王瑞华把袖子一扬,大声说,告诉你们的天皇,老子不伺候他了,去庙里当和尚。

张天一真的很敬佩他的老师,虽说遵从命令,潜伏下来,出任伪职,却始终不卑不亢,竟然提出到广济寺当和尚,广济寺里设有昭忠祠,专门祭奠甲午陆战的死难者,那是公开地向关东军抗议,不杀杜三秃子,天子呼来不上船。

开始的时候,杜三秃子还以为枪杀曹校长,是件立功请赏的事情,教育部的日本官员也称赞他,谁有反满抗日倾向,杀无赦。可事态却向着相反的方向发展,王瑞华挂印罢官当和尚,不见他的脑袋,不拿办公室的钥匙。多田居然偕夫人亲赴江家屯,出殡时,不嫌掉价,抬棺前行,夫人戴孝行跪拜礼。平时蔫头耷脑,遇事让他当八分的崔黑子,突然间跳得格外欢,竟然越级向中央报请了刑事案,高低要缉拿凶手归案。

每次杀人,关东军"讨伐军"司令部总会嘉奖杜三秃子,这一次嘉奖令迟迟未到,满心欢喜地等来了一纸命令,却是剥夺了他的指挥权,把杜旅改姓了,手下的铁杆弟兄们也被解散,编入了其他"讨伐军"中。没有了军权,杜三秃子心里就没底了,想再次占山为王,也没了人手,况且日本人豁出一个中队的人马,日夜守护着他,声称保护杜旅长的绝对安全,无论走到哪儿,都是贴身警卫。

杜三秃子明白了,这一枪打到了雷子上,变相软禁他呢。他意识到问题的严重了,怎么会突然间跳出这么多人,都想拿他的脑袋说事儿。他一直是做着要别人脑袋的事儿,从不在乎杀的人是谁,这么做,图的是啥,不还是剖心坼肝地让日本人看到他的忠心吗?找遍整个"满洲国",能有几个?现在,轮到他遇到麻烦了,日本人是啥态度?根本没在乎他的脑袋,他的死活,只是关东军司令部一句话的事儿。

凭着多年的经验,杜三秃子还算了解日本人,向来翻脸不留情。这一次,千万别让人算计了。他不缺金条,一定要给自己活动出一条出路。

第一个出面保杜三秃子的,是锦西县长王在邦,王县长祖宗八辈没见过这么多钱,金子弄花了他的眼睛,历数了杜清和一个旅吃掉一个师的奇迹,失去这个守护神,锦西会面临十大危机,动摇帝国根基。

春岛芳子向关东军司令部力保杜三秃子,她的理由是这种会说话的狗,豢养得越多越好,帝国要开辟更重要的战场,没精力缠在"满洲国",把狗的能量都释放出去,足可以咬死那些零散的抗日武装。

平间用的是另一种方式保杜三秃子,也是发泄对多田的不满,一个没有军职的商人,一个没有教授头衔的文化人,过多地干涉军界、政界的决策,纵容"满洲国"的敌对势力,实在可恶。他向上陈述的内容,全是曹凤仪反满抗日的证据,已经将所有的学生教唆成帝国的敌人,十恶不赦,当场诛杀,就是以儆效尤,杜清和有功无罪。

关东军没理会平间,指导官的军衔不过是个大尉,不足以说服司令部。维系战争的燃料,制造枪炮的有色金属,需要多田源源不断地提供。治理"满洲国"需要一批能臣干吏,王瑞华素有威望,因为一个杜清和拂袖而去,闹得沸沸扬扬,有损于帝国和协建国的形象。

僵持了几个月,关东军下了决心,不能得罪这两个人。日本军事法庭以非日本军人为由,拒绝审理,他们不想让干净的法庭被杜三秃子弄脏了。关东军责令"讨伐军"司令部先解除杜清和的军籍,按照普通刑事案件,交给案发地处理。

就这样,杜三秃子不可避免地落到崔黑子的手里。

最后一个关押夜晚,杜三秃子被移到了江家屯的老监狱,县长王在邦也不愿意把刑场设在县城,一个快死的人,还怕个啥,突然喊出给了县长多少根金条,那可就毁了。反正江家屯人对他恨之入骨，把他丢进仇恨的人潮中，就忘了曾经舍出的金条。

断头的晚饭是崔黑子送进来的，一般说要有饺子，崔黑子却说，下地狱的人不配，只是端进一碗馊饭、一盘放臭了的酱鱼。监狱的铁窗开着，外面的苍蝇闻到腥臭之味，翅膀扇圆了往屋里钻，片刻间占领了食物。

杜三秃子饿了好几天了，居然什么都不顾，连苍蝇一块儿咽下去。瞅着杜三秃子，崔黑子满脸鄙夷，马上就没命了，还有心吃，而且没吃饱，还想要，这副贪婪样儿，临死也不忘多吃一口。

这一天，崔黑子盼了二十几年，虽说君子报仇，十年不晚，这杀父之仇让他等得太久了。他不想让杜三秃子死得那么痛快。马灯下，他瞅着杜三秃子说，饭是没有了，想吃吗，明天还有一粒花生米。

杜三秃子知道花生米是啥意思，就是枪毙犯人的子弹，他把脚镣手铐挣得"哗啦啦"响，他不甘心就这样丢了命，还在期待日本人改变主意，或者仅仅是吓唬他一下。

崔黑子说，你不是常让别人吃花生米吗？明天，你也尝到了，不过，这粒花生也不是随便给的，你得花钱买，需要和花生米一般大的金锞子，你若舍不得，阎罗殿里太黑了，他们听说你的油肥厚，正好点灯。

杜三秃子一下子明白了，明天的刑场杀他方式不是枪毙，而是点天灯，他大声喊了起来，金子我有，都在县长家呢，每根金条，都有记号，印个杜字，拿放大镜一照就能看到，求求你，让我死得痛快点儿。

崔黑子说，现在把谁咬出来都没用，你没让别人活得痛快，谁能让你死得痛快？

杜三秃子眦目切齿地说，没想到你藏得这么深，先算计了我的军师，再算计我，我变成厉鬼也要把你拖走。

崔黑子不理会杜三秃子，转过身，大声向狱警们喊，听到没有，杜清和拒绝购买行刑的子弹，明天那颗花生米就省了，留给皇军上战场。说罢，扬长而去。

第二天，鸡刚鸣叫，凤凰山下刑场已布置完毕，警察警惕地警戒四周。杜三秃子被脱个精光，裹进了浸过豆油的麻布里，倒捆在一棵大树上。江家屯的人听说要把杜三秃子倒点人油蜡，谁也不睡懒觉了，都来看热闹。

天灯从早晨一直点到中午，烧得杜三秃子只剩下半截身子，才断了气。杜三秃子令人毛骨悚然的惨叫声，也是从早晨持续到中午，他一边惨叫，一边破口大骂，先骂崔黑子，再骂多田和县长，骂到了"康德皇帝"八辈祖宗，骂出了日本天皇也不是人搂的鸟儿。

行刑过后，人散了，杜三秃子的尸体一直倒捆着，没人去收，便宜了栖在凤凰山的乌鸦，一直吃到骨头架子散了，在地上堆了一堆。

他的骨头不值钱，没人去捡。

县长王在邦指责崔黑子，授权他去执行，竟然动用了"满洲国"禁止的酷刑，要免了他警务局长的职务。

崔黑子不紧不慢地说，一两骨头一两金，杜三秃子发了好几笔巨财，藏在你家有多少，自己还不知道吗？那些都沾着死人的魂灵呢。

王在邦吓坏了，忙噤口不语。

第七章　光　复

25

公元 1945 年的小满,太阳把香炉山熏得暖融融的,微风徐徐吹来,槐花的香味一道浓过一道,袭上山来。蜜蜂快乐地忙碌,追逐满山的野花,幸福得翅膀都在颤抖。候鸟们全来了,栖在树上,把香炉山当成了赛歌台,嘹亮与婉转的鸣唱,回荡山谷。

张天一戴着草帽,和山上的众多爷们儿挥舞锄头,娴熟地锄草间苗,一招一式透着地道,俨然是老庄稼把式。香炉山上,东一块西一块的山坡地,养了十年,养熟了,暄软肥沃,种啥啥长,即使山崖边上的梯田,小苗也在欢实地长。

小寒露也不小了,快十二岁了,小驴驹子似的跑下山,背回了一篓槐花。苦日子过惯了,粮食省一粒是一粒,一季槐花,足可以让山上省下一麻袋粮食。看到父亲在劳作,他欢喜地跑过来,让父亲闻一闻。

山上一片祥和,看守山门的小伙子,沿着陡峭的台阶,急匆匆往山上爬,气喘吁吁地说,有个穿粗布衣服,满脸书生气的人想见你。

张天一眉头紧皱,他害怕山上混进奸细,更害怕身边出现叛徒,除了九师衰于一次次的战败,其他各路抗日队伍,大多数亡于内奸和叛徒。八年前,他的结拜兄弟老梯子高鹏振折了,割他脑袋换金条的人,就是最信赖的贴身亲信。五年前,他最敬仰的杨靖宇也是被亲信出卖,单枪匹马战死,重复了同样的悲剧。

张天一最大的幸运,贴身人是媳妇,看护人是老娘。谁上了山,谁就与世隔绝了,断绝了被人收买的机会,山上的秘密就成了永远的秘密。老娘沉湎于香炉之中,天天向着香炉山顶烧香,好像山神附体,无论看谁,都透露着一种诡异之光,令人寒彻骨髓。这些都是张天一的脑袋能牢牢地焊在脖子上,没被人拿走换金子的原因。

近三年,美日开战,前线吃紧,资源丰厚的东北,却遭了大殃,出荷粮交到了仓底儿,还不够,存到银行的钱,到期了,也取不出,钱都被军方拿走了,小伙子肩膀还没长硬实呢,就被抓去"勤劳奉仕"当劳工。人们的活路被一条条地斩断,吃糠咽菜都难以为继,集团部落里再也圈不住人了,推倒了人圈的围墙,能跑的就跑。

香炉山一下子成了人们的避难所,保甲长跑到山下,求张天一,把人放回去,日本人会找他们连坐。张天一不允,有几个保甲长,没钱赎自己,索性不回去了,在山下找棵歪脖树,坐下边哭了许久,最后还是上吊了,省却了喂日本人的大狼狗。

张天一心硬如铁,谁吊死了,都不理会,早知现在,何必当初,从跳着脚地想当保甲长的那天起,这个日子就注定了,日本人的眼里,只有目标,没有同情,礼貌的外表,包裹着无比冷酷的心。

当然,收留谁进香炉山,是有选择的,义勇军的遗孤,遇到了难处,他一个一个地接上山。被遣散出去的九师老人,只要没出卖过别人,也允许返回。其他人等,必须挡在山外,山上养不活更多的人。

这个世道,活不下去的读书人,不在少数,香炉山不是梁山,九师的大旗藏起来八年了,从没喊过替天行道,也没到处劫生辰纲,自给自足就不错了,没能力养闲人。张天一不耐烦地对看山门的小伙子说,撵走撵走。

小伙子接着说,那个书生见不到你,坚决不走,还说了句古怪的话,让我问你,小松鼠可爱不?击毙古贺还有它一份功劳呢。

张天一愣住了,小松鼠送情报,只属于他和孙春城的秘密,难道说死了十几年的人,还能还阳?真是活见鬼了。他倒要看一看,阴阳是怎么倒转的。

山门之外立着的人,果真是孙春城,历经了十几年的沧桑,胡子重了,目光凌厉了,脸上虽有书卷气,却不再是白面书生。不管怎么说,也是长子立秋的亲舅舅啊,就当是走亲戚,也没有拒之门外的道理,张天一将孙春城迎到山上。

孙春城开诚布公,先亮明了身份,八路军冀热辽军区武工队队长。

对于八路,张天一不陌生,两年前,八路的远征队到过清风岭,义父王老凿收留了他们,帮他们躲过一劫。他也知道,现在的八路,就是九师曾去寻找的红军,时隔八年,热血都凉凉了,就像见到死而复生的孙春城,再也激动不起来。

孙春城打开话匣子,讲当年怎样被多田真吓疯了,猛醒之后索性装成了疯子,后来又是怎样从兴城古城下水道逃走的,怎样投奔了八路,一五一十地道来。最后,他把钦佩的目光投给张天一,再难,也难不过坚守故土的人,孤立无援,抗争了十四年,清风岭与香炉山始终没有陷落,整个东北,是唯一没被日军征服的净土。张天一和王老凿这对义父义子,义薄云天,值得敬仰。

张天一不喜欢听奉承话,山下的报纸再会遮掩,也回避不了一个事实,德国战败投降,日本四面楚歌,此时八路找上门来,无非是看中了他手里的人和枪,便直来直去地问,想让我做什么?

孙春城说,八路军准备发起热辽战役,希望香炉山把义勇军老九师组织起来,集体加入八路,阻止锦州的日伪军增援热河。

尽管八年前,张天一就知道,红军就是共产党,也曾血脉偾张地去找红军,可那次却成了他永远的伤痛。那是九师的最后一战,全体弟兄喷涌着鲜血,只为他一人杀开一条血路,让他苟活至今。从此,他怜惜山上的每一个生命,不让他们冒险,不让剩下的弟兄和烈士的子嗣们无谓地流血。

重聚九师,参加八路,张天一还要掂量掂量,不过,他答应了另一个请求,动用各种力量,想方设法拖住锦州的日伪军,不让他们增援热河。

孙春城没有强求,十四年抗战,张天一能一直坚守下来,必有过人之处,他只是提醒一句,王老凿的家族武装,已经是八路的一部分了,热辽战役一打响,日伪军肯定会先解除后顾之忧,清风岭比以往任何时候都危险,需要香炉山伸出援手。

张天一愣了一会儿,没有表态,义父家族保护过八路,这是事实,加入八路,成为他们之中的一员,他还头一次听说,还需要去趟清风岭,当面证实。不过,看着孙春城,他自然而然地想到了伊兰,想到了他从没见过面的长子——立秋。自从母亲知道了有这个长孙,每年做一套棉衣,除了没有一岁时的,大大小小地摆了十二套了,遗憾的是,孙子一套也没穿到,奶奶只能摸着一套比一套大的棉衣,独自落泪。现在,夏天还没真正到来,母亲已经为长孙立秋做完了第十三套棉衣。

张天一对孙春城说,保护清风岭,那是我和义父之间的事儿,无须你操心,我倒有一件事儿求你去办,去趟葫芦岛港,见见你的妹夫多田,说服他投降,比说服我更有意义,顺便把我儿子立秋带出来,奶奶想他,试一试做的棉衣合身不。

孙春城惊讶地说,你知道了? 随后,立刻陷入静默,多田是他的梦魇,不管多么想念妹妹,他也不想见。

送走了孙春城,张天一又一次乔装打扮,去了锦州,拜见王瑞华。

八年前,王瑞华拂袖而去,日本人非但没敢罢免,反倒礼贤下士,多次到广济寺迎请,甚至陪着进昭忠祠,给甲午陆战的英魂上香。狭隘的日本人,对待强者从不狭隘。杜三秃子被执行了极刑后,日本人去广济寺接王瑞华,用了中国民间最高礼仪——八抬大轿。王瑞华穿着僧袍,耍活宝一般,穿过大街小巷,大摇大摆地回到省政府大楼。没过两年,还被日本人擢升为省长,以示重贤用能,教化国民。

世界的格局,张天一看不太懂,可有一点,他非常清楚,八年了,香炉山在重围之中,割据一方,独善其身,仿佛被世间遗忘了,没像清风岭那样,反复遭受"清剿"与蹂躏,和王瑞华有直接关系,那是他们师生之间的默契,只要张天一在香炉山按兵不动,王瑞华准会向"满洲国"皇帝报平安无事。至于王老凿屡受侵扰,他没有能力阻止,王省长管不到热河。

这一次,张天一找王瑞华,要形成新的默契,坐视八路军穿过喜峰口长城,向热河长驱直入。省政府大楼虽说戒备森严,对文化人还是网开一面,八年前的办法依然好使,张天一轻车熟路地走了进来。省长的办公室没有警卫,恩师的装束没变,穿着宽大的僧袍,座椅的背后也不悬挂溥仪和日本天皇的照片,办公桌对面墙上,摆着佛龛,供奉着释迦牟尼塑像。

张天一进来时,不经意间发现,佛龛后面的夹缝,塞着两个镜框,仔细一看,才发现,是溥仪和日本天皇的画像,上面落满了灰尘,看样子,画像塞在夹缝里,一直没挂过。见到恩师,张天一一五一十地讲起八路军要发动热辽战役,希望老师把握好时局,暗中助力八路。

王瑞华闭合着眼睛,听张天一磨叨,等到睁开眼睛时,突然把僧袍的袖子一甩,骂着张天一,滚滚滚,滚出去,别给我来这一出马后炮。

张天一觉得自己讲得很明白,老师不应该听不懂。

王瑞华说,你那点儿道行,浅着呢,认识老子的闺女王兰芬吗?她当了八年八路,我该怎么办,用你教?

张天一目瞪口呆,恩师的一切,太让人难以捉摸了,"满洲国"的高官,日本人的重臣,东北军的潜伏人员,八路军地下党的亲爹,广济寺的记名和尚,到底哪个是真身份?他糊涂了,一个特立独行的人,居然能八面玲珑?不过,有一点,他很清楚,恩师时时刻刻都在保护他,大隐隐于市,恩师是真高人。

在恩师面前,张天一又成了愚钝的学生。

一口水都没给喝,王瑞华就下了逐客令,分手时拍了下张天一的肩头,日本人完了,"满洲国"必黄,东北又将是个火药桶,时局怎么变,我也看不懂了,交给我闺女这辈人就不管了,和你有过一次佛缘,你随我,遁入空门,了却这尘世烦恼,如何?

张天一有妻有儿有老娘,有一帮弟兄,有那么多牵肠挂肚的事情,摆脱不了尘世,不可能答应。

从锦州出来,张天一乘坐火车,去了锦西新县城连山。走出火车站时,一轮大日滚滚而下,没有风,街头上悬挂着的日本旗无精打采,垂头丧气。整条大街上,没有几家商铺开门,储蓄的钱拿不出来,人们没有钱买东西,许多交易都在暗地里进行,被禁用的袁大头,又悄悄地流通了。

张天一找到了舅舅崔黑子的家,开门的是个女人,他判断得出,是舅妈,身后还跟着个孩子,比自己的儿子寒露还小,毫无疑问,该是自己的表弟。舅舅看到外甥,愣住了神儿,这小子胆忒大,居然找上门来。

气氛有些尴尬,崔黑子小心地询问一句,你妈可好?张天一说,托舅舅的福,没被吓着。这也是句真话,杜三秃子一死,没人再紧盯着香炉山不放了,崔黑子睁一眼闭一眼,视而不见,新来的县长景阳春,害怕别人说他治县无方,只要相安无事,谁到耳边吹风,说香炉山有匪,他都会斥责一番,让人拿出打家劫舍的证据。谁若非说香炉山有匪,就让谁亲自到山上瞅一瞅。那是拎着脑袋去瞅的,谁有那个胆子。既然没人去看,就权当没有。景县长的理论是,臭茅坑盖上了土,没人去搅,永远不臭,省长都没过问过,他才不当那个搅屎棍子呢。

舅甥俩没说几句话,女人就明白了,来人是锦西最大的落网之"匪"张天一,便不由自主地搂紧了儿子,身子都在颤抖。

崔黑子这才介绍道,你舅妈国民优级学校的老师,胆子小。

舅妈是个小舅妈,可再小也是张天一的长辈,他谦和地问候了

— 316 —

一声舅妈,也叫了一声弟弟,告诉他们,不要害怕,这次下山,是救舅舅的,日本败局已定,新政府最先做的事情,必是惩治汉奸,舅舅这个警务局长,难逃其咎,想立于不败之地,必先谋出路,如果能配合八路,进军东北,收复热辽,舅舅不仅无罪,还可立功。

这些话,张天一不说,崔黑子也懂,审时度势,那是崔黑子的本事,外甥的到来,不过是有人牵线搭桥罢了,这也是这么多年来,他暗中保护外甥,应得的回报。崔黑子说,山上有炸药吗?

张天一没明白,崔黑子继续提醒,炸开几段北宁铁路,毁掉关内外交通,所有的警察和日本宪兵队,都会去保护铁路,就没有精力支援热河。

姜还是老的辣,舅舅早就想好了万全之策。

正像孙春城预料的那样,八路渗透过长城,刚刚打响热辽战役,日伪军立刻绷紧了弦,纠集了近千人,突袭清风岭。一旦八路军与王老凿会师,占据住这个战略高地,可以俯视整个热东和辽西。

八年来,日伪当局频频"扫荡"清风岭,只当是匪患,癣疥之疾而已,没再动用战役的规模。这一次,指挥官直接换成了日军的中佐,中佐下了死命令,一举全歼王老凿家族武装,谁敢撤退,就地枪决。

突袭是从大清早开始的,报信的人骑着快马来到清风岭,一碗热水没喝完,几百名日伪军已经冲到了沟门。他们乘坐着四辆大卡车,跳下车就抢占了附近的山头和梁顶。报信的人让王老凿明白了,这是一场决战,也是最后一战,赢了,再无后顾之忧,输了,整个家族就会毁灭。他迅速带着整个家族撤到清风岭的深处,占据各个险要的山头,架上捷克式机枪和歪把子机枪,开始了绝地反击。

十几年的"围剿",家族的每一个男丁,都成了人精子,枪法好得能打碎百米开外的小山杏,清风岭非但没被削弱,反倒越打越精神,越打越是财源不断,把王老凿打成了神话。伪军们进清风岭"剿匪",腿都打飘,枪一响就往外跑。

山外边的人,渐渐地活得猪狗不如了,日伪当局"一切以军队的战争自给为第一义务",莫说是一口吃食,就是一个洋钉、一两煤油、一盒火柴、一把咸盐、一捆棉花都是奢侈品,只要打仗用得上,一切被统购统销了,人的肚皮饿得纸一般薄。

清风岭里不缴税,不纳粮,还能躲避"勤劳奉仕",逐渐地形成了个小集市,摘了棉花,不再交给日本人,偷偷地送进山里,这里有轧棉花机,打出棉花瓢子,再用棉花弓子弹一弹,弹得规整松软,就能絮上被褥或棉袄棉裤,免得全家人挨饿又挨冻。剩下的棉花籽呢,还可以榨成油,供家里炒菜。棉籽饼呢,喂牛不亚于豆饼,清风岭的牛长得疯快,牛肉炖土豆不仅养壮了清风岭的老少爷们儿,也喂胖了香炉山的干孙子。不想要棉花的人家,直接在山里交易,换来山下禁止销售的生活必需品,买来山下贵得没边的火柴,这样黑天也能有个亮,别不小心踩碎了尿罐,做饭时也不用拎着松树明子,跑到别人家去借火。

生意最火的时候,清风岭忙不过来,香炉山也成了加工点,义父吃饱了,干儿子这边的人也活得滋润了。

王老凿把做生意和卖大烟赚来的钱,全部用来买走私的枪支弹药。有了这些应手的家伙什,他就可以凭借地形的优势,和日军的小钢炮硬碰硬了。

清风岭打了两天两夜,锦州的警察和日本宪兵没支援一兵一卒,全都护到了北宁铁路线上。王瑞华与崔黑子默契得像商量好了般,对八路军武工队炸毁铁路大惊失色,加急电报电话打完了,仿佛是大难将临。满蒙是日本的生命线,铁路又是日军的生死线,决不能让八路破坏掉。

　　关东军下了死命令,全力以赴,维护铁路。

　　崔黑子出的馊主意,等于给王瑞华解了围,省长完全有理由对热河陷入混乱置之不理。张天一放心大胆地带着人马,从小路奔向清风岭,支援王老凿。这一次,母亲高低要随军出征,那是和丈夫一个头磕在地上的弟兄,遇到了难处,从来没帮过人家,拼了老命也要出把力。

　　张天一劝阻了好久,没劝动,找来妻子儿子帮腔,也没有用。

　　母亲理直气壮地说,我会的东西,你们都不会,我会巫蛊,能搬来天神,请出玉皇大帝,能喊来你老爹的魂灵,能呼风唤雨,你们会吗?

　　张天一只当母亲迷了心窍,不想再耽搁时间了,好在盛夏时节,植被繁茂,一路上到处都能找到密营,随便把母亲藏到哪里,都不会被人发现。他不再固执地拒绝母亲,嘱托陈小娴看好香炉山,带好儿子,就疾速出发了。

　　和义父一块儿建的那些密营,再次派上用场,隔三岔五,张天一就能看到清风岭的人到这里避难,询问几次,才知道,仗打得很残酷,王老凿被围在了清风岭的主峰四楞子山。用不着认真掐算,已经过去了两个夜晚三个白天,再有力气也背不了那么多子弹,义父危险了。

张天一增援到山下时，不管怎么用火力勾引，围山的日伪军据守不出，不给义父的人留出任何突围的空当。

　　四楞子山三面悬崖峭壁，只有西面一处陡坡，虽说可据险而守，但也是一座孤山，很容易陷入重围，成为绝境。大热的天，山上没吃没喝，困也能困死。本来，王老凿可以不躲到这座山上，从清风岭到香炉山，能打仗的山山岭岭多着呢，可是投奔清风岭的人越来越多，这些人拖家带口，牵驴赶猪，都要逃出去。他不豁出去自己打阻击，这些人都会死于刀枪之下，只有暴露出自己，让小日本人没命地去追，才能保护住乡亲，保护住自己的家眷和子孙。

　　迫击炮在四楞子山的作用不大，王氏家族的人藏在悬崖上，炮弹落不住，常常滚下山崖才爆炸，没什么效果。山上的人藏在青藤的后边，居高临下看得很真切，谁露头就能打死谁。日军军官不着急攻山，就打消耗战，等着山上的人弹尽粮绝。

　　山上的枪声越来越稀，稀到了不能准确命中目标决不开枪的程度，毫无疑问，王氏家族的子弹快要打光了。日军驱赶着伪军，沿着那道陡坡蠢蠢欲动了，张天一占领的山梁，离陡坡快有两里远呢，不在有效射程，无论打多少子弹都没有用。

　　眼看日头快要落山了，天黑之后，无论枪法再好，也看不准目标，四楞子山面临着失守。张天一看到，义父王老凿也绝望了，跪在了山顶，向着清风洞方向祈祷。一轮苍黄的落日把王老凿无助的影子送到了张天一的身旁。

　　张崔氏突然间伸出手去，一把抓住了王老凿的影子，即使王老凿跪下磕头时，影子也是固定的，丝毫不动，张天一看傻了。张崔氏突然对儿子说，别和我说话，你爹的神灵来了，附在了你干爹的身上，清风洞里的太上老君帮我使劲呢。说完，她浑身颤抖起来，高声喊着,天灵灵,地灵灵,雷公电母随我行,龙王吸足银河水,大雨倾盆降天兵。

张天一看着昏黄的落日,觉得母亲在瞎说,没劝阻,也没相信。

意想不到的事情发生了,母亲念了几遍咒语,西北方向突然间乌云密布,接下来风越刮越猛,转瞬间就是大雨如注,四楞子山完全被雨雾笼罩住了,四面漆黑一片,什么也看不到。张崔氏很从容地披上背来的蓑衣,沉静地伫立在风雨中。

顺着拧紧的青藤,王氏家族的人摸黑从悬崖上滑下,沿着流淌着水流的河沟,摸出了四楞子山,突出重围,最终到达了香炉山休整。

张天一带着香炉山的人运用杨靖宇教给他的游击战术,声东击西,设法把近千人马拖进清风岭的崇山峻岭中,扯成零零散散的几十股,再集中兵力,一股股地消灭。接连打了四五天,日军中佐见不到对面的敌人,也不知道对手是谁,只知道王老凿像空气一样,从四楞子山上蒸发了。

清风岭外的山口,传来让人心惊肉跳的消息,四辆卡车全被烧了,那是孙春城带着武工队干的。日军中佐陷入两面夹击的险境,急忙撤退,临走时下令,烧光清风岭所有的房子,连个鸡窝也不许剩。

26

葫芦岛军港,风猛烈地刮,带着尖锐的呼啸,吹乱了海浪,吹翻了波涛,巨浪拍着堤坝,隆隆作响,海水四处飞溅,扬起满天水雾。海鸥惊叫着,吓得到处躲闪,一艘轮船在军港摇头摆尾,诉说晕头转向的苦楚和孤独,唯有多田,雕像般立在灯塔下,整整一个下午,一动不动。

海风急切地扯着他的衣角,无休止地戏弄他的头发,水雾已经无数次地弄湿他的头发。然而,多田就是不走,让风吹走他内心的燥热,让海水清醒他的头脑。帝国的战局如同眼下暑热的季节,让他心焦。本土被美国飞机轰炸成焦土,失去了战略后方,"满洲国"虽然暂时平静,却也像一堆干柴,美国军机越过重洋频频轰炸奉天,冀东八路无孔不入地渗透过长城,这些星星之火,迟早会点燃烈焰。纵使他所有的株式会社开足马力,战略物资源源不断地生产出来,也支撑不住战局,挽救不了帝国。

理想即将坍塌,战后怎样活,他在思索。

伊兰牵着六岁的立春,抱着八个月的立冬,后面跟着十一岁的立夏,迎着海风,艰难地走过来,一直走向码头尽头的航标灯。看见三个越走越近的儿子,多田的身子终于动了,还欠身向伊兰的身后瞅一瞅,没看到立秋,他才揉了揉坐麻了的腿,站起来,把两个儿子揽到身边,额头顶向了伊兰怀里的小儿子。

三个儿子的出生,都是应着节气,多田也就遂了伊兰的心愿,叫成了满洲的季节,谁让第一个孩子叫立秋呢,顺其自然也该如此。十几年的夫妻了,就算是虎皮褥子,也磨光了毛,伊兰不再对多田怀有敌意,反倒养成了许多日本女人的习惯,相夫教子成了她的全部生活。不过,有一点,她始终拗着多田,不愿意给立秋穿和服,常把立秋赶到汉人的孩子中玩耍。多田并不计较,反正不是自己的骨血,粗俗一些也无妨。

伊兰对立秋的"歧视",常常让大儿子不满,她又无法明说,只能用极端的方式,让立秋别忘了母语。

整整一个下午，多田深陷在日本覆没的忧虑中。帝国决策层，接二连三地否定他的建议，令他失望至极。八年前，若是采纳他的放弃进攻南京，抢占陕西四川等纵深，采用元朝或清朝的战略，由北向南由西向东两路夹击，岂能深陷中国战场的泥潭？这是中国历史的必然。还有，只顾眼前的利益，放弃与德国夹攻苏联，导致欧洲战场全面溃败，失去战略支撑。更不能容忍的是，不该偷袭珍珠港，把美国拉进战争。没有一连串的战略失误，哪有四面楚歌的结局。现在，大势已去，他不再为帝国操心，心中只谋划两件事，保全家人，留足后路。

多田仰起头，瞅着伊兰，侧逆的光线下，伊兰脸上的棱角更加分明，一直养尊处优，皮肤几乎没刻出几道岁月的痕迹，倒是有一种成熟的优雅，让多田心中为之一动。这种感觉很久没有了，眼光里自然而然地流露出爱恋的柔情。或许，这种柔情与他内心刚刚做出的决定有关。他的眼光投向汹涌澎湃的大海，迷离的目光越来越遥远，他说，起风了，我们该回家了。

家就在眼前，用得着这么深沉地说吗？伊兰困惑地问，家？

多田把头扭回来，突然间明白了，伊兰没有家了，她的家就是自己和孩子们，便补充了一句，回日本，中国有句古话，落叶归根。

伊兰说，那里不是立秋的根。

多田说，我知道，欠下的总归要还的。接下来，用恳求的口气说，陪我去趟明性寺好不？

一个巨浪打在码头的堤坝，海水被撕碎了抛向空中，溅了伊兰一身，伊兰的心仿佛被大浪击中，怔怔地呆愣住了。明性寺、香炉山都是让她心碎的地方，多田为什么非要戳开她的伤口，不让她的心平静下来？

多田又补充一句，去还债，还欠你父亲的，还所有锦西县人的，等到战争结束，这笔债永远也还不清了。

伊兰明白了，这些债中还包含一项，把儿子还给张天一，这是她最害怕的，儿子贴心贴肉地抚养了十三年，交给生身父亲，骨肉分离，她是无法接受的。可那又怎样？抛弃多田，选择留下，三个孩子都将会失去母亲，最小的还吃奶呢，她怎忍心？

她没有能力选择自己的人生。

立秋放学回来了，这孩子已经长成了半截小伙子，每学期国语和日语都是双满分，提前考入了国高。立秋蹦蹦跳跳地奔向军港，来找他的三个弟弟，根本不知道兄弟们相聚的日子所剩无几。奔到军港门口的山岗时，他还把头探向碉堡的射击孔，向里边瞅一瞅，幸好里边守军港的日本兵都认识多田立秋，没有理会他。

伊兰一辈子没发过这么大的火，愤怒地斥责立秋，和战争有关的东西，一律不许碰，不许看，你要记住一辈子，听到没有？

立秋乖乖地回答，听到了。

伊兰依然如头怒狮，大声说着，重复一遍。

立秋吓得如同小鼠。

伴随着晨光，黑色的卧车驶过虹螺山，驶入江家屯，停进女儿河畔开拓团的那片尖顶房，多田从车上下来，嘀嘀咕咕地和那群日本农民说了很多话，走了之后，人们看到，许多日本人都抹了眼泪，再也不勤劳地去稻田，引水浇田拔稗草了。

多田上了车，卧车径直开到曹田屯，接走了张月娥母子。跨过女儿河大桥，越过五虎山，卧车一直向北驶去，颠簸一个时辰后，抵达了明性寺门外。住持迎出来，接多田一行进入僧寮，饮茶叙谈。

多田之所以捎上张月娥母子,只想带上可以信赖的信使,请张天一夫妇下山,虽然他们是敌对的双方,然而,这一切马上就会化为乌有,一些事情需要提前有个了结。

从明性寺到香炉山,虽然近在咫尺,路却不好走,张天一修防御工事,凿出了更多的悬崖,撬下的巨石,成了无数个拦路虎,坦克都爬不上去,只能委屈张月娥母子了。八年没见到母亲,也没见过弟弟,张月娥太想他们了,急着要走,伊兰喊回了她,有件礼物需要捎给张天一,那是伊兰亲手做的风筝,荷叶状绿色丝绸的布面,跟随着两朵蓝色的花,这是她内心的秘密,和这一模一样的风筝,曾经出现在立秋出生那天,飘荡在兴城古城的上空,只是这只风筝是精致的微缩版。

眼下的香炉山,人气骤然兴旺。日军聚集热东所有的力量,"扫荡"清风岭,却被三股力量揍得七零八落,消息像风一样传播开来。谁都看明白了,清风岭和香炉山公开接纳了关里的八路,小日本成了秋后的蚂蚱。人们终于壮着胆子,缴了保安队的枪,抢走集中看押的物资,推翻集团部落的围墙,投奔到山上。

八路的红旗和九师的大旗明目张胆地插到了香炉山顶。

来到山门之下,高远挥舞着双臂,大声喊着,姥姥、舅舅、寒露小弟弟。这是一种久违了的亲情,声音喊开了时隔八年的阻断。小寒露听到喊声,高兴得像头撒欢的山羊,多么陡峭的台阶,都止不住他快速地往下蹦跳,吓得奶奶在上边喊,慢点。张天一也害怕儿子出危险,追了下去。

山门下,两个孩子的手抓在一起,又蹦上山去,一个喊奶奶,一个喊姥姥,快得像对野兔子。

姐姐的突然造访,张天一特别意外。他和高荣轩是你死我活的敌人，谁也不肯饶过谁，此时登山，必有大事。姐姐也没有瞒着，坦率地告诉弟弟，受人之托，忠人之事。于是，把多田想在明性寺见他，了却几桩心愿，和盘托出。

张天一最懒得见的人就是多田，这个日本人太狡诈了，整个锦西县的命脉，岳父家的资产与矿山，自己家的作坊与田地，自己最爱的女人伊兰，从没见过面的儿子，都被这个小鬼子霸占去了，他恨不得将多田碎尸万段，有什么可谈的。

姐姐拿出了微缩的风筝，对弟弟说，伊兰也来了，她告诉我，只要你看到风筝，就能去，多田也说了，要把侵占的所有财富，悉数归还给你们。

那个风筝确实小，小得不能放飞，可风筝的每一针每一线，都绣得特别精细，两朵伊兰之花，活脱得能跳出。张天一感觉得到，每绣下一针，伊兰的心都会发颤，她早已把他放在天空的风筝融化在心里，还原到她手上。

张天一哭了，奔流的热泪融解开了心中坚硬的仇恨，他要索回自己的一切，包括心爱的伊兰，还有自己的骨肉立秋，哪怕为此与多田决斗，也要用生命捍卫尊严。他没有返回山上，喊人牵下一匹马，与姐姐共乘一骑，去了明性寺。

这是一次尴尬的会面，好在多田识趣，给张天一施过礼，便退了出去。姐姐更不想打扰他们，体贴地关上门，任他们倾诉。这间禅房，张天一太熟悉了，十三年前那个晚上，绝望的伊兰，就在这里，从他身上捡起了希望，一切一切，恍若隔世，却又如昨天。

张天一伸出双臂，他要把伊兰重新揽入怀中，此时，就算多田冲进来，也阻止不了他，他会毫不迟疑地决斗，哪怕死了，也让伊兰明白，这个世界，最在乎她、最疼她的男人，就是自己。遗憾的是，伊兰边向他鞠躬，边往后退，退无可退时，居然惶恐地用日语说了句，对不起。

一句日语，炮弹般击中张天一，他的双手顿时僵在那里。他不怕伊兰拒绝，十四年前，伊兰曾多次拒绝他，每次拒绝，都不失娇柔与可爱。然而，今天的拒绝，动作陌生，神态僵硬，有了一种冷漠，还有一种惧怕。这哪里是他熟悉的伊兰啊，热血没了，灵魂散了，至爱丢了，变成了庙里的塑像，冰冷而又不可侵犯。

张天一失落地扭过身，坐下来，双掌蒙住脸，一言不发，两行热泪顺着胳膊，小虫子般，偷偷地爬出。

其实，伊兰的内心乱极了，五味杂陈，撕扯得肝肠寸断，此次一别，去往异国他乡，将是永诀。她只有一个念头，既然狠下心来，只能心硬如铁地割舍一切。她也坐了下来，背对着张天一，决不向从心底翻向眼眶的泪花妥协，一字一板地说，我要回日本了，和多田商量好了，立秋留下，还给你，那是你的骨血，我信你，会比我待他更好。

哽咽着说完了，伊兰再也抑制不住，跑了出去，号啕大哭，张月娥忙过来扶走了她。

日本是单一的民族，伊兰无法保证立秋不被歧视，只能如此了，这是多么痛苦的抉择。十三年了，她是手捧着立秋长大的，少吃一口饭，她都会心疼，谁也无法替代她的立秋。

多田进来了，张天一还蜷在那里，一动不动。在战场上，多田也许不是对手，可这场情感遭遇战，毫无疑问，张天一输了，伊兰居然把去日本，说成了回，好像她天生就是日本人，锦西大地从来没有养育过她。

伊兰的决绝，从根本上否定了多田是他的情敌，张天一再无决斗的欲望，连祖国都忘了，还有什么可依恋的，值得他去决斗吗？若不是得知长子立秋马上能回到身边，他心里得到一丝安慰，真的觉得这次下山，太没意思了。

多田一直静候在门口，看到张天一抬起了头，才说，我夫人是来和你话别的，我是来向你们谢罪的，归还矿山、土地、资产。

这个话题，张天一并不反感，坚守十四年，死了那么多亲人和兄弟，不就是为了收复家园吗？不等开始大反攻，多田主动纳降，看来日本气数已尽，是不争的事实了，不再流血了，和平接收，岂不更好？

多田说，张先生，我一直敬重你，我们的敌人，不是彼此，而是野蛮，八年前，我们有过一次心有灵犀的配合，剪除了文明的敌人——杜清和。今日相约，就想当面忏悔，还债。

说完，多田把一只手提箱交给张天一，里面装着岳父家矿产的各种手续，证照，还有一些勘探资料，巷道分布图，还有株式会社的转让印玺和多田的签名。当然，箱子里也包括江家屯张家的田产。

张天一理直气壮地抓过箱子，侵占我领土，掠夺我资源，压榨我矿工，杀害我人民，还巧言令色地狡辩不是敌人，真他妈的无耻。大势已去才想到归还，无非是想躲过战后的清算，他不会被多田蒙蔽。

多田停顿了片刻，又补充了一句，毕竟，战争还未结束，我的交还举措，日本宪兵队未必认可，我最担心的事情，一旦哪天大势已去，日本军界，还有你们认为的汉奸，会去破坏或炸毁这些矿山，趁我还在，允许你们提前介入。矿山本无罪，财富均为人类的血汗创造，不能毁于战争，张先生需及早动手，做好武装护矿的准备。

这个提醒，倒是大实话，接收矿山，日军确实是最大障碍，多田还算真诚。

佛门本是清净之地，敌对双方会于明性寺，方丈极力营造平和的气氛，不断地进来泡茶续水。多田提出了新要求，想到香炉山上走一遭，拜见一下矿工们视为神圣的少东家，拍几张山上的岩画。

张天一半真半假地说，不怕我山上的兄弟拿你的脑袋祭旗？

多田微笑着说，那不是英雄的行为。

香炉山的台阶，多田每踏一步，心都是沉重的，整个满洲，唯有这里，帝国军人从未涉足。这道顺着陡峭的悬崖旋上去的台阶，险险相环，处处埋伏，步步惊心，恐怕踩着尸体也难攻上，可见张天一早就把整座山经营成了铜墙铁壁。

悬崖之上，道道梯田，谷子叶绿穗黄，已经弯下了沉甸甸的头，大豆秧壮荚鼓，丰收在望。空闲的地方，点缀些南瓜葫芦，顺着崖壁上支起的木杆，爬得很远。很明显，山上已经能自给自足，十几年的围困，逼得山上把每一捧土，都喂养给了庄稼。

多田无法想象，有这么一群人，在极限的状态下，居然从容地活下来。爬到香炉悬崖之下，就到了山上的大本营，这里有个平台，崖下便是一幢房子。占据如此险要地势，常规攻山，难以奏效，除非空降特种部队。纵使有千条妙计，此时也毫无意义，帝国即将陷落，谁还记得香炉山是国中之国。

陈小娴听说多田上山了，扎好了武装带，腰间插着双枪，坐在屋里，严阵以待，她要对霸占她家矿山的人还以颜色。多田一味客气地鞠躬，无论陈小娴斥责得有多难听，他都如对待上司一般，一律称是，甚至还会说，少东家教训得对，仿佛这十几年，他只是陈家的管家。

出尽了一口恶气，陈小娴让多田滚，滚下山去，滚回日本。多田还有桩心愿未了，出了屋门，恳求张天一，绕着崖壁看一圈岩画，他一生最大的遗憾，是没有机会和曹校长进行文化交流，哪怕天天挨曹校长羞辱，也愿意曹校长活着。

多田想的是什么，曹校长早就告诉了张天一，曹校长宁愿死，也不会把文化的根基交出来。眼下，日本败局已定，再想文化占有，已是痴人说梦，他不妨叫醒梦中之人，告诉他每个民族的文化，都有不可言说的基因密码，域外民族，无论学问多深，都无法破译。

一幅一幅岩画看下去，多田不停地讲解每一幅渔猎图，还在用岩画证明满洲不属于中国。张天一不想听多田自以为是的讲解了，他吩咐人拎来一桶水，来到仅有一人宽的崖缝间，学着曹校长的样子，用抹布蘸上水，探拭着崖壁。一幅接一幅的农耕图清楚地显现出来，生动活泼，姿态各异。

多田顿时傻了。

张天一说，告诉你个秘密，香炉山能够丰衣足食，是因为三千年前，我们的先人在这里曾开垦过土地，这些岩画，讲述的是先民们从渔猎走向农耕的过程，与沙锅屯文化一脉相承。

多田惊讶地看着张天一，仿佛不认识了，一个行伍之人，怎么研究起了文化，他追问了一句，谁教你的？

张天一答，曹校长。

多田拍着脑袋，终于明白了，曹校长故意激怒杜三秃子，就是想找死，他送儿子去明性寺当和尚，肯定深藏奥秘，现在失踪得杳无音信，肯定与沙锅屯文化有关，还有他的岳父，至死都在守口如瓶。虽然他瞬间想明白了这一连串的因果关系，可为时已晚，败局已定,没有机会修改满洲的文化了。

多田牢牢地将自己贴在崖壁,举起照相机,对准岩画,一张接一张地拍下去,最后,无限感慨地说,这是人类的遗产,有人珍爱就好。

迈下香炉山陡峭的台阶,多田像是对空旷的原野,也像是对凉爽的山风,更像是对身后的张天一说,我承认,我输了,输得心服口服,这是属于我个人的失败,与国家无关。我输给了曹凤仪,输给了孙国栋,他们宁愿舍命,也要守着谜底,让我活在比中国人还懂中国的假象里。现在,我见识了什么叫博大精深,我对中华文化的所知所学,无非皮毛,我甘拜下风。

凉爽的风捎走了多田的话,交给了山神,仿佛是让山神储存起来,留给未来。

从香炉山上下来,张天一带回了高远,尽管高远抱着姥姥,不肯松手,想留在山上,和弟弟寒露玩几天。张天一坚决不应允,他不想让高荣轩起疑心,香炉山不需要人质,没人向他索要财物。

重新回到明性寺,多田明显地对张天一高看一眼,请张天一再入禅房饮茶,他让出上首,侧坐一旁,频频给张天一续茶。面对着不可战胜的对手,多田尊重有加,难怪伊兰不顾一切地为他生孩子,难怪曹校长把身后事托付给他,难怪八路千里穿插寻找联盟,这样有骨气的男人,也是日本文化中的神。

多田觉得,这么多年抚养立秋,特别值得。

品茶的过程,也是两人对战后局势判断的过程,张天一直言不讳,"满洲国"解体,国家重新统一,我们是这片土地的主人。

多田不错时机地灌输自己的观点,我们这颗星球,主导人类未来的,只有两种人,一个是黄种人,另一个是白种人,这是天意,遗憾的是,日本失去引领黄种人的机会了,中国将会替代日本,脱颖而出,这是文化的魅力。

这个观点,前所未闻,中国已经千疮百孔了,还能引领世界?多田的想法确实与众不同,张天一感到很新鲜,饶有兴致地听下去。

多田继续说,中国的精粹文化是太极,地球是我们接触到的最大太极球,不紧不慢地转动着这个世界,有阴有阳,有柔有刚,谁也战胜不了谁,谁也取代不了谁。日本本该最有机会推动地球这一极的,可惜走错了方向,无法引导黄种人对抗地球的另一极了。

既然多田推心置腹了,张天一也敞开了心扉,既然多田先生能预言未来的世界,不妨判断一下东北将面临何种局势。

多田继续引用勒庞的语录,群体也许永远是无意识的,但这种无意识的本身,可能就是它力量强大的秘密之一。换句话说,谁拥有群众,谁就能拥有天下。

张天一笑了,他听懂了,多田和自己一样,立场站在了八路这边。

多田更加明确地说,我暂时不能陪伊兰回日本,我要留下来,帮助中国抵御白种人的奴役,等到日中消除了隔膜,实现和解,真正推动东亚共荣时,再回我的祖国,见我的孩子们。

张天一说,转告伊兰,她哥哥孙春城还活着,当了八路,找个机会,让你们团聚。

多田没有感到意外,好像是顺理成章。

27

葫芦岛军港一片空寂,没有了插满太阳旗的军舰,太平洋的海战,它们全都覆没。一艘葡萄牙籍商船,孤独地靠在泊位,轮船飘扬着两种旗帜,葡萄牙国旗和红十字旗。这艘商船,是多田租用的,装载一船多田株式会社的物资,还有矿山的技术人员、开拓团的农人、多田家乡的军人。他们早已收拾妥当,等待着最后上船的人——多田的家人。

美军开始了无差别的轰炸,只要轮船往返于日本,都成了美机的目标。多田动用了人脉关系,从奉天集中营高调拉走了几位军衔较高的战俘,转移到日本本土,还向盟军通报了战俘名单。这一番操作,多田只为一个目的,拿战俘当盾牌,防止盟军飞机轰炸,让这群受益于自己的死党,保护自己的妻儿,平安回国。

立秋停留在校园里,没能走出,学校刚好放暑假,校长依照伊兰的嘱咐,留下了立秋,陪立秋玩耍的,是另一个男生。此时,他还不知道家中已生变故,卫兵们拖着行李,带上弟弟们,已经上船,连话别的机会都没留给他,就要启航了。

姐姐月娥带着张天一和孙春城,早已来到学校,坐在二楼的校长室,等待着伊兰的到来。透过窗玻璃,张天一看到,儿子立秋正在和同学玩一种砍刀游戏,他如醉如痴地看着大儿子,看儿子哪儿长得像自己,哪儿长得像伊兰,儿子十三岁了,他才第一次见面,长了这么大,连自己的一口饭都没吃过、一块大洋也没花过,他真的有愧于孩子。

伊兰是为了保住这个孩子,才嫁给多田的,自己这辈子欠伊兰的太多了，只能在将来的日子里，更好地呵护立秋，加倍地弥补自己的愧疚。

砍刀游戏，立秋玩得特别投入。游戏很简单，两人分别画着田字格，拿着削铅笔的小刀往地下甩，谁把刀甩得立在了土里，谁就赢了，往田字格里写上一笔，谁先把田字格里的"天下太平"四个字写完，谁就赢了。

张天一的心一直帮助儿子使劲，不让儿子出错，果然，儿子抢先完成了"天下太平"。他的眼泪悄悄地流下来，心里暗自对儿子说，你爷爷，你二爷爷，你干爷爷，还有千千万万个你的叔辈、祖辈甚至你的同辈，为这四个字流尽了最后一滴血。

国高的校门"吱扭扭"地打开了，伊兰走了进来，立秋跑上去，喊着，妈妈，放假了，我回家陪你带弟弟。

伊兰泪流满面，她没有碰儿子，一路小跑地上了楼。分别了十几年，兄妹俩终于团聚了，然而，身边却没有了他们的父亲，一次相聚，如此短暂，两人抱在一起，哭成了一团。孙春城说，马上就要光复了，能不能不走？伊兰说，不行啊，我是母亲，三个孩子，谁也不能缺了母爱。孙春城说，立秋就不是你的儿子了？伊兰说，立秋有你们，你们都是国家的功臣，留下来，我放心。

正说着，立秋追上楼来，见到屋里哭成一片，愣住了。伊兰抹了把泪，抓住立秋的手，领到孙春城面前，告诉儿子，这是你的亲舅舅。立秋有点茫然，瞅了瞅母亲，又瞅了瞅孙春城，还是乖乖地叫了。领到张月娥的面前，让儿子叫亲姑姑。立秋又瞅了眼母亲，姑姑应该是日本人，眼前这个人身上没有一点儿日本人的气质，怎么会是他的姑姑呢？伊兰提高了音量，叫姑姑。立秋勉强地叫了一声，张月娥答应了，去摸立秋，立秋闪开了。

最后，伊兰把立秋推给了张天一，声音哽咽着说，叫爸爸，这是你的亲生父亲，抗日英雄张天一。立秋终于愤怒了，大声喊着，不，我的父亲是多田。伊兰劈手给了立秋一巴掌，厉声喊着，叫爸爸。立秋抓紧了母亲的胳膊，望着母亲的泪眼，坚决地喊，不！

伊兰用尽了浑身的力气，将立秋推进张天一的怀里，疯了似的跑下楼去。立秋大声喊着，妈妈，却被张天一和孙春城死死地抱住。伊兰边哭边喊着，立秋，听爸爸的话，等把你弟弟们抚养大，妈妈再回来看你。

突如其来的变故，让立秋崩溃了，他在亲人的怀里挣扎着，一声高过一声地喊着，妈。

伊兰一路飞扬着眼泪，踉踉跄跄地跑到校门外，一头钻进了停着的黑色卧车里。车快速开走了，直入葫芦港。停到了巨大的轮船旁，多田搀扶伊兰走下卧车，踩向舷梯。伊兰一步一回头地回望着学校的方向。

安顿好家人，多田下了轮船，此时他若逃离，关东军肯定视他为叛徒，追杀他全家。苏联已废止中立条约，枕戈待旦，满洲又将血雨腥风，他必须留下来，为战争输送资源，哪怕是无力回天的孤注一掷。孤独地站在轮船下面，无力地向家人挥手告别，多田的身影显得格外渺小。

轮船的汽笛声粗重而又低沉地鸣响了，震得人心房发颤。站在学校的窗口，立秋眼睁着母亲被人们裹挟着前行，登上了轮船，手扶着船舷，无助地回头向着自己张望，最终消失进了一座舱门。他眼睁着那艘西班牙商船冒着滚滚浓烟，载着母亲，驶离了码头，驶向了遥远的东瀛。

立秋喊着，妈——嗓子都喊哑了，直到哭得晕了过去。

张天一听不得儿子撕心裂肺的喊声，走下楼去，蹲在儿子刚刚写完的"天下太平"前，泪如雨下，多么善良的孩子，连玩游戏都不忘天下太平。

张天一到葫芦岛接儿子时，陈小娴插上双枪，带着香炉山的人马，去了南票煤矿。临走前，张崔氏焚香卜卦，传回了玉皇大帝的话，骑大马，挎洋刀，呱嗒呱嗒往回蹽。救清风岭那次，婆婆呼风唤雨，保下王老凿的命，已成神话，陈小娴不得不信，这次预言，挎洋刀的蹽了，注定能打跑日本人。

张崔氏大声对儿媳妇说，你们都去吧，我和孙子，带着山上的妇孺，拿扫帚都能守得住。

少东家回来的消息，在矿工间秘密地传播开了，陈小娴还没踏进矿区呢，事先潜伏回来的营长一声令下，立刻抢占了火药库，守住了雷管和炸药。那些为多田效力的矿把头，还没等明白过来，全被矿工们抓起来，塞进一个死巷道里。

矿工们谁也不干活了，有人拿出了私藏多年的枪，有人拿起了镐头和铁钎，严阵以待。

眼见得矿工们要造反，平间带着日本宪兵队赶过来，想要把矿工的武装消灭在萌芽中。拿枪的矿工，都在张天一手下受过军事训练，不是那么好惹的，瞬间占领了制高点，与平间一枪一弹地对峙着。

陈小娴带着队伍赶到时，双方已经打了一个时辰，只是都没有重武器，谁也没敢发起冲锋。穿插过来的八路，送给了香炉山好几挺捷克式机枪，架起来，猛烈地扫射过去，立刻把平间的火力全压制住了。

日军的轻重机枪和精锐部队都送到主战场上去了，留在锦西的日本宪兵队战力与十几年前不可同日而语，兵源大多是十五六岁的孩子，刚从本土应征过来，没经过专门的军训，更无战场经验，加上装备不足，战斗力严重缩水。发现对方匍匐过来，准备发起冲锋，立刻慌了，急忙退却。

尽管平间已经晋升为中佐，实际上不过是个孩子王，硬扛下去，就会全军覆没。他收回了指挥刀，骑上战马，带上宪兵队，撤向了锦西县城连山。

本来，陈小娴认为，煤矿争夺战，将是胶着状态，煤是战争的重要资源，多田肯撒手，日军也不肯善罢甘休。没想到，机关枪一响，不消一刻钟，战斗便结束了，日军逃得比兔子还快。陈小娴正式接管矿山，恢复了父亲的锦西县通裕矿业公司的名号，矿工们向着天上鸣枪，庆祝赶跑了日本人，欢迎少东家回家主事。

收复了南票，意味着老九师再显虎威，半个锦西县又回到了他们手中。

从葫芦岛回来，张天一没有去香炉山，直接到了江家屯，说是送姐姐回家，实际上就是占领老县城，反正日本人都撤走了，只要高荣轩不轻举妄动，没人能阻止得了他，尽管只有他和孙春城两个人。

两个人带着立秋，穿过江家屯的街巷，来到了女儿河畔那片尖顶房子。开拓团的人是在半夜里撤走的，走得特别安静，无声无息。家家户户窗户紧闭，门上挂锁，却没拔钥匙，园田茂盛地生长着蔬菜，每家每户打扫得一尘不染，厨具家具一应俱全，没有逃跑的慌乱，不见损坏的痕迹，一切都有条不紊。

孙春城看呆了，觉出了这是个可怕的民族，虽然战败，如此从容不迫，随时可能死灰复燃。受父亲的熏陶，孙春城对日本的生活方式并不陌生，光着脚，进入屋里，发现无须购买生活日用品，进屋便可过日子了。

张天一站在门外，没有进屋，香炉山上净是砾石，他不习惯光脚走路。不过，他倒挺敬佩多田，想得周全，考虑了立秋的日式生活习惯，特意将这片尖顶房，偿还给自己。

站立在院子里，可以清楚地看到水车，水车慢慢悠悠地转，仿佛岁月的变迁与它无关。水斗不动声色地从女儿河里舀满水，转过大半圈，又从容不迫地倾泻出来，在阳光的照耀下，折射出一条条白亮亮的光。精细的日本人，把水车利用到了极致，让女儿河水滋润每家每户每一天的生活。

十几年了，张天一无数次地潜回江家屯，每逢看到水车帮助日本人浇灌田地，总有一种摧毁的冲动，每当要动手时，父亲虚幻的身影便会突然间冒出，站在水车旁，挥舞铁锹，挑沟引水，他只能忍住了。现在看来，幸亏父亲在冥冥之中阻止了他的狭隘，多田的那句，人类不应该当破坏者，还是对的。

张天一说，儿子，走吧，看看咱家的田地，看看咱家的水车。

立秋满眼空洞，一脸茫然，一副失魂落魄的样子，他什么也不说，木偶般跟在张天一的身后。

那片尖顶房的西侧，就是后湖，日本人修了个亭子，铺出几条木栈道，就改造成了休闲的公园。碧绿的荷叶，铺满了湖面，微风徐来，荷叶此起彼伏，轻轻地舞蹈，夏天的老情人——荷花，鲜艳地绽放着。

此情此景，是那么熟悉，只是再无伊兰了，她去了日本。物是人非事事休,欲语泪先流,张天一自言自语道,就在这里,我对你妈一见钟情。他盯着儿子的脸,寻找着伊兰的痕迹,从某种意义上说,没有荷花为媒,就不可能有立秋的生命。

立秋当然不会懂得,荷花是萌发他生命的种子,漠不关心地面对眼前的一切,他对父亲的概念依然停留在多田的身上。

走过后湖,就是千亩稻田,从前,这是张家的水浇地、西瓜地和菜地,被日本人改造成了一望无际的稻田,稻秧虽然还是翠绿,稻穗已经金黄,风一刮,沉甸甸,左右摇摆,仿佛害怕跌倒,相互搀扶。现在,日本侨民撤走,土地完璧归赵,还奉上了千亩水稻,再过两个月,就可以吃上香喷喷的大米饭了。十几年了,不知有多少江家屯的人,只因吃了口大米饭,成了"经济犯",喂了日本人的大狼狗。今年就好了,日本人跑了,千亩稻田,几十万斤大米,老县城的人可以放开肚皮地吃。

走过稻田的田埂,便上了堤坝,硕大的水车全部壮阔地展现在眼前。张天一告诉立秋,这是你爷爷和你姥爷友谊的象征,你姥爷掏出了县里的钱,你爷爷请来了最好的工匠,为咱家建造了这座最好的水车,转动快二十年了,依然完好如初。遗憾的是,你爷爷和姥爷,一个被日本人杀害,一个被日本人逼死,没有看到今天江家屯的光复。

立秋对"光复"这个词很麻木,只知道自己的命运大转折与日本即将战败有关。

早有人跑到香炉山上报信,告诉张崔氏,江家屯的日本人走光了,你儿子和闺女当家做主了,老人家可以扬眉吐气地回去。张崔氏闭目养神,心里掐算了一会儿,突然睁开了眼睛,拉着寒露的手

— 339 —

说,走,奶奶带你回家。

一辆大马车,前呼后拥着张崔氏,一路向南,这些人的老家都在江家屯,十几年了,终于结束了天天提心吊胆的日子,可以光明正大地回家。香炉山,不再是抗日的堡垒,只留些老光棍,或被仇家盯上的人,有他们防范盗贼,看护庄稼,就足够用了。

八路军的武工队也入驻了江家屯,他们不想打扰老百姓,正好住进这片尖顶房,一时间宽敞的房子也拥挤了。

立秋显出了厌烦,他不习惯人们之间的吵嚷,更看不上大家穿着鞋,在屋里走来走去,本来干净整洁的地方,被大家弄脏了,搞乱了。让他更气愤的是,人们身上的汗臭味儿,后边是河,旁边是湖,院子里有自来水,为什么不洗澡?

倒是孙春城提醒了张天一,立秋讨厌这一切,你要改变生活习惯。到底是有学问的人心细,张天一拍拍脑袋,明白了立秋为啥和他不亲,游击战把他的生活磨砺粗了,儿子过的是精细的贵族生活,和他格格不入,怎能不别扭?

从这天起,张天一把相中的尖顶房换到了安静的一角,一举一动都学着儿子,走路轻了,洗澡勤了,说话声小了,女人一般,擦净屋里的每一丝尘土。虽说这样活得挺累,可不这样,他无法拉近和儿子的情感。

除了起居,最难的还是吃饭,立秋吃高粱米饭,一个粒一个粒地嚼,难以下咽,炖菜、炒菜都不爱吃,哪怕是大块炖肉,也调动不了他的胃口。张月娥天天跑来看立秋,立秋基本上靠着姑姑带来的糕点度日,人也消瘦下来。多田家从来不缺高家的糕点,只有这一种食物,合乎立秋的胃口。

糕点不能当饭吃,孩子刚刚回家,饮食习惯需要一个过渡。高荣轩不断地揣度着张天一，冰释前嫌，不能总是靠儿媳妇，他也要亲自出面。好在他熟知立秋的习惯，专门去了趟锦州，雇来个常年服侍在日本家庭的保姆，亲自送到了尖顶房，专门给立秋做日本料理，照顾立秋的饮食起居等日常生活。

立秋安静了下来，跪在榻榻米上，不停地写信，用日语，也用汉语，那是写给妈妈的。

张崔氏带着寒露，居住在另一座尖顶房里，那里也有张天一和陈小娴的房间。陈小娴没有回来，她带着矿工，在南票构筑工事，防止日军反扑，只要战争没停，就需要大量的煤炭，日军不会把资源拱手相让的。张天一从不回去陪老妈，立秋热了，他拿着扇子给扇风，渴了他给泡茶，凉了给盖夏被，比保姆照顾得还周全，好像要把欠下十三年的父爱，全部偿还上。

张崔氏也想着这个大孙子，长孙是奶奶的心头肉啊，她兴冲冲地抱着棉衣、棉裤走过来，想让立秋试试，看看合适不，好在冬天还早着呢，不合身，她再改。刚刚和大孙子打个照面，突然间，大夏天她打了个冷战，一种不良的感觉唰地一下子袭遍全身，走向孙子的步伐鬼打墙似的迈不开。她莫名其妙地站住身子，放下棉衣，有人催着般离开，一种生疏感蔓延进全身。

接下来的日子，她对立秋的态度陡然变冷，鬼使神差般讨厌起了立秋。看到儿子如此娇惯立秋，张崔氏非常不满，她闭上眼睛，对张天一说，立秋不是咱家孩子，你没必要照管他。

张天一不爱听母亲天天如此的叨咕，自己脸上的帅气，伊兰脸上的俊俏，都被立秋继承了，毫无疑问的是自己的孩子，母亲怎么就不肯认这个孙子呢？受奶奶的影响，寒露也不肯叫哥哥，也不找哥哥玩，这让张天一很气愤，居然打了二儿子的耳光。

张崔氏抱着寒露,大声训斥着儿子,你白心疼他,立秋就不是咱家的孩子。

28

公元 1945 年 8 月 15 日。

太阳还没跳出虹螺山,天色已经是霞光万道了,老九师、清风岭还有几个八路军武工队的人,都聚在了凤凰山下,整整齐齐地排好了队伍。口令声此起彼伏,相互间比试着,看谁的队伍整齐。九师得到过张天一的真传,当然最为规整。清风岭王老凿家族的队伍,虽然没受过专门的队形训练,可一个个气势如虹,武器配置也是最好。八路最为精神抖擞,动作特别精准,只是人少得可怜,只有三五个人。

其实,八路的武工队,人并不是太少,而是需要接收的地方太多,不够用。孙春城昨天晚上派出了好几个骑兵,快马加鞭先去了连山,指令警务局长崔默加负责维护全城治安,随时准备接受八路军正规部队的改编。

昨天傍晚,孙春城从冀热辽边区司令部赶回,带来了振奋人心的消息,明早七点,中、美、英、苏四国同时宣布,日本接受《波茨坦公告》,无条件投降。大家都非常兴奋,苦熬了十四年,终于熬到了胜利的这一天,立刻着手准备,去连山,接收县城。

对这个消息,张崔氏没有兴奋点的,早在一个礼拜前,老太太就神神道道地说,天上只能有一个太阳,有两个太阳那一天,日本就真败了。孙春城感到挺神奇,老太太从来不听广播,怎么会知道美国在广岛投了一颗原子弹,爆炸出了另一个大太阳。

现在,三路人马的首领谁也没在凤凰山下,都聚在张天一老娘居住的尖顶房里,王老凿、孙春城和张天一正襟危坐在收音机前,准备收听广播。这台收音机又大又沉,日本开拓团撤走时,没能带走,张天一抱了过来,有工夫就听一听,好辨得清时局。

孙春城把收音机调到了新华社的波段,静静地等待那个时刻的到来。

这时,张月娥神色慌张地跑进来,一把拉出了张天一,在外面低声质问着,聚集了这么多队伍,你要干啥?要打曹田屯吗?

张天一反问道,高荣轩当了这么多年汉奸,害了这么多人,不该打吗?

张月娥说,你打不着他,看到队伍集结在街里,他早带着保安队上了虹螺山,你明着打高荣轩,遭罪的还不是你姐姐和你外甥吗?咱们是一家人,不能骨肉相残。

张天一说,有件大事,姐姐还不知道,小日本今天宣布投降,我们没工夫搭理高荣轩,去连山,接收县城。

张月娥说,这就好,我也告诉你个好消息,你姐夫回来了,是国民政府委派到东北的接收大员,他向蒋委员长给你要了个委任状,国民革命军东北先遣师中将师长,弟弟,这官儿可不小啊。

张天一说,告诉我姐夫,这个中将师长的委任状,我可以接受,前提是以国家大局为重,汉奸高荣轩必须到凤凰山下,像杜三秃子那样,接受审判。

张月娥说,咱爹说你能直视太阳,将来会主宰天下的,可不能逞一时之勇,落下滥杀的恶名,会让后人骂你是暴君。

张天一说,姐姐,蒋委员长的委任状,不过是废纸一张,这是个出尔反尔的人,十二年前,他解散抗日救国会时,已经把我们出卖给日本人了,也好意思发委任状？弟弟我没想当官,更别说当皇上了,我能看太阳不假,那是老天成全我,注定让我和日本人打到底。

张月娥说,天哪,你和多田的仇都能解开,怎么就解不开和高家的仇啊。

孙春城从屋里向外喊,广播快开始了,快来听。

张天一把姐姐扯到屋里,听一听给高荣轩撑腰的小日本是怎样完蛋的。

广播里,朱总司令的声音特别洪亮。

日本天皇悲伤、忧郁的终战诏书,是在日本时间正午广播出来的,声音中充满无奈,语调迟缓颤抖。此时,中国的时间是上午十一点时,绑在锦西县第二小学操场上的大喇叭,把这个声音传播到了整个连山街巷。

日本投降的消息,提前一晚上传到了连山,崔黑子指挥警察连夜搭台,筹备光复庆典,地点之所以选择在锦西县第二小学,是因为学校有带收音机的扩音器,何况叶校长还是老校长曹凤仪的得意门生,这个消息让他热血沸腾,一定要主持光复庆典仪式。

崔黑子在外搭台,县长景阳春也没闲着,召集县内各界名流开会,他没有理由继续当伪县长了,解散了县政府,成立了锦西县临时治安维持会。此时,景阳春也有了新的护身符,国民政府东北接收大员高冠雄,给他下达了书面指示,命令他维护秩序,等待接收,所以,他理所当然担任了维持会会长。

骄阳似火,操场里的人耐心地等到了"天皇玉音"的时刻,一个精通日语的老师,一句一句地翻译:谋帝国臣民之安康,同享万邦公荣之乐……亦为希求帝国之自存与东亚之安定而出此……以为万世开太平。人们听懂了，日本天皇不是宣布战败，而是终战，依然称侵略东亚为解放，只是不打了，也没有认罪。人们只是明确地知道了，天皇承认了《波茨坦公告》，让他的部队放下武器，停止抵抗。

天皇的话，没有人们期待的那样真诚，即使国家打烂了，依然贵为元首，依然是东亚各民族的解放者。叶校长愤怒了，没有按会序走，忘记了宣布景阳春为维持会会长，直接声讨日军在锦西县的暴行，唤上一个个饱受欺凌的人，一宗宗一件件地控诉日军惨绝人寰的杀戮、榨尽骨髓的掠夺。

群情激愤，人们振臂高呼，消灭日寇，审判刽子手，血债血偿。

校园操场集会的消息，早有人报告给了平间。平间领着日本宪兵队，整齐地列在校园外，子弹上膛，架在围墙上，枪口对准会场，一边监视，一边聆听天皇的声音。崔黑子也警觉起来，锦西人喜庆的日子，日本人最悲伤，别生出事端来。

果然不出崔黑子的预料，平间带着日本宪兵，面向会场，做好了射击的准备。崔黑子带着警察，在距平间百米的地方停下，每个人找好掩体，枪口对准了日本宪兵队。这是平间最难以容忍的，平时，平间唤狗一般，传唤着崔黑子和他手下的警察，现在，形势一转，居然敢把枪口对准了他们。

平间大声呵斥着崔黑子，滚！

警察们吓得打起了哆嗦，习惯性地要撤，崔黑子说，谁敢退一步，视为临阵投敌，立即枪毙。

会场喊出的口号，浪潮一般，一浪高过一浪，高到了震耳欲聋，反正天皇已经表态了，让所有的日军放下武器，停止抵抗，大家不在乎围墙外荷枪实弹的日本宪兵了。警察们有着呼喊声壮胆,不再日本人一跺脚,就吓得尿裤子,敢和平间对峙了。

平间听得出来,天皇虽然不让打了,可没有屈服,我们到满洲替你们清除人类的渣滓,保护你们不受苏俄的欺凌,终战之时,落得骂声一片。平间认为,天皇说的是终战,并不意味着战争结束,别以为我们不敢开枪了,关东军还没发话呢,谁是未来的主人,谁来填补满洲的真空,还不知道呢。未来的局势,扑朔迷离,一切皆有可能,没准,关东军会宣布独立,脱离日本,集体加入"满洲国",巩固溥仪的地位,反击苏联的入侵,防止中华民国的渗透。

阻止满洲人反抗最有效的手段,只有镇压。先下手为强,平间端稳了枪,瞄准台上振振有词的叶校长,一枪命中眉心。随着枪响,叶校长的演讲戛然而止,仰面朝天直挺挺地倒下。日本宪兵瞬间散开,找好掩体,与崔黑子的警察对峙。

双方的枪战立刻开始。警察平时被日本人震慑住了,缩着头,只是把枪抬到掩体外,冲着日本宪兵的方向开枪,构不成杀伤。日本宪兵毕竟理亏,加上警察人多势众,也不敢冲锋。枪声便你来我往地响着。

人群大乱,四散而逃,互相踩踏着,操场上留下了一片丢失的鞋子、草帽,甚至撕坏的衣服,还有两个被踩死的人,一动不动地躺着,被踩伤的人痛苦地呻吟着,一步一步地往出爬。

叶校长被扔在主席台上,没人去管。

平间带着日本宪兵,边打边撤,撤到了锦西火车站,钻进了防御工事。警察连手榴弹都没有,干着急,攻不上去。

此时,张天一带着三支队伍,接收县城,行至连山城郊,听到了枪声，便知道日本人根本没服，想不费一枪一弹占领县城，没门。看来，和平也是血染的，十三年前那一幕还要重现，打下锦西新县城连山，需要老九师强劲的攻势。进军到街里，崔黑子派来接应的人赶到，告诉张天一，平间这个杀人魔王，搅了庆典，枪杀了曹校长的门生叶校长。现在，平间退守到车站了，需要火力增援。

他妈的，投降之日，还敢欠下血债。张天一下令，火速前进，全歼反抗的日军，尤其是平间，杀无赦。

枪炮无眼，既然平间已经做好垂死挣扎的准备，肯定是一场恶仗。发起对锦西火车站进攻之前，张天一特意向孙春城借来两名八路，带上立秋，去了最安全的警务局。立秋没经历过战火，不会躲避子弹，不能出现在战场，八路个个机敏，能保护好他的儿子。

火车站的工事，经历多次加固，占尽了视野优势。警察的那点战斗力，只能对付手无寸铁的老百姓，抓几个盗抢的惯犯都吃力，尽管宪兵队都是娃娃兵，阻止警察的进攻，还是毫不费力。

张天一带着三路人马赶到，战场上的局势立刻发生逆转。王老凿家族的人，个个是神枪手，只要是车站工事里的日军露出火力点，子弹就会准确地封堵过去，开完枪躲闪不及，肯定送命。老九师的人枪法也非比寻常，人人又都是爆破高手，只要火力掩护到位，炸药包送到工事下面没问题。

日军的火力弱了，孙春城开始喊话，用的是日语，让平间遵守日本天皇的旨意，立刻向八路军投降。平间没有用日语回话，说的是汉语，嘲笑孙春城蹩脚的日语，不过是在娘肚子里说话，没人听得懂。

毕竟十几年没说日语了，口语已经退化到他自己都不能容忍的程度，孙春城索性用汉语命令平间向八路投降。

平间回答得很干脆,大日本帝国只有战死的勇士,没有投降的士兵,况且八路不过是三五个人,向你们缴械,是大日本的耻辱。

两边喊话正在进行时,紧挨着警察的那一侧,又增加上来了一队援军。带队的竟然是高冠雄,跟随他一同过来的,还有没来得及公开宣布的临时维持会会长景阳春,扛枪的人马是高荣轩手下的保安队。高冠雄冲着平间喊,我们代表国民政府,代表蒋委员长,接受驻地日军投降,我们用国家的声誉,保证你们的生命安全。

景阳春鹦鹉学舌般重复着高冠雄的话,只是前边加了句平间君,他觉得平时和平间接触得最密切,平间能听他的话。

对于张天一来说,姐夫的突然出现,确实出乎意料。事实上,高冠雄早就做好了准备,张天一率领的队伍刚从江家屯出发,高冠雄带着父亲的保安队就从虹螺山上下来了,一直尾随着,他不会错过接收县城的机会,即使和八路军发生冲突,他也不怕,三五个八路怎能抵挡住上百人的保安队,他真正担心的是小舅子张天一和他犯浑。

张天一进攻火车站的时候,高冠雄抢先找到了景阳春,立刻带着所谓的县长,去接收锦西炼油所。谁先控制了燃料,谁就有战争的主动权,比接受几个日军的投降,更有意义。此时,炼油厂已经停工,多田去了通化,关东军司令部指挥所转移到了那里,临走前指示日籍留守人员,只向八路军投降,其他人等谁敢强硬接收,立刻引爆炸弹,毁掉工厂。

高冠雄吃了闭门羹,才急着赶往火车站。

看到了姐夫,张天一气不打一处来,也来和我抢胜利的果子了,国民政府有声誉吗?老子在日占区挺了十四年,国家跑哪儿去了?蒋委员长连道义上的支持都舍不得。他才不管平间向谁投降呢,大声喊着,老子不接受他们投降,我父亲、我叔叔、我义父,还有千千万万的兄弟姐妹,都白死了吗?给我往死里打。

枪声一响,高冠雄便跑到了崔黑子身边,亲热地叫着崔叔,从前咱们是一家人,今后咱们还是一家,日本宣布投降了,你也该回家了,我从国民政府那儿带来了委任状,让你做光复后锦西县的第一任县长。

崔黑子瞅了眼高冠雄,很遗憾地说,对不起,少爷,我只听省长王瑞华的命令,省长指示全省警察接受八路军的改编。

高冠雄这才意识到,八路军不只是穿军装的这几个人,突然间成了庞大的群体。

虽说八路军军服短缺,孙春城却做了另一种准备,带来了上百顶八路军军帽。现在,警察到底归谁,急需他表明态度,他立刻让人取来八路军军帽,毫不含糊地下令,让所有的警察甩掉大盖帽,戴上了八路帽。

四伙人三条心,除了王老凿坚定地支持张天一把小鬼子全部送上西天,孙春城与高冠雄都主张逼迫平间向自己投降。正在争执时,与十三年前惊人相似的一幕又发生了,看守葫芦岛军港的日本海军陆战队,开着铁甲车,来接平间。

在铁甲车轻重机枪的掩护下,平间带着日本宪兵队逃出火车站的工事,跳进了铁甲车,朝着葫芦岛港方向,扬长而去。

29

南票各个路口的险要山头,矿工们挥汗如雨地修筑工事。陈小娴做足了迎击日军反扑的准备,突然间传来消息,日本投降了。

真是喜出望外,煤矿归还陈家,已是天经地义,所有的担心,都成了多余。她长长地舒了一口气,立刻动身,回江家屯,那里还有陈家的锰矿和铁矿,也该正式接收回来。

张天一领着三支队伍从凤凰山下出发时,陈小娴也从南票出发了,她把煤矿交给营长,马不停蹄地赶回江家屯,走进那片尖顶房,连口水都没喝,带上婆婆和儿子,去了柴屯的露天锰矿。那是多田趁火打劫,廉价收购走的,交还陈家,也是名正言顺。

锰矿的把头,是高荣轩的亲信,拼命抵制,可惜的是,保安队跟随少爷去了连山,阻止不住陈小娴拿枪的队伍,被打得屁滚尿流,跑向曹田屯,向主人诉苦去了。解散了高荣轩的人,陈小娴把老锰矿的人找回来,全部接管。

收复罢锰矿,就去城南收复铁矿,这里是多田直接霸占的,江家屯人皆共知,把头见陈小娴来势汹汹,生怕像锰矿的把头那样被打肿了屁股,望风而逃。

到兰家沟接管钼矿时,陈小娴和高家人发生了争执。钼矿确实是悬案,多田交给张天一的箱子里,从没提过钼矿,这种稀有金属,添加在钢铁中,替日军造出了全世界最优质的枪炮。父亲告诉过她,钼矿是稀缺资源,陈小娴不可能让矿山旁落。

阻止陈小娴接收钼矿的是大姑姐张月娥,她振振有词地指责陈小娴,钼矿与陈家无关,那是多田发现的,交给我公爹,日本投降了,矿山的归属权当是高家的。

陈小娴说,钼矿是我父亲探明的,探矿资料是多田从我们手里抢走的,理所应当归还我们。

张月娥说,从第一个矿洞开挖,十几年过去了,日本人除了派人管辖,用的全是高家的资本。

陈小娴说，这能说明什么，只能说明你公爹罪孽深重，帮助日本人祸及全球，没找他清算，就算便宜他了。

一个是儿媳妇，一个是闺女，这么剑拔弩张，伤害了谁，张崔氏都心疼。她说，矿山归谁并不难，把过去的事儿都抛开，谁也别讲谁有理，咱们重打鼓，另开张，从现在起，这矿和我的两个老亲家都没关系，究竟姓啥，让两个孩子定，高远和寒露两个人摔跤，谁赢了，矿就归谁家。

张月娥觉得，高远比寒露大一岁，高出一头多，身子壮得能把弟弟装下，赢了弟弟还不是轻而易举，她觉得母亲还是偏向她，就同意了。

动起手来，张月娥傻了，弟弟把儿子当成继承抗日大业的人来培养，自己这辈子打不跑日本人，就让儿子这一辈子接着打，武功是童子功，身手敏捷得不亚于爷爷与父亲。高远是少爷，衣来伸手，饭来张口，营养丰富，自然胖了很多，遗憾的是连基本的防身术都不会。一个照面，就被弟弟摔倒，这还是手下留情呢，怕把哥哥弄伤，用劲很有分寸，只是把哥哥撂倒，没让哥哥受伤。

张月娥猛然醒悟，指责着母亲，妈，你偏向寒露。

张崔氏点着闺女额头，骂道，傻丫头，我偏向谁了？偏向的是你，你姓啥，姓张，归了你娘家，你在高家才有地位，身子杆才硬。

葫芦岛军港，日军防守完备，碉堡都是五百号水泥浇筑的钢筋混凝土，炸药包堆上去，只能崩出一片白点，几路人马持续进攻了七天七夜，丝毫没有进展。守在中心碉堡的平间，从枪眼里扔出了几盒压缩饼干，倒出了一壶水，向张天一示威，那意思是物资储备充足，无论打多久，奉陪到底。

孙春城反对继续进攻，无益地消耗弹药是一方面，更重要的是，日本已经宣布投降，军港里的日军，反抗也是垂死挣扎，没有必要再去流血牺牲，此时，应该攻心为上。军港里，战斗力最强的是海军陆战队，只要敦促他们遵守命令，先行投降，平间就成了孤军。

港口里的海军陆战队，与外界基本隔离，没人会汉语，越喊反击的枪声越激烈。孙春城尝试着用日语喊话，越喊误会越多，表达得越不准确，索性所有的子弹都压到了他藏身的地方。曾宣称自己精通日语的孙春城崩溃了，他自愧不如，和张天一商量，让立秋替他喊话，才会把意思表达准确。

这是张天一最不情愿的事情，自己和日本人打了十四年，不就是图的子孙们不受战争之苦吗，和平马上就要到来了，他不想让儿子看到枪林弹雨。

孙春城却迫不及待了，他必须抢先一步，让日军向八路军投降。高冠雄有国民政府收收东北的正式授权，有苏联的承诺，日军只有向国民政府投降才算合法。还有景阳春被高冠雄确认为锦西县的最高行政长官，有资格代表中华民国受降。更可怕的是，一旦国军的海军登陆了葫芦岛，一切都晚了。

张天一不知道孙春城心里有这么多复杂的想法，只是觉得舅舅的日语不如外甥，惭愧着呢，请求外甥给他解围。

此时的立秋，已经被张天一安置在他的母校，依然是两名八路保护他。

张天一退出了战场，来到了校园里，和儿子说话，他哄着儿子说，进攻葫芦港的目的，是要夺回张学良的别墅，不让日本人投降，咱回不去自己的家。说这话时，他还在心里头纠正着，只是替少帅保管,蒋介石什么时候放了少帅,就什么时候还给少帅。

立秋对战争没有什么概念,只是纠结妈走了,爹换了,一切都变了。听到张天一说到张学良别墅,立秋果然不再失魂落魄,那是他生活了十三年的家,从记事起,他就没离开过那里,那里留下他无数的记忆和怀念,这半个多月漂泊在外,更想那座别墅了,他觉得,除了那里,哪儿都不是自己的家。

张天一接着说,爸爸带着你住在这里,奶奶和弟弟留在老家,不让他们进来住,这里原来啥样还啥样,妈妈的房间还留给妈妈,等妈妈回来住,你日本弟弟的房间也都保持原样,也不许别人住进来,你呢,还住自己的房间,过着和从前一样的日子。

立秋睁大眼睛问,你住在哪个房间?

张天一知道,立秋很在乎多田的,他依然认为,多田才是父亲,便说,我不会住多田的房间,我站在你门口,给你站岗,让你天天睡上安稳觉。

立秋瞅着张天一,明显地露出了感动,他说,我妈妈会回来的,妈妈最爱的还是我,她会坐着轮船回来,一下船,就能看到家。

张天一补充一句,第一眼看到的,就是她的儿子立秋。

立秋哭着说,我想妈妈了。

张天一说,我也想你妈妈,她是我一生最刻骨铭心的人。

父子俩陷入了沉默。

许久,聪明的立秋开始发问了,他知道,这个叫张天一的父亲,有事情求他了。

张天一拿出了孙春城塞给他的一摞日文版的报纸,那是三天前的《满洲日报》,刊登着关东军关于日本满洲驻军就近就地向盟军投降的通令。立秋立刻明白了,需要他阵前用日语喊话,把日本天皇宣读的终战诏书、关东军司令部的命令、当前的局势，一并详细地说给拒绝投降的日军。

把立秋带到战场，张天一给足了孙春城面子，如果不是伊兰的亲哥哥、孩子的亲舅舅，打死他，也不肯让儿子到这里来。

立秋拿起了铁喇叭，平和而又流利地说着日语，说得孙春城不断地点头，孩子这么小，情商就这么高，话说得清晰得体，亲切而又委婉。海军陆战队的日军，立刻停止了射击，仔细听着这熟悉的声音。

这些日军，天天出入在港口与多田的家门口，都认识立秋，虽然立秋躲在工事里，看不到人的影子，他们还是听出了立秋的声音，喊出了他的名字，多田立秋。

立秋也不否认，继续和颜悦色地讲天皇，讲战争为什么会结束，讲关东军执行天皇的旨意，为的是体恤臣民，还世界以和平。陆战队的士兵问着立秋，你父亲去哪里了？我们找不到他。立秋说，他已经投降了。

尽管立秋说了些什么，张天一听不懂，但他知道，日本海军陆战队对立秋很友好，双方说话没有敌意，对话中有许多交流。一番话说过，立秋告诉父亲和舅舅，现在，满洲的大批日本侨民正在往葫芦岛港赶，要从这里乘船回国，海军陆战队要保护日本侨民的安全，避免欺凌事件发生，不能解除武装。

孙春城称，这是诡辩，宣布投降的标志，就是解除全部武装，否则就视为抵抗，中国军队有权全部歼灭，至于日侨的安全遣返，由中国军队和政府负责，无须日军保护。立秋如实地翻译了过去，又加了一句，放下武器，这是中国方面的底线。

听到这句话，孙春城激动得亲了下外甥，还告诉张天一，你儿

— 354 —

子将来是优秀的外交家，这么大点，就懂得外交辞令，用底线给对手施加压力。

没过多久，日本海军陆战队便走出一个打白旗的人，要求多田立秋拿出关东军司令部命令投降的证据，提交民国政府优待日本侨俘的文件，他要当面验证，如果属实，可以缴械投降。

关东军的命令，三天前的日文版的《满洲日报》连篇累牍，把报纸送过去就可以了。可优待文件却难住了孙春城，然而，高冠雄却从容地拿出了文件。张天一劈手夺了过来，交给孙春城，让他把日本人想看的，都送过去。

日本人拒绝了孙春城，除了多田立秋，不相信任何人。毫无疑问，想敦促日军尽早投降，立秋成了唯一人选。张天一跳了起来，把枪交给了义父王老凿，嘱咐义父，一旦他们反悔，全部击毙。

儿子立秋的身体，被张天一严实地护在身后，他把自己当成挡箭牌，决不允许任何人伤害到他儿子。立秋从张天一的腋下，把报纸和文件交给了举白旗的日军。那名日军看完，脸变得和白旗一样难看。

日军没有继续顽抗，也没再提出拒绝投降的理由。没过多久，碉堡里走出一个日军上尉，恭恭敬敬地把指挥刀交给张天一。一个中队的日本海军陆战队的士兵一个接一个走出，把武器规整地放在地上，排好一队，正式投降。

到底由谁来受降，孙春城和高冠雄争了起来，谁也不服谁。张天一把裁判的权力交给了义父王老凿，老爷子指定谁，一锤定音。王老凿说，谁接收，那是明摆着的，我干儿子已经把日军的指挥刀拿到手了，你们争翻了天也没用，日军投降，是我干孙子的功劳。

既然义父不替他选择，张天一干脆把指挥刀转交给了孙春城，那是因为孙春城懂日语，舅舅崔黑子刚刚大赦完犯人，监狱空着呢，有足够大的地方提供给日军战俘居住。

看着小舅子完全偏向了八路军，高冠雄鼻子都气歪了，再争执下去，没准就会破坏国共合作，和八路打起来，让日本人看笑话了。他丢下景阳春，带着保安队，返回了江家屯，他要占据虹螺山的有利地形，等待着国军主力收复东北。

只剩下军港大门口最后一座碉堡了，这座碉堡居高临下，四周皆在射程之内，是看护港口的最佳位置，收复锦西，这是最后一战。平间和他手下的宪兵队盘踞在里边，在做垂死抵抗。刚才，海战陆战队投降的情景，平间看得清清楚楚。

此时，没有高冠雄的保安队仗腰眼子，维持会会长景阳春无趣地走了，崔黑子带着部分戴着八路帽的警察，押着投降的日军，走出港口，走向港口的火车站，他要带着这些日俘去连山，集中看管。

有过敦促海军陆战队投降的先例，孙春城要重新炮制一回，用在平间的身上。张天一不同意，平间血债累累，不可饶恕，必须全歼。当年，日军火烧江家屯西炮楼子，十几条好汉命丧黄泉，现在，他要以其人之道，还治其人之身，既然枪弹炸药对碉堡无可奈何，那就火烧。

张天一让所有的人出去找柴火，越湿越好，反正他们不缺火药助燃。机枪开始掩护，柴火被一点一点推到碉堡，越堆越多，只差一把火点燃了。里边"呜啦呜啦"地传出喊声，说的全是刚刚变声期喊出的日语，声音中充满了恐惧，很明显，这些日本少年宪兵不想死。

孙春城说，别开枪了，他们准备投降了。

张天一说，我不允许，除非平间自己走出来，当我的面，自杀谢罪。

孙春城继续说，八路军向来不杀俘虏，尤其是投降的俘虏。

张天一愤怒地说，你见过平间怎么杀人吗，他是以杀人为乐，我饶了他，锦西县的老百姓都不会饶过我。

碉堡里伸出了一面白旗，平间开始往外喊话了，放下武器，准备投降。

不战而屈人之兵，这是最好的结果，孙春城答应了停止进攻。平间马上提出条件，他手下的士兵不明白谁命令投降的，让多田立秋给他们念一遍，报纸上到底说了些什么。

立秋很听话，还叫一声平间叔叔，拿起了《满洲日报》，一句接一句地念下去。碉堡里传来了一片哭声。平间从里边喊，孩子，你爸爸还好吗？

立秋说，遵照天皇陛下的旨意，已经投降了。

平间说，叔叔也马上投降，好多天没看到你们了，叔叔想你，让叔叔看一眼，好吗？

立秋立刻站了起来，张天一惊出了一身冷汗，立刻扑上去，想要压倒儿子。然而，已经晚了，就在立秋亮出身子的一瞬间，平间开枪了，清脆的枪声划裂了整个世界，尽管距离有一百米，子弹还是准确地击中了立秋的心脏。

立秋倒在了张天一的怀里，鲜血从他的胸口喷涌而出，任凭张天一如何去按，也按不住血的喷涌。立秋的眼光无神地散去，留给这个世界的最后一句话是，爸，我好冷。

这是立秋这辈子第一次，也是最后一次叫他爸。张天一抱着立秋，哭得上不来气了，脑子里一片空白。

过了好一阵子,张天一才缓过劲儿来,怒吼着,给我打,给我烧,一个不留。

王老凿抱着张天一的后背,轻轻地说,不用了,他们都死了,节哀吧,我们都尝过亲人被杀的痛苦,但愿这一切都会过去。

孙春城跪在地上,脑袋抵在立秋的脑袋上,已经无地自容了,他完全低估了日军的残忍。是他一手断送了外甥的性命,剥夺了妹妹的心肝,妹妹一心一意地想保全这个儿子,结果悲剧还是在他眼前发生了,他欠了妹妹一条命,一辈子也还不清。

碉堡里的平间,用指挥刀杀死了所有的士兵,最后也杀死了自己。血从碉堡的底部狭窄的门流淌出来,顺着山坡,流成了一条小溪,奔涌向码头,跌落进了大海,染红了一片海水。一群鲨鱼闻到了血腥味儿,鱼鳍划开了波浪,箭一般冲过来,焦急地冲撞着,寻找着看不见的尸体。

张天一抱着立秋,一步一步地走向张学良的别墅。母亲的声音突然压过大海的涛声,传进他的耳朵,回荡在他的脑海,这不是咱家的孩子。他忽略了母亲能通神,没觉出这句话是谶语,那是在提醒他,把孩子带到危险之地,就会葬送孩子的性命。

第一次收复锦西,他失去了父亲,第二次收复锦西,他失去了才十三岁的儿子。一寸山河一寸血,没有不屈灵魂,哪儿有家国的生成?

走进了别墅的大厅,张天一把儿子软弱的身体放下,一遍又一遍擦着儿子的身体,直到擦净了所有的血迹,他又用眼泪擦了一遍。迈着沉重的步子,找到了儿子的房间,找出了儿子最漂亮的晚礼服,回到儿子身边,给儿子一件一件地穿上。然后,他抱着儿子,

— 358 —

一步一步走上楼梯,走进儿子的房间,把儿子放在床上,盖好被子,让儿子像睡着了一样。

他坐在床边,就这样久久地看着儿子,蒙眬的泪眼中,他仿佛看到儿子的嘴唇动了,叫了一声,爸爸,又睡了过去。

张天一不忍心再看下去,说了句,孩子,睡吧,爸爸到你妈妈房间,和你妈妈说一会儿话。

走到了伊兰的房间,他看到伊兰的照片挂在了床头之上,还是那样迷人地笑着,好像对痴情看着她的张天一说,真不要脸。他知道,伊兰说的是假话,她心里惦念着他呢,要不,怎么会把风筝做得那么精致?

张天一把那个小风筝掏了出来,挂在伊兰的照片上,哭成了泪人。他大声喊着,伊兰,我对不起你,我没有保护好咱们的立秋。

窗外的葫芦岛港,一艘轮船冒着浓烟,驶向港口。张天一仿佛看到伊兰下了轮船,向他走来,向他询问,咱们的立秋呢?

满世界都空了。